Karen Blixen
OUT OF AFRICA
走出非洲

[丹麦] 凯伦·布里克森 著

王旭 译

天津出版传媒集团

天津人民出版社

果麦文化 出品

目录

Chapter 01 卡曼特和露露

002 恩贡农场 _ 019 一个土著小孩
037 我屋子里的野蛮人 _ 057 一只小羚羊

Chapter 02 农场上的枪支走火事件

076 枪支走火事件 _ 088 在保留区里骑马
098 瓦迈 _ 112 万扬格里 _ 127 一位基库尤酋长

Chapter 03 农场的客人

143 大型舞会 _ 153 一位来自亚洲的访客 _ 157 索马里妇人
168 老克努森 _ 175 一位逃亡者来到农场
183 朋友来访 _ 189 贵族拓荒者 _ 200 翼

Chapter 04 移民者笔记

222 萤火虫 _ 223 生命的道路 _ 225 野生动物帮助野生动物 _ 227 埃萨的故事 _ 230 马赛保留区的鬣蜥 _ 232 法拉和威尼斯商人 _ 234 伯恩茅斯的上流人士 _ 234 关于骄傲 _ 235 牛 _ 238 两个种族之间 _ 239 战时远行 _ 245 斯瓦希里语的数字系统 _ 247 "你不给我祝福，我就不让你走" _ 249 月食 _ 249 土著和诗 _ 250 关于千年纪念 _ 251 基托什的故事 _ 255 一些非洲鸟 _ 258 潘尼亚 _ 260 埃萨的死 _ 264 土著和历史 _ 266 地震 _ 268 乔治 _ 269 凯吉科 _ 269 长颈鹿去汉堡 _ 273 在动物展览上 _ 276 我的旅伴们 _ 277 自然主义者和猴子们 _ 278 卡罗门亚 _ 281 普兰·辛格 _ 284 一件奇怪的事情 _ 287 鹦鹉

Chapter 05 永别了，我的农场

291 艰难时世 _ 303 基纳恩朱的死 _ 311 山中坟墓 _ 326 我和法拉变卖农场 _ 342 永别

"骑马，射箭，说真话。"

Chapter 01

第一章 | 卡曼特和露露

恩贡农场

在非洲的恩贡山脚下，我有一座农场。恩贡山向北绵延一百多英里[1]，赤道在这儿横贯而过。农场海拔超过六千英尺[2]。这儿的早晨和傍晚清朗安谧，能见度极高。白日里，你会觉得自己站得很高，太阳近在咫尺。到了深夜，则气温骤降，清冷无比。

凭借其独特的地理位置和海拔高度，恩贡山呈现出一幅地球上绝无仅有的风景画卷。这里的土地并不肥沃，也没有繁茂的植被，好似一片被净化过的非洲土地，飘浮在六千英尺高空中，散发着浓郁的非洲气息，凝聚了非洲大陆的精华。整体色调干黄焦黑，酷似陶器的色彩，零落散布着一些高大的树木。树木的叶子单薄脆弱，树冠的形状与欧洲的不同，不是弓形或圆形的，而是层层叠叠地向水平方向延伸，看起来有点像棕榈树，又像是一艘艘马上要扬帆远航的帆船，全部笼罩在一种浪漫的英雄气概中。如果是一片树林，林子的边缘就会呈现出一种奇特的形态，远远看去，好像整片树林都在轻微地颤抖。光秃秃的老荆棘树弯弯曲曲地散落在辽阔的草地上；草儿散发着芬芳的香气，闻起来很像百里香和桃金娘，有时候味道特别浓烈，几乎有些冲鼻子了；花儿都小小巧巧的，像是长在小山包上一样。不论是草地上

---

1. 1英里约等于1.6千米。
2. 1英尺约等于0.3米。

的，还是原始森林里匍匐植物和藤蔓上的花儿，都是如此。只有在长雨季开始的时候，才会有硕大的百合花骤然开放，散发出浓郁的香气。站在这片土地上，视野极其开阔，你看到的一切都显得非常伟大、非常自由，给人一种无与伦比的尊贵感。

天空，是恩贡山的主要特色，也是在这儿生活的独特魅力所在。蓦然回首在这片非洲高地上的旅居生活，心中会陡然生出这样的感觉：我可是在空中生活过一段时间啊。这儿的天空永远都是淡紫或淡蓝色。天空的蓝蕴藏着勃勃生机，把不远处的山脉和树林都涂上一层鲜活的深蓝。大团大团轻盈的云朵在高空飘浮游移，不断变幻出各种形状。正午时分，大地上的空气开始躁动，像熊熊燃烧的火焰，又像潺潺流动的溪水，闪烁着，起伏着，发出灼灼光芒，映照着万事万物，在天空中变幻出各种宏伟壮观的海市蜃楼。身处这样的高空，整个人都会呼吸顺畅，踌躇满志，身心轻松。每当早晨醒来，你会想：我来了，这里就是我应该生活的地方。

恩贡山连绵悠长，自北向南一路延伸，四座主峰宏伟庄严，犹如静立在高空中的深蓝海浪。山体海拔八千英尺，东部高出周围国家两千英尺，西部陡然下跌，垂直跌入东非大裂谷中，山势险峻无比。

风常年从东北偏北的方向吹来，然后一路向下抵达非洲和阿拉伯半岛海岸，那儿的人们把这种季风称为"东风"，古以色列国王所罗门的爱骑就叫这个名字。站在这里，你能感到劲风扑面而来，好像地球母亲正带着你飞向太空。恩贡山正面迎风，山坡是滑翔机起飞的绝佳之地。乘着风势，滑翔机可以不断上升，最终越过山巅，冲向云霄。云朵也随着风飘浮而来，或撞向山腰，环绕周围，久久不愿离去；或被山尖捉住，瞬间消散，化为雨水落入大地；或选择高空航线，远远地避开山脉，向西飘浮，最终在大裂谷炙热的大漠上空消散。很多次，我从家里出发，一路追随着这支庞大的游行队伍，然后惊奇地看着它们骄傲地向前飘移，越过山巅，然后很快融入碧蓝的天空，消失无踪。

自农场远眺，山峰在一天里可谓千变万化，多姿多彩。有时，它们似乎近在咫尺，有时却又好像远在天边。傍晚，天色渐渐暗下来，凝望群山，你会看到天空中有一条细细的银线，勾画出黑色山脉的轮廓。等到夜幕降临，你会感觉四座主峰变得平整、圆润了许多，好像群山正在把自己拉平，正在向四周蔓延。

站在恩贡山上，你能看到世界上绝无仅有、独一无二的美丽风景。南边，是野生动物王国里的大平原，平原一望无际，一直延伸到乞力马扎罗山；东边和北边是平缓的小山坡，山坡后面是原始森林，看起来很像是城市里的公园。基库尤人保留区也坐落在这个方向。保留区地势崎岖不平，一直向肯尼亚山绵延，一共有一百英里，中间散布着玉米田、香蕉林和草地，远远看去像是一块块的小马赛克。保留区里有很多村落，村落里的屋顶都是尖尖的，看起来像是一个个鼹鼠丘，时不时会有蓝色的炊烟从这间或那间房子的屋顶上飘出。西边则陡然跌落，是典型的非洲低地国家地貌，干燥荒凉，极似月球表面。在这一地带，可以看见深褐色的沙漠，沙漠中间零落散布着一簇簇荆棘，远远看去像是一个个小小的斑点；也有弯弯曲曲的河床，上面有暗绿色的小径蜿蜒穿过，那是一片片小树林；树林里长着含羞草似的树木，树枝向四处伸展，树干有长刺，像钉子；也能看见仙人掌；还有长颈鹿和犀牛，这里是它们的家园。

走下恩贡山，步入山间，你会发现，这里地势开阔、风景优美，而且充满神秘。这里的地形变化多端，有长长的山谷，有茂密的丛林，有绿色的山坡，有林立的峭壁。甚至在某座高高的主峰下，还能发现一片竹林。山涧散落着清泉和泉眼，我曾在它们附近露营过。

我在非洲的时候，山里还有大羚羊和犀牛。当地的老人说，以前这里还有大象出没。恩贡山没有全部被划入野生动物保护区内，这一直让我觉得很遗憾。保护区的边界是南边主峰上的灯塔。随着殖民地的繁荣发展，首都内罗毕逐渐成了一座大都市。恩贡山本来可以成为一个举世无双的内罗毕野生动物公园的，但我在非洲的最后几年里，每逢周日，就会有大量年轻的内罗毕商贩骑着摩托车冲进山里，看见什么就杀什么。慢慢地，体型较大的动物就被迫离开恩贡山。它们穿过荆棘丛生的灌木林和石头地，向南方迁徙去了。

在恩贡山的山脊和四座主峰峰顶上走路相当轻松。这儿的草矮矮的，很像草坪，偶尔会看到灰色的石头蹿出草地，露在外面。一条地势平缓的、狭窄的"之"字形小径沿着山脊爬向峰顶，之后又蜿蜒而下。一天清晨，我在山间露营。当我沿着这条小径往前走的时候，竟然发现了一群大羚羊的新鲜粪便和脚印。我想，这些性情温和的大体型动物应该是在日出时分就来到了这儿。它们排着长长的队伍，向前逶迤而行，应该是为了爬到峰顶，去俯瞰两侧山峰下的大地吧。除了这个，真想不出它们会有什么别的目的。

我们在农场种咖啡。但这儿的海拔对于咖啡来说有点高，不太适宜它们生长。因此，我们从来没有因为种咖啡而变得富有，反而每天都被各种关于咖啡种植的事务缠身，似乎每分每秒都有事情要做，而且无论我们怎么努力，都赶不上工作的脚步。

但是，能够在一片地形极不规则的荒凉土地上，看到这么一大片根据种植规律生长着、铺展着的咖啡，感觉还是相当不错的。当年，我在非洲大陆上空飞翔，从空中慢慢熟悉着咖啡园的样子，内心充盈着骄傲和自豪。它们静静地躺在灰绿色的大地上，显得那么苍翠青葱。此时，我才意识到，人类是多么地热爱几何图形。内罗毕周围所有的村庄，尤其是北部，都被咖啡园覆盖。生活在这儿的人们天天思考着，讨论着咖啡的种植、修剪和采摘，晚上躺到床上，还要考虑怎么发展壮大自己的咖啡工厂。

种植咖啡是一项长期的工作。在瓢泼大雨中，年轻的你满怀希望从温室里搬出一箱箱亮闪闪的咖啡苗，和农场上的工人们一起，把它们整整齐齐地栽进已经提前挖好的、早已湿漉漉的坑里，然后拾起掉落在地上的灌木枝，为幼苗搭上厚厚的凉棚，防止日光暴晒。要知道，享受阴凉可是幼小东西们的特权。在这个过程中，你对咖啡的收成一定有很多想象，但现实并不如你所想。首先，咖啡成熟挂果需要四到五年的时间。挂上果之后，又可能会有大旱或病虫害。其次，咖啡园里可能会到处长满野草，它们会在园子里肆无忌惮地生长。有种野草叫"黑杰克"，它的果壳又长又粗糙，从它们中间走过，衣服和袜子上就会粘上很多。再次，在地里栽咖啡苗的时候，有一些苗可能会种不好，主根会弯曲。在这种情况下，咖啡树刚刚开花就会死掉。另外，一般人可能只会种六百棵咖啡树，我却种了六百英亩[1]。我的老黄牛日日拉着耕耘机，行走在一行行咖啡树中间，爬上高坡，再下来，就这么走过上千英里，耐心等待着即将到来的犒赏。

种植园里也有美不胜收的时候。当雨季来临，咖啡树开花时，在毛毛细雨中，在薄雾的笼罩下，好似有一团白垩云飘浮在六百英亩的土地上，那景象真是美得摄人心魄。咖啡花味微苦，

---

1. 1英亩约等于0.004平方千米。

闻起来颇似黑刺李花儿的味道。咖啡果成熟后，整个咖啡园就变成了一片红色的海洋。男人、女人和被称为"托托"的孩子们全体出动，一起采摘咖啡果。然后，他们再用马车和手推车把果子运到河边的加工厂。虽然工厂里的机器经常出问题，但因为它是我们自己设计建造的，所以我们对它还是很满意的。有一次，一场大火把工厂烧了个精光，我们就又重新建造了一座。工厂里有巨大的咖啡烘干机。它转啊转啊，咖啡豆在它硕大的铁肚子里发出隆隆的声音，听起来像是海浪在冲刷海滩上的鹅卵石。有时，咖啡豆会在午夜被烘干出炉，此时的场面可谓美丽壮观，令人惊艳：厂房高大壮观，本来漆黑一片，此时亮起了数不尽的防风灯；灯光下，有蜘蛛网和咖啡壳在厂房里飘荡飞扬；无数黑色面孔围在烘干机的周围，虽然满是焦灼，但也神采奕奕、容光焕发。此时此刻，我们的工厂宛如埃塞俄比亚人耳垂上的宝石，在非洲大地浩瀚的夜幕中，闪闪地发出耀眼的光芒。咖啡豆被烘干后，会经过手工剥壳、分级、挑选的一系列程序，然后再被装入麻袋。工人们再用马具商用的针把麻袋口缝起来。

最后，清晨天色未亮时，马车会驮着这些麻袋前往内罗毕火车站。我躺在床上，能听到马车出发时的声音，还会听到工人们的吵吵嚷嚷和喋喋不休。每辆马车上高高地堆着十二包咖啡麻袋，总重大约有一吨，由十六头牛拉着，沿着工厂所在的山路向上爬去，目的地是内罗毕火车站。赶车人在马车边上跟着马车往前跑。还好，他们只需要爬一段向上的山路，因为我们的种植园要比内罗毕城高出上千英尺。想到这一点，我由衷地感到开心。傍晚时分，我走出屋子，就能看到回程的队伍——疲惫的牛儿们脑袋低垂，由一个神态萎靡的小托托牵着，走在马车的前面。马车空空的，后面跟着几乎虚脱的赶车人，他们拖着鞭子，走在马车后的尘土中。到了这一步，我们已经完成了咖啡种植的所有工作。在这之后的一两天内，咖啡豆就会在海上旅行了。而我们在这段时间能做的，就是祈祷它们在伦敦卖出个好价钱了。

我共有六千英亩土地，除了咖啡园，还有大片闲置。这些闲置的土地中，有一部分是原始森林，还有一千英亩是非法棚户[1]的土地，他们把这片土地称为"他们的香巴田[2]"。这些非法棚户是非洲的原住民，他们和家人一起占据着某个白人农场主的几英亩土地，每年为主人工作一些日子，作为回报。但我农场上的非法棚户们可不这样看待自己和白人们的关系，因为他们中的大多数人及其父辈都在这片土地上土生土长。在他们眼里，很可能我才是他们田产上的非法棚户，而且占据的土地更大更多。他们的田地要比农场上的其他地方更有生机和活力，会随着四季的变化而变化。当你走在被踩得硬硬实实的狭窄小径上，两侧的玉米像高大的绿色军团，没过你的头顶，发出沙沙的声音，成熟的时候会被收割。豆子成熟之后，女人们就会收割集中，然后使劲敲打，最后把豆茎和豆荚堆在一起焚烧。于是，在某个季节，你就能看到有细细的蓝色烟柱从农场的这儿或那儿冒出来。基库尤人还会种红薯。红薯的叶子长成藤条状，在地上匍匐蔓延，看起来就像是一大片纠缠交错的厚垫子。他们也种各种各样的大南瓜，这些南瓜或黄或绿，上面带着很多斑点。

在基库尤人的香巴田里行走，你首先看到的会是某位矮小老妇的臀部，她挥动着耙子在地里劳作，看起来像是一只鸵鸟把头埋入了沙地里。每个基库尤家都有几座小小的圆形尖顶小屋或

---

1. 在非洲殖民地时期，大批缺乏可耕地的黑人农牧民移居到白人农场主的地产上占有土地，向白人农场主缴纳实物或货币。
2. 原文为斯瓦希里语，意思是"田地"。

石头屋，屋与屋之间的空地上总是很热闹，这儿在磨玉米，那儿在挤羊奶，孩子们和小鸡们一起到处跑。空地上的地面被踩得实实的，硬得像水泥一样。傍晚时分，当天空还是蔚蓝色的时候，我会提起猎枪，去他们周围的红薯地里打一种叫鸡鹑的野禽，还会看到欧鸽站在树上咕咕地大声歌唱。这些树的树干高高的，开着穗状的花朵，曾经是覆盖整片农场的原始森林的一部分，现在却零零落落地散布在香巴田中。

农场有几千英亩草地，草都长得很高，大风来时，它们像海浪一样匆忙地向远处奔跑、逃窜。基库尤牧童常常在这里放牧。天气转冷时，他们会从家里带来一个柳条篮子，里面装着煤块，然后到草地上烧煤取暖。有时就会引来漫山大火，这对牧场来说可是一场大灾难。干旱时节，会有斑马和大羚羊来到这片草场。

我们归内罗毕城管辖。内罗毕坐落在十二英里外的一片平原上，周围群山环抱。城里有政府大厦和其他中央办公机构，官员们就在这些办公楼里管理着整个国家。

一座城市不可能不影响一个人的生活。不管你觉得它是好是坏，它都像是精神领域里的万有引力，深深吸引着你。夜晚，内罗毕上空笼罩着一层薄雾，闪闪发光，在农场都能看得到。看着它，我就会思绪远游，回忆起欧洲的那些大城市。

刚到非洲的时候，肯尼亚还没有汽车。所以，每次去内罗毕，我们或是骑马，或是套上六头骡子，赶上马车去。到了城内，我们把马或骡子拴在一个叫"高地运输"的旅店的马厩里。那时候的内罗毕杂乱无章，能看到漂亮的新型石头建筑，也能看到满是波纹铁皮的商铺、办公楼和小平房的街区；街道两侧的桉树长长地向前延伸，空荡荡的路面上尘土飞扬；法院、本地事务部和兽医部的办公楼都是脏兮兮的，真是佩服这里的政府官员，竟然能在这些熔炉一样的小黑屋里处理任何事务。

但它毕竟是一座城。在这儿，你能买到各种东西，能听到各种各样的新闻，能在饭店里享用午餐和晚餐，还可以去俱乐部跳舞。这里生机盎然，像奔腾的流水一样充满活力，像所有年轻的生命一样时时刻刻都在成长，每一年都有新的变化。即使只是出去游猎一段时间，你都能感受到这种变化。一座富丽堂皇、豪华气派的新政府大楼落成了，还配有精致的舞厅和漂亮的花园；几座大酒店拔地而起；各种农业展览、花卉展览令人印象深刻。内罗毕说："尽情地享受我，享受好时光吧。我们不会再在如此年轻的时候相遇了。抛去一切束缚，让我们一起贪婪地享受吧。"我和内罗毕是心灵相通的。有一次，我在街道上开车的时候，突然就有了一种感觉，觉得如果没有内罗毕的这些街道，整个世界就不存在了。

内罗毕的原住民和有色人种移民所生活的城镇比白人的城镇大得多。斯瓦希里市位于通往穆海咖俱乐部的路上。它的名声不太好，肮脏艳俗，却始终充满活力，几乎每一秒钟都会有事情发生。这里的居民把装煤油的罐子砸平，搭建起房屋，房屋上有着各种斑驳的锈迹，看起来很像珊瑚石，就在这样僵硬的石化结构中，高级文明的精神逐渐消失了。

索马里市离内罗毕很远。我想，这大概是因为他们要把妇女们藏起来的缘故。我在非洲的时候，有几个漂亮的索马里女人几乎全城闻名。她们聪慧迷人，就住在集市区，给内罗毕的警察们带来了不少麻烦。但普通的索马里女人可都是忠厚老实、规规矩矩的，从来不会到城里抛头露面。在索马里市，四面都有大风吹来。街上光秃秃的，毫无遮阴之物，到处尘土飞扬。这样的环境一定会让索马里人想到自己家乡的沙漠。但欧洲人可不一样，即使他们几代人都住在这里，也不能像索马里这个游牧民族一样，完全无视周围的环境。这儿的房屋毫无规则地散布在光秃秃的地上，好像是用一蒲式耳[1]的四英寸[2]长铁钉钉在一起的，看起来很不牢固，只能支撑一个星期。但当你走进这些房屋，你会发现，室内整洁清新，弥漫着浓郁的阿拉伯熏香。房间的地上铺着雅致的地毯，墙上挂着精美的帘幔，还摆着各种铜器、银器，以及刀刃锋利、带着象牙刀柄的宝剑。索马里女人们高贵优雅，热情快乐，笑起来声音像银铃一般。我有一个索马里仆人，名字叫法拉·亚丁。在非洲的时候，他一直跟在我左右。因为他，我在索马里村落里就像回到家一样悠闲自在。我参加过村里的很多宴会。索马里人的婚礼隆重盛大，带有强烈的民族风情。有一次，我以贵客的身份进入新房参观。新房的墙上和婚床上都挂着各种古老的编织物和绣品，微微地发着光芒。新娘有一双乌黑的眼睛，身体拘谨僵硬，穿着沉重的绸衣，头上挂满了金饰品和琥珀，看起来好似某个元帅的权杖。

　　肯尼亚的索马里人都是牲口贩子和商人，他们在村里养了一些小灰毛驴和骆驼，用来驮运货物。骆驼出自沙漠，它们傲慢坚韧，能够忍受人世间所有的苦难，像仙人掌，也像索马里人。

　　索马里各部落之间存在严重的纷争，这给他们带来很大麻烦。不过，他们对这件事的感受和看法与局外人不一样。法拉属于哈布尔·尤尼斯部落，在部落纷争方面，我自然是站在他这一边。有一次，索马里市的杜尔巴·汉蒂斯和哈布尔·查奥罗之间发生了大规模枪战。当时枪声不断，还有人放火，造成十到十二

---

1. 容量单位，1美式蒲式耳约等于35.2升。
2. 1英寸等于2.54厘米。

个人死亡。最后政府介入，枪战才停止。法拉在部族里有一位年轻的朋友，名字叫赛伊德。这个小伙子文质彬彬的，常到我们的农场找法拉。仆人们有一天告诉我，赛伊德去拜访一个哈布尔·查奥罗部族的家庭，刚好碰到一个暴怒的杜尔巴·汉蒂斯族人。这个人向墙上乱放枪，子弹穿墙而过，刚好射中了赛伊德的腿部。听到这个消息后，我心里感觉很难过，就去安慰法拉，他生气地大喊："什么，你说赛伊德？他的命真大。真想不通，他为什么非要跑到一个哈布尔·查奥罗人家里去喝茶？"

内罗毕市场区的大型商业中心全部被印度人占据。像杰范吉、苏莱曼·弗吉和阿利迪娜·维斯拉姆这些印度大商人，都在城郊置办有小别墅。他们偏爱石雕式的楼梯、栏杆和花瓶。所用材料是从肯尼亚质地松软的石材上切割下来的，有些粗制滥造，看起来很像小孩子用粉红色玩具砖搭建出来的。就连茶餐派对上的印度糕点都是雕花式的，和他们的别墅一样。他们经常在花园里举办茶餐派对。印度人聪明、文雅，爱四处游历，但非洲的印度人都是贪婪的商人，面对这样的人时，你根本不知道他只是一个普通人，还是一个公司的头目。我曾经去过苏莱曼·弗吉的家。有一天，我竟然在他家的商铺大院里发现他们在降半旗。我赶紧问法拉："苏莱曼·弗吉去世了吗？""半死不活了。"法拉回答。"难道他们在半死不活的时候下半旗？"我又问。"苏莱曼死了，可弗吉还活着。"法拉说。

接管农场之前，我非常喜欢打猎，也常常出去游猎。但接管农场之后，我就把猎枪收起来了。

马赛族是一个游牧民族，几乎家家养牛。他们是农场的邻居，就住在河对岸。那时，常常有马赛人过来找我，跟我抱怨说狮子把他们的牛吃了，求我拿枪去把狮子打死。如果能做到，我一般都会去。有时，我会在周六到奥朗吉平原上打一两头斑马，给农场上的工人们开荤。此时，我的身后总是跟着很多基库尤年轻人，他们对打猎常常抱着乐观的态度。我也会在农场上打鸟。在所有的鸟类里，麻雀和珍珠鸡是最好吃的。

后来的很多年，我都没有出去打猎。但我们还是会常常谈起那段出去游猎的日子。当时的露营地依旧深深印在脑海里，就好像你已经在那儿生活了很久。甚至连在草地上留下的车辙，都记得一清二楚，就像一个好朋友的容貌一样。

在游猎的日子里，我见到过一个水牛群，一共有一百二十九头。它们通体黑色，体型巨大，像是很多铁疙瘩，头上的角威猛有力，不断地在水平方向摇晃着。它们一头接一头地从古铜色的天空下走过，走出晨曦中的薄雾，看起来好像不是一步步接近我，而是就在我眼前突然被创造出来，然后被派到了凡间。我也见过在茂密的原始森林里穿行的象群。阳光透过繁盛的藤蔓斑斑驳驳地洒下来，象群缓缓地向前行进，好像是要去世界的尽头赴一场约会，看起来极似一条放大了的波斯地毯边线——地毯古老且价值连城，边线由绿色、黄色和深棕色渲染而成。我还多次见到过横穿平原的长颈鹿队伍。它们浑身散发出一种奇特的、独一无二的、植物式的优雅，就好像不是一群动物在行走，而是很多花朵在缓慢移动。这些花朵硕大无比，非常罕见，带着长长的茎和斑点。我也看到过两只犀牛在清晨漫步。晨间的空气太过寒冷，它们的鼻子有点受不了，总在那儿吸气喷气。它们像两颗有棱有角的巨石，在长长的山谷里互相嬉戏，一起享受着生活。我甚至还见到过高贵的丛林之王——狮子。有时是在日出时分，当弯弯的残月还挂在当空时，草丛在月色下泛着银光，平原一片灰蒙蒙。狮王猎杀归来，满面红光地穿过平原，向家的方向走去，像一道黑线一样从草丛中掠过。有时是在正午时分，狮王的家族躺在低矮的草丛里午睡，它就躺在正中央。我还见到过它躺在自家非洲花园的金合欢树树荫下小憩，树荫面积巨大，地上柔软无比，躺在上面如在春日般凉爽。

每当在农场上感到无聊的时候，我就会想想这些，然后心情就会愉快很多。现在，这些巨大的野生动物依然在自己的王国里好好地生活着，如果我愿意，我就可以走出农庄，去拜访它们。它们近在咫尺，给农庄平添了一丝明亮和欢悦。法拉对农庄的事务越来越感兴趣，但他仍然和其他一些土著老仆人一样，期待着再次出去游猎。

在旷野中，我学会了尽量避免突发性的动作。猎物们通常很温顺，但也很警惕，它们可以在你最不注意的时候迅速逃匿，这是它们的天赋。在保持安静这方面，任何家禽都比不过野生动物。文明世界中的人类已经丧失了这种技能，他们必须安静地向大自然学习，才能被大自然接受。尤其是猎人，他们需要学习的第一项技能就是慢慢移动，不要有任何突然的行为。带着摄像机狩猎的猎人们更需要这项技能。狩猎时，猎人们不能按照自己的想法前进，而是要跟着风的方向，依照地形的色彩和气味，和大家保持一致的速度向前。有时候，猎物会把某个动作重复很多遍，那猎人们就要跟着它们一起动。

一旦捕捉到非洲的节奏，你就会发现，这种节奏适用于非洲的一切事物。我从狩猎中学习到的技能对我和土著居民的相处很有帮助。

热爱女人和女性气质，是男性的特征；热爱男人和男性气质，是女性的特征。同样道理，热爱南方国家和民族，是北欧人的特征。诺曼人就爱上过很多南欧国家，先是英国，后是法国。

在18世纪的史书和小说中，会经常出现一些贵族，他们不厌其烦地到意大利、希腊和西班牙游历，虽然身上没有任何南欧人的特质，但却被南欧的那些完全不同于自己国家的事物深深吸引。在古代，每当德国和斯堪的纳维亚的画家、哲学家和诗人们第一次来到佛罗伦萨和罗马，他们都会双膝跪地，对这片土地顶礼膜拜。

北欧人极其没有耐心，但对异邦世界却极其包容，这看上去很奇怪，很不合逻辑。但这就像女人们很少能真正激怒男人，男人一般也不会特别讨厌或彻底拒绝女人的逻辑一样。所以，急躁轻率的红发北欧人虽然无法忍受国人和亲人的荒谬无聊，却可以无限度容忍赤道上的国家和民族。他们以极大的谦卑和温顺，接受了非洲高原的干旱、中暑，家畜的瘟疫和仆人们的无能。尽管对方与自己之间存在差异，但还是可以与之融为一体，并融洽地和他们相处交往。在对这种交往融合的可能性的坚持中，北欧人逐渐失去了个体意识。但南欧人和混血民族就缺乏这种坚持，他们对此不屑一顾，甚至还会指责和咒骂。这就像男人们总会瞧不起那些坠入爱河，整日唉声叹气地思念恋人的男人；也像对自己男人不愿意付出耐心的理智女人会对格丽泽尔达的行为表示愤慨一样。

而我，刚到非洲几个星期，就爱上了当地人。这种爱，是一种不分年龄阶段、不分性别的强烈包容。对于我而言，发现这些黑色人群极大地拓宽了我的个人世界。想象一下，一个天生喜欢小动物，却在没有任何动物的环境里长大的人，某天突然有机会接触到了动物；一个天生喜欢树林和森林的人，在二十岁的时候才第一次踏进森林；一个天生对音乐敏感的人，在成年之后才第一次听到音乐。来到非洲之后的我，就是这样的人。开始与非洲土著交往后，我常常会去听管弦乐队的演奏。

我的父亲曾在丹麦和法国军队担任过军官。有一次，他从杜佩给家人写信。当时他还是一名中尉。在信里他这样写道："回到杜佩后，我就是一名军官了，要带领一个纵队。这个活儿其实挺辛苦的，但是感觉特别棒。我们热爱战争，这是一种激情，就像对其他事情的激情一样。你爱手下的士兵，就像爱年轻的姑娘，而且爱到发狂。这两种爱互不排斥，这一点姑娘们都知道。但是，对姑娘们来说，你每次只能爱一个；而对士兵的爱，则可以辐射到整个兵团，如有可能，你还希望范围可以再扩大一些。"我和当地土著的相处也是如此。

想要了解土著是很不容易的。他们的耳朵很灵，很容易逃得无影无踪。如果你惊吓到他们，他们会在一秒钟内遁入自己的世界，就像野生动物突然受到惊吓，逃跑消失一样。即使你和他们熟悉后，如果你问他们一个问题，他们也不可能直接告诉你。比如，你如果直接问他，你有多少头牛，他们会故意逃避着回答："就像我昨天告诉你的那么多。"欧洲人觉得这种回答很伤感情，但这种直接的询问同样也会伤到土著的感情。如果你死缠烂打地问下去，非要他们解释自己的行为，他们会尽可能对你让步，让你陷入一种古怪的、可笑的空想中，把你引入错误的方向。就连土著小孩，都有这种老扑克牌玩家似的技能。这些玩家不会在意你是高估还是低估他们手中的牌，只要你猜不透真正的牌就可以了。如果你突破防线，进入他们的生活，他们就会用蚂蚁的方式来对待你。蚂蚁们会在你用棍子指进它们巢穴时，以极大的耐性，默默地、迅速地把被破坏的地方清理干净，就像要抹掉某种不得体的行为一样。

我们无法知道，也想象不出他们究竟害怕我们身上的什么东西。我自己的感觉是，他们对我们的害怕，就好像是对一种突然响起的、可怕的声音的害怕，而不是对痛苦或死亡的恐惧。但具体到底是什么，就真的很难确定了，因为他们跟动物一样，非常善于伪装。在香巴田里，有时会在清晨遇到母鸡鹑。看到你，它会直直地冲到你的马前，那样子看起来就好像是翅膀断了，又好像它很害怕被猎狗咬到。但事实上，它的翅膀并没有断，它也不怕狗，因为它会选择一个时机，在它们面前呼呼地飞走。它这么做是想要吸引我们的注意力，因为它的孩子就在附近。土著很像这些母鸡鹑，很可能是假装害怕我们。至于他们这么做的原因，或许是我们猜不到的某种深层恐惧，又或许是他们在给我们开玩笑，只是方式比较奇特，而事实上这些害羞的人并不怕我们。他们的危险意识要比白人差很多。在游猎的途中或在农场上面临险境时，在我和身边的土著伙伴们眼神交会的那一刻，我就意识到我们之间存在着很大的距离，他们好像在猜测为什么我会对面前的险境如此恐惧。这让我觉得，或许对于他们而言，生活已经融入了他们的每一颗细胞中。他们就像是深水中的鱼儿，完全无法理解我们对溺水的恐惧。而我们是永远都无法做到这一点的。他们之所以能够如此笃定，之所以能拥有游泳这项技能，大概是因为他们拥有着一种特殊的智慧。而这种智慧，即使是我们最古老的祖先，都不曾拥有过。在地球的各大洲中，只有非洲会这样教你：神和魔是一体的，它们是世间最高的权威，永生不灭且共生共存，永远都不会单独存在。非洲土著不会糊里糊涂地看待他人，也不会孤立地看待事物。

在游猎的途中，在农场上，我和土著之间的关系逐渐稳定，最终建立了亲密的私人关系，成了好朋友。我知道自己永远都不可能了解或理解他们，但他们却彻头彻尾地了解我，甚至在我还没有意识到的时候,就已经知道了我下一步会做出什么决定。有一段时间,我在吉尔吉尔经营一个小农庄。我在那儿支了一个帐篷,平时就生活在里面。回恩贡山或是去小农场的时候都要乘坐火车。如果吉尔吉尔开始下雨,我就可能会临时决定回农场,这可是突然间做出的决定。但每次在我走到基库尤车站时,都能看到农场上的土著牵着毛驴在那儿等我。然后,我就会坐着毛驴回去。这个车站是铁路线上的一个小站,离农场有十英里路。我问这些土著,他们怎么知道我要回农场。听到这个问题,他们会望着远处,表情看起来很不自在,像是害怕你,又像很烦你,就像一个聋子逼着你给他解释一场交响乐时你的反应一样。

如果土著适应了我们突然间的动作,或突然发出的声音,他们就会敞开心扉,非常坦诚地与我们聊天交谈。而他们的坦诚度要远远高于欧洲人交流时的坦诚。他们永远都不值得信赖,但却非常真诚。在土著的世界里,名声是非常重要的东西,他们称之为"威望"。一旦大家对某个人都赞誉有加,以后就不会有谁再去质疑他。

农场上的生活有时是非常寂寞的。在寂静的夜晚,时间一分一分地从钟表里滑落,生命也随之一点一点地从我们的身体里消逝。每当此时,我就希望身边能有一位可以聊天的白人朋友。至于身边的土著,虽然他们沉默无声,似乎一直处于阴影中,但我一直都能感受到他们的存在。他们始终和我是平行的存在体,只不过是处于不同的生命层面上。我们相互之间是心有灵犀的。

土著是非洲血和肉的化身。这些在广袤的风景画中生活的小人儿,要比大象、长颈鹿、生长在河边的那些高大的含羞草式的树木,以及在大裂谷上空高高耸立的隆戈诺特死火山更能真实地反映非洲。所有的人都在表达同一个核心思想,都是同一个主题的不同表现形式。他们不是由不同元素堆积而成的统一体，而是由同类元素堆积而成的异类体，就像橡树叶、橡子，以及橡树上的其他物质，都是源自橡树。我们这些穿着长靴、整日行色匆匆的欧洲人，与周围的这幅风景画完全不协调，但土著就与周围的一切非常协调。这些有着黑皮肤、黑眼睛，个子高高瘦瘦的人，无论是在旅途中还是在田地里，无论是在放牧，还是举办大型舞会或者是讲故事，都恰似活脱脱的非洲在散步，在跳舞，在招待你。土著外出旅行时，常常是一个接一个地排着队走路，因此非洲土著的道路都很狭窄，即使是最好的路也是如此。在这片高原上，你会想起这句诗：

高贵着的，永远是土著；
平凡着的，永远是迁徙过来的人。

殖民地一直都在变化，现在已经与我初到那儿时大不一样。我将尽可能地准确记录下我在农庄的生活经历，包括这个国家的一切，包括在平原和丛林里生活的居民。这样的文字应该还是有几分历史价值的吧。

一个土著小孩

卡曼特是一个基库尤小男孩，父母是农场上的非法棚户。农场上非法棚户的孩子们总是到我房子周围的草地上放羊，因为他们总觉得这里会有有趣的事情发生。他们也和父母们一起为我干活。我对他们很熟悉。在我遇到卡曼特之前，他一定在这儿生活了很多年,但我总觉得他一定是过着一种与世隔绝的生活,就像一只生了病的小动物。

第一次见到他的时候,我正骑着马要穿过农场上的草原。他当时正在放羊,看起来像是这个世界上最可怜的人。头很大,身子却出奇地瘦小,胳膊肘和膝盖突出得很明显,像是棍子上的疙瘩。双腿长满脓疮,从大腿到脚跟,全部都是。在广袤的草原上,他显得特别特别微小。但在如此微小的一个点上,竟然集中了如此多的苦难,这实在让人感觉很震撼。我停下来和他说话,他没有理我,好像没有看到我似的。他那张扁平的、棱角分明的脸上布满了痛苦,却又显露出极大的耐性。脸上那双眼睛黯淡无光,像是死人的眼睛,看起来他好像活不了几个星期了。你甚至会依稀看见几只秃鹰在他头顶盘旋,天空昏暗,似乎要燃烧起来。在非洲的大草原上,哪里有死人,哪里就会看到秃鹰。我让他第二天上午到我的房子里来,看能不能帮他治好腿上的脓疮。

上午的九点到十点,我是农场上土著的医生。就像所有优秀的冒牌医生一样,我也有许多病人,每天基本上都会有两名到十二名病人来我这儿治病。

基库尤人能够坦然面对意料之外的事情,他们习惯了意外。在这一点上,他们和白人们完全不同。大多数白人在生活中都是努力不让意外发生,也很习惯与命运做抗争。但黑人们与命运永远都是友好相处,他们一生都被命运女神死死地控制着。在某种程度上说,对于黑人,命运女神就是他们的家,就是小屋里那熟悉的黑暗,是深深地埋在地下的庄稼根上的霉菌。他们能够从容面对任何命运的改变。正因为如此,他们最期待在主人、医生或上帝的身上看到的品质是想象力。可能也是因为这种期待带来的力量,所有的非洲人和阿拉伯人都把哈伦·拉希德哈里发看作是最理想的统治者。没人知道他下一秒会做些什么，也没人知道会在哪里见到他。每当非洲人提到上帝的性格的时候，他们就好像在讲《一千零一夜》或是《圣经·约伯书》的最后几章。上帝震撼他们的，也同样是想象力带来的无穷力量。

因为土著的这种特质，作为医生的我受到了大家的欢迎，或者说名声很不错。第一次来非洲时，和我同船的有一位著名的德国科学家。那是他第二十三次到非洲尝试治疗昏睡症。他带了一百多只小白鼠和豚鼠上船。他告诉我，非洲土著根本不怕疼，也不害怕大型手术，但他们特别讨厌程式化的、重复性的或是步骤性极强的治疗，这才是给土著居民看病时最难克服的困难。这位著名的德国科学家很不理解这一点。和土著熟悉之后，我最喜欢的恰恰就是他们的这种特征。他们对险境是发自内心地喜爱，这是一种真正的勇气，是对造物主命运安排的真实回应，是天堂在大地上的回音。有时候我会想，其实在他们内心深处，他们真正害怕的是我们的迂腐，是我们的书呆子气。在这些人手里，他们会死得很痛苦。

我的房子外面有一块铺平了的空地，病人们一般会蹲在上面等待。瘦骨嶙峋的老头们流着眼泪咳嗽着，眼睛骨碌碌地四下里看；打过一场架的瘦高年轻人平静了下来，眼睛黑漆漆的，嘴巴青肿淤紫；母亲们抱着发烧的孩子，这些孩子像是干枯的小花儿，挂在母亲的脖子上。我经常要治疗一些烧伤病人。基库尤人喜欢在小屋里的火堆边睡觉，正在燃烧的木堆或木炭有时会坍塌，然后滑到他们身上。储存的药物用完之后，我发现蜂蜜是一种很好的治疗烧伤的药膏。那块空地上很热闹，气氛极其火爆，就像欧洲的娱乐场合。他们叽叽喳喳地小声聊着天，一旦我走出来，这股欢快的小溪流就立刻断了水，空地上也安静下来。这种安静孕育着所有的可能。接下来,"一切皆有可能"的时刻就要来了。他们每次都由我确定第一个接受治疗的病人。

其实我根本不懂医术,只是从一般急救护理课堂上学到一点点医学知识。幸运的是,我竟然治好了几位病人。从那之后,我的医生名声便传播开来,即使之后有好几次都犯了严重的错误,这种声誉也丝毫未受到影响。

但是,如果那时我每次都能把病人治好,谁知道找我看病的土著会不会越来越少。当然,我会获得专业名医的声望——这完全就是一位来自沃拉亚的医术高超的医生,但他们还会觉得上帝与我同在吗?他们所知的上帝,存在于大旱的年月中,存在于夜晚大草原上的狮群中,存在于孩子单独在家时徘徊在附近的豹子身上,以及不知道从哪儿蜂拥而至,但一旦飞过,连一片草叶都不留下的蝗虫群中。另外,飞过玉米田,却没有做任何停留的蝗群——这种难以置信的事情带给他们无比的喜悦,春天很早就降临的雨水,田野和草原上开放的花朵,长得绿油油的庄稼,都让他们感受到了上帝的存在。当他们考虑到生活中这些重大事件时,我这个来自沃拉亚的神医恐怕也就成了一个外来者。

第二天早上,我吃惊地发现,卡曼特站在我的房子外面。房子外面还有三四个病人,但他没有和他们在一起,而是身子挺得笔直站在一边,脸上是一副马上就要死掉的表情。他对生命毕竟还是留恋的,决心要抓住最后一次机会。

在以后的时间里,他变成了一位非常优秀的病人。我让他什么时候来,他就什么时候来,从来不会出错;我让他每隔三四天必须来一次,他也会准时过来。一般的土著很难做到这一点。治疗脓疮的过程极其痛苦,但他每次都很坦然很淡定地忍受下来,我从来没见到过这样的病人。鉴于此,我本应该把他树立成一个榜样,供其他病人效仿,但我没有这么做,因为他同时也让我心里感到很不安。

我真的很少会遇到这样野性十足、完全与世隔绝的人类。他坚定而决绝地放弃和周围世界的接触,把自己与周围的人完全隔绝开来。他从来不会主动和我说一个字,也从来没有直视过我,只有在我问他问题的时候,他才会开口回答。在伤口被清洗和包扎的时候,其他孩子会哇哇大哭。对于这些孩子,他没有表现出丝毫的同情或怜悯,而是低声笑着,笑声里带着轻蔑,带着一种"我太了解这种疼痛"的意思。他一眼都没看过这些孩子。他没有欲望与周围世界以任何方式进行交流,因为他所体验过的交流方式都太过残忍。他像古代的勇士一样,坚韧不拔,不屈不挠,直面痛苦。不论事情变得多糟糕,他都丝毫不会有所触动。他的工作和生活哲学教会了他时时刻刻都要做好最坏的打算。

但这样的行为通常都是颇宏大和庄重的,会让人想起普罗米修斯对自己信念的宣言,例如:"痛苦是我的名分,狠毒是你们的本性;现在来折磨我吧,我毫不在乎。"再例如:"好吧,尽你狠心做,你原是无所不能。"卡曼特是如此瘦小的一个孩子,这种行为在他身上出现,总是会让人感觉不舒服,会失去对生活的信心。真不知道上帝在面对这个小孩子的这种生活态度时会作何感想。

我至今还清晰地记得他第一次主动看着我,和我说话时的情景。当时,我放弃了第一种治疗方案,正在尝试从书中找到的一种新方法——把一种膏药热敷在脓疮上。所以,我和他已经相当熟悉了。我有点心急,想赶紧做完,就把药膏做得太热了。当我把药膏敷上轻拍的时候,卡曼特说话了:"姆萨布……"然后深深地瞥了我一眼。非洲土著们把白人妇女称作"姆萨布"。这本是一个印第安词汇,他们把发音稍微改变,把它变成了一个非洲词汇,听起来感觉就很不一样。卡曼特的这声喊,是在求助,同时也是在提醒我,像是一位忠实的朋友在提醒你放弃一件不值得做的事情。在以后的日子里,每当想到这个词,我的心里就充满了希望,然后就雄心勃勃地要成为一名好医生。因为把药膏弄得太烫,我对他感到很抱歉,但心里还是愉快的。因为他的这一瞥,预示着我和这个小野孩开始互相理解了。这个孩子可以说是一个彻头彻尾的受难者,除了苦难,他对生活没有任何期待。但在我身上,他已经不再期待苦难了。

我尽心尽力地为他治疗,但效果一直不理想。在很长一段时间里,我都坚持为他清洗和包扎伤口。但这种病我确实治不了。有时这儿的脓疮好了,别的地方又长出新的。最后,我决定把他带到苏格兰布道会里接受治疗。

这个决定非常重要,它代表的是希望。卡曼特虽然感到很震惊,但他一点儿都不想去。不过,因为他的放牧生活和生存哲学,他对很多事情都不会太反抗。于是,我就开着车把他送到了布道会,带着他走进了长长的医院。对他而言,周围的环境是陌生的,而且充满了神秘,他浑身都在颤抖。

苏格兰布道会的教堂位于农场西北十二英里处,海拔比农场高五百英尺,算得上是我们的邻居。农场东部十英里处是法国的天主教布道会,海拔比农场低五百英尺,而且地势比较平整。我本人不怎么支持这两个布道会,只是跟他们的私人关系比较好。这两个布道会之间有着很深的敌意,这让我觉得很可惜。

法国的神父们和我是好朋友。为了能说说法语,也为了能享受一次愉快的骑行,我和法拉常常会在周末的早晨骑马去他们那儿做弥撒。路上,我们要穿过一个金合欢种植园,而且要走很久。这个园子是属于林业局的，已经建好很多年了。走在园子里，空气中弥漫着清新而浑厚的松香味，甜蜜得直想让人欢呼。

不管去哪儿，罗马天主教堂都会把它那种独特的感觉带到那儿，这一点颇令人叹服。这里的神父们在当地土著的帮助下，自己设计和建造了这座教堂，他们是有理由为此感到自豪和骄傲的。这是一座精致的灰色大教堂，顶部是一座钟楼，坐落在一座宽大的庭院里，脚下是一座平台和台阶。而庭院，则坐落在教会的咖啡园正中央。这是殖民地最古老的咖啡园，管理得相当不错。院落的两侧是带有拱廊的餐厅和女修道院。不远处有一条小河，河边坐落着教会学校和磨坊。河上有一座拱桥，骑马穿过这座桥，沿着一条马路一路向上，就到了教堂。拱桥用灰色石头堆砌而成。如果你在桥上下马观看周围，你会发现，整座桥干净整洁，周围的景色迷人至极。你会感觉自己正身处瑞士的南部或意大利的北部，而不是非洲。

神父们都很友好。弥撒结束后，他们会站在教堂门口等我，邀请我去喝杯红酒。我们穿过庭院，走进宽敞凉爽的餐厅。对于这片殖民地上发生的事情，这些神父们是无所不知无所不晓，甚至发生在犄角旮旯的事情，他们都很清楚。所以听他们讲话是很有意思的。他们很擅长用甜蜜、亲切的交谈套取你所有的信息。他们简直就是一群精力旺盛、整日粘着花朵采蜜的小蜜蜂，而且还是全身褐色、毛茸茸的蜜蜂，因为他们都长着又长又密的胡须。虽然他们对殖民地的生活如此感兴趣，但却仍然过着一种法国人的流亡生活，对某种高级的神秘力量一直耐心、愉快地保持着敬重。一旦接到"任务解除"的命令，他们会立刻把所有事情留给当地人，以最快的速度飞回巴黎。所以，你会感觉，如果不是这股不知名的神秘力量，他们应该就不会来到这儿。如果是这样，那座用灰色石头砌成的、带有钟楼的教堂，以及餐厅里的那些拱廊，还有学校、整洁有序的种植园以及传教基地，也就都不复存在了。

无论是在教堂还是去餐厅，法拉总会把我们的两匹小马牵在手里。在回农场的路上，他一定能感觉到我愉悦的心情。他是一个虔诚的伊斯兰教徒，从来不喝酒，所以他觉得我喝的酒和我做的弥撒一样，在我的宗教仪式中占有一样的地位。

这些法国神父们有时会骑上摩托车到我的农场吃午饭。在农场上，他们给我讲拉封丹寓言故事，还给我提出了很多关于咖啡种植的好建议。但我对苏格兰布道会就不太熟悉了。那儿的地势极高，站在教区内向四周的基库尤村落观望时，视野极其不错，但整个教区基地却总是给我一种"失明"的感觉，就好像除了它自己，就再也看不见别的了。他们竭尽全力说服土著穿上欧洲人的服装，我觉得这么做没有任何好处。但他们的医院是很不错的。当时，院长是亚瑟医生，他乐善好施，聪敏过人。我的咖啡园里很多人都得到了他们的救治。

卡曼特在苏格兰布道会的医院里住了三个月。在这三个月里，我只见过他一次。当时，我骑着马去基库尤车站，路上经过教会医院。去车站的路离医院的空地很近，与其平行着向前延伸。我看到卡曼特在空地上站着，与正在锻炼恢复的病人们保持着距离。他的腿好多了，可以跑了。看到我，他奔向空地的篱笆旁，跟着我一直跑到了篱笆尽头。他沿着篱笆向前跑着，像是我骑着马吸引过来的一头小马驹，在一个小型牧场里奔跑。他向前跑着，眼睛一直盯着我的小矮马，但始终没有说一句话。跑到空地的尽头，他不得不停了下来。走过空地之后，我回头看他。他笔直地站在那儿，头抬得高高地注视着我，很像一匹小马驹盯着远去的骑马人。我抬起手臂向他挥手，第一次他没有任何反应，我挥了好多次之后，他的手臂才突然像泵杆一样直直地指向空中，而且也只指了一次。

复活节上午，卡曼特回到了农场。他带给我一封信，是医生写的。信里说，卡曼特的腿已经痊愈，以后再也不会复发了。我看信的时候，卡曼特盯着我的脸，没有想和我讨论的意思，他肯定早就知道里面写什么了。他应该在想更重要的事情。卡曼特平时总是很镇定，或是表现出一种内敛的庄重，但这次却明显看得出他在强忍欢喜，整个人看起来神采奕奕。

土著非常喜欢戏剧性的效果，卡曼特也是如此。为了让我感到惊喜，他用旧绷带把自己从脚后跟到膝盖裹个严严实实。很明显，他觉得这个时刻很重要，倒不是因为他运气好康复了，而是因为他慷慨地想把这份快乐传达给我。他可能还记得，我因为治不好他的腿而整日心烦意乱。而且也很清楚，医院的治疗结果一定会让人大吃一惊。他慢慢地，慢慢地把绷带从膝盖开始拆掉，然后露出来光滑的双腿，他的腿上竟然只留下了一些依稀可见的灰色伤疤。

看到这样的效果，我大吃一惊，感到特别开心。平静庄重地享受了我的反应后，卡曼特又让我震惊了一次。他居然告诉我他现在已经是基督徒了。"我跟你一样了。"他告诉我，然后又要求我一定要给他一卢比，因为耶稣在这一天复活了。

之后，他就回家看妈妈去了。他妈妈是一名寡妇，住在离农场很远的地方。后来，这位女士在聊天时告诉我，卡曼特这天的行为很不同寻常，他完全敞开了心扉，告诉了她很多在医院里见到的奇人奇事。去过他妈妈的小屋之后，他很快就回到了农庄，他觉得自己现在理所当然是属于农场的。之后，他就一直在农场上为我工作，直到最后我离开非洲。这期间，一共有十二年时间。

我第一次见到卡曼特的时候，他看起来只有六岁。他有一个兄弟，看起来有八岁。但兄弟俩都告诉我，卡曼特是哥哥。我想，卡曼特应该是因为长期的腿疾而发育迟缓。所以他那时应该已经九岁了。后来他长大了，但整个人看起来还是很矮小，或者说某些方面发育畸形，但至于什么地方畸形，还真说不出来。日复一日，他有棱有角的脸庞慢慢变得圆润，走起路来也相当轻快。我以造物主的眼光审视他，倒并不觉得他难看，只是他的双腿太细了，永远都像是两根棍子，所以整个人看起来也就有点古怪，有点像小丑，又有点像魔鬼。如果稍微改动一下，我想他就可以坐在巴黎圣母院的钟楼上俯视民众了。他的身上带着一种鲜明的活力和生机，如果是在一幅画中，他一定是需要浓墨重彩的那一笔。有了他，我在农场上的大家庭显得独特而别致。他的头脑总是不太正常，或者至少是形容白人时所说的"特别古怪"。他是一个喜欢思考的孩子。或许是因为常年的苦难生活，他习惯了遇事就思考，然后根据自己的所见所闻来得出自己的结论。他一直就是一个特立独行、与世隔绝的人。做同一件事情，他的方式绝对与别人不同。

我在农场上办了一所学校，然后轮流从罗马天主教会、英国教会和苏格兰教会请来土著教师为孩子们上课。肯尼亚土著的教育严格地控制在宗教范围内。当时，除了《圣经》和一些圣歌集之外，还没有别的书被翻译成斯瓦希里语。在非洲的时候，我一直计划着把《伊索寓言》翻译过来，供当地的土著居民阅读，却一直没有找到合适的时间实施这项计划。这所学校是我在农场上最喜欢的地方，是农场上人们精神世界的中心。学校就在一座由波纹铁皮搭建的仓库里，整个仓库是长形的，也有些岁月了。在这儿，我度过了无数美好的夜晚。

卡曼特会跟我一起到学校上课，但从来不和孩子们一起坐在板凳上，而是站在离他们稍远的地方，好像是故意要让耳朵听不到老师讲课的声音，故意无视其他被允许进来听课的孩子们的狂喜似的。后来，我看到过他躲在我的厨房里，努力回忆着从黑板上看到的字母和数字，一笔一画地、慢慢地抄写和临摹，往往字母和数字都是倒着的。我觉得，即使很想去学校上学，他也不会和其他人一起去。在童年时，他的内心已经扭曲或封闭起来了。长大后，对于他而言，不正常的事儿才算正常。真正的侏儒在灵魂深处是傲慢自大的，他们认为，自己之所以与其他人不同，是因为其他人都是扭曲的。卡曼特就是以这样的心理来面对被孤立这件事情的。

卡曼特在金钱方面极其精明。他平日的花销很少，而且很成功地和一些基库尤人做了几次山羊买卖，在很年轻的时候就结婚了。在基库尤族里，结婚可是一件很奢侈的事情。他曾经像哲学家似的告诉我，金钱这个东西真是一文不值。这话听起来既透彻又富有原创性。他基本上和生活保持着一种很奇特的关系：他是它的主人，但却从不赞美它。

他天生就不会赞美别人，即使对于动物的智慧，他也只是认可和"觉得还好"。我和他认识那么长时间，只听他赞美过一位索马里女士。没过几年，这位女士就来到我的农场上生活了。只要听到别人说出什么自信的话或豪言壮语，卡曼特就会发出一种低低的、带有嘲弄的笑声，而且完全不分场合。所有土著的内心都带着一股强烈的恶意，看到谁做错事情，就会发出尖锐刻薄的笑声。听到这种笑声，欧洲人会觉得很受伤，心里会很反感。

卡曼特更是把这种特质发挥到了极致，把它演变成了一种很特别的自我讽刺。利用这种方式，不论是在面对自己的还是他人的失望和灾难时，他都能够从中寻找到乐趣。

我在许多土著老妇身上也能看到这种心理，比如被火烧了好多次的老妇，再比如血液里已经流淌着宿命感的老妪。不管在哪里见到她们，只要她们嘲讽我，我都能听出来。但我心里很同情她们，只当是某个亲姐妹在嘲讽自己了。我常常让仆人们在周末早晨给老妇们发鼻烟，那时我一般还没起床。土著把鼻烟叫作"汤博科"。于是，每到周日的早晨，就有一群奇奇怪怪的人围在我的房子周围，院子也变成了一个凌乱不堪、破旧的养鸡场，里面挤满了瘦骨嶙峋的秃毛老母鸡，"咯咯咯"地叫个不停。因为土著不太习惯大声说话，所以她们的声音都很小。尽管如此，声音还是会穿过卧室开着的窗户飘进来。在某个周日的早晨，基库尤老妇的这股温和、活泼的小溪起了涟漪，突然变成了一条欢笑的瀑布。一定是有什么特别好笑的事情发生了。我把法拉叫进来问他怎么回事。他不怎么情愿地告诉我，他忘记买鼻烟了。老妇们走了很远的路，到了之后却什么也没拿到，她们说自己真是"布里"。这件事后来成了这群基库尤老妇的笑料。如果在玉米地的小路上碰到她们中的某个人，她就会停下来，定定地站在我面前，用一根弯曲的、瘦巴巴的手指头指着我，那张又黑又老、布满皱纹的脸上就绽开了笑容，脸上的皱纹也折叠在了一起，像被一根看不到的绳子牵着一样。看到她们这样，我就会想起那个周日的早晨，她和姐妹们走啊走啊，从山下走到我的农场，却发现我忘记买鼻烟了，她们最后连一粒都没拿到！哈哈哈，姆萨布！

白人们总说基库尤人不懂感恩，但卡曼特绝不是这样的人，即使对于他职责范围内的事情，他都会表达自己的感激之情。在我们认识后的很多年里，他主动帮我做过很多事情，而我并没有要求他去做这些事。我问他为什么要这么做，他说如果不是我，自己可能早就没命了。他也会通过其他方式表达他的感激。比如，他对我特别友善和热心。更准确地说，是特别耐心。这可能是因为他觉得我们信仰的是同一个宗教的缘故。但实际上，我觉得在他的心里，我应该是属于傻瓜世界最傻的那群人。从他来到农场为我工作，和我的命运联系在一起之后，我就总能感觉到他投射在我身上的犀利眼神，好像他正在对我生活的方方面面进行公正而明确的批判。我甚至觉得，打一开始，他就把我不怕麻烦地为他治疗这件事当成了一种怪癖，而且这是不可救药的。饶是如此，他一直没有对我失去耐心，一直非常可怜我，试图通过各种详细的解释，指导我摆脱无知。有时，在面对某个问题的时候，他会思考上很长时间，就是为了好好地准备这个问题的解释，好让我更加容易理解一些。

卡曼特刚到农场时，他只是帮我喂养家犬，后来成了我的医务助理。从那之后，我就发现他的双手非常灵巧，但单从这双手看，你不会这么觉得。我让他到厨房做个小学徒，给老厨师埃萨帮工。后来，埃萨被人杀害，他就接替了他的工作，并一直在农场做这份工作。

土著一般对动物没有什么感觉，但卡曼特不是这样，作为专门养狗的仆人，他是专业和权威的，甚至把自己都当成了狗群中的一员。他常常会跑过来跟我交流，告诉我它们想要什么，在思念什么，以及它们对事情有什么看法。在他的照料下，狗的身上没有长过跳蚤这种非洲害虫。有很多次，我和他在半夜被狗的嚎叫惊醒，然后一起在防风灯的灯光下，一个个地捉狗群身上的大蚂蚁。这种凶残的蚂蚁在斯瓦希里语里叫"赛富"。它们总是排成一队，碰到什么吃什么。

在教会住院期间，他一定也睁大双眼留心观察过，因为他可是一位细心体贴、很有创新性的医务助理，虽然对那儿的医疗技术，他没有什么敬畏或偏爱之心，表现得像平常一样。在离开这个职位后，他有时也会从厨房里走出来，参与某个病人的治疗，给我提供一些有用的建议。

作为厨师，他又表现出了完全不同的模样，你完全无法把他与其他厨师相提并论。在他身上，大自然完全无视"能力"与"才华"出现的先后顺序，直接大步迈向"才华"。在他身上发生的事情慢慢地变得不可思议和不可理解，这样的事情通常只有在天才身上才会发生。在农场厨房这个小烹饪世界里，卡曼特显示出了作为天才厨师的卓越才华。甚至"江郎才尽"这种天才的无力感在他身上也是看不到的。如果卡曼特出生在欧洲，经过聪慧老师的调教，那他很有可能会名声大噪，成为历史上有名的幽默大师。不过，他在非洲已是相当有名，对待厨艺的态度简直就是一位大师级人物。

我很喜欢烹饪。从非洲第一次回欧洲后，我拜了一位名叫佩罗什特的法国厨师为师，他在一家非常著名的饭店工作。那时，我觉得如果能在非洲把这些美食做出来，那一定是很有意思的事情。看我如此痴迷于烹饪，佩罗什特先生还曾邀请我和他一起经营他的饭店。现在，我只要看到卡曼特，就感受到了这种熟悉的痴迷感，而正是这种痴迷彻底地攫住了我的心。在我看来，和他一起工作的前程简直是不可估量。这个"野蛮人"身上竟然具备烹饪西方食物的天赋，这是我见过的最神秘的事。这不得不让我开始重新审视人类文明，因为它很可能是天赐的，是命中注定的。我感到自己像是一个本来不信上帝存在的人，在一位颇相学者给我指出"神学雄辩术"在大脑中的位置后,就又重新开始相信上帝的存在。如果"神学雄辩术"是确定存在的,那么神学也就存在。如此一来,上帝就一定是存在的。

只要与烹饪有关的领域,卡曼特都展示出了娴熟的能力,非常令人震惊。在他那双黑瘦弯曲的手里,厨房里的各种花样食物和精品菜式都是不足为奇的小把戏。这双手深谙有关鸡蛋饼、肉馅大酥饼、调味酱和蛋黄酱的一切。他有一种能够把事情化繁为简的特殊才能,就像传说中的幼年基督一样,用泥巴捏了几个小鸟,就能让它们飞走。他鄙视所有复杂的工具,就好像无法忍受它们独立地完成工作似的。我给他买了一个打蛋机,他硬是把它扔到一边,任它生锈,然后一直用那把我用来清除草场上杂草的刀去搅蛋清。他搅出来的蛋清层层叠叠的,像是轻盈的云朵。他的双眼极富洞察力,似乎受到过神灵的启示,能在整个养鸡场里挑出最肥的那只;他认真地用手掂掂鸡蛋,就知道它是什么时候下的;他会制订计划,帮助我改善伙食;他不知道通过什么交流方式,从一位朋友手里拿到了一种非常好的莴苣品种的种子,这个朋友住在离农场很远的小村里,也是一位医生的助理。许多年来,我一直在寻找这种种子,但却一直没有找到过。

他能熟记各种菜谱。他不认识字,也不认识英语,烹饪书对他来说毫无用处。他一定是掌握了一些我不清楚的系统分类法,然后把学到的所有烹饪知识存储在了那颗不太漂亮的头颅里。他用当天看到的突发事件来为菜品命名。比如,他有时把酱汁叫作"闪电劈树",有时又叫作"灰马死掉",而且从来都不会混淆。但无论我怎么努力,他总是记不住上菜的顺序,这是唯一一件我无法让他做到的事情。因此,每当有客人来,我就必须为我的厨师画好上菜的顺序,就好像要提供一份图画式菜单一样：首先是个汤盘，然后是一条鱼，然后是一只鹬鸪或一个洋蓟。我觉得这不太可能是因为他记忆力不好，而是因为他觉得万事万物都有个度，如此微不足道的事情根本不值得他浪费时间。

和这个小魔鬼一起工作的场景非常令人感动。这个厨房名义上是属于我的，但在准备饭菜的过程中，它以及我们身边的整个世界都掌控在他的手中。在这里，他完全能够理解我的意愿，甚至有时我还没有说出口，他就已经做了出来。我不太清楚他是怎么做到的，也不清楚他为什么要这么做。对于自己一无所知的事情，对于连他自己都鄙视的事情，他竟然都能够成功地完成。我很奇怪竟然有这样的人。

卡曼特对欧洲人的菜肴的味道毫无感觉，他虽然已经有所转变，和西方文明有了接触，但内心深处还是一个彻头彻尾的基库尤人。他的根深深地扎在自己的部落里，扎在对族人的信任里，就好像只有这样，他才活得像个人。有时，他也会品尝一下自己烹饪的食物，但下一秒脸上立刻就出现了一种不信任，那神情像极了一个巫婆在品尝自己做的肥皂汤之后的表情。

有时，他的聪明才智似乎失去了作用，会给我拿来一些基库尤人的美食，有时是一个香甜的烤红薯，有时是一块肥羊肉。就像一个与主人生活了很久的小狗，虽然也算是受了文明世界的熏染，但依然会把一根骨头当作礼物，放在你面前的地板上。我总感觉，在卡曼特心里，我们肯定是精神失常了，才会把美食弄出这么多复杂的工序。

在很多事情上，卡曼特会很坦诚地告诉我自己的想法，但每当我尝试询问他对自己所做食物的看法时，他却总是守口如瓶，一字不提。于是，我们就在厨房里肩并肩工作，不再理会对方对烹饪重要性的看法。

内罗毕有家穆海咖俱乐部,那儿的很多厨师都是我的好朋友。每当他们有新的菜式出来,我就把卡曼特送过去,跟着他们学习。卡曼特还是学徒时,我家就因美味佳肴而在殖民地出名。这真是让我感到非常开心,我渴望自己的艺术品能够有人欣赏。因此,每当朋友们来和我一起吃饭时,我都很高兴。卡曼特对别人的赞赏毫不在意,但能记住常来农场就餐的客人们的口味。"我要为伯克利·科尔先生做一道白葡萄酒鱼。他自己带了白葡萄酒,让我做鱼的时候放进去。"他说这话时,语气里满是沉重,好像刚刚提到的是一个神经错乱的人。为了得到美食专家的意见,我邀请居住在内罗毕的老朋友查尔斯·布尔佩特先生来和我们共餐。布尔佩特先生是老一代的旅行家,斐利亚·福格[1]都比他晚出生好多年。他周游世界,尝遍各地美食,是那种只管享受当下,不管未来会如何的人。早在五十年前,就有关于运动和登山的书籍记录了他的事迹,包括他在做运动员时的探险活动,以及他在瑞士和墨西哥的登山壮举。有一本名字叫《来得容易去得快》(Light Come Light Go)的书,专门记录了世界上著名的打赌活动。书里记载,老先生有一次跟别人打赌说,他可以身着晚礼服,头戴高礼帽游过泰晤士河,结果他真的这么做了。更富有戏剧性的是,他后来竟然效仿利安得[2]和拜伦勋爵[3],横游了达达尼尔海峡。能和这样的人面对面用餐,我就感到很幸福了,现在居然可以用自己做的美食招待这个自己喜欢的人,这份幸福感就又

---

1. 法国科幻小说家凡尔纳的小说《八十天环游地球》的主人公。
2. 希腊神话中爱上女祭司海若的小伙子。他每天晚上游过达达尼尔海峡与海若相会。最终,他在一个暴风雨的夜晚溺水而亡,悲痛的海若也跳海自杀身亡。
3. Lord Byron,即英国著名诗人拜伦。他在1809年离开英国前往土耳其,1810年抵达达达尼尔海峡西岸。为了追忆希腊神话中的利安得和海若,他跳进海中游到对岸。之后,他在自己的长诗《恰尔德·哈罗尔德游记》中描述了此事。

多了一层。作为回报，他和我分享了自己关于食物的看法，还聊起了他对世界上很多事物的想法。最后，他告诉我，这是迄今为止他品尝到的最美味的佳肴。

更让我感到荣幸的是，威尔士亲王[1]也曾驾临农庄用餐。他对我们的坎伯兰调味酱赞不绝口。土著非常敬重国王，很喜欢谈论他们。因此，当我给卡曼特转述威尔士亲王对调味酱的赞美之词时，他表现出了极大的兴趣。这是我第一次看到他对别人的赞美表示了兴趣。甚至好几个月过去之后，他竟然还想再听听亲王的赞美。他像一本法语课本一样问了我一个问题[2]：" 那位苏丹王的儿子真的喜欢那种猪吃的调味酱？他是不是全部吃了？"

出了厨房，卡曼特依旧对我很关心。他常常想帮助我，当然是根据他自己的判断，比如什么事情对我有利，什么东西很危险。

有天晚上，已经过了午夜，他突然提着防风灯无声无息地走进了我的卧室，好像在值夜班似的。那应该是他刚来农场不久的事情，因为那时候他还很小。他手里提着灯，站在我的床边，看起来就像是一只迷路的蝙蝠，两只大大的耳朵向外铺开，又像是一小团非洲鬼火。他非常严肃地说："姆萨布，你最好赶紧起床。"我坐起来，头晕乎乎的，心里想着，即使是再严重的事情发生，也该由法拉来叫我起床。我让他离开，但说了两遍，他还是站在那儿没有动。"姆萨布，"他又说，"你最好赶紧起床，我想上帝来了。"我起身下床，问他为什么这么说。他郑重其事地把我带到餐厅，从这儿我们能看到西边的山峦。此时，透过餐厅

---

1. 1301年英格兰吞并威尔士后英王赐予长子的头衔，并一直沿用至今。等同于英国王储。
2. 语言课本中常常会为读者在课后设置很多问题。

的玻璃门，我看到了一幅奇特的画面。是山火。熊熊的火焰在山上燃烧，火舌舔着草地，从山顶一直延伸到山脚的平地。从我住的房子这儿望过去，简直就是一条垂直的火线，看起来确实像是某个巨人在移动，在向我们走来。我静静地在门前站了一会儿，凝视着外面的山火。卡曼特就站在我的旁边，也在注视着这股山火。我怕他被吓住，就安慰他，跟他解释外面发生了什么。但不管我怎么解释，对他好像都不起什么作用。很明显，他把叫醒我看成了自己的传教使命。他说："是呀，或许是这样吧。但我想还是要叫醒你，如果真的是上帝来了呢。"

我屋子里的野蛮人

有一年，雨季没有来。

这是一种很可怕的体验。熬过这场大旱的农夫绝对一辈子忘不了这一年。即使是离开非洲很多年，住在一个气候温和湿润的北方国家里，当夜里听到大雨倾盆的声音，他也会突然惊醒，然后大喊："终于下雨了，终于下雨了。"

一般情况下，在每年三月的最后一个星期，长雨季就开始了。雨季会持续到六月中旬。雨季来临前夕，天气一天比一天热，一天比一天干旱，就像欧洲的暴风雨来临前一样，甚至有过之而无不及。

有一群马赛人住在我农场的河对岸。为了雨季过后平原上能长出嫩草供牛羊享用，马赛人会在雨季来临前在干燥的平原上放火。大火很快就会熊熊燃烧，平原上空的空气随之翩翩起舞；边缘镶嵌着层叠彩虹的烟雾沿着河岸滚滚向前蔓延；燃烧产生的热气和味道像是要从熔炉里逃窜一样，慢慢地飘进农田。

雨季来临前，会有大朵大朵白云不断在灰色的草场上空聚集，然后再消散；远处倾盆而下的大雨给地平线镶嵌上一条蓝色的斜纹。此时此刻，整个世界似乎都只在想一件事情。

在日落之前的傍晚，似乎周围的一切都在向你靠近。被清澈的靛蓝和深绿色包围的群山慢慢地向你走来，它们生机勃勃而又充满禅意。再过上几个小时，如果从屋子里走出去，你就会发现，群星已然落幕，晚风轻柔而深沉，孕育着无尽的恩惠德泽。

当急促的奔跑声在你的头顶响起，而且声音越来越大，那是风在森林里的大树顶上奔跑，不是雨来了；当这个声音开始贴着地面奔跑，那是风正在灌木丛和长草中穿行，也不是雨来了；当这个声音变成了地上的沙沙声或嘎嘎声，那是风跑进了玉米田里。这种声音听起来特别像雨，以至于你不断上当受骗，甚至好像感受到了雨滴的存在，好像你终于看到了一丝希望，你期待许久的戏剧马上要在舞台上上演了。但同样地，雨依然没有来。

终于，大地开始嘶吼，声音深沉浑厚，就好像从共鸣板上弹回一样；周围的整个世界也开始歌唱，歌声环绕在上空，盘旋在大地上。这才是雨来了！这种感觉就好像你与大海分离已久，终于又回到了她的怀抱，回到了爱人的怀抱一样。

有一年，雨季始终没有到来，好像是宇宙都把你抛弃了。天气一天比一天凉爽，有些日子甚至会感到一丝寒冷，但空气并不湿润。万物一天比一天干燥，一天比一天硬实，就好像所有的自然力量和优美都从这个世界上消失了。这样的天气说不上好，也说不上坏，但确实是对季节更替的否定，就好像这种更替被无限期延长了。萧瑟的冷风像是气流般盘旋在你的头顶，周围所有一切都失去了色彩，变得黯淡无光；田里和森林里再也没有燃烧的味道；你会有一种很强烈的感觉，那就是，大自然的各种强大的力量并不喜欢我们。在南边，被焚烧过的平原上有白色和灰色的灰烬，呈现出灰白相间的条纹，但整体是黑色的。它躺在大地上，变成了荒野。

每天，我们都在等待雨季的到来，但每天都在失望。对农场的期望和期待也逐渐地淡化、消失。最后几个月的犁地、播种和剪枝完全就是傻子所做的无用功。农场上的工作进度逐渐慢了下来，最后终于停止。平原和山谷里的泉眼干涸了，有很多陌生的野鸭和野鹅跑到农场上的池塘里。这座池塘位于农场的边缘。有时，会有两三百头斑马排着长长的队伍，在清晨到这儿散步，在日落时到这儿饮水。小马驹们也会跟着妈妈来到这儿，当我骑着马走到它们中间，它们竟然丝毫都不害怕。我们每次都要把这些动物赶走，因为池塘里的水越来越少，要留给农场上的牲畜喝。不管怎样，来到这里总是让人心情很愉快。池塘的泥里长着灯芯草，棕褐色的大地上就多出了一个绿色的小斑块。

我总觉得土著要比我了解更多雨季来临的预兆，但当我向他们询问时，他们总是一语不发。在这样的大旱天气里，虽然他们的生存受到了严重的威胁，但他们却一直保持着沉默。他们应该很清楚，在大旱年间，有九成牲畜都会死去，他们的祖先就经历过这样的事情。他们的香巴田干巴巴的，剩下了不多的红薯和玉米，还都蔫头耷脑的，马上要枯萎了。后来，我也学会了他们的这种态度，不再令人厌烦地到处谈论这艰难的季节，也不再抱怨。但我毕竟是从欧洲来的，在这片土地上还没有生活多长时间，不像在非洲生活了几十年的欧洲人，已经学会了土著的这种彻底的被动。况且，我那时还很年轻，出于一种自我保护的本能，我觉得自己必须铆足劲头去做些事情，否则很可能就会和农场小路上的尘土或是平原上的烟雾一样,被大风卷走。我开始在晚上写故事、童话和浪漫的爱情故事。这样的写作把我的思绪带到很远的地方,带到其他国家,以及其他时代。

如果有朋友来农场拜访,我就会把这些故事讲给他们听。

夜晚,当我起身走到门外,就能感觉到凛冽刺骨的风呼呼地吹。天空清澈明朗,点缀着成千上万颗明亮的星星。所有的一切都是干燥的。

刚开始的时候,我只在晚上写作,后来在早上也会写。其实在早上我是习惯去农场干活的,但在大旱季节里,我总是没有办法决定,是先爬到高处的玉米地里再次翻地和播种,还是到咖啡园里把已经干了的咖啡豆从树上摘下来,只把咖啡树保留下来。我就这样犹豫着,每天都无法做决定,于是就一日一日地往后推迟。

那时,我常常坐在餐厅里写作,稿纸会铺满整个餐桌,因为我在写故事的间歇里,还要算账,要为农场做预算,要回复农场经理饱含凄凉的便条。仆人们问我在做什么,我告诉他们我在写书。他们就把这项工作当成了拯救农场的最后一次尝试,所以对我的写作抱着极大的兴趣。后来,他们会问我的写作进展,还会走进我的房间,长时间地站着,监督我的写作。房间的墙壁镶嵌有黑色的护墙板,他们的头发颜色和护墙板的颜色很像。到了晚上,靠墙站着的他们看起来就像是一件件白袍子陪伴着我。

我的餐厅面西而坐,开着三扇窗户,外面是石铺的阳台、草坪和森林,有一个斜坡直通到小河边。河水是农庄和马赛族人领地的边界线。站在餐厅里虽然看不到小河,但能看到它蜿蜒的河道——河边有暗绿色的阿拉伯大橡胶树沿着河道向前延伸。站在餐厅里,可以看见它们。河水的对岸是一片树林,地势要高出河岸许多。树林上方就是绿色的大平原，它一直延伸到恩贡山脚下。

"倘若我的信念能够移动大山，我希望能把这座山移到我的身边。"

风一般从东边吹来，餐厅的门面向西面，而且总是开着，所以农场上的土著都喜欢在房子的西侧活动。他们在周围转悠着，时刻注意着餐厅里我的动向。土著牧童们也不例外，他们把山羊赶到附近，让它们在这里吃草。

这些牧童整日赶着父辈的羊群在农场上游逛，为羊群寻找草源。他们把房子里的文明生活与"野蛮人"的生活连接在了一起。我的仆人们并不信任他们，所以不喜欢让他们进屋，但他们偏偏极其热爱屋子里的文明世界，而且并不觉得有什么危险，即便是有危险，他们也可以随时离开。餐厅里挂着一座古老的德国布谷鸟钟，对于他们而言，它就是我们这个文明世界的核心。在非洲高原上，钟表完全就是一件奢侈品。在这儿，一年四季都可以通过太阳的位置判断时间。这儿没有铁路，所以根本不用按照火车的时间安排生活，想什么时候做什么事情，全凭你自己的意愿。所以，有没有钟表就显得没那么重要了。只是这座钟表确实很有意思。钟表里有一只布谷鸟，它站在一簇粉红色的玫瑰花中，每到整点，它就撞开前面的小门，把自己扔出来，再用清晰、傲慢的声音为我们报时。每次这个古怪的小东西出现时，都能给农场上这些小男孩们带来一种从未体验过的愉悦。这些男孩可以根据太阳的位置准确判断时间。每到中午十一点四十五分左右，我就能看到他们跟在羊群的后面，从房子周围慢慢走过来，他们是不敢把羊群扔下不管的。他们和羊群在灌木丛和森林的长草里移动着，露在外面的脑袋颇似池塘里青蛙的头。

然后，他们会把羊群留在外面的草场上，光着脚无声无息地走进来。他们中最大的十岁，最小的才两岁，但都非常礼貌，保持着一种他们自认为得体的礼节：可以在屋子里自由活动，但不能触摸任何东西，也不能坐下，不能说话，除非我和他们讲话。当钟表里的布谷鸟跳出来向他们冲去，他们脸上立刻露出狂喜的神情，然后就低声地笑了起来。有时候会有年纪特别小，对羊群不怎么上心的男孩在大清早一个人跑过来，一言不发地在钟表前站很久，然后用基库尤语对着钟表唱赞歌，表达自己对它的爱，之后再庄重严肃地离开。仆人们总是笑话这些孩子，他们对我说，这些孩子真是无知，居然相信那只布谷鸟是活的。

但当我开始用打字机之后，这帮仆人们就像这些牧童一样，蜂拥来到我的房间里观看打字机怎么工作。有时，卡曼特会在晚上来到房间，靠着墙站在那儿，一站就是一个小时。他的眼睛在睫毛下像黑色水滴一样，绕着打字机前后左右滴溜溜地转着，仿佛要把它彻底弄个明白，好把它拆成碎片，再重新组装起来。

有一天晚上，我抬头看到了他满是专注和意味深长的眼神。过了一会儿，他开口说道："姆萨布，你相信自己能写书？"

我说我也不知道。

和人聊天时，卡曼特习惯在每说一个词组之前，都留下一个长长的、意味深远的停顿，好像是为了对对方负责似的。因此和他聊天时，每说一个词，我在心里就要想象出有这样一个停顿。所有土著都是停顿大师，他们习惯了在说话前停顿一会儿，然后再对某个谈话发表自己的看法。

果然，听到我的话后，卡曼特停顿了很久才说："我不相信。"

说实话，我和别人还没有讨论过自己的书。听他这么说，我就把稿纸推到一边，问他为什么这么想。这时我才发现，他其实已经思考过这个问题了,而且这次还是有备而来的。

他把一本书从背后拿出来,是《奥德赛》(*The Odyssey*),然后把它放在我的桌子上,说:"姆萨布,你看,这才是一本好书。每页纸和其他页都牢牢地粘着,你使劲摇,也不会散开,变成一页一页的。写这本书的人一定很聪明。但你看你,"他说着,语气里开始有了嘲笑,并且还带有朋友般的怜悯,"你写的书都是这儿一页那儿一页的,如果忘了关门,它们肯定被风吹得到处都是,还会被吹到地上,你那时候肯定会很生气。所以,你写的肯定不会是好书。"

我跟他说,在欧洲会有人把这些稿纸钉在一起。

"那你的书会像这本书这么厚吗?"他用手掂了掂《奥德赛》,又问。看到我有点犹豫后,他就把这本书递给我,让我自己判断。

我说:"不会,我写的书没这么厚。不过你也知道的,图书馆里很多书都很轻,而且也没这么厚。"

"那你的书会像这本一样这么硬吗?"他又问。

我回答说,要是把书做得这么硬,书会很贵的。

他不说话了,静静地站了一会儿,然后对我表达了他对这本书的期待。之后,或许是因为对自己的质疑感到后悔,他把散落在地上的稿纸一张一张捡起来放在桌子上。做完这一切后,他还是没走,而是站在桌子旁,等了一会儿,才郑重其事地问我:"姆萨布,这些书里都写了什么?"

我从《奥德赛》中挑出英雄奥德修斯和独眼巨人波吕斐摩斯的故事给他讲解。我告诉他,奥德修斯说自己叫"没有人",他把波吕斐摩斯的独眼戳瞎,然后躲在公羊的肚子下面逃走了。

卡曼特一边津津有味地听着,一边表达着他的看法。他认为那只公羊和他在内罗毕家畜展览会上见到的埃尔门泰塔的朗先生的羊是一个品种。然后他又把话题转移到波吕斐摩斯身上。他问我,这个巨人是不是像基库尤人那么黑。我说"不是"之后,他又想知道奥德修斯是不是来自我的宗族或家族。

然后又问我:"他是怎么说'没有人'这个词的?是用他们自己的语言吗?你说一下我听听。"

"他说的是'乌提斯'",我告诉他,"他把自己叫'乌提斯',在他的语言里,意思就是'没有人'的意思。"

"你也要写这些吗?"他接着问我。

"不是,"我说,"你可以写自己想写的东西,任何东西都可以。我可能会写你。"

卡曼特本来是很自由自在地在说话,听到我这么一说,突然就变得扭捏起来。他低下头小声问我,我会写关于他的什么事情。

"我可能会写你以前生病时出去放羊的事情,"我说,"你那时候在想些什么?"

他抬起头,双眼在屋子里上上下下地看了一会儿,然后很含糊地说:"塞朱利。"意思是"我不知道"。

"你那时候害怕吗?"我问他。

他没有立即回答,停顿一会儿才肯定地说:"是的,大平原上的孩子都会有感觉害怕的时候。"

"那你害怕什么?"我问。

他静静地站在那儿,表情慢慢变得镇定深沉,双眼凝视着前方。

然后,他说:"乌提斯,这儿的男孩们都害怕乌提斯。"

几天后,我看到他在跟其他仆人们聊天。他告诉仆人们,我写的书到了欧洲会被粘在一起,而且也可以做得像《奥德赛》那么厚,不过要花费一大笔可怕的费用。说完,他还把那本《奥德赛》拿给小伙伴们看。他表示他不相信这本书会卖得好。

卡曼特有一种独特的才能,这在我的房间里对他特别有用。那就是,他只要想哭,就立刻能哭出来。

每次我认真地批评他的时候,他就会一动不动地站在我面前,双眼直直地看着我的脸,脸上一副伤痛欲绝的表情,里面还夹杂着一丝警惕和警醒,这种表情土著随时都能做出来。随后,他的双眼会慢慢蓄满泪水,然后大颗大颗地流出来,顺着脸颊滚落。我心里很清楚,这绝对是鳄鱼的眼泪,如果是别人,绝对一点儿都影响不到我。但看到卡曼特这样,我就会受不了。因为此时此刻,他那木刻般毫无表情的扁平脸庞,会重新陷入黑暗和无止境的孤独世界中,而他已经在这样的世界里生活了很多年了。在他幼年被羊群环绕时,脸上很可能就挂满了这种无声的、沉重的泪滴。看着它们,我感到很不安,就会试着从另外一个角度来看待他的错误。而一旦我这么做,他所犯的错误的严重性会降低很多,于是我也就懒得再追究了。所以从某种意义上说,他的眼泪很容易让我放松警惕,让我丧失斗志。但不管怎样,我坚信我们之间存在着一种真正的默契。他一定很清楚,我完全能看出他泪水中的悔恨,除此之外,我不会再想别的。而他其实也并不是想拿这些眼泪来欺骗我,他应该是把它们看作是面对更高权威时的一种仪式。

他总说自己是一个基督徒。我不知道他为这个称呼赋予了什么含义,所以就总是去问他。但问了好多次,他就只是说,我信仰什么,他就也信仰什么。当然,我自己很清楚我在信仰什么,所以也就没必要再去问他了。后来我发现,他这么说完全不是借口，而是他自己乐观向上的一种方式，或者是一种信仰声明。他把自己交给了白人们的上帝，并随时准备执行上帝的命令，但他不会主动去寻找某套工作制度背后的原因，因为这些工作制度很可能会和白人自己的一些制度一样，既不合理又不可理喻。

有时，我的某些行为会与苏格兰教会的教诲冲突。卡曼特是属于苏格兰教会的，所以碰到这种情况，他就会问我谁的才是对的。

土著很少会有偏见，这一点很令人吃惊，因为人们总觉得原始部落里会有许多严格的禁忌。我想这大概有两条原因。一是他们与许多不同的种族和部落已经非常熟悉，二是因为非洲东部的人际交往活动比较活跃。这种交往活动的大门，首先是由旧时代的象牙商和奴隶贩子打开的。到了现代，欧洲的移民和大型野兽狩猎者再次打开了这道门。从高原上的牧童到成年人，几乎每个土著都面对面地见过许多自己种族外的人。他们见过英国人、犹太人、波尔人、阿拉伯人、索马里印度人、斯瓦希里人、马赛人、卡维朗多人。这些人对于他们，就相当于西西里岛人对于爱斯基摩人。我们甚至可以说，土著是世界居民，而不是通常人所认为的土气的乡下人、粗野的居民或传教者，后者从出生开始就生活在一个统一的群体内，脑袋里有一套固定的观念。白人和土著之间之所以会有很多误解或误会，就是因为他们不了解这一点。

如果土著把你当作是基督的代表，那你做事就要小心谨慎了。

农场上有个从基库尤保留区过来的土著小孩，名字叫基塔乌。他喜欢思考，喜欢观察，做事情也很专注。我很喜欢他。刚来农场三个月，他就跑过来问我要推荐信，说想要跟着我的老朋友阿里·比·萨利姆工作。阿里·比·萨利姆是一位酋长，同时也是蒙巴萨沿海地区的一名官员。他来我家做客的时候，基塔乌见过他。但那时，他还刚到农庄不久，对这儿的一切才刚刚熟悉，所以我不太想让他离开。我说可以给他涨薪水。但他拒绝了，说自己想离开并不是想要高薪水，而是在这儿待不下去了。他告诉我，在保留区的时候，他就已经决定好了，以后一定要成为一名基督徒或者伊斯兰教徒，但具体是哪种教徒，他还不确定。他从保留区来到我这儿，就是因为我是一名基督徒。他在农场生活了三个月，已经见识到了基督徒的"特斯特德"，即基督徒的生活方式和生活习惯。现在他想通过我，再到蒙巴萨的阿里酋长那儿生活三个月，去看看伊斯兰教徒的特斯特德，然后再决定自己到底要皈依哪个宗教。"我的上帝啊，基塔乌，你刚来这儿的时候为什么不告诉我呢？"我大呼。我相信，即使是一位大主教，在面对这样的事情时，他也会这么说，或者至少心里会这么想。

伊斯兰教徒是不吃动物肉的，除非这只动物是某个伊斯兰教徒以正统的宗教礼俗划破喉咙死掉的。但这在游猎过程中就很难实现了，因为大家几乎不带任何补给，都只能吃被枪杀的猎物。想象一下，当你端起猎枪打死了一只狷羚，你的伊斯兰教随从们立刻像长了翅膀一样奔向它，要在它死去之前用刀划开它的喉咙，而你只能两眼冒火地站在一旁等着结果。如果你看到他们站在狷羚身边，双臂和头无精打采地耷拉下去，那就说明在他们跑到之前，狷羚已经死去了。那你就得继续赶路，去猎杀另外一只狷羚，否则，为你扛枪的这些伊斯兰随从们就要饿肚子了。战争刚开始的时候，我有一次准备赶牛车出去打猎。出发前的那天晚上，我在偶然间碰到了一位从基贾贝来的穆罕默德后裔，我请求他豁免我的伊斯兰教徒，允许他们在狩猎开始和结束的过程中做平时不能做的事情。

这位年轻的穆罕默德后裔非常聪慧。他和法拉以及伊斯梅尔聊了聊，然后就宣布："这位女士是耶稣基督的信徒。每次开枪，她都会说，或者至少会在心里默念'以上帝的名义'这样的话，她的子弹与信仰正统的伊斯兰教徒的刀就是一样的了。在你们的游猎途中，你们可以吃被她的猎枪打死的动物。"

在非洲，各基督教会之间缺乏容忍和宽容，这一点降低了他们在非洲的威信。

每当圣诞节来临，我就会开车到法国布道会去听子夜弥撒。每年的这个时候，天气一般都很炎热。开车穿过篱笆围起的种植园时，就能听到教会的钟声划破清新、温暖的空气，从遥远的地方传来。到达之后，你会看到一群开心、活泼的人围在教堂周围。从内罗毕来的法国和意大利老板们携家眷来了，女修道院的修女们来了，穿戴着各色艳丽服装的土著也来了。漂亮精致的大教堂被几百支蜡烛点亮，玻璃窗上有着各种图案，都是神父们自己画上去的。

那是卡曼特来到农场后的第一年，圣诞节来临前，我告诉他我要带他去做弥撒，因为他也是基督徒。我像神父一样，给他描绘了他将要看到的那些美丽的东西。很认真地听完之后，卡曼特心动了，他换上了自己最好的衣服。但车子刚开到门口，他就突然激动起来，说他不能跟我一起去。但他却不告诉我原因，我问他的时候，他躲躲闪闪不肯回答。到了最后，他终于回答了。他不可能去，因为他刚刚知道，我要带他去的是法国布道会。他在苏格兰教会医院的时候，曾经被严厉地警告过，要坚决抵制法国教会。我给他解释说，这一切都是误会，他必须跟我去。听到我这样说，他在我面前立刻就变得像石头一样。他"死了"——眼睛往上直翻，只剩下眼白，脸上也开始出汗。

"不行，不行，姆萨布，"他有气无力地说，"我不跟你去，那座教堂里面，我知道，我知道得很清楚，里面有一个很'姆巴亚萨纳'——特别坏的姆萨布。"

听到他这么说，我心里很难受，但我觉得还是要带他去，好让圣母玛利亚亲自开导开导他。神父们在教堂里摆了一个蓝白相间的圣母玛利亚纸板像，有一人那么高。虽然土著很难理解这个纸板像的含义，但它确实给他们留下了深刻的印象。我告诉卡曼特，我会保护他的，而且会一直让他跟在我身边。但是，当他亦步亦趋地跟着我走进教堂后，就完全忘记了之前的担忧和害怕。刚好，那一年是法国布道会主持过的最漂亮、最盛大的圣诞弥撒。教堂里布置了一个非常大的"耶稣诞生地"：一个刚从巴黎运来的洞穴，里面是圣人一家[1]，头顶是蓝色的天空，天空中镶嵌着许多闪闪发光的星星。在星星的照耀下，洞穴异常明亮。洞穴的周围堆着一百个动物玩具，有木头做的牛，有棉花做成的雪白的小羊，比人都小不了多少，基库尤人卡曼特对这些动物非常着迷。

自从卡曼特成为基督徒后，他就敢摸尸体了。

他以前是不敢的。曾经有个人被担架抬到我房前的平台上后，就死在了那儿。卡曼特和其他人一样，伸手帮大家抬了一下担架。但他不像别人一样退到草地上，而是呆呆地站在旁边的路上，像一尊黑色的小纪念碑似的。白人们害怕死亡，但却能够从容地处理尸体；基库尤人丝毫不畏惧死亡，却非常害怕尸体，从

---

1. 即圣婴耶稣、圣母玛利亚和圣约瑟。——原注

来不去触摸。作为前者中的一员，我很难理解基库尤人。在这件事上，你会再次感到他们与我们的不同。尽管如此，所有的农场主都很清楚一件事，那就是：在死亡这个领域，你永远不要想去控制基库尤人，如果你放弃这个想法，就可以省去很多麻烦，因为基库尤人宁愿去死，也不会改变自己的做事方式。

现在，卡曼特对尸体的恐惧感慢慢地消失了，还去嘲笑自己的亲戚，整个人看起来有点炫耀和卖弄，好像要借此鼓吹一下上帝的力量似的。在我和卡曼特一起生活的日子里，我有好几次机会考验卡曼特的信仰。我们有三次需要抬死人。第一次是一个基库尤小女孩，她在我房子外被牛车从身上碾压过去。第二次是一个基库尤年轻男人，他在森林里砍树的时候被压死了。第三次是一个白人老头，他来到农场生活之后，就成了农场的一部分，最后死在了这里。

这是一个双目失明的老人，叫克努森，来自丹麦，是我的同乡。有一天，我在内罗毕，他摸索着走到我的车前，向我介绍了他自己，然后说他在这个世界上实在没有落脚之地了，请求我在自己的领地上给他一间房子住。那时候，我的农场正在削减白人工人，刚好空出了一间小屋，于是就把那间小屋给了他。他来到了农场，在那间房子里住了六个月。

在我们的这座高原农场上，他显得特立独行，就好像我们养了一只断了翅膀的老信天翁。他被艰难的生活、疾病和酒毁掉了，整个人佝偻弯曲，一头红发也在慢慢变白，头上的颜色看起来很奇怪，好像他自己在头上撒了一把白灰似的，又好像是为了显露自己的独一无二，他把头发泡在盐里腌制了。但在他的体内，还有一簇遏制不住的火苗一直在燃烧，永远不会被任何灰烬覆盖。他来自一个丹麦的渔民家庭，曾经做过水手，也是最早登上非洲大陆的先驱者之一，真不知道是什么风把他给吹到这儿的。

老克努森一生尝试过很多事业，他尤其钟爱那些关于大海、鱼或鸟的事业，但他从来没有成功过。他告诉我，他曾经在维多利亚湖畔经营过一家渔业公司，公司里有在湖里面绵延好几英里的世上最好的渔网，还有一艘摩托艇。战争开始之后，这一切都化为了乌有。他在讲述这段悲惨的往事时，总会提到生命中的某个黑暗时刻，比如一次致命的误解，再比如被朋友背叛等。至于具体是什么经历，我就不清楚了，因为他已经把这段故事讲了无数遍，每一遍都不太一样。而且，每当这段"独奏会"开始后，他的精神状态总是不太好。但他的故事中也有真实的部分，因为在他来到农场之后，政府为了补偿他的损失，给了他每天一先令的抚恤金。

这些故事都是他到我屋里来找我的时候告诉我的。他在那间小屋里住得不太舒服，所以总是来找我。我曾派几个土著男孩给他做仆人，但他总是笨手笨脚地拎着拐棍，伸着头冲向他们，所以他们一个个地都被吓跑了。精神好的时候，他会坐在我的走廊里，和我一起喝咖啡，给我唱丹麦的爱国歌曲。和他一起说丹麦话是一件非常惬意的事情，因此我们总是在一起谈论一些农场上发生的小事情，享受一起聊天的感觉。但我也不是每次都能耐心地对待他，因为他每次来都滔滔不绝地说个不停，不知道什么时候才会离开。你可以想象，在我们的日常交往中，他的表现很像古代的水手，或者是海洋上的老人。

他是一位编织渔网的巧手，总说自己编的渔网是世界上最好的。但到了农庄，他就只能在那间小屋里编织"基博科斯"了，这是一种土著用的鞭子，是用河马皮做成的。他一般从奈瓦沙湖周围的农民和土著那儿购买河马皮，如果一切顺利，他可以用一张河马皮编出五十条鞭子。我现在还保存着他送给我的一条马鞭，这确实是一条很不错的鞭子。因为做这件工作，他的小屋周围常年散发着一股恶臭，就像一只死在巢里很久的老鸟散发出的腐尸味。后来，我在农场上挖了一口池塘，我们就常常发现他在池塘边沉思，水面上垂直倒映着他沉思的模样，让他看起来很像一只被关在动物园里的海鸟。

老克努森虽然胸膛凹陷、身体孱弱，但内心却像一个非常喜欢打架的小男孩，性格简单、暴躁易怒，有着一颗狂野的小心脏。他是一个罗曼蒂克式的霸王，一个多情的战士，也是一个让人难以理解的、优秀的"仇恨家"。面对他遇到的任何人或事，他动辄大发雷霆。他大喊着，上帝呀，请降下大火，请泼下硫黄雨，毁灭这些人吧。他会像我们丹麦人所说的，"把魔鬼画在墙上"，而且还颇具米开朗基罗壁画的宏伟和壮观。任何时候，只要他搬弄是非、挑拨离间成功，他都会非常高兴。他就像一个小男孩一样，总是想让两只狗打架，或让狗去欺负一只猫。他经历了那么长时间的艰难生活，最后终于被生活的洪流冲入了一条安静的小溪，可以放松下来，不再继续航行。在这种情况下，他那颗心竟然还像小男孩一样，如此渴望敌人，渴望灾难，这不得不让人佩服和敬畏。我尊敬他的这颗心，感觉它就像是巴萨卡[1]的心一样。

提到自己时，他总是用第三人称"老克努森"，而且常常是牛皮吹上天，大话说到头。他说，世界上没有什么事情是老克努

---

[1]. Berserk，字面意思为"披着熊皮的人"，是北欧神话中的狂战士。他受到主神奥丁保护，在战争中会极度兴奋，用肉体去打击敌人，且没有疼痛和恐惧感，严重者会陷入癫狂而死。

森完成不了的，没有哪位冠军勇士是老克努森打不倒的。只要提到别人，他就是一名腹黑的悲观主义者，不管他们做什么事，他都会预言悲惨的结果马上就要来，而且这种结果完全是他们咎由自取。但一旦提到他自己，他就变成了一个热烈的乐观主义者。在他去世之前不久，他给我透露了自己的一项伟大计划，但前提是我要保密，不说出去。他说这项计划会让老克努森成为百万富翁，让老克努森的仇人们自惭形秽。他告诉我，老克努森要把奈瓦沙湖底的上千吨鸟粪捞出来，要知道，这些鸟粪可是从创世纪那天就开始被那些游禽丢在这儿的。他还用尽了平生最大的力气，从农场走到奈瓦沙湖，试图去构思这份伟大事业的具体细节，但他最终倒在了它的光环中。这份事业拥有了老克努森心中期望的所有元素：深水、鸟、深藏的财富，甚至有一种不应该告诉女人的意味。想象这样一幅画面：老克努森站在湖水上空，手持三叉戟，用心灵之眼，控制着湖水的波浪。但至于他怎么把湖水底部的鸟粪捞出来，他倒是没有跟我提起过。

老克努森滔滔不绝地跟我说着他的伟大功绩、成就和他在所有事情上的成功，可再看他本人，孱弱、无力，且已垂垂老矣，与他提到的那些功绩真的不太相符。听到最后，你会觉得，自己面对的是两个独立的、完全不同的人。那位永远打不倒、永远成功、永远是冒险活动主角的强大老克努森站在隐秘的幕后，而我所面对的、所熟知的则是一位弯腰躬身、衰老不堪的老仆人，他不厌其烦地给我讲述着关于他的故事。这个谦卑、瘦小的老男人似乎把鼓励和赞美"老克努森"这个名字当作了他生命中的主要任务，甚至到死都没有改变过。因为除了上帝，只有他见到过真正的克努森，在他死后，所有人都不会记得这里曾经还住过如此乖僻的一个人。

直到他去世前的几个月,我才第一次听到他用第一人称称呼自己。他本来就有很严重的心脏病,他也是因为这个病去世的。当时,我已经有一个星期没看到他了,所以就去了他的小屋,想去看看他怎么回事。小屋里空空荡荡,又脏又乱,散发着河马皮的臭味。他躺在床上,脸成了土灰色,眼睛深陷在眼窝里,双眼暗淡无光。我跟他说话,我问他问题,他都一声不吭。过了很久,在我准备起身离开时,他突然开口说话了,声音微弱且沙哑:"我病得太厉害了。"在那一刻,他没提"老克努森",这可是一位从来都不会生病或被打倒的人。只是在这一刻,这位老仆人才允许自己表达个人的不幸和痛苦。

他在农场上总是觉得很无聊,所以就会时不时地锁上门,离开农场,从我们的视线中消失一段时间。我感觉,他应该是听到了某位老朋友来到内罗毕的消息后才会离开农场的,这些朋友都是过去光辉岁月里的拓荒者。他每次大概会离开一周到两周,然后等到我们快要忘记他的时候才回来。回到农场的他总是疲惫不堪,病重得厉害,几乎是把自己一路拖回来,勉强打开了小屋的门。之后,他就会自己在屋里待上几天。我觉得,这时候他可能有点害怕我,因为他心里一定觉得我不同意他这种突然离开,如果这时看到我,我就刚好能从他病弱的境况中渔利,然后彻底制服他。老克努森偶尔会赞美那些热爱大海的水手的新娘,但他在心底对女人是不信任的。他本能地觉得女人是男人的敌人,会遵守某些原则而阻止他享受生活的乐趣。

他去世的那一天,已经离开了农场两周。谁也不知道他已经回来了。他那次应该是想破例一次,到我家找我,因为他就倒在了从他家去我家的路上。那条路穿过咖啡园,他跌倒之后,就死去了。那时已经是四月的天气了,长雨季马上就要开始,平原上刚刚长出新草。傍晚,我和卡曼特出门想到新长出的草里找点蘑菇,却发现了老克努森躺在那条小路上。

还好,发现他的土著是卡曼特,因为在农场上的所有土著里,只有卡曼特对他还有点怜惜之情。卡曼特平时很关心他,这完全是一个异类对另外一个异类的关心。偶尔,他会给老人送去一些鸡蛋,也会留意着照顾老人的小托托,不让他们溜走。

老人仰面躺在地上,眼睛还没有完全闭上,帽子应该在他跌倒的时候滚在了一旁。死去的老人看起来特别镇定。"老克努森,"我想着,"你的生命终于走到了尽头。"

我想把他抬回屋里,但心里也很清楚,任何在周围走动或在附近香巴地里劳动的基库尤人都不可能帮我,他们一旦看到尸体,肯定会立刻跑开。所以,我命令卡曼特跑回家,去叫法拉来帮我。但卡曼特没有动。

"你为什么要我跑回去?"他问道。

"你看见了呀,"我说,"我自己搬不动这位老先生,你们基库尤人都是些傻瓜,竟然不敢抬死人。"

卡曼特低低地笑出声,语气里满是嘲笑。他说:"姆萨布,你又忘了,我是基督徒。"

于是,他抬起老人的脚,我托着老人的头,把他向他的小屋抬去。我们时不时地要停下来,放下他歇一歇。每当这时,卡曼特就会站得笔直,双眼紧盯着老克努森的脚。我想,这应该是苏格兰教会对待死人的仪式。

我们把老人放在他的床上,卡曼特在屋里转了几圈,然后又走到厨房里,想去找块毛巾把老人的脸盖上,但他最终只找到了一张旧报纸。"在医院的时候,基督徒们都是这么做的。"他给我解释。

老人去世很久之后，卡曼特还会因为我当时在小路上的"无知"而洋洋得意。他和我在厨房里做饭的时候，会偷偷地乐上半天，然后突然大笑着说："姆萨布，你还记得吗？你那时候居然会忘记我是个基督徒，还觉得我会害怕和你一起把'米松古姆塞'抬回家。"米松古姆塞是白人老头的意思。

成为基督徒之后，卡曼特就不怕蛇了。我曾经听到他对其他男孩说，在任何时候，基督徒都能脚踏巨蛇蛇头，把它踩得粉碎。我倒是没见到过他这么做，但有一次，一条鼓腹毒蛇出现在厨师的小屋屋顶上，我看见他站在不远的地方，面对着毒蛇站得笔直，脸部僵硬，双手背在后面。孩子们围着小屋站成一圈，哇哇哇地大哭着，身子颤抖得像风中的筛糠。法拉走到屋里拿出我的猎枪，把毒蛇打死了。

一切结束，农场重新变得风平浪静。马夫尼奥雷的儿子问他："卡曼特，你为什么不踩着那条坏蛇的头，把它踩碎呢？"

"因为它在房顶上啊。"卡曼特回答道。

有一段时间，我尝试用弓箭打猎。我是很有力气的，但还是无法把万德罗博弓拉开，这是法拉给我找的。不过，练习了很久之后，我最终成了一名技术很好的弓箭手。

卡曼特那时还小，我在草坪上练习的时候，他会站在旁边看着，脸上挂着一副不相信我的表情。有一天，他问我："用弓箭射动物的时候，你还是基督徒吗？基督徒不是应该用来福枪吗？"

我给他看了一本绘画版的《圣经》，里面有"夏甲的儿子"这个故事的插图："神保佑童子，他就渐长，住在旷野，成了弓箭手。"

看了这幅画，他说："好吧，他跟你一样。"

卡曼特不仅善于治疗土著，也对治疗动物非常在行。他曾经从一条狗的爪子里取出过很多碎片，还治好了一条被毒蛇咬过的狗。

有一段时间，我在屋里养了一只断了翅膀的公鹳。这是一只性格坚定果断的鹳。它常在我的屋子里走动，每当走进我的卧室，它就进入了决斗状态，一会儿跟我的长剑厮打，一会儿又神气活现地拍打着双翅，与镜子里的自己厮杀。它常常尾随着卡曼特，从这间屋走到那间屋。看着它走路的神态，你没有办法不相信它是在故意模仿卡曼特僵硬、有规律的步伐，更何况他们的腿还是一样的细。土著小孩们天生就有一双欣赏滑稽漫画的眼睛，每次看到卡曼特和鹳同时出现，他们就在一边哈哈大笑，还大喊大叫。卡曼特明白他们在笑什么，但他从来不关心别人对他的看法。他只是吩咐小男孩们去沼泽地里捉些青蛙给鹳吃。

露露也是卡曼特照顾的。

一只小羚羊

卡曼特从草原上来到我家之后，露露才从森林里来到农场。

我的农场东面是恩贡山森林保护区，当时这里几乎全部都是原始森林，后来它们都被砍掉，种上了桉树和银桦树。每当想起这个，我就感觉很伤心。如果不是这样，这儿早就成为内罗毕一个风景独特的休闲胜地。非洲的原始森林是一个充满神秘的地方。走进它的深处，就像踏上一块古老的挂毯，虽然随着岁月的流逝，有些地方掉色，有些地方变黑，但绿色的部分永远都不可思议地保持着旺盛的生命力。走在森林里面，你完全看不到天空，阳光以各种奇怪的方式跳跃着，从树叶中坠落下来。树上的灰色菌类，像是树的长长胡须，低垂着。爬藤植物到处攀爬、悬挂，给森林带来了一丝隐秘、一丝深邃。农闲时节，我和法拉常常会在周日的早晨骑马来这里游逛。我们骑着马上坡、下坡，穿过森林中蜿蜒的小河。空气像溪水一样清洌，充满着植物的芳香。如果长雨季开始，爬藤植物开了花，那简直就是在大团大团浓郁的香气中骑马穿行。林中有一种非洲瑞香，淡黄色的花朵小小的，黏黏的，香气浓郁，闻起来很像丁香花，也像山谷里的野百合。基库尤人为了采蜜，用绳子把许多空树干悬挂在树枝上，吸引蜜蜂飞过来筑巢。林中到处都可以看到这些空树干。有一次，我们在林中刚一转弯，居然看到一头花豹横卧在路中央，浑身的毛皮看起来像极了非洲挂毯。在离地面很高的空中，居住着一群永远吵吵闹闹，一刻也不安分的家族——小灰猴。不管是哪儿，只要是它们经过，周围的空气中就会久久地弥漫着一种腐臭，闻起来很像老鼠的味道。骑马前行，会突然听到头顶有快速跑动的嗖嗖声，那是有猴群经过，它们正在自己的路上跑呢。如果停下来安静一会儿，你可能会看到一只猴子一动不动地坐在树上。没过一会儿，它的家族就都来了，周围的森林也因此而活跃起来。它们像是挂在枝丫上的果子，每个果子都带着一根长长的尾巴，悬在空中。因为阳光照射的角度不同，它们有的看起来是灰色的，有的则是黑色的。它们会发出奇怪的声音，听起来很像是一个响亮的吻，外加咳嗽的声音。如果你在地面上模仿这种声音，猴群就会受到影响，就会把头转来转去地寻找你；如果你突然一动，它们就会在一秒钟内消失。它们拨开树顶的枝叶，像鱼群消失在波浪中一样，迅速消失在树林里，你还能听到渐行渐远的窸窸窣窣声。

在这片森林里，我还遇到过极为罕见的巨林猪。那是非常炎热的正午，我走在茂林的一条小径上。突然，一头公巨林猪从我身边跑过，后面还跟着它的妻子和三个孩子，它们跑得非常快，看起来好像是一个从黑色纸张上剪下来的，由大大小小不同形象组成的整体，而背景，则是笼罩在一片阳光中的绿。这个场景太震撼人了，像是森林水塘里的倒影，又像是一件发生在几千年前的事情。

露露是薮羚家族中的小羚。薮羚应该是非洲羚羊中最漂亮的一种了，它们比欧洲小鹿的体型略大一些，主要生活在树林和灌木丛中，个性腼腆善变，不像非洲大草原上的其他羚羊一样常见。恩贡山和周围的国家非常适合薮羚生活。如果你在山上露营，早上或傍晚出来打猎的时候，就会看到它们从树丛中走到林中的空地上。阳光洒落，它们的皮毛泛着古铜般的红光。雄薮羚的头顶长着一对弯角，带着优美的弧度。

露露是这样成为我们中的一员的：

一天早上，我开车去内罗毕。不久前，农场上的磨坊被大火烧毁，我开车去了好多次内罗毕索要保险和赔款。这天早上，我一边开车，一边在脑子里想着各种数字和估价，车子沿着恩贡路向前跑着。突然，有一群基库尤孩子在路边喊我，他们抱着一个很小的薮羚让我看。他们可能是在灌木丛中发现这只"小鹿"的，想把它卖给我。但我在内罗毕有约会，这会儿已经迟到了，我没心情管这些事儿，就没有停车。

晚上开车回来时，我又经过了这个地方，又听到有人在路边大声喊我。我一看，还是那帮基库尤孩子。他们看起来有点累，脸上也写着满满的失望。他们可能想把那只"小鹿"卖给其他路人，但没有成功，现在急切地想在日落之前结束这笔交易。

他们把"小鹿"举得高高的,想引起我的注意。但我已经在内罗毕忙了一整天,赔偿金上还存在很多问题,我根本不想停下来跟他们说话,所以我就又直接从他们身边开了过去。到家后,我把他们给忘了,吃完晚饭就上床睡觉了。

  但是,恰恰就在我刚刚进入梦乡的那一刻,我被一阵强烈的恐惧感惊醒。那些基库尤小男孩和那头"小鹿"的形象在我眼前逐渐聚拢,逐渐由模糊变得具体、清晰,最后变成一幅画立在我的面前。我坐在床上,心中充满了惊骇,就好像有人卡住了我的脖子,要让我窒息一般。我在想,那只小薮羚已经落在了它的"捉拿者"手里一整天,而这群"捉拿者"在烈日下站了一整天,他们还把它双腿交叉托得那么高,它现在怎么样了?它那么小,肯定不可能自己去找东西吃。我自己在同一天时间里开车经过它两次,对它而言几乎就是牧师和利未人[1],但却连想都没想过它。现在,都这个时间了,它在哪儿?我起床,陷入了一阵恐慌中。我把庄园里所有的男仆叫醒,命令他们必须在天亮之前找到那只"小鹿",把它带到我面前,否则我会把他们全部解雇。他们立刻按照我的命令开始行动。那天,和我一同乘车去内罗毕的还有两名小男仆,但他们都没有注意那群孩子和那只"小鹿"。此时,他们冲在了战斗的最前线,为其他仆人们提供了一份有关这次事件的长长清单:地点、时间和基库尤小男孩的特征等。那是一个洒满月光的夜晚,我的仆人们全体出动,在外面的风景画中四散走开,然后互相传播信息,激烈谈论着当前的形势。我听到他们非常详细地向对方解释,如果找不到那只羚羊,他们全部

1.《圣经》中以色列利未支派的祖先,是雅各和利亚的第三个儿子。利未的后代称为利未支派,后代中最著名的人是摩西,带领几百万希伯来人逃出古埃及,使他们摆脱了被奴役的悲惨生活。作者这里的意思是,她本来可以成为小羚羊的解救者。

得被解雇。

第二天早上，法拉给我端来了早茶，朱马跟在他后面，臂弯里躺着那只"小鹿"。这是一只雌鹿，我们叫它露露。他们告诉我，在斯瓦希里语中，这个词的意思是"珍珠"。

那时，露露还跟一只小猫一样大，长着一双安静的紫色大眼睛。它的双腿特别纤细，在蹲下和站起的时候，你会担心它们能否承受住来来回回的弯折。它的双耳非常光滑，看起来像绸缎一般，而且非常善于表达。它的鼻子像松露一样黑，蹄子小小巧巧的，给它平添了一丝中国旧私塾里小姐的气质，这些小姐们都有着小巧的缠足。能够双手抱着这样完美的东西，真是一种非凡的体验。

很快，露露就适应了这座房子，也与房子里所有的人熟稔起来。在这里，它就像在家里一样无拘无束。在最开始的几个星期，房间里光滑的地板对它来说是生活中的难题。它刚从地毯上迈出步子，四条腿就朝四个方向劈开，看上去惨烈无比。但它好像并不怎么担心，最后终于学会了在这光光的地板上走路，脚下还发出一连串声音，听起来颇似人微怒时打出的响指。在所有的生活习惯中，它都表现得优雅而喜整洁。虽然它像小孩一样任性，但是当我阻止它想要做的事情时，它就会表现出一副模样，让你感觉它好像在说：你想怎样都行，就是不要发脾气。卡曼特用奶瓶给它喂奶喝，晚上会把它关在屋里，因为天黑之后，花豹常常会在我的房子周围出没，所以我们必须要小心。它很听卡曼特的话，总是跟在他左右。有时，卡曼特会拒绝做它想做的事情，它就会低下那颗小头颅，往他那两条细细的腿上撞。它真是太漂亮了，每当看到他们两个在一起，我就会想起"美女与野兽"的故事，他们这个矛盾体真是这个故事新的写照。凭借着它无与伦比的美丽和优雅，露露在这座房子里获得了绝对的权威，得到了所有人的绝对尊重。

在非洲，除了苏格兰猎鹿犬外，我没有养过其他种类的狗，因为再也没有比这种狗更高贵和高雅的了。它们肯定是与人类生活了好几个世纪，已经能够用自己的方式理解和融入人类的生活，并适应这个世界的生活环境。古代的绘画和挂毯里都有它们的形象，而它们自己也非常善于利用自己的外貌和行为，把周围的环境变成一幅漂亮的挂毯。它们浑身上下都笼罩在中世纪的封建气息中。

我的第一只苏格兰猎鹿犬叫达斯克，这是我的结婚礼物。自从乘坐我的"五月花号"来到非洲之后，它就一直跟着我。它性格敦厚，但也不失勇敢。在战争开始的前几个月里，它一直跟着我和牛车在马赛保留区里为政府运输物资。可惜的是，几年后，它被一只斑马咬死了。露露住到我家之后，我还养着它的两个儿子。

苏格兰猎鹿犬和非洲的景色很协调，和非洲土著也相处得很好。但当它们到了和海平面持平的蒙巴萨岛时，就显得与环境不那么协调了。所以我觉得这应该是因为海拔的缘故，同样的非洲高原旋律在它们三者之间流淌着。在这里，大地空旷、辽阔，有平原，有山丘，也有河流，但如果没有苏格兰猎鹿犬，这里仍然是不完整的。所有的猎鹿犬都是好猎手，它们的嗅觉比灰狗要灵敏得多，但它们常常依靠视觉狩猎。观看两只苏格兰猎鹿犬一起狩猎是一件非常美妙的事情。我到野生动物保护区骑马的时候都会带上它们，虽然这是不允许的。在保护区里，它们把斑马和牛羚群惊得四散逃跑，就好像天上的星星在天空中撒野狂奔一样。每次到马赛人保留区里狩猎，只要带上它们，所有被猎枪打中的猎物都不可能逃脱。

在原始森林里，它们看起来也很舒服，深灰色的皮毛与昏暗、阴沉的绿荫相得益彰。它们中的一只还咬死了一只大个子老狒狒，还是只雄狒狒。打斗过程中，它的鼻子被老狒狒咬穿，高贵的尊荣受到了损害。但农场上的所有人都认为这是一个很光荣的疤痕。狒狒是一种破坏力极大的野兽，农场上的土著都很讨厌它们。

我的这些苏格兰猎鹿犬很聪明，它们知道我的仆人中谁是伊斯兰教徒。伊斯兰教徒是不能摸狗的。

在非洲的最初几年里，我有一个专门为我扛猎枪的索马里仆人，他叫伊斯梅尔。他去世的时候，我还在非洲。他是古老的扛枪族人，现在已经没有这样的人了。他跟着世纪初的那些有名的老猎人长大成人。那时候，非洲几乎就是一个天然的鹿苑。他从狩猎场里开始接触并熟悉文明世界，说的英语也是狩猎世界的话，所以他会跟我谈论我的大大小小的来福枪。他回到索马里兰后，我收到了他的一封信，信是寄给"母狮布利克森"的，拆开之后，里面写着：尊敬的母狮……伊斯梅尔是一名很虔诚的伊斯兰教徒，一生都不能触摸犬类，这给他的职业生涯带来很多困扰。但达斯克是个例外。他毫不介意达斯克和我们一起坐在双轮轻便驴车里，甚至也允许达斯克睡在他的帐篷里。他说，因为达斯克知道他是伊斯兰教徒，从来不会碰他。他还跟我保证说，是不是真正虔诚的伊斯兰教徒，达斯克一眼就能看出来。有一次，他跟我说："我现在知道了，达斯克和你是一个种族的，它会朝人笑呢。"

我的猎犬们也很清楚露露在我家的权利和地位。和露露在一起的时候，这两只傲慢的猎犬会变得温柔似水。当它们正在喝碗里的牛奶时，露露会把它们推开；当它们正在自己最喜欢的地方——壁炉前休息时，露露会过来把它们赶走。我在露露的脖子上系了一个小铃铛。有一次，它们听到了叮当叮当的声音从其他房间传来，立刻就像是听到命令一样，从壁炉前的温暖睡床上起身，走到房间别的地方躺了下来。露露走过来，在壁炉前躺下，姿态之优美真是无人可比，就好似是一位完美无瑕的女士，以一种任何人都不可能学会的优雅姿态，端庄而认真地整理自己的衣裙。它喝着碗里的牛奶，姿态略显挑剔，但也非常客气礼貌，好像是因为女主人的过分恩宠而压抑着自己。它喜欢让人挠它的耳背，每当此时，它都表现得极有耐心，就像是一位年轻的妻子开心地享受丈夫的爱抚一样。

露露长大了，似一朵含苞开放的漂亮花朵，身形修长，优雅丰满，从鼻子到脚趾都散发着一种无与伦比的美丽。德国诗人海涅曾在他的诗歌中歌颂过恒河河畔的瞪羚，它们睿智且温顺。我们的露露就像是为这首诗所画的插图，画面细腻无比。

露露的温顺只是表面上的，它的内心其实藏着一只魔鬼。它的身上明显地显露出那种时刻都处于防御状态的、排斥他人的女性特征，而且还把这种特征发挥到了极致。当它真心真意、孤注一掷地要和人对抗时，它是在专心地维护自我的完整性。可是，它到底是要对抗谁呢？它是在对抗整个世界。它的心情完全不受控制，也无法预料。我的马一旦惹怒它，它就会跑过去攻击它。我记得来自汉堡的老哈根贝克曾经说过，在所有的动物中，包括食肉动物，鹿是最不能信任的，你甚至可以信任一头花豹，都不能信任它们。如果你哪天信任了一头雄鹿，它迟早会在背后给你沉重的一击。

在我们这座房子里，露露绝对是我们的骄傲，即使它有时候表现得像卖弄风情的女人。但我们总是不能让它开心。它有时会离开房间好几个小时，甚至是整个下午。当它来了情绪，对周围的环境极度不满时，它会在房子前的草地上跳起一种"之"字形的战舞来发泄，看起来就好像是在向撒旦做一个简单的祈祷。

"啊，露露呀，"我心里想着，"我知道你非常强壮，你能跳得比你自己都高；也知道你现在正在跟我们生气，想让我们都去死。如果你不嫌麻烦想要杀掉我们，我们真的愿意去死。你觉得是我们把你跳高的障碍板设得太高，但我的跳高能手啊，我们怎么可能这么做？我们根本就没有给你设置障碍。露露，真正的力量在你身上，真正的障碍在你心里，只是现在一切圆满的时机还没有到来而已。"

有天晚上露露没有回家，我们找了它一个星期，还是没有找到。这对我们是一个沉重的打击。这座房子里最清晰的一个音符丢了，这座房子也就变得跟其他房子一样了。我想到河边会有花豹出没，就在一天晚上把这个担心告诉了卡曼特。

在回答我之前，他像往常一样静默了一阵，忍受着我的短浅的见识。几天后，他来到我身边，和我谈论这件事情。"姆萨布，你是觉得露露已经死了吧。"他说。

我不想这么直白地说出自己的想法，就告诉他，我在想它为什么还不回来。

卡曼特说："露露没有死，它结婚了。"

这真是一个令人吃惊的好消息，我急忙问他是怎么知道的。

"噢，"他说，"它确实结婚了。它现在正在森林里和它的'博瓦纳'一起生活呢。"卡曼特是说它的丈夫，或者主人。"但是它没有忘记农场上的人。有好几个早晨，它都回来过。我在厨房的后面撒了一些玉米面儿，太阳出来之前，露露就从树林里回来，把玉米面儿吃了。它的丈夫就在后面跟着它，但它没有见过我们，所以还有点儿害怕。它总是远远地站在草地另一侧的大白树下，不敢往房子这边走。"

听他说完，我跟他说，如果露露再来，就带我去看它。几天后的一个早晨，太阳还没有出来，卡曼特来了，他让我出去看。

那是一个非常可爱的早晨。我们等待着露露的到来。最后几颗晨星从天际隐去，天空澄澈晴朗，但周围仍然一片昏暗，寂静无声。地上的草湿漉漉的。树下有一斜坡，斜坡上是草地，草叶上挂满了露珠，闪着昏暗的银色光芒。空气清冽，有一种微微刺痛的感觉。在北方国家，只有离树林不远的地方才会有这种感觉。我心里想着，自己虽然对这种感觉已经很熟悉了，但总是没法相信，现在我们还在树荫下感受着如此清冷的空气，几个小时后，就会因为太阳的炙热和天空的刺眼而感觉难以忍受。远处的山峦笼罩在灰色的薄雾中，显露出奇怪的形状。如果水牛这会儿在山坡上吃草，就会像在云中一样，它们一定会觉得冷得厉害。

头顶的苍穹慢慢清晰起来，看起来就像装满了酒水的玻璃瓶。突然，山峰以迅雷不及掩耳之势，温柔地捉住了第一缕阳光。它立刻就害羞起来，满脸变得通红。大地逐渐向太阳靠拢，山脚下的草坡慢慢变成了金黄，马赛人的树林在下降。在靠近农庄的河岸上，高高的树顶开始变红，泛着一层红铜似的光芒。这时，栖息在对岸的紫色大林鸽也飞过河水，来我们这边树林里的好望角美树上寻找坚果吃。他们每年只在这里停留很短的时间。林鸽群飞起来时速度快得令人吃惊，就像空气组织了一队骑兵来攻击一样。内罗毕的朋友们很喜欢在这个季节的早上打林鸽。为了能够在日出之前赶到这里，他们常常早早地起床开车往这儿赶。甚至在绕过我家车道时,他们的车灯依然亮着。

我们就这样静静地站在树荫下,抬头就能看到金色的山峰和清澈明亮的天空。那种感觉真像在海底漫步,身边有水流涌过,抬头看到的,是海面。

有鸟儿开始歌唱,我听到不远的林中响起了铃铛声。是啊,这真让人开心。露露回来了,回到了它的老家!它慢慢地走近,步伐很有节奏,我还能感受到它动作的变化。它在走,它停了下来,它又继续往前走。最后,它转过一个男仆家的小屋,来到我们面前。看着一只羚羊如此靠近我的房子,我突然有了一种从未有过的感觉,心里觉得特别愉悦。露露停在那儿不动了,它似乎对卡曼特的出现并不吃惊,但对我却并不是如此。但它没有逃走,而是定定地看着我,脸上毫无惧色,好像忘记了我们往日的冲突,忘记了它的忘恩负义——没有告诉我一声就无声无息地消失了。

回归丛林的露露高傲而独立,它的心已经变了,已经是心有所属。这么说吧,比如我以前认识了一位流亡中的小公主,她一心念着要在某天登上王位。突然有一天我们又相遇了,而此时的她终于获得她应有的权力,完全拥有了女王的身份。我和露露的再次相遇就与此类似。法国国王路易·菲利普曾经宣称,国王已经忘记了奥尔良公爵的恩恩怨怨。而此时的露露,就和这位国王一样,完全没有表现出任何小气的心态。它现在是一个完整的露露。它身上的那种攻击性已经不见了。现在还要攻击谁呀,为什么还要攻击呢?它静静地站在那儿,拥有着神授的权力。它完全记得我,也很清楚不用害怕我。它站在那儿,整整盯了我一分钟。那双紫色的、雾蒙蒙的眼睛一眨不眨,没有任何信息。我记得众神从来不眨眼,所以感觉此刻自己面对的是牛目天后赫拉。

它向我走来,它走过我身边,低头轻轻咬了一片草叶,又轻巧地、优雅地小跳了一下,直接向厨房后面走去,卡曼特已经在那儿撒了很多玉米面儿。

卡曼特用一根手指碰了一下我的胳膊,然后指向树林。我朝他指的方向看去,在一棵高高的好望角美树下,一只头顶长有漂亮羚羊角的雄羚一动不动地站着,就像树干一样。在森林的边缘多了一幅小小的、黄褐色的剪影。卡曼特观察了它一会儿,就笑了。

他说:"它正在看我们呢。露露已经告诉过它丈夫,不要害怕来我们房子这儿,但它仍然不敢来。每天早上,它都会想,它今天会来的,但是看到我们的房子和这儿的人之后,就好像有一块冰冷的石头掉到了它的胃里。"土著经常胃痛,他们常常因为胃疼影响农场的工作进度。"然后它就站在树下不动了。"

有很长一段时间,露露都在早晨的时候回来。如果听到它身上清脆的铃铛声,我们就知道太阳已经升起来了。那时,我常常躺在床上等它回来。有时它也会消失上一到两周。我们就开始想念它,会找那些到山间打猎的人去问它的消息。但很快,就会有仆人大声喊着:"露露在这儿呢。"这种感觉就像是结了婚的女儿回娘家省亲一样。还有几次,我又看到了那头雄羚在林间的剪影。卡曼特说得对,它一直都没有勇气直接走到我们的房子这儿。

有一天,我从内罗毕回来,卡曼特站在厨房门外面等我。看到我,他走过来,很兴奋地说,露露已经来过农场了,它有托托了。也就是说,它有孩子了。几天之后,我很荣幸地在男仆们的小屋空地上遇到了它。但它非常警惕,看起来不敢随便惹的样子。有一只小小的动物站在它的腿边,动作优雅而缓慢,很像我们最初看到露露时的样子。此时，高原上的雨季刚刚结束。在这样的夏日里，露露通常会在早晨和下午来到我们房子周围。偶尔也在正午的时候过来，但只在房子的阴影里活动。露露的孩子不怕我们的猎犬，会任由它们从头嗅到脚，但它不习惯和土著仆人或我接触。如果我们试着去抱它，它会和妈妈一起马上跑开。自从露露第一次长时间离开农场之后，它再也不和我们靠近，一点儿都不让我们碰它。但在其他时候，它对我们还是很友好的，它明白我们想看看它的孩子，如果我们递给它一根甘蔗，它也会凑上来吃。有一次，它走到了餐厅的门前，从开着的门里望向模模糊糊的厨房，但是没有跨过厨房的门槛。就是这次，它脖颈上的铃铛掉了。之后，它回来或者离开，都是静悄悄的。

　　仆人们建议我把露露的孩子抓回来，像当初养露露一样养着它。但我觉得这种行为太粗鲁了，如果这么做的话，露露刚刚和我们建立起来的高贵信任感就又没了。

　　现在，露露和我的房子之间有一种很自由的联盟关系，这种关系非常罕见，非常值得尊重。它能够从原始的自然世界里来到我们这儿，这表明我们和大自然的关系非常融洽。正是因为它，我的房子和非洲的风景才融为了一体，人们再也看不到它们之间的分界线，看不到哪里是开始，哪里是结束。露露知道巨林猪的家在哪儿，也见到过犀牛们的交配。在非洲的大热天里，有一种布谷鸟会在森林里歌唱，听起来就像是这个世界的响亮的心跳声。我运气不好，从来没有见过它们，我认识的人里也没有谁见过它们，因为没有人能说出它们的样子。但是，当它们蹲在某棵树的某根枝丫上歌唱时，露露很有可能正从树下的绿色小径上走过。那时，我正在读一本书，是关于中国的慈禧老太后的。书中说，这位姓叶赫那拉的太后在生下第一个儿子后，乘坐一顶带有绿色吊穗的金色轿子，从紫禁城出发，回娘家省亲。我觉得，我的房子就像是这位年轻皇后的娘家。

那两只羚羊，一大一小，在这个夏日里常常在我的房子周围游逛。有时候会隔上两周来一次，有时会是三周。即使它们不回来，我也能天天见到它们。第二个雨季开始了，我的仆人们跑过来告诉我，露露又带了一个孩子回来了。但这次，露露和两个孩子再也不靠近我的房子了，所以我没有看到新生的小羚羊。后来我在森林里看到了它们三个。

露露以及它的孩子和我房子之间的这种联盟关系一直保持了很多年。羚羊们常常在我的房子周围游逛。它们自丛林中来，然后再回去，就好像我的这片土地就是它们野生王国的一部分。大多数时间，它们会先在附近的树林里活动一阵，然后在日出前来到我们这儿。远远望去，它们就像是黑色枝丫上的黑色剪影，精美雅致。它们从树林里走出时，就已经是下午了。它们在附近的草地上吃草，午后的阳光洒在它们身上，皮毛泛出一层红铜色的光芒。露露就是它们中的一员。它常常会跑到我的房子周围，安静地在这里踱步，一辆汽车来了，或我们打开了某扇窗，它就会竖起耳朵去听。猎犬们也很熟悉它。随着年龄的增长，它浑身的皮毛会变得更黑。有一次，我和朋友开车来到房子前，竟然发现平台上站着三只羚羊，它们正围着盐粒吃盐，这些盐本来是撒给牛吃的。但是很奇怪，除了露露的"博瓦纳"曾昂头站在那棵好望角美树下，再也没有其他雄羚羊来过我的房子周围。我们好像接触到了一个森林里的母系社会。

猎人和自然主义者们对我房子周围的羚羊都颇感兴趣。有一位监督狩猎的官员还专门开车来到农场看望它们，他最终也如愿以偿。一位记者还专门为它们写了一篇报道，发表在《东非标准报》(*East African Standard*)上。

露露一家在我家周围游逛的那些年,是我在非洲最快乐的时光。我把和这些非洲羚羊的相识看成是生活的恩惠,是我和非洲友谊的象征。整个肯尼亚也是如此。它代表的是吉兆,是古老的约定,是一首歌:

我的良人哪,求你快来。如羚羊或小鹿在香草山上。[1]

在非洲的最后几年,我越来越难见到露露和它的家人。离开前的一年里,它们都没有来过。那时,很多事情都变了,农场南边的地分给了其他农场主,原始森林不在了,房屋建起来了,拖拉机在原来的林中空地里爬上爬下。来这里居住的新居民大多数都是户外运动迷,所以常常能听到来福枪在旷野中歌唱。我觉得,野生动物们应该都在向西撤离,进入马赛保留区的树林里了。

我不知道羚羊的寿命有多长,或许露露早已经去世了。

很多个黎明,我都在期待,期待着能听到露露脖颈上的铃铛声。在睡梦中,我常常是心里充满欣喜,醒来后,就希望有什么或新鲜或美好的事情能够立刻发生。

我躺在床上想着露露,不知道它在林中生活的时候,有没有梦到过那个小铃铛。在它的小脑瓜中,会不会像水面留下倒影一样,留下我的农场上的人和狗的样子?

如果我会唱一首非洲之歌,歌里有非洲的长颈鹿,有挂在它身后天空的新月,有田里的犁,有咖啡采摘工脸上的汗珠,那

---

[1] 原文为 Make haste, my beloved and be thou like to a roe or to a young hart upon the mountain of spices,见《圣经·旧约·雅歌》8:14。——原注

非洲是否会唱一首关于我的歌曲？平原上的空气是否会因我穿过的某种颜色而颤动？孩子们是否会在玩以我的名字命名的游戏？天空的满月是否会在车道的砂石路上洒下我的影子？或者，恩贡山的山鹰是否会在天空追逐我的踪影？

我离开非洲之后，再也没有听到关于露露的消息，但我与卡曼特和其他男仆们的联系却没有断。就在不到一个月前，我还收到了卡曼特的信。对于我而言，和非洲的这种联系总是有些奇怪，有些不真实，感觉就像影子，或是海市蜃楼，而不像从真实世界来的消息。

因为卡曼特不会写字，也不懂英语。如果他和仆人们想要给我传达消息，就要去找专业的写信人。写信人中，有的是印度人，有的是土著。他们通常就坐在邮局门外的一个桌子前，桌上放着纸、笔和墨水。卡曼特他们会告诉写信人信里要写什么。但这些所谓的专业写信人其实并不怎么懂英语，甚至根本不能写，但他们自己认为他们能写。为了炫耀文采，他们会给信的内容增添很多修饰性的词语，这让我的阅读变得很困难。他们还有一个习惯，就是写信的时候，会用三到四种不同的墨水。我不知道他们为什么要这么做，但这样总给人一种印象——他们很缺墨水，总会把墨水瓶里的墨水用个光，一滴都不剩。做了所有的努力后，他们写下的就是如德尔斐神谕般难以理解的信。每次我都觉得信的内容很有深度，能感觉到信的内容对于写信人非常重要，像一块大石头一样压在他的心头，所以他才从基库尤居住区走那么远的路到邮局寄信。遗憾的是，这些内容似乎都隐藏在黑暗中。这些旅行了上千英里，已经变得脏兮兮的廉价纸张好像一直在说啊说，甚至都在朝你尖叫，但却似乎什么也没有说出来。

而卡曼特在写信时又总是会别具一格，他做事时就是这样，总是要特立独行，与其他人不一样。他会把三到四封信一起放到一个信封里，然后在上面标明：第一封、第二封等。可是所有的信里面的内容都是一样的，都是在重复再重复。他可能是想通过重复让我加深印象。跟我说话的时候他也是如此，如果他有特别想让我理解或记住的事情时，他就会不断地重复再重复。又或者是因为，他觉得隔着这么远的距离和一位朋友联系，停下来不写是很困难的。

卡曼特在信里说，他已经失业很久了。听到这个消息，我并没有感觉很吃惊，因为他就是一种与众不同的鱼子酱。我调教出了一位宫廷御厨，却把他丢在了一块新建的殖民地上。对他来说，我和他在一起的时光就像是"芝麻开门"这个咒语，让他看到了一个新世界。现在，他又失去了这个世界——那座石头门，连同洞里神秘的宝藏，永远朝他关闭了。当这位优秀的、博学的厨师若有所思地走路时，旁人看到的不过是一个有着罗圈腿、扁平脸，且脸上永远毫无表情的小矮人。

当他走到内罗毕，站在那些贪婪又目空一切的印度写信人面前时，他到底说了什么了？信里的字一行一行都歪歪扭扭的，所用的词语也是颠三倒四。但卡曼特那颗伟大的心灵有着一种能力：熟悉他的人，即使是从一首声音嘶哑、音调混乱的曲子里，甚至是牧童大卫的竖琴的回声里，也能清晰地听出其中的音符。

这是他的"第二封信"：

我从来没有忘记过你，姆萨布，尊敬的姆萨布。现在，你所有的仆人天天都很不开心，因为你离开了这个国家。如果我们是鸟，我们就会飞过去看你，然后我们再飞回来。然后是你的农庄，它过去对母牛、小妞、黑人都是好地方。现在，什么都没有了，没有牛、山羊、绵羊，什么都没有了。现在，所有坏人心里都很高兴，因为你的老仆人们又变成了穷人。现在，上帝在心里已经知道了这一切，他有时会帮助你的仆人。[1]

在"第三封"信里，他向我展示了土著对别人的宽容和厚待，他写道：

如果你要回来，写信告诉我们。我们觉得你会回来。因为什么？因为我们相信你从来不会忘记我们。因为什么？因为我们相信，你仍然记得我们的脸和我们妈妈的名字。

白人在写信恭维某个人时，他们会说"我从来没有忘记过你"，而非洲人则会说"我们不相信你会忘记我们"。

---

1. 信中内容原文如下：I was not forget you Memsahib. Honoured Memsahib. Now all your servants they never glad because you was from the country. If we was bird we yand see you. en we turn. en your farm it was good place for cow small calf black people. Now they had no anything cows goat sheep they has no anything. Now all bad people they enjoy in their heart because your old servant they come poor people now. Now God know in his heart all this to help sometime your servant. 该段话有多处语法错误和语义不通之处，译文采取直译，以保持原文的凌乱。

Chapter 02

第二章 | 农场上的枪支走火事件

枪支走火事件

枪支走火事件发生在十二月十九日的晚上。那天晚上快要睡觉的时候，我走出房子想看看有没有可能下雨。我觉得高原上的许多农人此刻都在做同样的事情。有时，在某个幸运的年份里，我们会在圣诞节前后见到几场大雨，这对十月份小雨过后刚刚开花的咖啡苗来说可是幸福的事情。但没有任何下雨的预兆。晴朗的天空和璀璨的星光，都在沉默中狂欢。

赤道上空的星星要比北半球多得多，能看到的星星也要多得多，因为在这儿的夜晚，人们会经常身处野外。在北欧，冬日的夜晚太冷了，人们没有心情去外面欣赏星群的狂欢；到了夏日，天空又变得像野生紫罗兰一样苍白无色，很难把星群与天空分开。赤道的夜晚极似喜爱与人交往的罗马天主教教堂，而北欧的夜晚则颇似新教的教堂，只允许你进来做与宗教有关的事情。在热带的夜晚，每间大房子里都是人进人出，一切事情都在照常运转。在阿拉伯半岛和非洲，中午的阳光会晒死人，所以大家会选在晚上旅行或办事。这儿的星星都有名字。几个世纪以来，它们指引着人类，吸引着他们排着长长的队伍，穿过沙漠，越过海洋。有的走向东方，有的走向西方，有的则走向南方或北方。车辆可以在夜色下平稳行驶，而且在星空下开车也是一种很美好的体验。在这儿,你会习惯把与内陆朋友的约会定在下个月圆之夜;你也会习惯在月亮刚升起时出发去游猎,因为这样可以享受整晚的月色。感受到这些之后,当你再去欧洲探望朋友时,你就会觉得他们很不正常,因为他们的生活与月亮的阴晴圆缺没有关系,他们完全忽视了月亮的存在。在热带,新月是赫蒂彻[1]驼商行动的标志,一旦它出现在天空,驼队就要出发了。他[2]带着驼队面向新月而行,是一位整日研究宇宙中月球系统的哲学家。他一定常常抬头研究它,把它看作是自己征服世界的标志。

有好多次,我都在偶然间成了农场上第一个看到新月的人。在落日的余晖中,我看到新月像弯弯的银弓一样挂在天际。更巧合的是,有两三年的时间,我都是在伊斯兰斋月期第一个看到新月的人。要知道,斋月可是伊斯兰教徒们的圣月。所以,我在土著中间相当有名气。农场主们也会慢慢地转动眼睛,在地平线附近搜寻新月。首先,他们会看东方,因为如果在东方看到新月,就意味着很快要下雨。在这个方向,也能清楚地看到处女座里的角宿一。之后,他们会看向南方,向天空中的南十字星问好。南十字星是整个浩渺天空的守门员,对旅行者们绝对忠诚,也被他们深深热爱着。它高高地挂在天上,就在璀璨的银河带和半人马座的α星和β星下面。然后是西南方向。天狼星在这个方向灼灼闪耀,在天空中看起来很大。还有沉思着的老人星。然后是西边。在这个方向上,沿着恩贡山朦胧的轮廓向上看,几乎可以完整地看到猎户座里的参宿七、参宿四和参宿五星。最后,他们会

---

1. 约555—620年,伊斯兰先知穆罕默德的第一任妻子。嫁给穆罕默德之前,她曾结过两次婚,是麦加的富孀,自己经营商业。穆罕默德曾受雇成为她前往叙利亚商队的经理,并和她成婚。后在穆罕默德传教期间,给予了他极大的支持。穆罕默德称其为信士之母。
2. 即先知穆罕默德。

看向北方，因为我们最终要回到北方。在这个方向，他们会看见大熊星座。从天空的角度来看，它是在静静地倒立着。这种场景真像是一个熊一样笨拙的笑话，如果听到这个笑话，这些北欧移民一定会感觉很开心。

　　人在晚上做梦时能感受到一种特别的快乐，一种在白日世界里感受不到的快乐。这种快乐带着一种平静的狂喜，一种心灵的闲适，就像舌尖上品尝到的蜂蜜一样甜蜜。这些做梦的人知道，梦境的伟大之处在于它永无边际、毫无限制的自由感。这种自由不是把自己的意志强加给世界的独裁者所感受到的那种自由，而是艺术家的自由，是一种完全没有欲念，完全摆脱了欲念的自由。一个真正的做梦人的快乐并不在于梦境的内容，而是在于他无法干涉梦中的事情，梦中的一切都不在他的掌控之中。梦会自己创造出优美的风景，会创造出长长的美丽风景带，创造出丰富而柔和的色彩，还有道路和房子。而做梦者在现实中从来没有见到，也没有听说过这些景色。梦里有各种陌生人出现，有的和他成为好友，有的则成为敌人，尽管他和这些人没有什么关系。在梦里，还会反复出现飞翔、追赶的意念，让他们感觉到狂喜和着迷。在梦中，每个人都会说出诙谐、睿智的话语。如果白天去想这些梦，它们会逐渐消失，会失去所有意义，因为它们已经和做梦者不在一个世界了。但是，做梦者一旦在夜晚躺下来，现实世界的大门就会再次关闭，他会再次想起梦境的美妙。那种无限的自由感会一直环绕在他周围，像空气和灯光一样，穿过他的身体，带给他一种神秘的极乐之感。他是天之骄子，什么都不用做，只需感受到快乐和充实，就能把所有东西聚集在自己周围，他施国的国王还会送给他很多礼物。他会参加战争，也会参加舞会。他会感觉很奇怪，为什么自己躺着，还能有这么多权力参与这些事情。但如果梦中的自由突然失去,"必需性"进入这个世界,或者是任何地方出现了什么急需做的事情或压力,比如要赶紧写一封信,要赶一趟火车,要开始工作了,要让一匹马飞驰起来,或是要端起来福枪开火等,那么梦境的质量就会逐渐下降,最终变成梦魇,这是最可怜、最粗俗的梦境。

在现实世界里,和梦境最为接近的是大城市的夜晚,此时的人们谁都不认识谁。还有非洲的夜晚,也有无限的自由感:所有的事情都在发生,周围时刻有不同的命运在上演,四面八方都有各种活动。但是,这一切都跟你无关。

在非洲,一旦日落,天空中就满是蝙蝠,它们像汽车驶过柏油路一样在空中悄无声息地飞。空中也会有夜鹰掠过,它们落在路的中央,在汽车灯马上要闪出红光时,突然拍着翅膀在车轮前直直地飞向天空。小春兔也会来到马路上,它们有自己的活动方式:突然坐下,向前蹿去,再坐下,再向前蹿去,带着规律的节奏,像是小袋鼠一样。蝉在草丛间不停地歌唱,地面散发着独特的气味,星星低低地悬在天空,就像脸颊的泪珠一样,马上就要落下来。而你,也成了天之骄子,所有东西都在向你聚拢,他施国的国王会给你带来各种礼物。

就在几英里外的马赛人保留区,斑马正在向另外一片草地移动,它们在灰色的草地上漫步,像是草原上的一道道淡淡条纹;水牛在长长的草坡上吃草。农场上的年轻人三三两两地走过我的房子。不管是两个一群还是三个一起,都是一个接一个地往前走,在草地上留下了他们窄窄的黑影子。他们这不是去给我干活,而是各有各的目的地,我也并不在意。看到我在屋外一闪一闪的烟头时,他们没有停下来,只是放慢了脚步,这是在跟我强调他们现在有事要做。

"你好，姆萨布。"

"你好，莫拉尼。"我回答。这个词的意思是"年轻的武士"。

"你们要去哪儿？"

"我们要去卡塞古村，今天晚上那儿有大型恩戈麦鼓。再见，姆萨布！"

如果是一大群年轻人，他们就会一边走，一边敲着鼓跳舞。这时，你就能从很远的地方听见他们的鼓声，好像夜晚里指尖的某个血管在突突地跳动。就在这时，耳边突然传来了一个声音，像是空气的震动，又像是从远处传来的一声狮吼——它在准备，它开始追捕猎物。就在它站着的地方，有事情发生了。这个声音之后，就没有第二声了，但就此你的视野变宽了，谷地和水潭都被带到了你的面前。

这是枪声。我当时就站在自己的房子前面，枪声离我不远，但只有一声，一声过后四周重新陷入了黑夜的寂静中。草丛里的蝉停止了歌唱，似乎是为了听这个声音，但过了一会儿，它们又重新开始高歌那首单调的歌曲。

夜里响起的这声枪响听起来很奇怪，好像有什么决定性的，或是性命攸关的事情发生了。就像有人朝你大喊一声，但却只喊了一个字，然后再也不重复。我在屋外站了一会儿，心里一直在想这声枪响是怎么回事。都这么晚了，谁还会去开枪打什么东西？如果是为了吓走什么东西，也要开上个两三枪才行啊。

我想，可能是印度老木匠普兰·辛格在下面的磨坊里朝两只偷偷摸摸进到院子里，想要吃牛皮皮带的土狼开了枪。皮带在院子里挂着，下面挂着石头，本来是用来做马车的缰绳的。普兰·辛格不是什么英雄，但他真有可能为了那条缰绳，把门半开，端起他那支老猎枪开火。但他的猎枪是双管的，一旦开火，应该是两枪才对。况且，他一旦尝到做英雄的滋味，肯定会继续上膛，再打一枪。但是只有一声枪响，然后是一片寂静。

我等了一会儿，想听到第二声枪响，但什么都没有。我再次抬头看天，仍然没有下雨的征兆。于是我回屋上床，拿起一本书看起来，因此屋里的灯还亮着。在非洲，一旦碰到一本值得一读的书，你就会像是渴望有读者阅读这本书的作者一样，去好好读它，心里还一边默默地祈祷，希望这本书自始至终会像开头一样引人入胜。这些书本都是用专门的货运船只托运过来的。在非洲，人们专门建造了精良的船只，用来托运欧洲的重要物品。我的思绪在一条绿色的小道上奔跑着。

两分钟后，一辆摩托车沿着农场的车道飞驰而来，最后停在了我的房子前面。接着，有人使劲敲打我卧室的长玻璃窗。我穿上裙子，套上风衣和鞋，提上防风灯走了出去。门外站着我的磨坊经理，他的眼睛瞪得大大的，在灯光下汗流浃背。他叫贝尔纳普，是个非常能干的美国人，也是一位很有才华的技工，只是情绪不太稳定。前一秒还在千禧年的狂欢中，下一秒就会掉入无尽的黑暗，连一丝希望都看不到。刚来农场干活的时候，他对这儿的生活、农场的前途和现状发表了各种各样的看法，我就像是坐上了一条巨大的精神秋千，心情随之高高低低地起伏。到了后来，我也就慢慢习惯了。这种生活的起起落落不过就是一种日常的精神体操，他那活泼多变的性格的确需要很多这样的锻炼，但现实生活却总是很平静，很少有事情发生。在非洲，有很多像他这样的精力旺盛的年轻白人，尤其是那些早年在城市里生活的年轻人，更是如此。现在，他刚刚从一出悲剧的双手中逃脱，还没有想好是充分地向我们渲染一下它，好满足一下他饥渴的心灵，还是尽量轻描淡写，回避事件的严重性。在这种进退两难的困境中,他就像是一个小男孩,拼着命地跑过来,告诉我们刚刚发生的一场灾难。说话的时候,他甚至有些结巴。讲述的时候,他选择了轻描淡写,因为他在这件事中没有扮演任何角色,命运再次让他失望了。

法拉从他家里走过来,和我一起听他的讲述。

贝尔纳普告诉我,枪响之前,一切都很平静,大家都很开心。他们的厨师请了一天假,七岁的帮厨托托卡贝罗就在厨房开起了派对。卡贝罗的父亲是农场上的老狐狸卡尼纽,这是一个老非法棚户,也是离我最近的邻居。到了晚上,孩子们玩得特别开心,卡贝罗甚至把主人贝尔纳普的枪拿了出来,为那些来自平原和香巴的小野朋友们表演白人的样子。贝尔纳普热衷于家禽养殖,他把公鸡阉掉,把母鸡的卵巢割掉,专门用作肉鸡卖,还从内罗毕市场买了很多纯种小鸡苗。为了吓跑老鹰和薮猫,他在走廊里放了一杆枪。把整件事说完之后,贝尔纳普向我们强调,那杆枪根本没有装弹药,是那个孩子从弹药筒里把弹药找了出来,装到了枪里。但我觉得,他肯定是记错了,即使孩子们很想这么做,他们也不可能成功地把弹药安装上。所以,事实很可能是枪在走廊里放着的时候,里面就已经装有弹药了。虽然不知道弹药是怎么装进去的,但是当年少气盛、在伙伴中颇有知名度的卡贝罗端起枪瞄准小客人们并扣下扳机时,枪管里确实是有弹药的。"砰"的一声,枪在屋里响了。三个孩子受了轻伤,在恐惧中逃跑了。剩下两个躺在屋里,一个重伤,一个死去。讲到最后,贝尔纳普开始骂非洲,骂刚刚发生的这件事。骂完后,他才结束了自己的故事。

贝尔纳普讲述这件事的时候,仆人们也走了出来,站在旁边安静地听着。他一讲完,他们就走进屋,提出来一个防风灯。

当时启动汽车有点来不及了。于是我们穿上衣服，拿上消毒剂，撒腿朝山下贝尔纳普的房子跑去，中间还要经过一片树林。我们在一条狭窄的小路上向前跑。防风灯使劲地摇晃着，把我们的影子从路的这边拉到那边。我们听到了一连串的尖叫声，这是孩子垂死的喊声，声音嘶哑而短促。

厨房的门向后倒在地上，好像死神急匆匆跑进来之后，又急匆匆地跑了出去。这个地方就被彻底毁掉了，现场乱得可怕。鸡舍被獾袭击了；一盏灯在桌子上燃烧，浓浓的烟气直冲房顶；小屋里仍然弥漫着弹药的味道。那支枪就躺在灯旁的桌子上。厨房里血流成河，在地板上走的时候，脚底甚至还会打滑。防风灯不可能把每个角落都照亮，但确实让整个房间突然间亮了许多，整个事件似乎也明朗起来。防风灯能照亮的东西，我都记得很清楚。

中枪的两个男孩我都认识，他们常常在农场附近的草原上放羊，羊群是他们父亲的。瓦迈是乔戈纳的儿子，年纪还很小，在小学里上过学。他躺在桌子和门中间的地板上。他还没有死，但也快了。他低声呻吟着，完全失去了意识。我们把他往边上抬了一下，好方便搬动他。尖叫的男孩叫万扬格里，是派对里年龄最小的男孩。他坐在地上，身子向灯倾斜着。血像水泵里的水一样从他的脸上向外喷——如果那还能叫脸的话，因为他的下颚完全被崩掉了。枪走火的时候，他肯定就站在枪管的前面。他两只胳膊向前伸着，像泵杆一样不停地上上下下挥动，看起来很像一只被砍掉头的鸡，上下扑扇着翅膀。

当你突然被卷入这样的灾难，好像就只能做一件事了，就是尽快采取猎人和农人此时的补救措施——不惜一切代价，干脆麻利地杀掉这个孩子。但你很清楚不能杀他。此时，你的脑海里充满了恐惧。我把手放在孩子的头上,在绝望中紧紧地按住它。孩子立刻停止了尖叫,好像我真的把他杀死了一样。他直直地坐着,双臂垂了下来,变成了一根木头。我总算体会到了基督教中按手礼[1]的治疗效果了。

他的半个脸都被崩掉了,所以真的很难给他包扎,在止血的过程中,很有可能会让他窒息。我把他放在法拉的膝上,法拉扶着他的头,让它不要动,如果它向前倒,我就没办法固定住绷带,如果向后倒,血就会流下来,灌满他的嗓子。幸亏他坐着一动不动,我终于把他包扎完毕。

我们把瓦迈搬到桌子上,提着灯靠近他,想仔细地看看他。弹药从他的嗓子里直接钻进胸腔,倒是没怎么流血,只有一条细细的血印顺着他的嘴角流下。曾经像小动物一样活蹦乱跳的土著小孩,此时竟然如此安静,真是让人吃惊。我们看他的时候,他脸上的表情变了,显出了一抹惊奇。我让法拉开车过来,我们不能浪费时间了,必须把孩子们送到医院去。

在等待法拉的时候,我问贝尔纳普卡贝罗去哪儿了,就是那个开枪杀人的孩子。贝尔纳普告诉了我一件关于他的很奇怪的事情。几天前,他从贝尔纳普那儿买了一条很旧的短裤,一共花了一卢比,钱会从他的工资里扣。贝尔纳普说,他听到枪声之后,就跑到厨房。当时,他看见卡贝罗站在屋子的中央,手里握着还在冒烟的枪。他盯着贝尔纳普看了一秒钟后,左手伸进短裤的口袋里,拿出了一卢比,把它放在桌子上,右手把枪也放在了桌子上。这条短裤就是他刚从主人这儿买到的那条,他穿着它

1.《圣经》中常见的宗教仪式。旧约时代,主要用于祭祀、祝福、神圣化人或物、承接圣职、宣判刑罚等。到了新约时代,除了祭祀,旧约时代的用途都保留了下来,而且增加了医治病患的功能,也用于把某种责任传给信徒。

参加派对。把最后这笔财产清算完之后，他就在这个世界上消失了。他就这样以一种伟大的姿态从大地上消失了，当然，我们当时是不知道他要消失的。在土著的世界，这样的行为是很少见的。土著都习惯欠债，尤其是白人的债，还债这件事完全就是他们大脑意识的外围区域。或许对于卡贝罗来说，那个时刻是最后的审判日，他觉得要讨好一下它；又或许他在如此危急的时刻，想要试着和主人交朋友；又或许，他当时感受到的震惊、枪声和朋友的死都在他周围环绕着，最后全部都被钉入他那颗小小的头颅中，塞满了他的脑海，让他大脑外围的少量信息蹿入了他意识的中心区。

当时，我有一辆老越野车。我其实不应该写它的坏话，毕竟它已经兢兢业业地为我服务了那么多年。但是，我确实很少见到它两个以上的气缸同时工作的情况。它的灯也总是出故障，我开车去穆海咖俱乐部参加舞会的时候，总是在车后挂一个防风灯，再用红色丝绸把它包起来，当作后车灯用。而且，发动的时候，还总是要人推一把。这天晚上，光发动车就浪费了我们很长时间。

来我家玩的客人们总是抱怨农场周围的路不好走，在那个生死攸关的晚上，我真正意识到了他们是对的。刚开始我让法拉开车，后来总感觉他故意把车子往深坑里或车辙里开，所以就开始自己开。因为手上满是鲜血，我在小池塘边下车，用里面黑乎乎的水把手洗干净了，再去开车。去内罗毕的路似乎长得没有尽头，到医院的时候，我感觉就像开车回了一趟丹麦。

车子刚刚驶入内罗毕城，我们就看到了坐落在山上的内罗毕土著医院。那时，四周黑漆漆的，看起来非常平静安宁。我们费了好大劲把门叫开，拉住了一位印度果阿的老医生，或者是医生助理。他穿着一套很奇怪的白袍，身材高大肥胖，人看起来温和沉着。他用一只手做完某个手势后，还要用另外一只手再把手势重复一遍，真是让人感觉很奇怪。我帮着大家把瓦迈从车里抬出来，感觉到他微微地动了一下，舒展了一下身体。但当我们把他抬进医院亮堂堂的房间里时，他就死了。老医生一边朝他摇手，一边说："他死了。"然后又朝着万扬格里说："他还活着。"这天过后，我就再也没见到过这位老人。我在晚上不去这座医院，所以我想他可能是值夜班的医生。当时，我觉得他做事的方式很让人讨厌。但到了后来，我又觉得，我们在医院的门口遇到的是"命运"。他穿着好几件白袍，一件套一件，公平无私地处理着生和死。

当我们把万扬格里抬进医院的时候，他从昏迷中醒来，很快就陷入了极度的惊慌。他不想被我们抛下，一直紧紧地拽着我和身边的人，在一种极度的痛苦中大哭着。老医生给他注射了镇静剂，他才平静下来。老人的眼睛透过眼镜看着我，然后说："他还活着。"我把两个孩子留在了那儿，一个死了，一个还活着。两副担架，却有着不同的命运。

贝尔纳普是骑着摩托车和我们一起来的，主要是担心汽车一旦需要重新启动，他可以帮忙推车。他觉得我们应该把这起事件报告给警察局。于是我们开车下山，准备去市里的河岸警察局报案。我们一头栽进了内罗毕的夜生活。到了警察局，我们没有见到白人警察。警察局的人派人去找他，我们就坐在车里在外面等着。街道两边是两排高大的桉树，这种树在高原的移民城里是很普遍的。晚上，他们那长长的、窄窄的叶子散发出一种奇特的、舒服的味道。在街灯的照耀下，它们看起来总是有点奇怪。一伙土著警察驾着一个斯瓦希里女人往警察局里走，这个女人身材高大，体态丰满。她死命地反抗着，用手抓警察的脸，像猪一样嚎叫着；接着是一群吵架的人，跟这个女人一样情绪激动，在警察局的台阶上还想撕打对方；然后是一个小偷，我感觉应该是刚刚被抓住的。他的后面跟着一条长尾巴，是夜晚酒宴上的狂欢者。有的人和小偷混在一起，有的和警察混在一起，一路走一路大声讨论着整件事情。最后，终于有一位警官回来了。这是一名年轻的警官，我感觉他是直接从某个快乐的派对回来的。贝尔纳普对他很失望，因为进到警局以后，他的兴趣就全在他的报告上了。他以极快的速度在纸上写着，然后又陷入了沉思，拖着铅笔在纸上乱画。最后，他停下来，把铅笔重新放进了口袋。在夜晚的空气中，我感到很冷，于是就和贝尔纳普开车回家了。

第二天早上我还没起床，就感觉到了房子外面的凝重的静止，外面一定有很多人。我知道他们是农场上的老头儿们。他们蹲在石头上，吃着东西，吸着烟，偶尔朝地下吐口痰，窃窃私语着。我也知道他们想干什么。他们是来通知我，要专门为昨晚的走火事件和死去的孩子设立一个基阿马。

基阿马是农场上的老人议会，通常由政府委任，目的是处理非法棚户中产生的纠纷。基阿马的成员们聚集在一起，或是讨论某个罪行，或是某个事故。他们会坐在那儿讨论上好几周，最后被羊肉、闲话和灾难养得肥肥的。我知道，现在这些老男人们想要和我聊昨晚的事情，还想让我出现在他们的法庭上，给这件事情做一个评判，如果他们能这样做的话。但在这样的清晨，我不想没完没了地谈论昨晚的那场悲剧。所以我就想牵马出去，远远地避开他们。

从房子里走出来时，果然不出我所料，这些老人们围成一个圆圈，坐在房子的左边，离仆人们的小屋很近。为了保持会议的尊严，他们装作没有看到我，直到意识到我马上就要离开了，才急急忙忙地蹒跚起身，朝我挥手。我也朝他们挥挥手，骑马离开了。

在保留区里骑马

　　我骑马向马赛保留区内走去。途中要穿过一条河，过河之后，十五分钟就到了。在农场上生活的时候，我花了好长时间，才找到了能骑马过河的地方。因为在河的这岸，下坡时有很多石头，而到了河对岸，上坡的地方又非常陡。但"一旦进入保留区，愉悦的心灵就特别渴望骑马的快乐"。

　　在你面前，是广阔的草原和起伏不平的旷野，你可以不停歇地策马飞奔上百英里。没有栅栏，没有沟渠，也没有任何人工道路。

　　除了马赛人的村子，这里没有任何人类居住区。而这支厉害的游牧民族也已经赶着牛羊群去了其他草场，因此这儿已经荒废半年了。这里有低矮的荆棘树，它们有规律地散布在平原上；有长长的深谷，有干裂的河床，河床上躺着巨大的平石，还有小鹿走过的路，你可以沿着它们穿过河床。没过多久，你就会意识到这儿有多安静。我曾经写过一首小诗描述这里：

　　　　疾风尽吹，
　　　　长长的草儿在旷野中奔跑。
　　　　在孤独和寂寞中，
　　　　旷野、大风和我的心一起嬉闹。

现在，当我回忆起非洲的岁月时，我可以这样形容它：一个人，从嘈杂喧嚣的世界走进一座安静的村落，然后就成为一个安静的存在。

雨季来临前，马赛人要把草原上的枯草烧掉，那时整个草原变成了黑色，完全荒芜下来。如果这时来这儿旅行，感觉就不太好了。马蹄走过，会把地上那些烧焦了的灰尘扬到你身上，它们会包围你，会钻进你的眼睛里，燃烧过的草茎像玻璃一样锋利，猎犬们的脚会被它们割破。一旦雨季来临，草原上长出新的嫩草，你就会感觉是在春日里骑行，马儿也因为高兴变得有点发狂。各种各样的瞪羚会来到绿色的草地上吃草。远远看去，它们就像是一张台球桌上站着的动物玩具。你可能会闯入大羚羊群里。在奔跑之前，这些温顺而有力的动物是允许你靠近的。它们奔跑起来，会伸长脖颈，长长的角就在脖颈上方向后流动延展。它们的胸膛上松软地垂下大块皮肤，看起来像是长方形，随着奔跑而左右摇晃。它们好像是从古老的埃及碑文里走出来的。在这些碑文里，它们曾和农人一起参与耕田犁地，这就给它们平添了一种亲切的家养气息。长颈鹿生活在保留区的深处。

雨季来临的第一个月，有时会有一种香气扑鼻的野生白石竹花开遍整个保留区。远远望去，大地宛如被白雪覆盖。

我从人的世界来到了动物的世界，心里还因为昨晚的悲剧沉甸甸的。那些围坐在我房子旁的老人们让我心神不宁。在古代，如果哪个人认为邻居女巫盯上了自己，或者恰恰就在某个特殊的时刻，女巫在衣服里藏了小蜡人，给它洗礼起名，而名字就是他们的名字，那他们一定能感受到我此时的心情。

在法律事务上，我与土著之间的关系是很奇怪的。对于我而言，在农场上最重要的事情是要维持平和的氛围，没有了土著，我会撑不下去。一旦这些非法棚户们争吵起来，你又不认真地解决，那这件事可能就会变成非洲人身上的脓疮，他们把它叫作"草原疮"，就是那种表面上看起来已经愈合了，但一旦你放任它下去，就会化脓溃烂，一直烂到最里面。除非你把它连根剜出，彻底清洗，它才会愈合。土著自己也意识到了这一点，所以，当他们希望解决某个纠纷时，就会请我去做裁判。

我并不是很清楚他们的规章制度，所以在他们那神圣的法庭上，我常常像是记不住台词的歌剧女主角，总是需要其他演员的提醒。农场上的老人们就承担了提醒我的任务，他们机智圆滑，且颇有耐心。有时，女主角会因为自己扮演的角色而感觉震惊，感觉受到冒犯，然后走下舞台，拒绝继续表演下去。此时，这些老年观众就会感觉命运女神给了他们沉重的一击，他们根本无法理解女神的这一行为，只好安静地坐着，眼睁睁地看着事情发生，然后朝地上吐口水。

欧洲和非洲对公平的认识是不一样的，两个世界又都无法忍受对方的观念。对于非洲人而言，灾祸发生后，唯一的赔偿方式就是更换与代替。他们根本不会去关心事件的动机，不管你是躺在那儿，故意等着仇人来后切断他的喉咙，还是你从树上不小心掉下来，砸死了一个正在沉思中的陌生人，在土著的心里，对你的惩罚方式是一样的。如果某个群体失去了什么，那就必须有人站出来，从哪儿找点什么东西补偿。他们不会花时间和精力去定罪或赏罚，也可能是害怕一旦这样做，整件事就会走入歧途，或者也可能是因为他们觉得这些事跟他们根本没有关系。但他们会铆足劲头，无休止地议论猜测某个罪行或某次灾祸能值多少绵羊和山羊。时间对他们来说一点儿都不重要。他们非常庄重严肃地把你带进了一个神圣肃穆的诡辩迷宫。这种做事风格完全与我当时对公平和正义的理解不符。

所有非洲人都是如此，即使是智商远超基库尤人，极度鄙视基库尤人的索马里人也不例外。在他们的家乡索马里兰，一旦有凶杀、强奸和诈骗发生，他们也会坐下来，以相同的方式评判这些案件能换回多少牲畜，比如令人垂涎的昂贵母骆驼和马匹，他们对这些牲畜的名字和血统非常清楚。

法拉有一个十岁的弟弟。有一次，在布拉穆尔，他拎起一块石头朝一个小男孩扔去，打掉人家两颗牙齿。这个男孩是另外一个部落里的人。这件事情传到内罗毕后，两个部落的代表就来到我的农场，在法拉家的地板上坐了一夜又一夜，不停地讨论和商量。这里面有一位瘦弱的、戴着绿色穆斯林头巾的老人，他曾经去麦加朝圣过。还有傲慢的索马里年轻男人，不参加如此肃穆的场合时，他们就为某位出色的欧洲旅行者或猎人扛枪；还有长着圆脸、有着黑眼睛的小男孩们，他们代表各自的家庭，在整个讨论过程中非常腼腆地一言不发，但是会很专心地聆听和学习。法拉告诉我这件事很严重，因为那个男孩毁容了，到了适婚年龄会很难找到女子结婚。所以，他们向法拉索要赔偿的理由是，新娘可能会嫌弃他不会生育或长得丑不嫁给他。最终，大家决定以五十头骆驼作为"忏悔金"。也就是半个驼群，整个驼群是一百头骆驼。法拉就从遥远的索马里买了五十头骆驼。十年后，这些骆驼会成为某位索马里少女的身价，她就不会在意新郎那两颗掉了的牙齿了，当然这或许也是另外一出悲剧的开始。但法拉觉得这不算是很严厉的惩罚，他弟弟算是被从轻发落了。

农场上的土著完全无视我对他们法律的看法，只要有不幸的事情发生，就会来找我，为他们寻求赔偿。

有一次，正是采摘咖啡豆的季节，有一个基库尤女孩就在我的房子外面被牛车轧死了。女孩的名字叫万博伊。当时，牛车正从咖啡地往工厂运咖啡豆。我一直规定，农场上所有人都不能乘坐牛车。否则，每一趟牛车上会坐上一堆采咖啡的小姑娘和孩子，他们有说有笑地坐在牛车上，一路兜着风，慢慢地穿过农场，其实所有人都走得比牛快。如此一来，牛的负担就太重了。当某个年轻的车夫驾着牛车经过，这些小姑娘就会睁着梦幻般的眼睛，一边跟在牛车的旁边跑，一边央求车夫让她们坐上去开心一下。车夫们总是不忍心把她们赶走，所以就只好跟她们说，走到我的房子时就要赶紧跳下去。万博伊往下跳的时候摔倒了，紧跟而来的牛车车轮从她小小的黑色头颅上碾压过去，碾碎了她的头骨，车辙里留下了一条细细的血印。

我派人去叫来了她年迈的父母，他们从咖啡园里过来，看到女儿就扑在她的身上号啕大哭。我知道，这对他们来说是一笔巨大的损失，因为这个女孩已经到了结婚的年纪，会在结婚的时候给他们带来山羊、绵羊和一两头小母牛。从她出生后，他们就梦想着这一切了。当我还在考虑应该怎样帮助他们时，他们却先发制人，直接和我翻脸，理直气壮地要求我全部赔偿他们。

不可能，我说，我不会赔偿。我早就告诉过农场上的女孩，不允许她们乘坐牛车，这农场上的所有人都知道。两位老人点了点头，但并不是说同意了什么，他们只是冷静地坚持着自己的要求。他们辩驳我，说肯定要有人赔偿他们。他们的头脑中有着固定的原则，如果想让他们接受不同的想法，那就像是要让他们接受相对论一样，是不可能的事情。我结束了谈话，直接离开。他们紧紧地跟在我的身后，就好像我身上有磁力这种天然存在的东西，而不是因为他们的贪婪，或刁难，或怨恨。

最后，他们在我房子外的地上坐了下来。他们都是穷人，都很瘦小，一直都处在营养不良的状态中，看起来就像是在草坪上坐着的一对小獾。太阳下山了，他们还在那儿坐着，和草坪融为了一体，很难分辨开。他们陷入了极度的悲痛中。他们可是在丧失亲人的同时，也遭受了巨大的财产损失。两者加起来，他们就被极度的悲痛淹没了。法拉那天不在农场。天黑以后，我们屋里的灯亮了，他还没有回来，我只好自己走出去，给他们一些钱，让他们买羊肉吃。但这真是一个错误的行动，他们竟然觉得，我开始在他们的围城里感到疲惫了，而这个举动就是第一个迹象。于是，他们就接着又坐了一夜。我不知道他们心里有没有"在夜深之后会离开"的念头，如果没有，他们一定是想要找那个年轻的车夫索要赔偿。因为他们第二天早上没有多说一句话，就突然从草地站起来离开，直接去了达戈雷蒂，我们地区的助理专员就住在那儿。

他们这一去，农场就卷入了一场漫长的凶杀调查案中。许多年轻的土著警察在农场上大摇大摆地走来走去。但他们能为这对老夫妇做的，只能是把那位年轻农夫以谋杀的罪名吊死。当搜集到案件的证据后，他们放弃了这个想法。助理专员和我都置之不理，农场的老人们也就没有召开基阿马去讨论这件事。所以，到最后，这对老夫妻不得不像其他人一样，默默忍受了他们一个字都不懂的"相对论"。

我对基阿马的那些老人们感觉厌烦的时候，就会直接把心里的想法告诉他们。我说："你们这些老头们，惩罚那些年轻人，不就是为了让他们没办法自己挣钱？因为你们，他们几乎都生活不下去了，你们就把所有的年轻女孩都买下来。"

老头子们听得倒是挺认真，黑色的眼睛在干瘪、皱巴的脸上闪烁着，薄薄的嘴唇微微地翕动，好像在重复我的话。听我这么说,他们心里其实是很高兴的,因为终于有一个很好的规定让人用语言表达了出来。尽管我们在很多方面观点迥异,但作为基库尤人的法官,我仍然大有可为,我自己也很珍惜这个位置。那时候我还年轻,总是喜欢思考什么是公正,什么是不公正,只是大多数时间都是从被裁决人的角度出发的,而没有以法官的身份去考虑。为了农场的和平,我会花费很大功夫尽量公平正确地评判。如果问题比较棘手,我会先离开现场去思考一阵。此时,我会披上一件"铁斗篷",把头盖起来,防止任何人来我面前和我讨论。这个方法对农场上的人很奏效。有时候在事情结束后很久,我还能听到他们带着尊敬的语气谈论这个案件是如何的棘手,几乎没人能在一周之内解决。遇到难解决的事情,你只要愿意比土著多花点时间,就能给他们留下深刻的印象。

至于这些土著为什么想要我做他们的法官,为什么如此看重我的结论,就只能从他们的神话或神学心态上寻求解释了。欧洲人已经丧失了创造神话或教理的能力,在这方面,我们只能依赖于古人留给我们的馈赠。但非洲人的心却在这条黑暗、幽深的路上轻轻松松地往前走,毫不费劲,而且非常自然。

这种天赋在他们和白人们的关系中表现得尤为明显。他们会给自己刚刚熟悉的白人起外号,从这些外号中,你就能看出这一点。如果你派人去给朋友送信,或者在车里打听朋友家的路,你就得告诉他们这位朋友的外号,因为土著只知道外号。我有一个不爱交际的邻居,他从来没有在自己家里招待过邻居,他的外号叫"萨哈·内莫贾",是"一个盖子"的意思。我的瑞典朋友埃里克·奥特叫"里萨塞·莫贾",即"一颗弹药",意思是他只需一颗弹药,就能杀死猎物。这是个不错的外号,大家都知道。我认识一个很喜欢开汽车的人,他们就叫他"半人半车"。有很多外号是动物的名字，比如鱼、长颈鹿、肥牛等。起这些名字的时候，他们的心一定是在那些古老寓言的字里行间穿梭，潜意识中会认为这些白人既是人，也是兽。

语言是有魔力的。如果某个白人长年累月被周围的人称作某个动物，最后他就真的会感觉自己和这个动物很熟悉，和这个动物有着某种关系，然后就觉得这个名字很适合自己。当他某一天回到欧洲，所有人都不再提起他的这个外号，他反而会觉得很不适应。

有一次，我在伦敦的动物园碰上了一位退休的政府官员。我们在非洲的时候就认识，那时候大家都叫他"博瓦纳坦布"——大象先生。他自己一个人站在大象的房子前，看着大象们沉思。或许他是常常去那儿的。他的那些土著仆人们理所当然地认为他会去那儿。但在伦敦，除了在那儿逗留了几天的我，估计再也没有谁能理解他了。

土著的思维很奇怪，很像古代人。他们会觉得欧丁神[1]是自愿瞎掉一只眼睛的，目的是想把整个世界看得更清楚些。他们把爱神看成是小孩，觉得他根本不懂爱。所以，农场上的基库尤人觉得我这个法官很伟大，很可能是因为我根本不懂任何法律。

他们在创造神话方面有天分，所以可能会对你做出一些你无法抵抗和逃脱的事情。他们可以把你变成一个符号，我很清楚这个过程，而且找到了一个词来形容它，就是"铜蛇"，他们在这个过程中把我变成了一条铜蛇。虽然按照《圣经》，这个词用得并不准确，但和土著生活过很长时间的欧洲人会理解我的意思。在非洲这片土地上，我们的活动相当频繁，我们促进了科学

---

1. 北欧神话世界中的最高神，是诸神之王，是天空的人格化。曾经以一只眼的代价，饮下了智慧之泉的泉水，并由此获得了智慧。

和技术的进步，带来了英国强权下的和平，但我觉得，土著从我们身上实实在在所得到的，只有这一点。

当然，他们不可能利用所有白人，而且他们利用的程度也是因人而异。在他们的世界，白人也分三六九等，根据就是作为"铜蛇"的我们对他们的实用程度。在这种判断标准下，我的很多朋友，例如丹尼斯·芬奇－哈顿、加尔布雷斯和伯克利·科尔，以及诺斯拉普·麦克米伦先生的等级是很高的。

而德拉米尔勋爵，则是最重要的铜蛇。我记得，有一年蝗灾来时我在高原上旅行。蝗虫是一年前来到这里的。现在，它们的那些黑色的后代出世了，它们以自己父母吃剩下的庄稼和草木为食，所过之处，寸草不留。这对土著来说是一场巨大的灾难，即使后来过去了很长时间，他们还是觉得受不了。他们感到揪心的痛，他们叹息着，像濒死的狗一样怒吼，还使劲地拿头往墙上撞。有一次，我在偶然间向他们提到，我开车经过德拉米尔的农庄时，看到了铺天盖地的蝗虫，他的牧场和草场上全部都是蝗虫。我跟他们说，德拉米尔狂怒不已，非常绝望。就在我说的时候，我的听众安静下来，几乎是完全平静了。

他们问我，德拉米尔面对这种惨景说了什么，我说完之后，他们还让我再重复一遍。之后，他们就不再说话了。

虽然我这条"铜蛇"不如德拉米尔勋爵在他们心中的分量，但很多时候对这些土著还是有用的。

战争期间，"卡列尔军队"占领了整个土著世界，农场上的非法棚户们就曾在我的房子周围静坐示威。他们不和我说话，也不和身边的人说话，只是紧紧地盯着我，把我变成了他们的"铜蛇"。看到他们并没做什么坏事，我就没有赶他们走。如果我这么做，他们很可能在离开后，在另外一个地方坐下来继续示威，这真是让人难以忍受。那时，我哥哥的部队要向最前线维米岭开拔，这件事终于帮我解了围。我把注意力转向了他，把他变成了我的"铜蛇"。

每当农场上发生不幸的事情时，基库尤人就把我看成是"主要的哀悼者"或者"陷入悲伤的女人"。这起走火事件发生后，他们就是这么看待我的。因为这两个孩子，我一直很伤心。农场上的人就暂时把这件事搁置了，让时间去平息它。面对这样的不幸，他们看着我，就像教堂里的教徒看着牧师。牧师会代表他们，一个人喝完酒杯中的酒。

这就像是巫术，一旦施在你身上，永远都无法彻底摆脱。我觉得被吊在杆子上的过程一定非常痛苦，非常痛苦，希望自己能够逃脱掉。许多年后，我偶尔还会想："难道我就应该被这样对待吗？我曾经可是一条'铜蛇'啊！"

我骑着马回农场，正在过河时，看到了卡尼纽的儿子们——三个年轻男人和一个小孩。他们手里拿着长矛，急匆匆地走过来。我让他们停下来，询问他们的兄弟卡贝罗的消息。他们停住脚步，站在没过膝盖的河水里，脸上毫无表情，眼睛向下看着。他们很慢地说，卡贝罗一直没有回家。昨天晚上他跑了之后，就再也没听到他的消息了。他们确定他现在已经死了，不是在绝望中自杀——自杀对于土著，甚至土著孩子，都是很自然的事情，就是在灌木丛中迷路，被野兽吃了。他的这些兄弟们都在到处找他，现在是要去保留区，想试着在那儿找找他。

我骑马蹚过河水，走到自己的农场上。我转过头，向旷野的远处望去。农场的海拔要比保护区的海拔高。除了有斑马在一条路上吃草、奔跑外，平原上没有任何生命的迹象。在河对岸，这支搜寻队伍从丛林中走出来，继续一个接一个地往前快步走去。远远看去,就像一条小毛毛虫快速地在草丛中蜿蜒前行。偶尔,阳光会在他们的长矛上反射出光芒。他们似乎对自己前进的方向非常自信,但他们为什么会如此自信?在寻找小男孩的过程中,他们唯一的向导是在平原上空盘旋的秃鹰,看到它,就能知道被狮子杀死的动物尸体的确切地点。

但他们寻找的身体太小了,对于空中那位贪食者而言,完全不是什么美餐,平原上很少有类似的尸体让他们去辨认,即使有,也不会保存很久。

想到这些,我感觉很伤心,于是就骑马回家了。

瓦迈

我带上法拉一起去找基阿马。和基库尤人打交道时,我总是会带上法拉。他对有关自己的纠纷并不怎么上心,但是一旦遇到与民族感和部落世仇有关的纠纷时,他就像所有索马里人一样,会完全失去理智。但当面对别人的纠纷时,他就会表现出相当的智慧和判断力。另外,他能说一口流利的斯瓦希里语,所以也是我的翻译。

去之前我就料到,这次会议的目的就是尽可能把卡尼纽的财产剥夺完。卡尼纽将眼睁睁地看着自己的羊群被各种人夺走。一部分用于赔偿死去的孩子和受伤孩子的家庭,一部分用于维持基阿马。会议一开始就违背了我的意愿。因为我觉得,卡尼纽和其他孩子的父亲一样,也刚刚失去了自己的孩子。况且,我觉得,他的孩子的命运是这些孩子中最悲惨的。瓦迈死去了,所有事情也就跟他没关系了;万扬格里在医院住着,有很多人照顾;

只有卡贝罗被所有人抛弃了，甚至都没人知道他的尸骨在哪儿。

现在，卡尼纽很好地扮演了一头肥牛的角色，为大家提供了一顿丰盛的大餐。他是我这片土地上最富有的非法棚户之一。我对他们的财产都做过统计，他拥有三十五头牛、六十头羊和五个妻子。他的村庄离我的树林很近，我经常看到他的孩子在树林里放羊，也总能看到他的妻子们来树林里砍树。基库尤人不懂得什么是奢侈，即使是最富有的人，生活上也跟穷人差不多。在他的房间里，除了一个可以坐的小木凳外，没有任何家具。村里有许多小屋，青年人、女人和孩子们经常一群一群地聚在周围，非常热闹。太阳落山的时候，挤奶的时间就到了。奶牛们排着长长的队伍，穿过平原，向村里走去。它们的蓝色影子在旁边的草地上温柔地移动。这一切的一切，都让这位老人笼罩在一种农场老式富豪的光环中。老人本人极瘦小，整日披着一件皮外套，黑色的脸上常常透出一股精明，上面有细细的皱纹交错，里面布满了污垢。

我和他之间有过好多次激烈的争吵，甚至还威胁要把他赶出农场，都是因为他在农场上的特殊交易。卡尼纽和附近的马赛族关系都很好，还把四五个女儿都嫁给了他们。基库尤人曾告诉过我，古代的马赛人觉得和基库尤人通婚是一种侮辱。到了我们这个时代，为了延缓消亡，这个奇特的民族不得不放下自己的骄傲和基库尤人通婚。马赛妇女总是不生育，而年轻的基库尤女孩生育能力又很强，所以慢慢就受到了这个民族的青睐。卡尼纽的女儿们都很漂亮。他用这些女儿从保留区边境换回了许多毛皮光滑、活蹦乱跳的小母牛。当时，有好多基库尤老父亲都是用这种方式富裕起来的。有人告诉我，基库尤的大酋长基纳恩朱把自己二十多个女儿都嫁给了马赛人，然后从对方那儿得到了一百多头牛。

一年前，马赛居留区因为爆发口蹄疫被政府隔离，基库尤人就再也没有从他们那儿得到什么了。卡尼纽的生存面临着严重的困境。马赛人是游牧民族，总是根据季节、雨季和牧草变换住所。在他们的牲口群里，本该属于卡尼纽的那些牛四散在旷野里，有时候会离他有一百多英里远，所以根本没人知道这些牛现在是个什么情况。马赛人完全就是寡廉鲜耻的牛贩子，对谁都是如此，更别说他们所鄙视的基库尤人。但他们也是优秀的武士，听说也是很好的情人。面对他们，卡尼纽女儿们的心就像古代的萨平妇女[1]一样，他无法再依靠她们了。于是，这个足智多谋的基库尤老人就想趁夜里地区专员和兽医部门的人睡觉的时候，把他的牛运过小河，送到我的农场上。但这种行为是在犯罪，非洲的土著们都知道这里的检验检疫条例，而且也很尊重它们。如果这些牛在我的农场上被发现，这座农场就会被隔离和封锁起来。所以，我就专门派人在河边抓卡尼纽的仆人们。于是，在有月光的夜晚，河边就有了很多颇具戏剧性的大型埋伏。会有人飞快地沿着银色的河水逃窜，整件事的主角——小母牛们也会惊慌失措地四散逃跑。

那个死去的孩子的父亲叫乔戈纳，他跟卡尼纽相反，是一个穷人。他只有一个老妻子，所有的财产就是三只羊，而且也不打算再多养了，因为他是一个非常简单的人。我很了解乔戈纳。枪击事件发生前一年，基阿马还没有成立，农场上发生了一起恐怖的凶杀案。我在农场上建了一座磨坊，海拔比河水高。两

---

1. 古罗马初建时，城里妇女很少，邻国妇女不愿下嫁罗马人。罗马人的第一个国王罗慕路斯设下圈套，劫走了萨平的妇女。这些妇女后来在罗马城生下来孩子，在后来罗马人和萨平人之间马上要爆发战争时，她们站出来制止了战争。

个印度人把它租赁了下来,为基库尤人磨玉米。某天夜里,这两个印度人被人杀死,所有的财物都被偷走,杀人凶手却一直没有找到。凡是在这个地区生活的印度商人和店主都被吓跑了,好像是被一场大风暴吹走了似的。在磨坊里工作的普兰·辛格也想走,我只好为他配了一把老式猎枪,然后磨破了嘴皮才把他留了下来。凶杀案过后的那几个夜晚,我总是觉得自己听到房屋周围有脚步声,所以就派了一位守夜人,在周围守了一周时间。这个人就是乔戈纳。乔戈纳这个人温和柔弱,根本不是杀人凶手的对手,但他是一位特别友好、亲切的老人,和他聊天总是让人感觉很愉悦。他的一举一动都像是一个开心的孩子。他那张宽大的脸盘上永远浮现着激励和热情,无论什么时候看到我,他都会笑。在基阿马的会上看到我之后,他显得非常高兴。

那时我正在读《古兰经》,看到他我想到了里面的这句话:"永远不要因为穷人而背离正义。"[1]

至于给卡尼纽"剥皮"这个目的,除了我,基阿马里至少还有一个人也意识到了,这个人就是卡尼纽本人。老人们围成一个圈,每个人都很专注,都在为这次会议积极地利用自己的智慧。卡尼纽坐在地上,披着一件大羊皮斗篷,斗篷帽子盖住了他的头。帽子下时不时地传来一声他的哀鸣和啜泣声,听起来就像是一只嚎叫了很久,已经精疲力竭的老狗,只是尽力地维持着自己那条悲惨的老命。

老人们希望先讨论那个受伤的孩子万扬格里,因为这样他们就能无休止地谈判下去。如果万扬格里死了,要赔偿多少?如果他变成了丑八怪呢?如果他不能说话了呢?法拉代表我发言,他说,在我去内罗毕见到医生之前,我不会参与讨论。他们于是

---

1. 原文为:Thou shalt not bend the justice of the law for the benefit of the Poor.——原注

只好咽下失望，开始准备讨论下一件事情。

我让法拉告诉他们，基阿马有责任尽快定下这个案子，不能就这样一直坐在这儿讨论到死。很显然，这不是一起谋杀案，只是一起性质比较严重的事故。

基阿马里的老人们很尊重我的发言，他们非常专注地听着。但法拉刚说完，他们就开始表示反对。

他们说："姆萨布，我们确实是什么都不懂，但我们看你也不太懂啊。我们只听懂了你说的一部分。但的确是卡尼纽的儿子开枪。否则，为什么只有他一个人没有受伤？如果你想听到更多详细的情况，梅格会告诉你的。他的儿子当时就在现场，他的一只耳朵被打掉了。"

梅格是我的农场上最富裕的非法棚户之一，可以说是卡尼纽的死对头。他看起来很高贵，很有威严，而他的话也颇有分量，他说得很慢，说着说着就会停下来思考。他说道："姆萨布，我儿子告诉我，所有的孩子都拿过枪了，他们一个接一个地拿起枪，指着卡贝罗。但卡贝罗没有告诉他们怎么开枪，他肯定也不会告诉他们的。最后，他把枪拿了回去，就在这时，枪响了，所有孩子都受伤了，乔戈纳的儿子瓦迈被打死了。这就是事情的经过。"

"我已经知道这些了，"我说，"但这就是人们常说的运气差，就是一个事故。我也有可能在我的房间里开枪，你，梅格，也有可能从你的房间开枪。"

这些话引起了基阿马的极大骚动。他们全部看着梅格，梅格开始有些不安了。

然后，他们自己讨论了一阵，声音很小，几乎是在低语。之后，他们继续开始和我探讨。"姆萨布，"他们说，"这次你的话我们一句都没听懂。我们只能认为，你考虑的是来福枪，因为你自己很擅长用它射击，但提到猎枪，你就不行了。如果那是一条来福枪，你说的就是对的。但没有人能从你的屋里，或是梅格的屋里，朝着'博瓦纳'米南亚的房子射击，然后杀死屋里的人。"

我停了一会儿，开口说道："这儿的所有人都知道，开枪的人是卡尼纽的儿子。那么，卡尼纽就要送给乔戈纳几只羊，以弥补他的损失。但你们也都知道，卡尼纽的儿子不是个坏孩子，他不是故意要用枪打死瓦迈的。如果是这样，卡尼纽就不需要赔偿这么多的羊。"

这次是一个叫阿瓦鲁的老人说话了。他曾经坐过七年监狱，与文明世界的距离要比在座的其他人近得多。

他说："姆萨布，你说卡尼纽的儿子不坏，所以卡尼纽就不需要赔偿这么多羊。但如果他的儿子是故意打死瓦迈的，那他就变成了一个坏孩子，如果这样的话，就对卡尼纽是一件好事吗？即使他要赔偿那么多的羊，我们还能高兴得起来吗？"

"阿瓦鲁，"我说道，"你也知道，卡尼纽失去了他的儿子。你在学校里工作，你知道这个孩子在学校里很聪明。如果他在各方面都很不错，那么对于卡尼纽来说，失去儿子就是一件很糟糕的事情。"

接下来是一阵长长的沉默，老人圈里没有任何声音。最后，卡尼纽好像突然想起来一个忘记了很久的痛苦或责任，发出了一声长长的哀嚎。

法拉说："夫人，让这些基库尤人说出他们心里想的数字吧。"他是用斯瓦希里语对我说的，所以参加集会的其他人应该都能听懂。这句话成功地让他们陷入了局促不安中，因为"数字"是一个非常具体的事，没有哪个土著愿意说出来。法拉扫视了一圈老人们，然后用傲慢的语气建议："一百只。"这个数字太不可思议了，任谁都无法去认真思考。静寂，一片静寂环绕着基阿马。这些老人们感到自己陷入了索马里人的嘲讽中，于是选择继续沉默。一个年纪很大的老人低声说"五十"，但看起来好像并没有起到任何作用，而是被法拉的玩笑话掀起的气流吹起，轻飘飘地飘浮在了空中。

过了一会儿，法拉语速很快地说了个数字"四十"，那语气就像一个对数字和家畜买卖非常在行的老练牛贩子。这个数字把老人们心里的想法激发出来，他们开始热烈地讨论起来。他们现在需要时间，需要思考，需要喋喋不休，但毕竟谈判的基础已经确立了。后来，我们回到家，法拉很有信心地告诉我："这些老头们肯定会问卡尼纽要四十只羊。"

在基阿马聚会上，卡尼纽还经历了另外一次严重折磨。当时，大腹便便的老卡塞古站起来，建议要一头一头地从卡尼纽的绵羊和山羊中挑选赔偿的羊。卡塞古也是我农场上很有钱的非法棚户，他有一个大家庭，他是父亲，也是祖父。这个建议是与基阿马的传统不符的，乔戈纳不可能自己想出这个主意的，肯定是他和卡塞古一起谋划出来的，主要是为了卡塞古的利益。我没有出声，想等等看别人的反应。

首先是卡尼纽，他看起来像是要彻底放弃去殉难一样地低下头，低声呜咽着，好像每挑选一头动物，他就被拔掉一颗牙似的。卡塞古犹豫着说要一头黄色的无角大山羊。卡尼纽的心碎了，他终于精疲力竭。他把头从斗篷里露出来，往前走去，同时做了一个很有力的手势。有那么一刻，他像公牛一样朝我咆哮了一声，他这是在向我求救，是一种从苦难的深渊里发出的可怕呼喊声。然后他抬头匆匆地看了我一眼,明白了我是站在他这边的,他不会失去那只黄山羊。于是就坐了下来,再不出声了。过了一会儿,他看了卡塞古一眼,眼神里满是讽刺。

大约过了一周,基阿马们的听证会和后备听证会才结束。赔偿金最终定下,是四十只羊,由卡尼纽赔偿给乔戈纳,但在移交羊的过程中,不允许挑选,哪怕一只都不行。又过了两周,有天晚上吃晚饭的时候,法拉给我带来了新消息。他说,从涅里来了三个基库尤老人,昨天已经到了农场。他们在山上的涅里小屋里听到了这起案件,于是就从那儿步行过来,准备登台演出了。他们说,瓦迈不是乔戈纳的儿子,而是他们已故哥哥的儿子,因此,对瓦迈的死亡赔偿依法应该属于他们。

我笑了,居然还有如此厚颜无耻的人。我对法拉说,他们还真是涅里的基库尤人。法拉沉思着说,不是这样的,他自己认为他们是对的。乔戈纳确实是六年前从涅里来到农场的,而且根据他搜集的资料,瓦迈确实不是他的儿子。"一直都不是。"法拉说,"两天前,乔戈纳收到了卡尼纽赔偿给他的二十五只羊,那真是他撞了大运。卡尼纽很可能更想任这些羊走到涅里去,好避免在农场上再见到它们,毕竟它们以后不再是他的了,再见到它们,他会感到很痛苦。乔戈纳要小心,这些来自涅里的基库尤人不是容易摆脱的。他们已经在农庄安营扎寨住下来了,还威胁说要把这个案子捅到地区专员那儿去。"

几天后,当这些涅里人出现在我房子前面的时候,我早就有了心理准备。涅里人是基库尤社会的下层人。面前的三个人看起来就像是三条肮脏邋遢的土狼,偷偷摸摸地沿着瓦迈的血迹走了一百五十英里来到这里。乔戈纳也过来了,显得非常激动和痛苦。这两拨人的反应如此不同,很可能是因为,那三个涅里人本就一无所有，所以没有什么可失去的，而乔戈纳现在已经有了二十五只羊。这三个陌生人坐在石头上，像是羊身上的三只跳蚤。我根本不同意他们的说法，不管真实情况如何，那个死去的孩子活着的时候，他们可是对他一点儿兴趣都没有。我现在有点同情乔戈纳，他在基阿马听证会上表现不错，而且我也感觉他一定因为瓦迈的死非常伤心。

当我问他话的时候，他浑身颤抖着，一直在叹气，他说的话我也听不懂，所以就没有和他继续交谈下去。

两天后，他一大早来到我的房子里，我正在打字机上打字，他请求我为他做记录，内容是关于他与死去孩子的关系，以及孩子的家庭。他想让我把记录下来的文字交给达戈雷蒂的地区专员。乔戈纳这种单纯简单的做事方式让我很受触动，因为尽管整个事件对他的影响很大，他却完全没有显露出任何个人的意识。很明显，他把这种解决方式看成了一项伟大的事业，而且还带着风险。他是带着深深的敬畏来做这件事的。

接着，我花了很长时间把他的叙述记录了下来，毕竟这是一份关于延续了六年之久的事件的报告，内容还颇为复杂。在叙述的过程中，乔戈纳有时不得不停下来思考，然后再重新叙述。大多数时间，他都是两手抱头，只在偶尔间严肃地用手拍打头顶，好像要把储存在里面的事实拍出来一样。他甚至还走到了墙边，像基库尤妇女生孩子时一样，把脸贴在了墙上。

我给这份报告做了个副本，直到现在还留着。

整份报告很难懂，里面记叙了很多复杂的事情，还有很多不相干的细节。乔戈纳记不起来所有的事情也是正常的，但令人吃惊的是，他竟然能够完全回忆起所有的事实。报告的开头是这样的：

涅里的瓦韦鲁·瓦迈想死的时候,"纳塔卡库法"——斯瓦希里语"想死的时候",他有两个妻子。其中一个妻子有三个女儿,瓦韦鲁死去之后,她又嫁给了另外一个男人。至于另外一个妻子,瓦韦鲁还没有把娶她时的债务还清,还欠她父亲两只羊。这个妻子怀孕的时候劳累过度,在抱一堆柴火的时候流产了,谁也不知道以后她还能不能生孩子……

故事就按照这样的叙述方式继续下去,把读者拖进了一个关于基库尤人生活和关系的巨大迷宫中:

这个妻子有一个儿子,名字叫瓦迈,也在生病,大家都说他得了天花。瓦韦鲁很喜欢这个妻子和孩子,他临死前非常担心,因为他不知道在他死之后,她要怎么生活。乔戈纳·坎亚加当时欠了瓦韦鲁三个先令,因为要买一双鞋。瓦韦鲁就建议,他们之间达成一份协议……

根据协议,乔戈纳将拥有他快要死去朋友的妻子和孩子,还要把朋友买妻子时欠下的三只羊还给人家的父亲。接下来,报告就变成了一份花费清单,详细地记录了乔戈纳在收养瓦迈过程中的花费。乔戈纳说,他刚把生病的瓦迈接回家,就为他买了一种特别好的药。他又从印度人杜卡那儿买了大米,因为他光吃玉米长不大。有一次,他还被迫给邻居的一个白人农场主付了五卢比,因为农场主说瓦迈把他的一只火鸡赶到了池塘里。可能是因为他在筹这笔钱的时候花费了很大功夫,所以这笔大花销深深地印在了他的脑海里,他说完一遍后,还回过头又重复了一遍。从乔戈纳叙述时的神态看,他似乎已经完全忘记了这个已经死去的孩子不是自己的。三个涅里基库尤人以及他们的话，让他在各方面都受到了震动。心底简单的人都愿意收养别人的孩子，还会把这孩子当成亲生的看待。纯朴的欧洲农民也会毫不犹豫地这样做。

乔戈纳终于把故事叙述完了，我把它全部记录了下来，告诉他，我要念给他听听。他转过身把背朝着我，好像要避免分心似的。

当我读到"他派人把乔戈纳·坎亚加找来，这是他的朋友，住得不远"这句话时念到了他的名字。听到他自己的名字后，他迅速地转过脸看了我一眼，眼神热烈无比，燃烧着火焰，脸上绽开了大大的笑容。这眼神，这笑容，立刻把这个老人变成了一个孩子，一个代表年轻的符号。读到末尾的时候，我再次读到了他的名字。为了确认文件的真实性，他自己在这个名字上按上了他的拇指印。听到我读他的名字，他的那种颇有活力的、直勾勾的眼神又出现了，只是比上次更加深邃，更加温和，还多了一丝高贵和尊严。

上帝用泥土捏出亚当，然后朝他鼻孔中吹了口气，他就成了一个活人，就在此时，他朝上帝匆匆瞥了一眼。乔戈纳此时的眼神就让人想到了亚当。我创造了他，然后把他展示给了他自己：乔戈纳·坎亚加的生命是永恒的。我把记载着他的故事的纸递给他，他接过去，表情里满是虔诚，还带着那么一丝贪婪。他把纸折起来，放进斗篷的一个角落，用手捂着。如果丢了，他肯定会受不了，因为那里装的可是他的心，是他这个人存在的证据。那里有着关于乔戈纳·坎亚加的一切，能够永远地把他的名字保留下来。一个有血有肉的人变成了语言，以优雅、真实的状态在我们中间占了一席之地。

我在非洲生活期间，非洲土著刚刚开始接触文字世界。如果我愿意，我本来是有机会抓住昔日的尾巴，去体会一段我们自己的历史。在那段历史中，生活在大平原上的欧洲居民会以相同的表情看着信件在他们面前展开。在丹麦，刚好是一百年前，文字才出现。小时候，老人们会娓娓道来当时的情形。从他们的讲述看，欧洲人和非洲人看到文字世界时反应是相同的。但是，普通人往往很少会为了艺术的本身，而对某种艺术原理表现出谦卑和狂热，就像乔戈纳一样。

年轻土著之间的书信往来是由专业的书信人代写的。一些走在时代前列的老人会学习书写，一些年纪很大的老人甚至会来我的学校上课，很耐心地接受ABC的折磨，但大多数老人对文字还是抱着不信任的态度。只有一小部分土著能够阅读。所以，农场上的仆人、非法棚户和苦力一般都会把他们的信交给我，让我给他们读。我打开信，逐字逐句地研究信的内容，觉得几乎每封信都太琐碎了。这种感觉是带有偏见的文明人的通病。当诺亚方舟里的鸽子带回那根小小的橄榄枝后，你可能也会很认真地研究它，不管它长成什么样子，它都比整个方舟里的动物有分量，毕竟它代表的是一个绿色的新世界。

土著的信就类似这个橄榄枝，遵循着一种被普遍认可的、神圣的模式，大多是这样的："我亲爱的朋友卡莫·莫尔富，我现在把笔握在了手中，"（不要按照字面意思理解，因为是专业的写信人写的）"要给你写信，我很久之前就想给你写封信了。我很好，也希望你很好，托上帝的洪福，非常好。我妈妈也很好。我妻子不太好，但是我希望你的妻子会很好，能得到上帝的怜悯，很好。"接下来就是一串人名，然后报告每个人的情况，都很琐碎，只偶尔会有很精彩的内容。然后信就结束了，"现在，我的朋友卡莫,我要结束这封信了,因为我没时间给你写了。你的朋友恩迪韦蒂·洛里。"

一百年前,为了给年轻好学的欧洲人传递同样的消息,骑手跳上马鞍,策马飞奔;邮差使劲吹响了号角;带有舌形金边的纸张被制造出来。信件受到了欢迎,被收信人珍惜、珍藏。我自己也亲眼看到过几封这样的信。

在我学会斯瓦希里语之前,我和土著信件的关系相当奇妙。我可以把他们写的东西读出来,但却不懂它们都是什么意思。斯瓦希里语一直没有书面语,最后还是白人们发明出来的。这种书面语完全是按照发音一个音节一个音节地认真拼写出来的,不存在什么让读者感到迷惑的"古老的拼写法则"。我坐下来,把信件逐字逐句、字正腔圆地读出来。土著们围在我的周围,大气不敢出一声,心悬在半空。虽然我不知道信里具体在说什么,但我能感受到读信的效果。他们有时候听着听着会突然大哭起来,有时候会紧握自己的手腕,有时候会欢喜地喊出声。大多数时候,他们的反应是嘻嘻地笑,笑声还会随着我的朗读越来越大,最后变成哄堂大笑。

后来,我慢慢地就能理解信里的内容了。我发现,一条信息一旦被写下来,它的效果就会被扩大很多倍。这些信息如果是口头传送的话,肯定会受到土著的怀疑和嘲笑,因为所有土著几乎都是很优秀的怀疑论者。但它们一旦出现在信件里,就会变成绝对的真理。对于口语中出现的任何混淆或错误,土著很快就能听出来。这种错误带给他们一种恶意的快乐,他们以后再也不会忘掉。而且因为这个错误,他们会随口就为出错的白人起一个外号,这个外号以后很可能会跟随这个白人一辈子。到了书面语的世界,因为写信人其实也算是文盲了,所以会经常出现错误。但在这种情况下，土著会坚持把这些错误的语言拼凑成一定的意思，他们会很认真地思考，会去讨论。到了最后，他们常常会相信这些荒诞的话语，而不是去找什么错误。

有一次，我为农场上的一个小男孩读信，写信的人带来了很多信息，其中有一句很简单的话："我把一只狒狒煮了。"我给男孩解释说，信的本意应该是他抓住了一只狒狒，因为在斯瓦希里语里，"煮"和"捉"两个字是很像的。但小男孩怎么也不同意我的说法。

他说："不，姆萨布，不对，他在我的信里到底写了什么？他写下的是什么？"

我说："他说他自己煮了一只狒狒，但他怎么能把一只狒狒煮了呢？如果他真的这么做了，他肯定会多写一点儿内容，告诉你他为什么要这么做，还有怎么把狒狒给煮了的。"

我如此质疑纸上的文字，让小男孩觉得非常不安，他要回了信，仔细折好，带着它走了。

事实证明，我为乔戈纳记录下的内容对他非常有用。地区专员读完之后，就驳回了那三个涅里人的上诉。三人只好闷闷不乐地回到自己的村里，没有从农场得到任何东西。

这份文件后来成了乔戈纳的宝贵财产。我看到它好多次。乔戈纳为它缝了一个很特别的皮包，包的边缘还镶嵌着很多小珠子，包上连着一根带子，整天把它挂在脖子上。时不时地，他会在周日的上午突然出现在我的屋子里，把包取下来，拿出里面的信让我念给他听。有一次，我生病了。病好之后，我第一次骑马出去时，被他远远地看见了。他跟在我后面跑了很长一段路，最后上气不接下气地跑到我的马旁边，把那份文件递给了我。每次给他读的时候，他的脸上就会显出一种带有浓烈宗教感的胜利表情。我读完信后,他细心地把纸抚平,然后折起来,放进了那个小皮包里。随着时间的推移,这份记录的重要性没有变淡,反而越来越强了。对于乔戈纳来说,这份记录的奇妙之处就在于它永远不会变化。往昔的点点滴滴已经很难回忆起来,即使能够记起来,每次好像都会有变化。但这份记录,就在他的面前牢牢地抓住了往昔,征服和压制住了它,它变成了历史。有了这份记录,这些历史就不会像不断变幻的影子一样有任何变化了。

万扬格里

后来我又去了一趟内罗毕,去土著医院看望万扬格里。

我的农场上有许多非法棚户家庭,几乎总有病人在这儿住院。所以,我在这座医院就像在家里一样。我和这儿的护士长和看护人关系都不错。我还没有见过谁像护士长那样往脸上涂那么厚的粉。她有一张大方脸,总是藏在白色的头巾里,看起来很像俄罗斯的一种木头套娃。这种套娃的名字叫卡廷卡,可以拧开,拧开之后还会有一个娃娃,再把这个娃娃拧开,就又有一个娃娃。这些娃娃看起来既善良又能干,而这位护士长就是如此。

每到周四,医院的人会清洗病房,并为它通风。他们还会把病房里的床全部移到病房中间的空地上。这是快乐的一天。站在医院的院子里,周围的景色相当不错。往近了看,是干旱的阿西平原;往远了看,是蓝色的唐约·萨布卡山和绵长的穆山山脉。每当看到农场上的老妇躺在这儿的病床上,盖着白色的被子,我就有种很异样的感觉,像是看到了一头筋疲力尽的老骡子,或是其他生病的驮畜。土著都很害怕医院,所以她们看到我虽然会笑,但那笑容是苦涩的,估计一头老骡子在这种情况下也会这么一笑。

在医院里第一次看到万扬格里的时候,他浑身颤抖着,整个人蔫蔫的,让我感觉他最好赶紧死去,也就解脱了。他害怕这里的所有东西,身子在绷带里不住地颤抖。我在他身边的时候,他一直在哭着求我把他带回农场。

过了一周后,我第二次去医院看他。此时的他已经平静下来,整个人也镇定了许多,很有尊严地和我见了面。对于我的到来,他是非常高兴的。看护告诉我,他一直都在等我来,都等得有点不耐烦了。因为他这天终于可以通过插在嘴巴里的一根管子说话了。他很笃定地告诉我,昨天他已经被人杀死了一次,过两天还要再被杀一次。

负责治疗他的医生曾在法国上过战场,已经为很多人修好了脸。他不辞劳苦、耐心地为万扬格里治疗,效果还是不错的。他用一根金属带代替颧骨,把它用螺丝拧在了万扬格里剩下的脸骨上。然后,他又把万扬格里脸上被撕裂的碎皮肉清理出来,缝在一起,做了一个类似下巴的东西。万扬格里告诉我,医生还从他的肩膀上借了一块皮肤,把那个下巴填好了。绷带拆开后,这孩子的脸已经完全变了个样,看起来很诡异,像是蜥蜴的头,因为他没有下巴。但他能够正常地吃饭和说话了,只是说话的时候有点口齿不清。整个治疗过程持续了好几个月。有一次我去看万扬格里的时候,他问我要白糖吃,所以我就常常用纸包上几勺子带给他吃。

如果心里对未知的恐惧感没有消除,土著就会在医院里大喊大叫，或者不断地抱怨，然后不断地想出各种逃跑的方法，死亡也是其中一种，他们可一点儿都不怕死。欧洲人来到这里，把医院建起来，配备上各种医疗设施，亲自在里面工作，然后费了很大劲把这些土著拖到医院里。

他们心酸地跟我抱怨，这些土著完全不知道感恩，不管你为他们做什么，都是一样的结果。土著的这种心态让白人感到反感和伤心。确实如此，不管你做什么，对他们来说都是一样的。但其实你能做的也很少，而且做过的这些事很快就会被遗忘，再也不会有人提起。他们不会感谢你，但也不会怨恨你，即使你希望他们这么做，你也是爱莫能助的。他们身上的这种人性令人担忧。它抹杀了人作为个体的存在，迫使你接受一种不是自己选择的角色，就像你只是大自然的某种现象，只是一种天气。

在这方面，索马里移民就不同。你的行为会对他们产生重大影响。这个来自沙漠的民族性格暴躁热情，而且总是一本正经的。你总是会以这种或那种方式影响到他们，也很可能会深深地伤害到他们。他们有着强烈的感激之心，但同时也会仇恨某个人一辈子。某种恩惠和一点点的冒犯，都会在他们的心上刻下很深的烙印，让他们永世不忘。他们是严肃的伊斯兰教徒，所以在评判别人的时候，心里会有一套自己的道德准则。在索马里人面前，你会在一个小时内赢得名誉，也会在一个小时之内丧失。

马赛人是土著世界中一个很独特的民族。他们不会忘恩，懂得感激，也会仇恨。他们一直仇恨白人，这种仇恨在这个民族消亡前是不会消失的。

但是，基库尤、瓦坎巴或卡韦朗多就是没有偏见的民族。在他们的世界，没有什么道德规则，只知道大多数人都能够做大多数事情。如果你想让他们感到震惊，那是很难做到的。面对着一个穷困潦倒、自甘堕落的基库尤人,无论你做什么,结果都不会有什么不同。在他们的天性和传统里,人们所有的活动都是大自然的一部分。他们对人不做评判,但却是天生的观察家,而他们的观察结果,就是对你的看法,就是好名声或坏名声。

欧洲的穷人们跟基库尤人很相似。他们不会去评判你,但会对你做一个"总结"。如果他们喜欢你尊重你,他们就会像爱上帝一样爱你,这种爱并不是建立在你对他们的所作所为上,一点儿都不会。他们爱你,就是简单地爱你这个人。

有一天,我在医院里闲逛时看到三个新病人,是一个成年男人和两个孩子。男人的皮肤黑得出奇,头很大,头发浓密。三人的脖子上都缠着绷带。医院里有一个驼背看护,他像个解说员一样,很喜欢给我讲医院里发生的一些趣闻。看到我在三个新病人的床前停下来,他就走过来,把三个人的故事告诉了我。

这三个人是努比亚人,是英皇非洲步枪队的肯尼亚黑人士兵。男人是号角手,两个男孩是战鼓手。男人生活中遇到了麻烦,失去了理智——土著很容易这样。他提起枪朝营房左右扫射,弹匣空了之后,又把自己和两个孩子关在他的波状钢小屋里,想把他和孩子的咽喉割断。

就在上周,他们三个浑身是血,被送了过来。驼背看护有点遗憾,因为我没有见到当时的场景,如果见到,一定会觉得他们都已经死了。现在他们脱离了危险,凶手也恢复了理智。

看护讲述整个故事的时候,故事的主角——躺在床上的三个人也在跟着故事的进度认真地听,偶尔还会打断他,纠正一些细节。两个孩子说起话来还很困难,他们就一起看向中间的病床,让爸爸帮忙确认他们的叙述,他们很相信他,觉得他一定能帮我更加清楚地了解整件事情。

他们问爸爸:"你没有口吐白沫?你没有尖叫?你难道没有说过,你会把我们割成一块一块的,就像蝗虫那么小?"

凶手于是就伤心地说:"是啊,是啊。"

有时去内罗毕,我会在那儿闲待半天,等着参加某个商务会议,或是要取从欧洲来的信件,但从港口来的火车却晚点了。在这样的时间里,我一般都没事儿可做,于是就常常开车来到这所土著医院,把一些已经恢复得差不多的病人带上出去兜风。万扬格里还在住院的时候,市长爱德华·诺西先生把几只年幼的狮子装在笼子里,放在市政府前的空地上,准备把它们运到伦敦动物园去。医院的病人们对这些狮子很感兴趣,就请求我带他们出去看狮子。我答应了这三个来自英皇非洲步枪队的病人,只要他们痊愈,我就带他们去看。但他们谁也不愿意单个去,坚持要等三个人都好了之后再一起去。号角手是恢复得最慢的。在他痊愈后跟我一起出去时,他的一个孩子早已经出院了。这个孩子天天回医院问他什么时候痊愈,好跟他一起坐我的车子去看狮子。一天下午,我在外面见到他,他告诉我,号角手现在还是头疼得厉害。这很正常,他的脑子里装了太多邪恶的东西了。

最后,他们三个终于一起站在了笼子前面。他们默默地注视着狮子们。一头狮子似乎因为长时间被人们盯着而感到生气,它突然站起身,伸了个懒腰,短促地吼叫了一声。三个观众就被它吓了一跳,最小的男孩躲在了号角手后面。我们开车回去的时候,这个孩子对号角手说:"那头狮子就像你一样坏。"

就在这些日子里,与万扬格里有关系的走火事件平息了。他的家人有时会来医院看望他,但大家都很害怕来,只有他弟弟例外。有一天,夜已经很深了,卡尼纽却像一头老獾出窝侦察似的,来到我家询问孩子的情况。我和法拉有时会揣测他遭受的痛苦,然后试着计算能折算出多少只羊。

走火事件发生后的几个月,法拉来跟我报告事件的最新情况。

当时,我正在吃饭,他身子挺得直直的站在桌子的那头,试图弥补我的无知。法拉会说法语,也能说英语,但总改不掉一些他自己特有的错误。比如,他本来应该说"except"(除了),但却总说成"exactly"(恰好)。像这句:All the cows have come home, exactly the grey cow(所有牛都回来了,恰好是那头黑色的牛)。我从来没有纠正他,而是用他的方式和他说话。他的脸和表情看起来很自信很凝重,但一旦开口说话,却总是在开头时含糊不清。他说:"夫人,卡贝罗……"这就算是开启了程序。我等着他下面的话。

停顿了一下,法拉继续拾起话题:"夫人,你认为卡贝罗死了,已经被土狼吃了。但他其实没死,他和马赛人在一起。"

我心不在焉地问他,他是怎么知道的。他说:"噢,我就是知道。卡尼纽把许多女儿都许配给了马赛人。卡贝罗想不出谁能帮助他,'恰好'[1]马赛人。于是,他就跑去找他姐姐的丈夫去了。他刚逃跑的时候,状态确实很糟糕,总是在树上一坐就是一晚,土狼就围在树下。现在他和马赛人一起生活了。有一个马赛富人,他有好几百头牛,但是没孩子,他很想收养卡贝罗。卡尼纽什么都知道,而且已经去马赛人那儿和这个富人谈了好几次。但他害怕,不敢告诉你,他觉得一旦白人知道这件事,卡贝罗就要在内罗毕被吊死了。"

每当提起基库尤人的时候,法拉总是表现出一种傲慢和自大。他说:"马赛人的老婆们不会生孩子,她们都乐意收养基库尤孩子。这些孩子们可真是偷了不少东西。这个卡贝罗也一样,

---

1. 这就是上文作者所说的法拉特有的错误,应该是"除了"马赛人。

他长大后肯定会回到农场,因为他肯定不愿意像马赛人一样,不断地从这儿迁徙到那儿。基库尤人太懒了,都不愿意那么做。"

在农场上,我们年复一年地见证着住在河对岸的马赛族的消亡,见证着他们的悲惨命运。他们都是武士,却被禁止搏斗;他们是雄狮,却被剪掉了爪子,变得奄奄一息。这是一个被阉割的民族。他们的长矛和那看起来雄赳赳的盾牌,都已经被政府没收。在野生动物保护区里,狮子们常常会跟在他们的牛群后面。有一次,我把农场上的三只小公牛阉割了,好让它们好好为我犁地、拉车。它们变成了三头平静的公牛。我把它们圈养在工厂的院子里。到了晚上,土狼闻到了鲜血的味道,便循着味道来到农场把它们吃了。我总觉得,马赛人的命运与这三头牛很相似。

法拉说:"卡尼纽的老婆因为失去了儿子,这几年一直很伤心。"

法拉把整个过程叙述完之后,我没有派人找卡尼纽,因为我不知道该不该相信法拉所说的。后来,卡尼纽有一次来到我家,我走出去找他说话。我问他:"卡尼纽,卡贝罗是不是还活着?他是不是在和马赛人一起生活?"土著很少会对一个人的反应毫无准备。听到我这么问后,卡尼纽立即为他失去的儿子大哭起来。我一边听他哭,一边观察了他一会儿。然后继续说:"卡尼纽,把卡贝罗带到我这儿来吧。他不会被吊死的。他的妈妈会在农场上照顾他。"卡尼纽还没有止住他的哭声,但他肯定听到了"吊死"这个不祥的词。于是,他的哭声慢慢变成了低低的哼哼声。然后,他就开始向我描述他曾经对卡贝罗许下的诺言,唠唠叨叨地说自己怎么偏爱这个孩子。

卡尼纽有很多孩子,也有很多孙子,因为他住的村子离我的房子特别近,他们就常在周围玩耍。在这些后辈中间,有一个很小的孙子,是他的一个嫁给马赛人的女儿生的。这个女儿后来回到了卡尼纽的村子,同时也把儿子带了回来。这个孩子的名字叫西朗加。这个混血孩子身上的血统给他注入了一种奇特的活力,为他带来了丰富的、富有野性的创造力和幻想,让他看起来不像个人类,而像一团火焰、一只夜莺,或是一个农场上的小妖精。但他有癫痫症,因为这个病,其他孩子都很害怕他,不让他参加他们的游戏,还给他起了"希塔尼"这个名字,意思是"魔鬼"。于是,我就把他收养了,让他和我一起生活。因为他有病,所以我没让他干什么活。但在办公的房间里,他就像一个小愚人或是一个小丑一样,让我感觉到生活的充实。平时,我走到哪儿,他就会跟到哪儿,就像我的一个不安而烦躁的黑影子。卡尼纽知道我喜欢这个孩子,每次看到他,都会展露出祖父的笑容。现在,他就抓住了我这一点,把这点感情抛给了我,竭尽全力地利用它。他义正词严地说,他宁愿让希塔尼被豹子吃掉十次,都不愿失去卡贝罗。既然卡贝罗都已经丢了,那就让希塔尼也丢了算了,反正对他来说也没什么。卡贝罗是他的掌上明珠,是他的心血。

如果卡贝罗真的死了,那真是另外一出大卫和押沙龙[1]的悲剧了。大卫因为儿子押沙龙的死非常悲痛,这本身的确是一出悲剧。但如果他还活着,在马赛人那儿藏着,那就更是悲剧了,因为这是有关"战斗还是逃跑"的选择,是一个孩子为了生活而在努力挣扎。

在草原上,当我无意中闯入瞪羚妈妈藏匿刚出生瞪羚宝宝

---

1. Absalom,《圣经》中的人物。大卫的第三个儿子,被大卫宠爱。他容貌俊美但刚愎自用,后发动了反抗父亲的叛乱,占领耶路撒冷,最后被堂哥约押杀死。大卫对他的死十分伤痛。

的地方，瞪羚就会上演和卡贝罗父亲表演的同样的戏码。它们会在你面前跳舞，会走到你面前，不断地跳跃，或假装哪条腿变跛了，不能再跑了。它这么做，完全是为了吸引你的注意力，不让你注意到它的宝宝。

然后，突然间，你在马蹄下发现了它的宝宝。它一动不动，小小的脑袋平放在草丛里。为了活命，在妈妈跳舞的时候，脸朝下躲在草里面。一只鸟为了保护自己的孩子，也会做出同样的把戏。它会拍打翅膀，不断地鼓翼，甚至很聪明地把翅膀拖在地上，扮演一只受伤的鸟。

现在，卡尼纽就在我面前演这样的戏。难道在想起自己儿子的生命处于危险中时，这位基库尤老人的心会变得如此温情，还能这样跟我嬉戏一番？在我面前跳舞的时候，他的老骨头咯吱咯吱地响；他甚至把自己的性别都变了，扮演了一位老妇人、一只老母鸡、一只母狮。这种嬉戏明显就是一种女人的活动。他的这种表现可真是够奇怪，不过确实也非常值得尊敬。那感觉就像是一只雄鸵鸟要轮流和母鸵鸟孵小鸵鸟一样。面对这种"策略"，没有哪个女人会无动于衷。

于是，我对他说："卡尼纽，卡贝罗什么时候想回农场都可以，不会有任何人伤害他。但只要他回来，你必须把他带过来见我。"听我这么说，卡尼纽立刻沉默下来，然后低下头，伤心地走了，好像是失去了在这个世界上的最后一个朋友似的。

值得一提的是，卡尼纽记得我的话，确实照我说的做了。五年后，就在我把整件事情几乎要忘掉的时候，他有一天通过法拉传话，请求和我见面。他站在我的房子外面，身子重心落在一条腿上，保持着庄重威严的仪态。但可以看出，他的内心是不安的。他和蔼地跟我说："卡贝罗回来了。"那时，我已经学会了"停顿"的说话艺术,就没有说话。这位基库尤老人可能因为我的沉默感受到了压力,把重心换到另外一条腿上,眼睑颤抖着重复道:"我的儿子卡贝罗已经回到农场了。"我问道:"他是从马赛人那儿回来的?"卡尼纽把我开口说话当作是我们和解的征兆。于是调整了脸上那些狡猾的细纹,挤出来一个笑容,但他其实并没有笑。他说:"是的,姆萨布,是的。他是从马赛人那儿回来的。他回来为你工作来了。"在过去的五年里,政府开始实行基潘德制度,就是把在肯尼亚生活的所有土著登记在册。因此,我们要从内罗毕请一位警官过来,把卡贝罗变成这个农场的合法居民。我和卡尼纽约好了日子。

那天,他和儿子早早就到了,比警官早到了很久。把儿子带到我面前的时候,卡尼纽表现得很开心。但在心里,他其实是有点害怕这个失而复得的儿子的,他的这种害怕是有理由的。因为马赛人当年从农场上带走的是一只小绵羊,现在还给我们的却是一头年轻的豹子。这种变化一定是因为他体内流着马赛人的血,否则单凭马赛人的生活习惯和生活磨练,是不可能造就这样的质变的。他站在那儿,完全就是一个彻头彻尾的马赛人。

马赛武士看起来英俊潇洒,他们把"别致有品味"这种特殊的智慧发挥到了极致。他们表面看起来勇敢大胆,极富野性,难以掌控,但却能坚守自己的本性,忠于内心的理想。他们不会装腔作势,不会去刻意模仿外国人,而且一切都要做得尽善尽美。这种风格是由心而生的,是他们这个种族和历史的表现。他们手中的武器和身上的服饰都已经成为身体的一部分,就像鹿身上的鹿角一样。

卡贝罗的发型完全是马赛式的。头发很长,用细绳编成了一条一条辫子,束成一条粗粗的马尾。额头上绕着一条皮绳。就连头的姿势也是马赛式的：下巴向前伸着，好像要把他那张愠怒、傲慢的脸放在托盘里献给你一样。他的行为颇似莫拉尼人，僵硬、被动而粗鲁，人们很喜欢默默地观察他。他就像是一尊能被别人看见，但自己却看不见自己的雕像。

马赛的年轻人以牛奶和鲜血为食，或许是因为这样的饮食习惯，他们的皮肤才光滑如丝缎。他们的颧骨高高隆起，颌骨明显凸出，脸上皮肤光滑，没有任何细纹或凹坑，但看起来有点肿胀；眼睛像紧紧镶嵌在马赛克里的两颗黑石头，从整体上看，莫拉尼年轻人还真有点像马赛克。他们脖子上的肌肉高高隆起，看起来很吓人，像是发怒的眼镜蛇、公豹子或公牛的脖子，非常粗壮，带着明显的男人气息，就好像他要与别人宣战一样，当然女人除外。他们的腰和臀部细窄得令人吃惊，与他们脸颊的凹陷、脖子的粗壮与肩部的圆润形成了鲜明对比，但看起来却相当和谐。他们的大腿和膝盖非常瘦，双腿又长又直，而且肌肉发达。看到他们，会让人想起那些经过严酷训练，最后变得巧取豪夺、贪婪成性、暴饮暴食的动物。

他们走路的时候身体僵硬，直接把一只细脚放在另外一只前面，但胳膊、手腕和双手的动作却柔和灵便。马赛年轻人弯弓射箭、放开弓弦时，你好像都能听到他手腕上的肌肉和弓箭一起在空中高声歌唱。

从内罗毕来的警官是一位刚从英格兰调过来的年轻男子，对工作充满了热情。他的斯瓦希里语说得很好，我和卡尼纽都听不懂他在说什么。他很快就投入到已经过去很久的枪支走火案件中，不断地盘问卡尼纽，把这个基库尤人问得呆呆的。盘问完毕后，他告诉我，他认为卡尼纽遭受到了极为严重的不公平待遇，整个案件要提交到内罗毕重新审查。"那可是要耗费你我很多年时间呢。"我说。征得我的同意后,他说,如果要做到执法公正,就不应该考虑这一点。卡尼纽看着我,觉得自己是被我陷害了。不过还好,这位警官最后说,这起案子已经过去太久了,无需再审了。因此不用再做什么,只要让卡贝罗定期在农场登记就可以了。

这已经是很多年之后的事情了。在登记造册前的那五年里,卡贝罗在农场上销声匿迹,和马赛人一起浪迹天涯,卡尼纽也遭遇到很多事情。这起案件彻底平息之前,来自各方面的压力攥住了他,把他几乎磨成了小颗粒。

至于更多的细节,我在这里就不便讲述了。首先,这些细节本身就带着私密性的;其次,在那段时间里,我自己也遇到了很多事情,没有多关注卡尼纽和他的命运。农场上的事情也被我抛诸脑后,它们就像是远处的乞力马扎罗山,有时候能看到,有时候看不到。在这段时间里,如果我从农场上离开,土著都会温顺地接受,就好像在现实中我已经走出他们的生活,上升到了另外一个存在的层面上。我回来之后,他们就会再跟我提一提我离开时发生的事情。他们会告诉我:"那棵大树倒了,你跟那些白人们在一起的时候,我的孩子死了。"

万扬格里痊愈了,要离开医院,我开车把他带回了农场。在那之后,我偶尔还见过他几次,有时在恩戈马,有时在平原上。

几天后,他的父亲韦奈纳和祖母来到了我的房子里。韦奈纳矮矮胖胖的,这种体型在基库尤人中不太常见,因为大多数基库尤人都非常瘦。他还留着一撮稀稀拉拉的胡子。他另外一个异于常人的地方是,他不习惯直视别人的眼睛。看着他,感觉他就像一个已经疯掉的穴居人,总想自己待着,不想被别人打扰。他的母亲是一位基库尤老妇人。

土著女人的头一般都是光溜溜的,而且又小又圆,还很干净,看起来很像是某种颜色较深的坚果。奇怪的是,当你看到它们,第一感觉竟然是,它们代表的才是真正的女性气质,而普通女人头顶上的头发就像是男人的胡子,一点儿女人味都没有。但这位基库尤老妇却在自己皱巴巴的头皮上留了一簇白头发,看起来好像是一个没有刮胡子的男人,给人一种道德败坏和无耻透顶的感觉。她的身体靠在拐杖上,把说话的权利都留给了韦奈纳。但在这样的时刻,她的沉默却仍然让现场火花四溅。她浑身上下都充满了粗野和不知羞耻感,但她儿子没有遗传她这一点。他们两个就是现实中的尤拉卡和拉斯卡罗,我到后来才知道这一点。

他们带着和平的目的,慢吞吞地走进我的房间。父亲告诉我,万扬格里没办法吃玉米,他们又很穷,没有面粉,没有奶牛,所以想请我在案子结束之前,允许他从农场上的奶牛那儿挤一点儿牛奶给孩子喝。如果我不同意的话,他们真不知道该怎么养活这个孩子了,因为赔偿金还没到。法拉那时正在内罗毕处理他的索马里私人案子。我就说,在法拉不在的这段时间里,他们可以每天从我的牛群里挤上一瓶牛奶喝。我盼咐仆人们,让他每天早上来我们这儿挤牛奶。对这个安排,仆人们倒不太愿意,或者说感觉不太舒服,真是莫名其妙。

两个星期过去了,三个星期过去了。卡尼纽在某个晚上突然出现在我的房子里。当时我刚吃完饭,正在壁炉前看书。土著通常喜欢和我在房子外面谈话,但他进来后却把门关上了。这让我觉得,我们接下来的交流可能跟什么意外的事情有关。可是,他却一直奇怪地沉默着。平时那么灵活,像抹了蜜一样的舌头,此时好像是被割掉了一样,一点儿生气都没有。因此,虽然我的房间里多了个卡尼纽，但还是和之前一样安静。这个大个子基库尤老人好像病得不轻，身体全都靠在了拐杖上，在斗篷里几乎都看不见；眼睛昏暗无光，像是某个尸体的眼睛。他不断伸出舌头舔他那干裂的嘴唇。

终于，他开口说话了。语速很慢，声音很沉闷。他说，现在事情越来越糟了。停了一会儿，才又继续说下去，只不过声音含糊不清，就好像他说的事情微不足道，你根本不用理会似的。他说，他已经给韦奈纳赔了十只羊，但他现在还想要一头母牛和一头小牛，他现在打算给他们了。我问他为什么要这么做，没有任何判决规定让他这么做啊。卡尼纽没有回答，也没有看我，看起来像是一个找不到下个朝圣地的朝圣者，或是找不到下一个旅行地的旅行者一样。他走进了我的屋子，却好像走在路上，告诉了我一件事情，然后马上就离开了。我怀疑他是不是病了，所以停了一会儿后，我说，第二天我会带他到医院看病。他走之前做了一件很奇怪的事：抬起一只手，往脸上碰了碰，好像是擦眼泪。如果卡尼纽会流眼泪，那就真奇怪了，感觉就像是朝圣者的行李开花了一般。更奇怪的是，他根本没有利用这些眼泪，它们竟然是毫无用处的。我心里就在想，当我的思绪在农场之外的事情上神游时，农场上到底发生了什么事情。卡尼纽走了之后，我把法拉叫过来问他怎么回事。

法拉很讨厌跟我提关于土著的事情，好像他们并不值得我和他去花费精力，甚至不值得我们去听一听。到了最后，他终于同意告诉我了。在讲述的过程中，他的视线越过我，一直落在窗外天空中的星星上。卡尼纽的失魂落魄完全是韦奈纳的母亲造成的。这个女人是一个巫婆，对卡尼纽施了魔咒。

"但法拉，"我说，"卡尼纽年纪都那么大了，而且也很聪明，怎么可能会去相信什么咒语。"

"不是的,"法拉慢吞吞地回答,"不是的,姆萨布。我觉得这个基库尤老女人真的能做到这样的事情。"

原来这个老女人曾告诉过卡尼纽,如果他一开始就把牛送给韦奈纳,一定会比不送的结果好,而且他的牛们一定能够"活着看见"这个事实。而卡尼纽的牛现在真的是一头接一头地瞎掉了。老卡尼纽的心慢慢地碎了,就像古代某个遭受酷刑的人被身上的重量一层压一层,骨骼和肌肉最后也就碎了。

提起巫术,法拉的语气干涩且充满担忧,就像谈起我们无法控制的口蹄疫一样。因为这种病,农场上的牛羊一头接一头地死去。

那天晚上,我一直坐到深夜都没有睡觉,心里一直在想农场上的巫术。刚开始,我感觉它很丑陋,感觉它好像是从哪个古老的墓穴里爬出来的,它趴在我的窗户玻璃上往我屋子里看,鼻子都被玻璃挤平了。然后,我听到了土狼在远处河水边的叫声。我突然想起,在基库尤人中有狼人的传说,就是说老妇人们一到晚上就会变成土狼。韦奈纳的母亲很可能现在正龇着牙沿着河边奔跑呢。慢慢地,我就对巫术这个事情习惯了,甚至感觉它好像还是有一定道理的,毕竟在非洲的晚上,有那么多事情都与它有关系。

我以一个斯瓦希里人的思维想着:"这个女人真卑鄙。她利用自己的技艺让卡尼纽的牛变瞎,然后又把事情推到我这儿,让我帮忙养活她的孙子,从我养的牛身上一天得到一瓶牛奶。"

然后我又想道:"这起走火事件引发的诸多事端马上就要血染农庄了。这是我的错,我必须把新的力量吸引进来,否则,农庄就会像噩梦一样被毁掉,一个可怕的噩梦。我知道我要怎么做了。我要把基纳恩朱请来。"

一位基库尤酋长

基纳恩朱大酋长的家位于农场的东北方向，距离农场约九英里，在基库尤保留区内，离法国布道会很近。他统治着十多万基库尤人，是一位圆滑世故、举止得体的老人。他的酋长位置并不是通过世袭得到的，而是英国人封的。许多年前，英国人与他们那儿的基库尤大酋长无法相处，于是把他封为酋长。尽管如此，他也完全称得上是一个伟大的人。

他是我的朋友，在很多事情上都帮过我。我曾骑着马去过几次他的村寨。这是我见过的最大的基库尤村寨，和其他村寨一样，特别脏，到处都有苍蝇在飞。既然已经是大酋长了，基纳恩朱就放纵自己，尽情享受婚姻的快乐，娶了许多女子。这个村寨里到处都是他的妻子，包含了各个年龄段的女人，从满嘴掉牙、瘦到皮包骨、拄着拐杖的老太婆，到有着圆圆脸蛋和瞪羚般眼睛的小姑娘。她们的胳膊和长腿上都缠着闪闪发亮的铜线。他的孩子也是如此，在村子里到处都是。他们常常像苍蝇一样成群结队。其中也有年轻的成年男子，他们身材笔直，头上戴着很多饰物，在村里到处跑着惹是生非。基纳恩朱告诉过我，他曾经有过五十五个儿子，都带有莫拉尼血统。

这位老酋长有时会步行来到农庄做一次友好访问，有时会在政府议事结束之后，来这儿稍作休憩。他来的时候，会披着华丽的裘皮斗篷，身边跟着两到三名头发全白的"参议员"和武士儿子。如果他在下午过来，我就会把阳台上的椅子搬到外面的草坪上。他坐在其中的一把椅子里，抽着我给他的雪茄，消磨掉整个下午。他的参议员和护卫们就围着他直接坐在草地上。每次听到他要到来，我的仆人们和非法棚户们就会跑过来，聚在他的周围，给他讲很多农场上的故事逗他开心。他们一般会围坐在我房子外面的高大的树木下，临时组成一个政治俱乐部。大酋长的谈话方式很特别。如果他觉得对方的谈话太过冗长，就会靠在椅子背上，让手里的雪茄慢慢燃烧着，自己闭上眼睛，慢慢地做深呼吸，还发出低低的、均匀的鼾声，进入一种官方式的、形式上的睡眠。在基库尤的"国家委员会"上，他很可能也会使用这种交谈模式。有时候，我会搬上椅子出去，和他一起坐着聊天。这时，他就会把所有人都支走，要用"真诚"来统治面前的这个世界。我认识他的时候，他就已经不是早年的那个他了，生活从他那儿带走了太多东西。但只要他敞开心扉，自在而坦率地和我单独聊天，他就会表现出无限的创意，向我展示出一个丰富的、充满勇气和想象力的精神世界。他也曾认真地思考过生活和生命，有着自己独特而具有说服力的观点。

几年前发生的一件事加深了我和他之间的友谊。

有一天，他来到农场时，我正在跟一位朋友共进午餐。这位朋友要去内陆国家，顺路就到我这儿拜访。在他走之前，我是没有时间陪基纳恩朱的。我们的这位酋长在太阳下走了很长的路才来到农场，所以在等我的时间里，很想美美地喝点酒。但当时在我屋里没有一种酒能给他倒满一杯，所以就和朋友一起，把很多不同的烈酒都倒在一个平底玻璃杯里。然后把酒杯拿出去递给他。我原以为，酒越烈，就越能让基纳恩朱多喝一段时间。但没想到的是，他接过杯子后微微一笑，先抿了一口湿了湿嘴唇，又深深地斜睨了我一眼——我曾在某个男人脸上看到过这样的眼神，然后就头一仰，把整个杯子里的酒都倒进了嘴里，简直是一滴不留。

半个小时后，我的朋友开车离开了。仆人们却跑进来告诉我："基纳恩朱死了！"就在那一刹那间，我看到了灾难，看到了流言蜚语，它们像高大、严肃的影子一般，站在我面前。我急忙跑出去看他。他躺在厨房的阴影里，脸上毫无表情，嘴唇发蓝，手指冰凉，看起来像是一只被猎枪打死的大象。想一想，就因为你的某个行为，一个威严有力的动物再也不能在大地上跑动了。而就在刚刚，他还在走路，还对所有事情都有着自己的看法。现在的他看起来也不再高贵了，因为农场上的基库尤人把水泼到他身上，还把他那身宽大的猴子皮给扒了，他赤身裸体地躺在那儿，像一只被剥去象征身份的毛皮的动物，而你杀死他就是为了这些毛皮。

我本来想让法拉去找医生，但是汽车启动不起来，而他身边的人又一直在求我稍微等等，如果不行的话再采取措施。

一个小时后，我心里非常难过，就想和这些人再谈谈。正当我准备走出去的时候，仆人们却跑了进来说："基纳恩朱已经回家了。"事情好像是这样的：他突然间就醒了过来，然后把外套拽过来穿上，被一帮随从包围着，一语不发地离开了。他还要走九英里路回到他的村子。

这次事情过后，我觉得基纳恩朱心里可能会这么想：我为了取悦他，竟然如此冒险，甚至甘愿冒着危险给他这个基库尤人酒喝，要知道政府是禁止白人给土著提供酒水的。后来他也来过农场，而且也和我们一起抽雪茄，但再也没提过酒的事情。如果他问我要酒，我肯定还会给他。但我知道，他肯定不会再问我要酒喝了。

我派了一个跑得快的仆人去他的村子里给他送信。在信里，我给他解释了这起走火事情的始末。我请求他能够来到农场彻底结束这件事情。我建议他，可以把卡尼纽提到过的母牛和小牛送给韦奈纳，让这件事情彻底了结。我盼望着他快点来到农场，要知道他是一个非常有效率的人，这一点也是我们很珍视的品质。

这封信过后，本来已经平息了一段时间的走火事件再次掀起波澜，随后非常戏剧性地结束了。

一天下午，我骑着马回家，看到一辆汽车风驰电掣地驶过来。是一辆猩红色的汽车，车身上镀了很多镍，只见它的两只轮子旋转着，沿着车道向前飞驰。我认识这辆车，它是内罗毕美国领事馆的车。我心里想，不知道出了什么紧急的事情，竟然让领事馆的人以这样的速度来到我的农庄。当我骑马走到后门，从马背上跳下来时，法拉跑了出来。他告诉我，基纳恩朱大酋长来了。原来，这位酋长在前一天从美国领事馆买下了这辆车。所以，他是开着自己的车来的。在我看到他之前，他一直坐在车里，不愿出来。

我看到他在车里坐得直直的，像个木偶一般一动不动。他穿着一件蓝色的猴子皮外套，头上戴着一顶无檐帽，基库尤人一般会用羊的胃做这样的帽子。这是个让人印象深刻的人。他身材魁梧，身上没有一丝肥肉；脸庞瘦长，总是挂着骄傲的表情，额头像印第安人一样倾斜着；鼻子很大，看起来很显眼，就像是这个男人的身体中心，好像这个尊贵威武的身躯之所以存在，就是为了顶着这个鼻子一样。它就像大象的鼻子，好奇而敏感，却又非常谨慎，随时准备着进攻或自卫。基纳恩朱就像大象一样，看起来不太聪明，但却拥有一颗高贵的头颅。

我极力地夸赞这部车，但基纳恩朱一言不发，脸上的肌肉一动都不动。他定定地看着前方，我只能看到他的侧脸，感觉他像是一枚奖章中的人头。直到我绕到车的前面，他才扭过头，把他帝王般的侧脸面向我。或许，他此时心里还真的在想卢比上的国王头像。汽车还在突突突地沸腾，司机是他的一个年轻儿子。迎接仪式结束之后，我邀请他从车里出来。他整理了一下包裹着他身体的宽大外套，姿态庄严而高贵。就在那一刻，他好像倒退了两千年，变成了一名古代的基库尤大法官。

我房子的西墙边有一个石头凳，它的前面放着一张桌子，桌子是用一块磨坊的石头做成的。这块石头身上有一段悲惨的历史：它本来是在磨坊的房顶上，两个管理磨坊的印度人被谋杀后就没人敢接管这座磨坊了。所以在很长一段时间里，磨坊里都空着，里面一点儿声音都没有。我就让人把这块石头搬到了我的房子里，做了一个桌面，也算是对丹麦的一种缅怀。那两个印度磨坊主曾经告诉过我，这块石头是漂洋过海，从印度孟买运过来的，因为非洲的石头都不够硬，不适合做磨石。石头的表面刻着图案，还有很多棕色的大斑点。这些斑点我们一直擦不掉，我的仆人们觉得那是那两个印度人的血。在某种意义上，这张磨坊石桌子是农场的中心，因为我常常坐在它的后面处理土著的事情。在某个新年的夜晚，我和丹尼斯·芬奇－哈顿还曾坐在它后面的凳子上，一起观察到一个天文奇观：月球、金星和木星在天空中离得非常之近，几乎簇拥在了一起。那样的情景摄人心魄，让人无法相信它是真实的，之后我们再也没有看到过这种天文奇观。

基纳恩朱下车之后，我和他就一起坐在了这张桌子旁边。我在石凳上坐下，酋长就坐在我左边的长凳上。基纳恩朱来到农场的消息很快散播开，于是就不断有基库尤人进到我的院子里，聚在房子周围。法拉站在我的右边，警惕地看着他们。

法拉对肯尼亚土著的态度非常特别。这种态度就像马赛武士的服装和面容，不是昨天或前天刚刚形成的，而是几个世纪后的产物。而正是依靠形成这种态度的时间力量，许多雄伟的石头建筑拔地而起，然后在很久很久之前坍塌、归于尘土。如果你第一次来到肯尼亚，第一次踏上蒙巴萨岛，你会在那些古老的、浅灰色的猴面包树丛中看到许多房子的废墟，还有尖塔和水井。那些猴面包树一点儿都不像植物，而像那种多孔的、石化了的箭石，只是非常巨大而已。如果你沿着海岸线一路向北，就能在塔卡普纳、卡利菲和拉穆岛看到类似的遗迹。这些遗迹都是古代贩卖象牙和奴隶的阿拉伯商人们建造的城镇。

他们的阿拉伯帆船完全熟悉非洲所有的水路。于是，一条通往商业中心桑给巴尔岛的蓝色航道就出现了。当阿拉丁向苏丹进贡珠宝和四百名黑人奴隶时，当苏丹娜在丈夫打猎时热情款待她的黑人情人，并最终因此而丧命时，阿拉伯商人们就已经非常熟悉这条航道了。

他们很可能在富裕之后把妻妾带到了蒙巴萨岛和卡利菲岛。当他们的探险队正在高原上探险时，他们自己则住在海边的别墅里，看着海边的长长的白色水浪，观赏着正在开花的、像火一样燃烧的树木。从荒无人烟、环境恶劣的旷野中，从被烧焦了的、广阔的平原上，从人迹罕至、极度缺水的河道里，从有荆棘树沿着河水生长的土地上，从生长在黑色土壤上、飘散着浓郁香味的小花中，他们获得了财富。在这非洲之巅，还有体格强壮、聪慧而威严的象牙搬运工在游逛。他常常陷入沉思，总是希望独处，但却常常被很多人尾随，被那些瘦小的万德罗博黑人用毒箭射死，被阿拉伯人手里那些长长的、装满弹药的、镶有银边的枪打死。有时还会掉入陷阱和深坑。他们在桑给巴尔岛枯坐很久，好不容易等到了光滑的淡褐色象牙，恰就在这里，一个整日小心翼翼生活的、热爱和平的民族在森林里清理出一块一块的土地，然后种上了红薯和玉米。他们不善争斗，也不会发明新的东西，只是希望能够过上不受外界干扰的生活。在市场上，他们和象牙一样，需求量颇大。

现在，大大小小的猛禽们在这里聚集起来：
所有阴沉的、吃腐肉的鸟
……都聚集在了一起；
有些啄净头骨上的残渣，
有些停在绞刑架上，
用翅膀抹净褐色的嘴；
还有一只，正振翅离开断裂的黑色帆索。[1]

冷酷、世俗、鄙视死亡的阿拉伯人来了。不做生意的时候，他们的脑袋里想的是天文学，是数学，还有成群的妻妾。他们还带来了同父异母的私生兄弟——索马里人。这些鲁莽、贪婪、喜欢争吵的禁欲者们是非常热情严肃的伊斯兰教徒，好像这样做是为了掩盖自己低等的出身。他们要比"阿拉伯人"这个合法儿子对伊斯兰教拥有更多的热情。斯瓦希里族也跟着来了。他们本身是奴隶，也有着一颗奴隶的心——冷酷，淫秽，很像盗贼，判断力强，但嘲笑别人的能力也很强。随着年纪的增长，他们一个个地都变成了大胖子。

---

1. 原文为法语：Tous les tristes oiseaux mangeurs de chair humaine... S'assemblent.Et les uns laissant un crâne chauve, Les autres aux gibets essuyant leur bec fauve, D'autres, d'un mat rompu quittant les noirs agrès...——原注

进入这个国家之后，他们遇到了在这片高原上土生土长的"猛禽"——马赛人。马赛人沉默寡言，像是一个个瘦瘦高高的黑色影子。他们手持长矛，背着沉重的盾牌，对陌生人极其不信任，而且总是满手鲜血，甚至会贩卖自己的兄弟。

这些不同的猛禽一定曾坐在一起交谈过。法拉告诉我，在古代，如果索马里人没有把自己的妻子从索马里兰带过来，就只能和马赛族的女子通婚，而不能娶其他族群的女子。从很多方面看，这两个民族之间都不能通婚，所以他们的结合就显得非常奇怪。首先，索马里人是有宗教信仰的，而马赛人根本不相信任何宗教，而且对这个世界上的所有事情都不感兴趣。其次，索马里人爱干净，会在洗澡、保持卫生上花费很多时间，而马赛人则是一个非常肮脏邋遢的民族。再次，索马里人有着严重的处女情怀，很看重新娘的童贞。但马赛族的年轻姑娘们却对自己在这方面的名誉不甚在意。对于我的不解，法拉很快就给出了解释。他说，马赛人从来没有当过奴隶，他们受不了奴隶的生活，也受不了被关进监狱里。如果你把他们关进监狱，不到三个月，他们肯定就会死掉。所以，在这个国家的所有英文法规里，没有任何关于对马赛人进行关押惩罚的条款。罚款才是对他们最好的惩罚。在所有的土著族人中，马赛人反倒因为在被关押束缚的环境中表现出的十足的无能，而让他们拥有了和移民贵族同样的社会地位。

在这片土地上，所有的猛禽都是双眼喷火、虎视眈眈地盯着那些温和弱小的啮齿动物。在非洲这片大地上，索马里人有着自己独特的位置。这个易怒易激动的民族非常不善于独处，不管他们在哪里，如果他们单独生活，一定会因为违反部落的道德体系而大动干戈，甚至血流成河。但他们却是很好的"二把手"，这可能是因为那些阿拉伯大商人们常常放手让他们在蒙巴萨岛上承担一些重要的事务，完成一些很难完成的交易。他们和土著的关系颇似牧羊犬与羊群的关系。他们常常露出尖利的牙齿，孜孜不倦地看护着自己的羊群，担心它们会不会在上岸之前就死掉，或者会不会在中途逃跑。索马里人非常在意金钱和价值。为了得到报酬，他们可以毫无条件地放弃自己的食物和羊群；如果出去探险，不饿到皮包骨，他们是不会回来的。

这些生活习惯已经深入到了他们的血液里。有一段时间，西班牙流感在我们的农场肆意横行，法拉自己也病得很严重，还发起了高烧，但他仍然浑身颤抖着，和我一起给非法棚户们发药，还强迫他们吃药。他听说石蜡可以抵抗这种疾病，就自己买来带到农场上。他的弟弟阿布杜卡当时就住在农场，也染上了这种病，而且病得很严重，法拉非常担心他。但这种担心也只是在他的心里藏着，对他来说不算什么大事情。这位农场的苦力考虑最多的还是他的责任、生计和名誉，这只牧羊犬都快要死掉了，却依然坚持在工作。另外，法拉对土著这个圈子里发生的事情也了如指掌。但除了基库尤人种的大人物，他平时几乎很少和人交往，所以我真不清楚他是从哪里得到的这些消息。

而"羊群们"——那些颇具耐心的民族，没有尖牙利爪，没有力量，没有世俗的保护，只能靠着"顺从"这种强大的天赋来面对他们的命运。但他们也已经经受住了命运的考验。他们不像马赛人一样在牛轭的束缚中或命运的暴风雨中死去。面对着命运的暴风雨，他们就像索马里人，在受到伤害，被欺骗和被鄙视的时候，都依然能够生存下去。在异国他乡，他们是上帝的朋友，和上帝有着密切关系。面对那些要迫害他们的人，他们心里有着自己独特的感受。他们知道，这些人虽然折磨着自己，但他们的利益和名誉是跟他们密切相关的。他们是这些人的商品，是这些人所追逐和交易的中心人物。在那条充满血泪的长长的路上，这些羊的心一直处于黑暗和寂静中，把自己变成了一种"断尾哲学"的受用者。他们并不怎么尊重牧羊人和牧羊犬。他们说："你们昼夜不眠不休；你们伸着火一样的舌头，不断地喘息；你们在夜里还要保持清醒，白天眼睛虽然干涩，但还要保持敏锐。你们做的这一切都是为了我们。你们之所以会在这里生活，是因为我们在这里；你们因我们而存在，而不是我们因你们而存在。"农场上的基库尤人有时候对法拉很无礼，就像一只小羊偶尔会在牧羊犬面前跳跃一下一样，目的就是为了逗它起身跑起来。

　　现在，法拉这只牧羊犬和基纳恩朱这只老羊在我的农庄见面了。法拉的头上戴着红蓝相间的头巾，身上穿着一条阿拉伯丝质长袍，外面套着一件带有黑色刺绣的背心。他站在我旁边，身体挺得直直的，一副若有所思的模样，看起来非常高贵端庄，这样的人你在全世界都能见到。而基纳恩朱则坐在石凳上，四肢伸展，披着那件猴子皮外套，里面几乎是完全裸露着。这是一个老土著，一块非洲高原上的土坷垃。两人在没有直接的交谈时，为了保持礼节，都假装着没有看到对方。尽管如此，他们还是互相尊重的。可以想象两人在一百年前，或者更远的年代里的一场关于奴隶托运的交谈。这些奴隶们在部落里很不受欢迎，基纳恩朱很想把他们赶走。法拉时时刻刻都想在背后朝这个老酋长、这块大肥肉扑过去，把他塞到麻袋里。而基纳恩朱，会准确地把握住法拉的每一个小心思，在坐着和法拉谈话的整个过程中，背负着当前形势的压力，心情更是恐慌沉重。毕竟他才是中心人物，他才是商品。

一场旨在解决走火事件的隆重会议在一片祥和的气氛中召开。农场上的人看到基纳恩朱都极为开心。就连年纪最大的非法棚户都动身来到这里，他们和基纳恩朱交谈几句之后，就走回去，坐在周围的草地上。坐在人群边上的几个老妇人朝我尖声喊叫："你好，杰里！"杰里是一个基库尤名字，农场上的老妇们都这么叫我，小孩子们也叫得很顺口。但年轻人，或老年男人就从来不用这个名字叫我。卡尼纽也来了，他坐在他家人的中央，像是一个有生命的稻草人，眼睛里喷着火，全神贯注地注视着眼前的一切。韦奈纳和母亲一起来了，他们坐在离别人稍远的地方。

我告诉大家，卡尼纽和韦奈纳之间的纠纷已经解决了，现在也已经记录在文件里，基纳恩朱这次来就是为了见证这一切的。我的语速很慢，但效果非常好。卡尼纽把一头母牛和它的孩子——一头小母牛送给韦奈纳。所有的赔偿到此为止，如果继续下去，谁都会受不了。在会议前，我们已经把这个决定告诉了卡尼纽和韦奈纳，并要求卡尼纽把两头牛准备好。韦奈纳平日的生活方式就像是地下的动物。在白天，他很像来到地面的鼹鼠，看起来柔弱无力。读完协议之后，我让卡尼纽把牛牵过来。他站起身，朝他的年轻儿子们上上下下地挥动胳膊。他的儿子们在农场男仆的房子后面站着，手里牵着两头牛。母牛和小母牛慢慢地走向围成圆圈的人群。圆圈开了一个口，两头牛慢慢地走向中央。此时，会议的气氛突然变了，好像地平线上起了一个响雷，然后雷声很快就到了顶点。

基库尤人对世界上所有的事情都不感兴趣，但同时也会把一头母牛和一头小牛看得比什么都重要。他们对牲畜的狂热就像是一个熊熊燃烧的大火炉，像杀戮、巫术、性爱，以及白人世界里所有令人感到惊奇的事情，一旦靠近这个火炉，就会被蒸发，然后消失掉。火炉里的火闻起来就像是石器时代的人们用燧石打着的火一样。

韦奈纳的母亲长长地哀嚎了一声，朝两头牛挥动着自己干瘪的胳膊和手指。韦奈纳也像他母亲一样，只是声音结结巴巴、断断续续的，好像有人在利用他的身体发出声音。最后，他声嘶力竭地大喊了一声，表示自己不能接受这头母牛，因为它是卡尼纽牛群中最老的一头，而这头小牛肯定是它能生下的最后一头牛了。

卡尼纽的族人们大声地喊叫着打断了他，然后愤怒地、磕磕巴巴地历数这头母牛身上的优点。你能从他们的语气中听到一种巨大的怨恨，一种对死亡的蔑视。面对一头母牛和一头小母牛，农场上的人绝对不可能保持沉默。每个在场的人都发表了自己的看法。老头子们互相挽着胳膊，用尽最后一丝体力，表达着自己的支持或谴责；老妇人们像是遵守某种教规一样，尖着嗓子跟了进来，附和着自己的丈夫。年轻人们则低低地发表着自己的言简意赅的评论。在两到三分钟里，我房子前的空地就变成了巫婆的大锅，不断地沸腾着。

我看看法拉，他也转过头来看我，神情颇为恍惚。我觉得，他好像变成了一把宝剑，半个剑身已经出鞘，马上就要左右闪光，解决这场纠纷。索马里人生来就是牲畜的主人和牛贩子。卡尼纽瞥了我一眼，像是一个溺水后被浪花卷走的人。我看了一眼那两头牛。母牛是灰色的，头上有两根特别弯的角。它颇有耐心地站在人群的正中间，低头舔着自己的孩子。所有人的手指头都对着它指指点点。我觉得，在某种程度上看，它确实有点老。

最后，我转过头看基纳恩朱，我不知道他看没看那头母牛，但我看他的时候，他没有躲开我的视线。他一动不动地坐着，像是刚刚从我房子上卸下了的一块大东西，没有思想，也没有同情。当他转身面对吵闹着的人群时，我觉得，他那张侧脸确实是一张国王的脸。把自己瞬间变成一种不会移动、毫无生命气息的东西，是土著的一种能力。我觉得，基纳恩朱只要开口说话，或者只要身体一动，就会把面前土著的情绪煽动起来。所以他才一动不动地坐在那儿，等着他们自己平息下来。这种能力不是人人都有的。

渐渐地，人们的怒气消失了。他们不再尖叫，改为家长里短式的聊天，最后一个个地安静下来。韦奈纳感觉没人注意他了，就拄着拐杖向前走了两步，想要好好看看那两头牛。法拉清醒过来，重新回到了文明世界，脸上浮现出一丝歪歪扭扭的坏笑。

所有人都安静下来之后，案件的双方围着磨坊石桌子，把拇指在油膏里使劲一按，然后在协议书上按下了拇指印。在做这个动作的时候，韦奈纳是极其不情愿的，甚至还低低地哭了起来，就好像这个手印把他烧到了一样。协议的内容如下：

以下协议于今日，即九月二十六日，在恩贡山签订。协议双方为韦奈纳·瓦·贝姆和卡尼纽·瓦·默图尔。大酋长基纳恩朱莅临现场，亲自见证了协议的签订。

根据本协议，卡尼纽需赔偿韦奈纳一头母牛和一头小母牛。两头牛最终属于韦奈纳的儿子万扬格里。万扬格里于去年十二月十九日被卡尼纽的儿子卡贝罗在无意中开枪打伤。母牛和小母牛是万扬格里的财产。

因已经确定赔偿金为一头母牛和一头小母牛，故本事故到此为止已经解决。在此之后，禁止所有人谈论此事。

恩贡山，九月二十六日
韦奈纳的手印
卡尼纽的手印

我就在现场，听到协议被宣读。

基纳恩酋长的手印

我在此证明，母牛和小母牛已移交给了韦奈纳。

布里克森男爵夫人

Chapter 03
第三章 | 农场的客人

"失去一切以后。"

大型舞会

农场上来过许多访客。在拓荒者的国家里，好客是生活的必需品，不仅游客需要如此，在这里定居的居民也需要如此。客人是朋友，可以给我们带来新的信息。对于荒野里的饥饿心灵而言，这些信息就是面包，不管它们是好是坏。来访的好友是天堂的信使，能够为我们带来天堂的面包。

每当丹尼斯·芬奇－哈顿探险归来，都极度渴望与人交谈。而在农场上的我也是极有聊天的欲望。于是，我们就会坐在餐桌旁一直聊到深夜，再聊到黎明。我们想到什么，就聊什么，我们控制着话题，时不时地大笑几声。和土著生活久了，白人也会习惯坦白真诚，因为跟他们相处，你根本没有理由，也没有机会去掩饰什么。然后，当这个白人再与别的白人谈话时，语言中甚至还会有浓重的土著腔调。我和丹尼斯都觉得，山下那些原始的马赛族人在自己的村子里抬头仰望我们的房子时，会看到它灯火通明，就像天上的一颗星星。古时候意大利翁布里亚的农民也曾抬头凝望圣·弗朗西斯和圣·克莱尔的房子。这两位圣人在里面畅谈神学，其乐融融。

在农场上，最具有社交功能的事情是恩戈麦鼓舞，这一种非洲土著的大型舞蹈。举办这种舞会时，我们会邀请一千五百名到两千名客人来到农场，总体花费倒是不多，只要送点儿鼻烟给那些跳舞的莫拉尼武士和恩迪托——年轻姑娘的母亲就可以了。如果孩子们来了，再给孩子们发点儿白糖。卡曼特会用木头勺子一勺一勺地发给他们。有时，我还会征求地区专员的同意，让非法棚民用甘蔗酿制一些叫滕布的烈酒。跳舞的人都是一些不知疲倦、精力旺盛的年轻人，他们身上本身就带有一种庆典上的狂欢和奢华，而且完全不受外力的影响，只专心地享受舞蹈的甜蜜和激情。他们只求这个"外部世界"能给自己提供一块平坦、宽阔的地面，好让他们尽情舞蹈。这样的地面在我房子附近就能找到。我房子附近有一片树林，树林中有一大片草地，仆人的房子就建在这里。这些房子中间有一大块空地，这片地非常平坦。因此，这儿的年轻人都很喜欢我的农场，如果能收到在这儿举办的舞会的邀请，他们会非常珍视。

恩戈麦鼓舞有时候在白天举行，有时候在晚上举行。在白天举办的舞会需要的空间要比夜间的大，因为白天观看舞会的人和跳舞的人一样多。因此一般都在草地上举办。在大部分舞会上，跳舞的人会围成大大小小的圈，蹦蹦跳跳。他们跟着鼓的节奏，甩头、跺脚，或者面朝圆圈中央，或者面向侧面慢慢地、庄重地走着。领舞者在圈子中间蹦跳奔跑。舞会结束之后，草地上会留下一些大大小小的褐色圆圈，过很久才会慢慢消失。

白天的恩戈麦鼓舞不像舞会，更像是一个大集市。观众们成群结队地来到这儿，或是跟着跳舞的人一起跳，或是三三两两聚在大树下。后来，这个舞会的名声越来越大，甚至吸引了内罗毕一些很轻浮的女人，她们被称为"玛拉雅"，一个很美丽的斯瓦希里词语。她们袅袅婷婷地来到农场，带着可以与阿里汗的财富媲美的随身物品，这些物品裹在长长的、印有欢乐团的白棉布里，搭在骡子的背上。她们坐下来的时候，看起来就像是开在草地上的朵朵白花。农场上的姑娘们都很朴实。她们穿着油腻腻的传统皮裙和外套，坐在这些女人旁边，很真诚地谈论着对方的衣服和行为举止。而这些从城市来的漂亮女人们却像黑木头做成的玻璃眼娃娃一样，盘腿坐在地上，吸着她们的小雪茄。孩子们也非常开心，他们非常善于学习和模仿，常常成群结队地涌入这个或那个舞圈，有时则跑到草坪的边上，自己围成一个小圈，上上下下地蹦跳。

参加舞会时，基库尤人会全身涂上一种很特殊的浅红色粉笔粉。这种粉笔粉在当地很受欢迎，所以总有人买，也总有人卖。涂上这种粉之后，他们看起来有点儿像金发碧眼的白种人，只是带着一点儿奇怪的感觉。而且这种颜色在动物和植物界都找不到，涂上之后，基库尤年轻人们就像是被石化了一样，仿佛从石头上切下来的石像。姑娘们穿着嵌有很多珠子的皮质外衣，把身上的这种颜色遮盖住了。她们的衣服是棕褐色的，很像大地的颜色，所以她们就和脚下的土地融成了一体，看起来倒是更像穿着衣服的雕像，衣服的折痕和装饰物就好像是某位技术精湛的艺术家精心雕刻出的。年轻男人们参加舞会时几乎是浑身赤裸，所以他们就把很多工夫花在了他们的发型上。他们向头发和边上倒了很多粉笔灰，高高地昂着一颗颗石灰岩头颅。我在非洲的最后几年，政府开始禁止人们往头上倒粉笔灰。男人和女人的打扮都有着强烈的节日气氛，在这方面，不管是什么钻石和昂贵的饰品都无法做到。不管什么时候，只要你远远看到这么一群身染粉色粉笔灰的基库尤人，就会感觉到周围的空气都在因为他们带来的欢乐和节日气氛而颤动。

白天的露天舞会往往没有界限，这是它的一个缺点。舞台太大了，从哪里开始，到哪里结束，都不知道。身材矮小的舞者浑身着色，头上插着鸵鸟尾羽，在他们的头后飘浮移动。靴子后跟上有着醒目的"鸡距"，是用疣猴皮做成的，看起来很有武士的感觉。在高大树木的衬托下，他们总是显得很分散。舞会上有大大小小的舞圈，有散布在四周的一群群的观众，有来回乱跑的孩子们，这一切都让你目不暇接。整个舞会看起来像是一幅有关战争的古画。站在高处，你会看到画上的一边是骑兵队伍在行军，另外一边则摆放着火炮。军械官们独自飞奔着，穿过画面的对角线。

舞会很像是吵闹的集市，伴奏的笛声和鼓声都被观众的叫喊声淹没了。如果女孩们被跳舞的男人们迷得神魂颠倒，或是看到某个莫拉尼男人高高跳起，在头顶上以优美的姿势挥舞着长矛，她们就会发出奇怪尖厉的叫声，声音还拖得极长。意气相投的老人们坐在草地上，不断地聊啊聊，根本停不下来。还能看到两三个基库尤老太太一边开怀畅饮，一边快乐地聊天，酒葫芦就放在她们的中间。这个场面看起来颇为温馨。她们大概是在回忆自己当年在这样的舞会中的绰约风姿，脸庞因为此时的快乐和幸福而显得神采奕奕。到了下午，太阳慢慢西沉，酒葫芦里的滕布酒越来越少。如果有一两个老头子加入她们，那就会有一位因为追忆年轻时光而得意忘形的老太太踉跄着起身，挥动着手臂，学姑娘们的姿态跑上一两步，然后就会收到这个同龄小圈子的热烈掌声。除了这些人，别人不会留意到她。

而夜晚的恩戈麦鼓舞就要正式许多，而且全部都是在秋天举办。

当所有玉米都收割完毕，当月圆之夜到来，就要举办舞会了。我不觉得这样的时间选择带有什么宗教意义，但可能在古时是有的。舞者和观众们的仪态为舞会带来了某种神秘和神圣感。这些跳舞的人或许都已经活了上千年。有些白人觉得有些舞者的姿态很放荡，认为法律应该禁止这样的舞蹈。但这些舞者的母亲和祖母却非常支持他们。有一次，我从欧洲度假回来，当时正是咖啡采摘的季节，但农场上却有二十五名年轻力壮的劳力被经理送到了监狱，因为他们在农场举办的恩戈麦鼓舞会上跳禁舞。我很严厉地责骂了主持舞蹈的老非法棚民，说他们不该在经理家的附近举办舞会。他们很认真地跟我解释说，舞会是在卡塞古的村里举办的，那里离经理的家有四五英里远呢。我只好亲自去了一趟内罗毕，找地区专员商谈这件事。他最终把这二十五个年轻人放了，让他们回农场上采摘咖啡。

夜晚的恩戈麦鼓舞看起来颇为壮观。看到它，你绝对会相信这是一场戏剧演出。舞会现场全是火光，只要火光照到的地方，就有人在跳舞。在这种夜晚的舞会上，火光绝对是最重要的东西。非洲高原上的月光清澈皎洁，所以人们点火并不是因为跳舞需要这样的火光，而是为了给舞会营造某种气氛。有了火光，舞台就成了最高级的舞场，一切色彩和一切动作都在这上面完美地融为一体。

土著做事情时不喜欢过于夸张，所以在舞会上也不会燃起熊熊的篝火。在舞会的前一天，农场上的女人们会提前把木柴搬到现场，然后以一种女主人的身份把这些木柴在舞圈中心堆起来。如果老妇们能莅临会场，在场的人就会觉得很荣幸。这些老妇人们一般会围着舞圈中心的木柴堆坐下。人们就从这儿取走木柴，在旁边燃起一排排小火堆。这些火堆像是星星组成的圆环，人们整晚都要给它们加柴。跳舞的人们在火堆外面跳着、跑着，远处夜色中的森林是他们舞台的幕布。舞台必须足够宽大，否则火堆的热气和烟气就会钻入旁边老人的眼睛里。虽然这个舞台非常大，但还是世界上最封闭的地方，就像是一个所有人都在里面住着的大房子一样。

土著不喜欢和别人对比，他们头脑中根本就没有这种意识。连结在他们和大自然中间的脐带还没有彻底断裂。他们只在月圆之夜举办恩戈麦鼓舞。月亮女神竭尽全力使自己处于最佳状态，他们则尽心尽力跳最美的舞蹈。非洲大地在温柔皎洁的月光中沐浴、游泳，而土著则为这片皎洁增添了一些炙热的红。

也有从外地来的舞者。他们或是事先约好的朋友，或是在路上碰到的陌生人，在舞会到来的时候或三三两两，或十几二十地结队而来。很多舞者都是从十五英里远的外地步行来到农场的。因为路途遥远，他们会随身带上笛子或鼓。于是，在举办舞会的当天晚上，就有音乐声在通往农庄的所有道路和小径上回响，听起来像是月亮上的铃铛声。到了之后，他们会站在舞圈的入口处等着舞圈打开。如果他们是从非常远的地方来的，或者是某个大酋长的大儿子们，农场上的老非法棚民、重要的舞者和舞会监督员就会亲自来迎接他们，带着他们进入舞圈。舞会的监督员负责保持舞会上的礼仪，他们都是从农场上的普通年轻男子中挑选出来的，十分珍视这个职位。舞会开始之前，他们会皱着眉，一脸凝重地在要跳舞的人们前面耀武扬威地走来走去。随着舞会气氛越来越浓，他们就会从舞圈的一侧跑到另一侧，确保所有一切都安然无恙。他们携带着非常厉害的武器——很多绑在一起的棍子，然后时不时地把这些棍子的一头放入火堆，所以棍子的另外一头一直是在燃烧着的。他们非常警惕地看着场上的舞者，一旦有看起来不正常的人，他们就会立刻采取行动：表情凶狠、生气地朝他们咆哮，把手里带火的棍子直直地朝向这人扔去。而这些"受害者"们则会及时弯下腰,但却始终一声不吭。或许对他们来说,在恩戈麦鼓舞上被烧伤并不是什么羞耻的事情。有一种舞是这样跳的:女孩们故作庄重地站在年轻男人的脚背上,搂着男人的腰,而男人们则从女孩的头部两侧伸出双臂,双手紧握一根矛,时不时地提起它,用尽全力去击打地面。这真是一幅美好的画面。姑娘们藏在自己男人的怀里,躲避着外界的一切危险;男人们保护着她们,甚至还让她们站在自己的脚背上,以免被蛇咬,或被其他危险物袭击。跳上几个小时之后,他们的脸上会浮现出天使般的狂喜和入迷,就好像他们真的已经准备好随时为对方死掉一样。

还有一种舞是这样跳的:舞者不断地从火堆里跑进跑出,挥舞着手中的矛;领舞则不断地高高跳起。我感觉这种舞应该是根据猎狮活动改编的。在舞会上,除了跳舞,还会有人唱歌,有人吹笛,有人敲鼓。

有时还会有一些全国知名的歌手从遥远的地方来到这儿唱歌,但他们唱的其实不是真正的歌曲,而是一种带有节奏的朗诵。他们是即兴诗人,基本上都是吟唱自己的歌曲,也有舞者们认真地和他们一起吟唱。开始的时候,他们的声音非常温柔,然后声音会逐渐提高,接下来年轻人就会整齐地重复他们的吟唱,最后汇成了一种有规则的声音。夜风徐徐,听着这样的歌声真是一种享受。但是,如果他们就这样一直唱上一夜,而鼓声有时还会因为舞蹈效果的需要而停止,那你肯定会觉得这种声音实在是太单调太乏味太折磨耳朵了,哪怕他们再多唱一会儿,你都会受不了,希望他们永远停止下来别再唱下去。

我在非洲的时候,舞会上最著名的歌手是从达戈雷蒂来的。他的声音清晰有力,舞也跳得很好。他会一边唱歌,一边迈着长长的步子，滑进舞圈，而且每走一步，都会单膝跪地。他把一只手平放在嘴角，好像是为了聚拢声音，也给人一种感觉，好像他马上要透漏什么致命的、危险的秘密似的，整个人看起来很像是非洲的回音。他常常随心所欲地把观众逗乐，有时让他们哄堂大笑，有时甚至让他们很想摩拳擦掌，和别人打上一架。他唱过一首很可怕的战争歌曲。在歌曲中，歌手想象着自己从一个村庄跑到另外一个村庄，跟村民描述战争中的屠杀和洗掠，号召村民参加战争。在一百年前，这样的歌曲会让白人移民的血都冷下来。但他自己唱的时候倒没那么令人恐惧。有一天晚上，他连着唱了三首歌，我让卡曼特翻译给我听。第一首歌是一首狂想曲，所有跳舞的人都想象着自己正驾驶一艘船驶向沃拉亚；第二首歌是对老妇人们的赞歌。这些老妇人们包括这位歌手和在场舞者的母亲、祖母们。我感觉这首歌非常动听，虽然很长，但一定是用细节赞美了这些满口无牙的秃顶老妇人们。她们坐在舞场中央的火堆旁，不断地点着头。第三首很短，但却逗得人们哈哈大笑，歌手自己不得不提高自己那尖锐的声音，好让大家听到，而且他自己也是边唱边笑。刚刚被这个歌手夸过的老妇人们此时心情非常好，她们拍着大腿，像鳄鱼一样大张着嘴巴哈哈大笑。卡曼特说这首歌一点儿意思都没有，所以不太愿意给我翻译，最终只是给我翻译了大意。很简单，就是在一场最近的瘟疫过后，政府给上交到地区专员的每个老鼠都标了价钱。这些人见人打的老鼠钻到了老女人和年轻女人们的床上避难，而歌曲就描述了此时发生的事情。细节肯定很搞笑，但我听不懂。卡曼特一边很不情愿地为我翻译，一边也忍不住露出了一丝坏笑。

在某次夜场恩戈麦鼓舞上，发生了一个戏剧性的插曲。

那是一场告别舞会，我马上要去欧洲拜访友人，离开前不久，农场为我举办了一次舞会。那年我们的咖啡收成不错，所以舞会的规模很大，大概有一千五百多名基库尤人参加。出事之前，人们已经跳了几个小时的舞了。在睡觉前，我走到屋外想再看看舞会。他们搬了一把椅子出来，放在外面，背靠着仆人家的方向。我坐在椅子上观看舞会，身边有几个老非法棚民陪着我。

突然，舞蹈圈里出现了非常大的骚动，人们的动作传递出了一种吃惊和恐惧，还有奇怪的声音像风吹过灯芯草一样传过来。舞蹈的节奏慢了下来，但没有停止。我问一位老人，到底发生了什么事情。他压低声音快速地告诉我："马赛·纳库贾。"就是"马赛人来了"的意思。

这消息一定是某个跑腿的人提前传过来的，因为过了好长一段时间，还是什么事都没发生。可能基库尤人也正在派人给马赛人送信，表示对他们的欢迎。在过去，马赛人如果参加基库尤人的舞会，就会挑起很多事端，所以后来他们就被禁止参加舞会了。我的仆人们都走过来站在我的旁边，看着舞场的入口处。马赛人进来了，所有的舞蹈停止了。

来的是十二名马赛武士，他们走了几步后就停了下来，然后等待着，眼睛直视着前方，即使看着火堆，也不怎么眨眼睛。除了手里的武器和漂亮的头饰，他们浑身一丝不挂。有个马赛人戴着莫拉尼人上战场时戴的那种狮子皮头饰，一条很宽的艳红条纹一直从膝盖延伸到了脚背，看起来像是鲜血从腿上流下来一样。他们腿部僵硬，笔直地站在地上，头高高地抬起，一言不发，看起来非常庄重肃穆，让人同时想到了国王和囚犯，感觉他们是被迫来到这里的。看来，是舞会上的鼓声穿过农场边的河流，一直向前传去，把这些马赛人弄得心烦意乱。最后，就有十二位武士没有抵挡住内心的召唤，来到了这儿。

基库尤人虽然非常生气，但还是很客气地对待这些客人。领舞邀请他们进入舞圈，他们走进去，但仍然保持着沉默。大家继续跳舞，但气氛明显不同了，比之前沉重了许多。鼓声更大了，节奏也更快了。如果舞蹈继续下去，我们就会看到非常壮观的一幕：基库尤人和马赛人会向对方展示自己的活力和舞技。但现实并不是如此。虽然大家都是善意的，但明显都坚持不下去了。

至于到底发生了什么事情，我真不清楚。只是突然间，舞圈摆动起来，然后就断了，有人在大声尖叫。几秒钟后，整个舞会现场乱成了一锅粥。人们挤成一团，乱跑着，还能听到打人的声音和身体跌落在地的声音。我们头上的空气因不断飞舞的矛而颤抖着。所有人都站了起来，原本围坐在舞圈中心的那些聪明的老妇们爬上了木柴堆，想要看看究竟发生了什么事情。

之后，一切都慢慢平静下来。人群散尽之后，我发现自己正站在人群的中央，一小片干净的空地围绕着我。两个老非法棚民走过来，很无奈地跟我解释刚刚马赛人如何违反规定的情况，以及现在是个什么情况。他们说有一个马赛人和三个基库尤人受了重伤。"被砍成了好多块。"不错，他们就是这么说的。然后，他们又很认真地问我，同不同意现在把他们缝在一起，否则塞利卡利，就是政府，可能会找所有人的麻烦。我问老人，他们身上哪里被割掉了？"头！"他们自以为是地回答道。基库尤人就是这样，天生喜欢把灾难的后果严重化。就在此时，我看见卡曼特拿着一根串有长线的织补针和我的顶针，穿过舞场走过来。但我还是有点犹豫要不要这么做。老阿瓦鲁走过来，自告奋勇地要干这件事情，顿时，他成了大家的焦点。老阿瓦鲁在监狱里住过七年，在监狱里他学过缝纫。此时，他终于找到了练习和炫耀手艺的机会。最后，我同意让他缝合伤者的伤口，那伤口后来还愈合得相当好。所以，阿瓦鲁就总是会找机会炫耀他的成就。卡曼特很自信地告诉我，他们的头没有掉。

马赛人参加舞会是违法的，所以我们只能把那位受伤的马赛人藏了一段时间。在那段时间里，他就住在农场上的一间小房子里，这座房子是为我们的白人访客的仆人准备的。但是，他在痊愈之后就不声不吭地消失了，对阿瓦鲁一个"谢"字都没说。我想，可能在马赛人的心里，被基库尤人伤到，然后再被他们治好，会是一件很难接受的事情。

天快亮的时候，我走出去询问受伤人的消息。天色灰蒙蒙的，还有火堆在燃烧。几个基库尤年轻人围在火堆旁，在韦奈纳的母亲，这个非法棚民的老妻子的指挥下，一边跳跃，一边拿长棍子去指那些火堆。他们这是在施咒，目的是阻止马赛人把基库尤女孩拐走。

一位来自亚洲的访客

恩戈麦鼓舞可以增加邻里关系，有着传统的社交功能。时光一点点流逝，我认识的第一批舞者把弟弟妹妹带到舞会，又把自己的孩子们带过来。

访客们也从遥远的国度来了。一些生活经验丰富的睿智老人也坐着船，跟随着孟买来的季风，从印度来到了农场。

内罗毕有个印度大木材商，名字叫乔莱姆·侯赛因。刚开始清理农庄土地的时候，我跟他做过几笔交易。他是一位热情的伊斯兰教徒，也是法拉的好朋友。有一天，他来到农庄，说想带一位伊斯兰教大阿訇来拜访，希望得到我的允许。他告诉我，这位阿訇漂洋过海来到这里，是为了考察蒙巴萨岛和内罗毕的教徒。他们这些教徒绞尽脑汁想要取悦他，但除了请他来我的农庄做客，他们再也想不出其他更好的主意。你能同意他来吗？他问我。我说，这位阿訇一定会受到农场的欢迎的。他接着解释说，这位老人地位很高，非常神圣，如果用非伊斯兰教徒用的食器给他做食物吃，他是绝对不会吃的。说到这里，他又很快地解释，让我不用担心，因为内罗毕的信徒会提前准备好食物，然后及时地送过来。他又问，我能否让阿訇一个人在我房间里吃。我同意了。过了一会儿，他又很不好意思地重新提起了这个话题。他说，还有一点，就只剩下这一点了。那就是，不管这位大阿訇走到哪儿，根据伊斯兰教的礼仪，那里的信徒就要为他准备一份不低于一百卢比的礼物，而且还要在像我这样的房间里送给他。他又很快解释说，内罗毕的信徒们已经把这笔钱准备好了，只需我当面把礼物交给阿訇就可以。但阿訇会相信这是我送给他的礼物吗？我问道。乔莱姆·侯赛因却没有给我解释。这些有色人种，有时候甚至对性命攸关的事情都解释不清楚。我拒绝了他的请求。乔莱姆·侯赛因和法拉的脸上立刻显出了极度失望的表情，几分钟前，他们的脸上还闪耀着希望的光辉。我只好放弃了自尊，最终同意了他的这个要求。至于那个大阿訇，他愿意怎么想就怎么想吧。

　　他们来的那天，我把这件事情给忘记了，所以就到田里去试新买的拖拉机去了。卡曼特的弟弟蒂蒂跑到田里来找我。拖拉机声音太大了，我根本听不清楚他在说什么，而且这个拖拉机很难发动，发动起来之后，我就不敢停下来。蒂蒂像一条小疯狗一样，跟着拖拉机从田地的这头跑到了那头。他在田地的深坑里，在拖拉机后面扬起的灰尘里气喘吁吁地跑着，脚下发出啪啪啪的声音，直到到了田地的尽头，我们才一起停了下来。他朝我大喊："阿訇们来了。""什么阿訇？"我问。"所有阿訇都来了。"他得意洋洋地解释说。他们是乘坐着四辆马车来的，每辆车上坐六个人。我和蒂蒂一起往家里走去。快到家的时候，我看到草坪上零零散散地站着一群穿白色长袍的人，看起来就像是一群白色的大鸟落在了房子周围，也很像是一群天使突然驾临我的农场。印度本部那边一定是派了整个宗教法庭来非洲维持他们的香火。不过，那位大阿訇倒是不难辨认出来，因为他已经朝我走过来了。他的身边跟着两个随从，乔莱姆·侯赛因尾随着他，和他保持着一段距离，以表示敬意。这是一位个子矮矮的老人，有着一张精致、文雅的脸庞，好像是用古老的象牙雕刻而成的。他的随从跟着他走到了房子里，为我们的会谈站岗放哨。之后，他们又退下了，因为阿訇希望单独和我谈谈。

我们两个无法交谈，连一个字都说不出来，因为他不懂英语，也不懂斯瓦希里语，而我也不会说他的语言。所以，我们只好用手势表达对双方的尊敬。可以看出，他已经参观过我的房子了。家里所有的盘子都已经摆在了桌子上，而且他们按照印度人和索马里人的审美，在房间里摆放了许多花朵。我和大阿訇一起坐在院墙西边的石凳上，然后在大家屏气凝神的注视中，把一百卢比递给了他。这些卢比包在了乔莱姆·侯赛因的一条绿色手帕里。

他如此古板地坚持这种礼仪，让我对他产生了偏见。看到他如此年老，如此矮小，我觉得赠予金钱的场面或许会让他觉得尴尬。但当我们一起坐在太阳下，不用辛苦地假装要交谈什么，只是以一种朋友的姿态陪伴着对方时，我才觉得，在这个世界上没有什么事情会让他觉得尴尬和为难。他传递给我的是一种非常特别的感觉，是一种很安全、很放心的感觉。他举止谦恭，彬彬有礼。我指着远处的山峰和树木给他看，他微笑着点点头，就好像他对所有事情都非常感兴趣，但却不会因任何事情感到惊讶。我想，不管是这个世界上真的没有邪恶的毒蛇，还是你向自己的血液里注射了足量的毒液，然后对其完全产生了免疫，其实结果都是殊途同归。所以，他能够从容，到底是因为他完全无视这个世界的阴暗面，还是因为他已经完全洞悉了这一切，因此也就坦然地接受了它们？老人的脸上满是平静，看起来极似一个婴儿，他还没有学会说话，对所有的一切都非常好奇，所以本能地对一切事情都不会感到吃惊。在这下午的一个小时里，我坐在石凳上陪伴着的，或许就是一个很小的孩子，一个高贵的婴儿，或者是某位老画家笔下的圣子耶稣。他时不时地用精神上的小脚踢踢摇篮的摇臂。老妇人们通常也会有这样一副似乎看透一切、洞穿一切的脸庞。这种表情不是男性化的，是与婴儿的襁褓和妇人的连衣裙更加相配一些，与老人身上那条华丽的羊绒长袍也很和谐。除了马戏团里那些聪慧的小丑，我还没有从哪些男人脸上看到过这样的表情。乔莱姆·侯赛因要带阿訇们去看河边的磨坊，但老人太累了，不愿意起身过去。他对鸟却非常感兴趣，毕竟他自己就很像一只鸟嘛。那时，我的屋里养着一只很温顺的鹳，还有一群鹅，我从来不宰杀它们，只是为了让这里看起来更像丹麦一些。他兴趣盎然地指着各个方向，想要弄清楚它们是从哪里过来的。我的猎犬在草坪上散步，让这个本来就风和日丽的午后显得更加安宁、更加完美。乔莱姆·侯赛因是个虔诚的伊斯兰教徒，每次他来农场办事的时候，都会被我的猎狗吓得惊慌失措，所以我本来以为他们会把它关在狗屋里的。现在，它们就在一群身着白袍的伊斯兰教徒中间漫步，像是一头狮子在一只羊羔身边一样。法拉说过，这些狗能认出来谁是伊斯兰教徒。

老阿訇离开时，送给我一只镶嵌着珍珠的戒指，以做纪念。于是我就觉得，除了那些虚情假意的卢比，应该再送他点什么。我让法拉去仓库里拿出一张狮子皮，这是前不久我们在农场上猎杀的一头狮子的皮。老人抓着皮上的爪子，眼神清澈而专注，然后把爪子放在了他脸上，试试它的锋利程度。

他走之后，我就想，不知道他是把农庄上的所有一切都装进了他那颗瘦小、高贵的头颅里了，还是不管什么都没有装进去。但我确定，他肯定注意到什么东西了。因为三个月后，我收到了来自印度的一封信。信的地址完全错误，而且也延误了很长时间。这是印度王子写来的，他在信里说，他希望买下我的一条"灰狗"，一位大阿訇曾给他提起过的一条狗，价格呢就任我定。

索马里妇人

我的农场上还有一群很重要的访客，我不能透漏太多关于她们的信息，因为她们不喜欢我这样做。她们就是法拉家里的女人们。

法拉结婚后，把妻子从索马里兰带到了农场，同时也带来了一群生机勃勃但不失温柔的鸽子：他妻子的母亲、妹妹，以及从小就在他家里长大的表妹。法拉告诉我，这么做是他们国家的传统。索马里兰人的婚姻通常是由家里的长辈安排的。长辈们会根据双方的生辰、经济情况和声誉做出选择。名门望族的新郎和新娘结婚之前都不会和对方见面。索马里是一个具有骑士风度的民族，他们从来不会让自己的女人处于危险的境地。婚礼后，有礼貌的新郎都会在妻子的村子里住上半年时间。在这半年里，他的新娘依然是自己家的女主人，依然可以展现她丰富的地方知识和影响力。如果新郎无法做到，新娘家的女眷就会毫不犹豫地搬到男方家里，短暂地参与一下他们的婚姻生活。即使有时需要流浪到遥远的国家，她们也会跟着前往。

　　法拉后来收养了部落里的一个小女孩，这个女孩没有母亲，农场上的女人圈从此完整了。我觉得，他不可能不觊觎女孩长大结婚后带来的丰厚回报，就像《圣经》里的末底改和犹太女王以斯帖的故事一样。这个小女孩非常聪明活泼，她一天天地长大，身边的姐姐们也在一步步地改造她。她们小心翼翼、非常谨慎地把她打造成了一位举止得体的年轻姑娘。刚和我们开始生活的时候，她才十一岁。那时，她一步都不肯离开这个家，总是亦步亦趋地跟在我的周围。有时她会背上我的枪，骑上我的小马跑出去。有时则和基库尤的小托托们一起跑到鱼塘边玩。她会把裙子卷起来，光着脚丫，在地上拖着渔网沿着池塘疯跑。索马里小女孩们一般都会剃光头发，只留头顶一缕长长的头发垂下，然后再把一缕卷发围在额头上。这是一种很漂亮的发型，让她们看起来像是一个个快乐的小坏和尚。但随着时间的流逝，她们渐渐会受到年龄大的女孩子的影响，渐渐地改变，她们自己对这种改变也非常着迷，常常沉醉于其中。她走起路来步子迈得极慢，好像腿上绑着什么沉重的东西一样；她低垂着眼帘，仪态万千，只要看到陌生人，就会无声无息地离开，以表示对人家的尊重；她不再剪发，一直等它长得足够长，让其他女孩们帮忙把头发分开，梳成一条条小辫子。这个初次接触成人世界的姑娘完全屈服于这些沉重的礼仪和礼节，而且态度还颇为骄傲颇为认真，宁肯死也不愿放弃自己在这方面的责任。

法拉告诉我,他的岳母,就是那位老妇人,在他们国家里受到了良好的教育,人们都很尊重她,她把这种教育传输给了自己的女儿们。她的三个女儿是三个时髦的玻璃人,是未婚少女的楷模。她们高贵端庄,是我见过的最像女士的女士。她们喜欢穿宽大的裙子,看起来更加稳重端庄。我常常要帮她们买绸缎或白色棉印花布,所以知道,一件这样的大裙子大概需要十码[1]这样的布料。在这样宽大的东西里,她们以一种不可思议的奇妙步伐挪动着小小的膝盖,让人想起了这首诗:当你高贵的玉腿提起裙子,撩拨挑逗阴暗的情欲;像一对女巫在深瓮里,搅动媚药这黑色的液体。

她们的母亲是一位引人注目的人物。她矮矮胖胖的,带着母象所特有的沉稳,这种沉稳非常强大,还透着一股慈爱。我从来没有看到她生气过。我想,所有的教师和好为人师者都会嫉妒她,因为她天生就具有那种可以激励人心的特质。在她这里,教育永远不会是强制的,也永远不是一件苦差事,而是一种高贵的合谋,通过它,她的学生会最先得到社会的认可。我在树林里为她们专门建造了一座小屋。这座小屋就是一座小型的白色魔法[2]高中,这三个迈着轻柔步子走在林间小路上的女孩,就是在这座学校里刻苦学习的小女巫。学业结束之后,她们就会拥有强大的力量。她们互相竞争,希望自己是最优秀的那一个,但竞争的气氛愉快,而且她们是惺惺相惜的。就像在现实生活中,当你一旦在市场上公开商品的价格供人讨论,对手会以一种坦诚的方式和你竞争一样。法拉妻子的"价格"显然已经定了下来,因此就拥

---

1. 1码等于3英尺,约为0.9米。
2. 指的是只用于善意目的的魔法。

有了特殊的地位,她是魔法学校里获得奖学金的女巫,很可能已经可以与学校里的老魔法师进行秘密谈话了。这种荣誉很少会落在少女的身上。

所有的女孩对自己的价值都看得很重。伊斯兰女孩是不能嫁给比自己地位低的男人的,一旦这种事发生,她就会让自己的家族蒙羞,且受到责难。但男孩就能娶比他地位低的女孩,而这种婚姻对他来说还是好事。因此,年轻的索马里男子常常会娶马赛女子为妻,而索马里女子可以嫁给阿拉伯人,但阿拉伯女孩就不能嫁到索马里兰,毕竟阿拉伯人要比索马里人高贵,因为他们与先知穆罕默德的关系更近一些。在阿拉伯人内部,出生在先知家族里的女孩不能嫁给不是先知家庭的男孩。凭借着性别,女孩们有权利要求更高的社会地位。索马里人很敬重母马,所以他们本能地觉得,这种规则与种马场里的规则很相似。

我和她们熟悉起来以后,她们曾跑来问我,听说在欧洲的某些国家里,父亲们会免费把女儿嫁给她们的丈夫,这种事情真的有吗?她们还听说,有的部落竟然堕落到给新郎付钱,然后让他娶新娘的地步。她们不相信世上真有这样的事情。那些父母们,还有那些放任自己受到这种待遇的女孩们真是可耻至极!他们的自尊心在哪里?他们对女人,对童贞的尊重又在哪里?她们对我发誓,如果她们自己不幸生到这样的部落里,一辈子都不会出嫁。

在欧洲生活的我们可没有机会学习如何对性保持一种童贞般的过度保守,即使是在古书里,也捕捉不到这种行为的魅力。我总算明白了,我的祖父和曾祖父在他们的时代该有多么地委曲求全。索马里人的生活体系既是一种自然需求,也是一种精美的艺术品;是一种宗教信仰,一种生活策略,同时也是一出优雅的芭蕾舞剧。索马里人以忠诚和自律，通过灵巧的方法将它付诸生活中的方方面面。更有意思的是，他们还能把隐藏在其中的各种对立玩弄于股掌之中。反对和辩驳永远都会有，但宽容和慷慨也不少；有迂腐和卖弄，就会有幽默，有对死亡的蔑视。这三个来自好战民族的女儿经历了一系列呆板的成人仪式，就仿佛刚刚参加过一场优雅的战阵舞。黄油到了她们嘴里也不会融化。她们会和敌人一直战斗，直到亲口喝到他们心脏里的血，才会罢休。她们就像三条披着羊皮的残忍母狼。索马里是一个金属般坚硬结实的民族，久经大漠和海洋里的考验和锤炼。生活的重担、繁重的压力、起伏的命运和漫长的岁月，很自然就把索马里女人锤炼成坚硬的、闪闪发光的琥珀。

这几个女人把法拉的屋子收拾得很像一个游牧民族的家，好像随时随地都能拆掉帐篷搬走。屋子四面的墙壁上挂着许多毯子和绣花罩单，也有熏香这种不可缺少的重要部分，索马里人用的大部分熏香味道都不错。在农场上很难见到女人，我习惯在晚上到法拉家里安静地坐上一个小时，和这位老妈妈以及她的女儿们聊聊天。

她们对所有事情都很感兴趣，很小的一件事都会让她们觉得很开心。比如，农场上发生的小灾小难、平时生活中的笑话都会惹得她们像一串银铃一样咯咯咯地在屋里笑个不停。我教她们编织，她们会嘻嘻笑着谈论这件事，好像是在看一出滑稽的木偶戏似的。

她们天真无邪，但并不无知。她们曾帮着大人接生孩子、料理丧事，和老母亲一起冷静地讨论其中的细节。为了陪我消遣，有时候她们还会给我讲一些类似《天方夜谭》里的童话故事，大多数都是喜剧，对爱情的处理也是直白和坦诚的。这些故事有一个共同特点，就是女主角都比男性人物强大，在故事里最后都是赢家，不管她们贞洁与否。女儿们讲故事的时候，母亲就面带微笑坐在那儿听着。

可以说，这是一个封闭的女人世界。我总感觉，在房间的墙壁和其他"防御工事"后面，存在这么一个伟大的理想：女人主宰这个世界的黄金时代终将到来。如果不是这个理想，房间里的"卫士"们就不会如此勇敢地谈论这一切。在这样的时代里，这位老妈妈就会是另外一副模样：她会变成女王，坐上王位，就像生活在远古时代，真主出世之前的那些体型巨大的黑色女神一样。女儿们永远不会无视她。但是，她们毕竟也是务实的姑娘，所以首先还会考虑自己在某段时间内的需求，准备随时利用更多的资源为自己服务。

她们对欧洲的风俗习惯非常好奇，当我向她们描述欧洲人的生活方式、教育情况和白人妇女的衣着时，她们会很认真地听，好像要通过我学习征服异邦男人的方法，从而完成自己的战略性教育。

在她们的日常生活中，衣服是非常重要的一部分。这也不奇怪，因为对于她们而言，衣服不仅仅是战争的必需品和战利品，也是胜利的象征，是代表胜利的旗帜。她们的索马里丈夫天性节制，对食物和酒的兴趣不大，也不怎么注重享受，像他们的国家一样硬朗而节约。女人就是他们的奢侈品。索马里男人对女人永远不会知足，永远会垂涎三尺。对他们而言，女人代表的是高质量的生活。他们当然也希望拥有马、骆驼和家畜，但这些动物永远都不会比女人重要。索马里女人也会鼓励男人的这种天性。只要男人显露出丝毫的软弱，她们就会毫不留情地鄙视他。为了保持自己的价格，她们也会做出重大的牺牲。如果没有男人，她们连一双拖鞋都穿不上；她们不属于自己，永远都要依附于男人，依附于她们的父亲、兄弟或是丈夫，而她们永远都是生活给予男人最高的奖赏。真是很奇怪，索马里女人能从男人那里得到多少丝绸、多少金子、多少琥珀和珊瑚，对于双方来说，都会是一种荣誉，这真是很奇怪。当男人们结束了漫长而艰辛的贸易旅途，他们所经历的千辛万苦和重重危机，以及各种阴谋诡计和耐心隐忍，最后都会变成女人身上的覆盖物。没有嫁人的年轻姑娘们还没有男人可供她们盘剥，于是就整日躲在帐篷似的房子里，把头发整理得漂漂亮亮的，盼着哪天去征服"她们自己的征服者"，勒索"她们自己的勒索者"。她们喜欢把漂亮的衣服借给别人穿，以打扮妹妹们为乐。穿上已婚姐姐漂亮衣服的妹妹是这个小群体里的美人。姐姐们甚至会为妹妹盖上金色的盖头，然后看着她们哈哈大笑。没有结婚的少女是不能盖金盖头的。

索马里人常年陷于各种法律诉讼和漫长的纠纷中，几乎每个案子都需要法拉去内罗毕处理，因此他总是频繁地在内罗毕和农场上来往。农场上各个部落里的会议他也要去参加。每当这个时候，家里的老妈妈就会趁我去她家的时候向我询问法拉的情况。她语气温柔，询问的方式也非常巧妙。其实她完全可以自己去问法拉，法拉很尊重她，只要是她想知道的东西，他肯定会一点儿都不保留地告诉她。但她却利用了另外一条道路，我觉得这应该算是一种处世之道。这样做，她就可以显出一副"以我的身份，不应关心男人的事情，也根本不懂男人们说的任何一句话"的模样。如果她想提出建议，她会以女预言家的方式说出来，好像是收到了神的启示，任何人都不能追究她的责任。

每当索马里人在农场上举办大型集会，或有任何宗教仪式，女人们都会参与筹备，为大家准备食物。她们自己并不参加，也不能进入清真寺，但却希望能够帮助这些集会或仪式成功地举办。她们不会向同伴透露自己心里的想法。每当在这样的场合看到她们，我就会清晰地记起丹麦的上一辈女人。在我的印象里，她们总是套着裙子撑架，拖着狭长的裙裾。在我母亲那一代和祖母那一代，北欧斯堪的纳维亚女人们常常会在各种大型的男性宗教仪式上招待客人，像秋季的野鸡射击活动和各种猎物追捕活动。她们是文明化的奴隶，主人却是品行良好的野蛮人。

一代又一代的索马里人都是奴隶主，他们的女人与所有的土著都相处得非常融洽，能够平静冷淡地对待这些人。在土著的心里，为索马里人和阿拉伯人工作，要比为白人工作轻松得多，因为他们都是有色人种，他们的生活节奏到哪儿都是一样的。法拉的妻子很受农场上基库尤人的欢迎，卡曼特不止一次地跟我提起，她非常聪明。

我的白人朋友们常常来农场做客，比如伯克利·科尔和丹尼斯·芬奇－哈顿。这几位索马里姑娘对他们非常友善，不仅时常会提到他们，而且也非常了解他们，了解之深都让人吃惊。每当遇到他们，这些姑娘们就会像和姐妹聊天一样，把手放进裙子的褶皱里，和他们攀谈起来。他们之间的这层关系看起来有些复杂。伯克利和丹尼斯都雇有索马里仆人，女孩们一辈子都不愿意见到这些仆人。贾马和比莱亚就是这些仆人中的两位，她们都有着黑色的眼睛、细瘦的身材，喜欢包着头巾。只要她们在农场上出现，我的这几位索马里女士就立刻陷入地下，连个泡泡都不冒一下。如果在这个时候我要见她们，她们就会用某个人的裙子盖住所有人的脸，偷偷摸摸地溜进房间的某个角落。看到这些女孩如此信任他们，这两个英国人说他们非常开心。但我总觉得，虽然他们嘴上这么说，但下意识里一定会有股冷风飕飕吹过，因为这些女孩子竟然觉得他们完全没有害处。

有时，我会带女孩们出去兜风或拜访别人。出发之前，我都会小心翼翼地征求她们的母亲的意见，因为我可不愿意玷污她们像戴安娜一样纯洁的名誉。那时，农场的边上住着一位结过婚的澳大利亚年轻女人，她是我的邻居。在好多年里，她都保持着迷人的魅力。有时她会邀请索马里姑娘们到她家喝茶。对于这些女孩们而言，这可是非常重大的场合。因此，她们会穿上最漂亮的衣服，打扮得像一束又一束鲜花似的。我开着车往前走的时候，她们就在后面叽叽喳喳地聊天，让我感觉车后面好像载着一个大鸟笼似的。她们对这位邻居的房子、衣服，甚至在远处骑车或耕作的丈夫都非常感兴趣。我在茶水端上来之后才知道，她们中就只有姐姐和孩子能喝，没有结婚的小姑娘不能喝，因为怕她们喝完之后太过兴奋。她们就只能吃点蛋糕来满足自己了。品尝糕点的时候，她们故作端庄，姿态也十分优雅。后来我们开始讨论，就是前文提到过的那个小女孩，她是否能喝茶，她到没到那个喝茶会很危险的年纪。结过婚的姐姐们觉得，她或许可以喝一点儿，但这个小姑娘用她那漆黑的眼睛斜睨了我们一眼，拒绝了递给她的杯子，眼神里满是深沉和骄傲。

小表妹有一双红棕色的眼睛，她喜欢沉思，认识阿拉伯字，还能背诵《古兰经》的一些章节。她的思维带有神学性，我们在一起探讨宗教，谈论世界上的奇人奇事。从她这里，我听到了约瑟夫和波提乏妻子之间故事的另外一种解释。她同意耶稣是一位处女生下来的，但不认为他是上帝生的，因为上帝的儿子不可能是一个真人。她认为，世界上最可爱的未婚女子就是玛利亚。有一天，她在花园里散步，上帝派来一个大天使，用他的羽翼轻轻地碰了一下她的肩膀，她就怀孕了。我给她看了一张明信片，上面有哥本哈根大教堂里托瓦尔森[1]的耶稣雕像。她看到之后，立刻就爱上了耶稣，那种爱是温柔的，也是狂热的。关于耶稣的事情，她怎么也听不够。在我讲述的过程中，她唉声叹气，表情不断变化。她特别注意犹大。他是什么样的男人啊？怎么会有这样的人？她恨不得亲手把他的双眼挖出来。屋子里点着熏香，好像能够点燃人的激情。这是从遥远深山里的黑木头中提炼出来的，香气浓郁，白人们闻起来会觉得怪怪的。

后来，我请求法国的神父们允许我把这帮伊斯兰女人团带到布道会去参观。他们友善地同意了，且表现出了浓厚的兴趣，因为终于有特别的事情发生了，他们感觉很开心。于是，我在某天下午开车带她们去了布道会。我们排着队，一个接一个地走进了凉爽的教堂。这些姑娘们从来没有见过如此高的建筑物，抬头看屋顶的时候，她们把手放在头上，以防屋顶一旦掉下来砸到她们。教堂里有许多雕塑。她们长这么大，只在明信片上看到过它们。其中一座是蓝白相间的圣母玛利亚雕像，有真人那么高。圣母手持百合花，旁边的圣约瑟夫抱着圣婴。站在两座雕像面前，姑娘们震惊得一个字都说不出来，圣母的美丽让她们忍不住地感叹。

她们很了解圣约瑟夫，很尊重他，因为他是玛利亚忠诚的丈夫和守护者。她们深深地瞥了他一眼，眼神里满是感激，因为他为自己的妻子抱着圣婴。法拉的妻子当时已经怀孕了，在教堂里参观时，她一直就在这个神圣的家族左右徘徊。神父们对教堂窗户的设计颇为满意。窗户是按照一般教堂的彩色玻璃用纸糊成的，代表着耶稣基督的热情。

---

1. Bertel Thorvaldsen，1770—1844 年，即丹麦著名的新古典主义派雕塑家巴特尔·托瓦尔森，这是丹麦第一位世界级的雕塑家。

小表妹被这些窗户深深地吸引了,在参观教堂的过程中,她完全沉浸其中,目不转睛地看着它们。她紧握双手,膝盖好像被十字架的重量压得微微弯曲。在回家的路上,姑娘们没怎么说话。我觉得,她们应该是害怕提出什么问题会暴露她们的无知。过了好几天后,她们才跑过来问我,那些神父们有没有办法让玛利亚和圣约瑟夫从底座上走下来。

小表妹是从农场里的一座小平房里出嫁的。那座房子里面空空的什么都没有,我就借给他们当作临时的婚房。婚礼场面宏大,一直持续了七天。我参加了其中最重要的仪式。一队女人唱着歌领着新娘,一队男人唱着歌领着新郎,让新娘和新郎见面。直到此时,小表妹都还没有见过新郎。

我在想,她会不会把他想象成托瓦尔森雕刻的耶稣,又或者,她会以浪漫的骑士为原型,想象出两个理想的丈夫形象,一个是来自神界,一个来自人间。在婚礼期间,我开车去过婚礼现场好多次。每次过去,屋里都弥漫着婚礼的熏香味,充满节日气氛。婚礼上还有剑舞,也有女人们跳的大型舞蹈,但不管什么舞,节奏都很轻快,气氛也很热烈。老人们甚至在婚礼上做成了好多单贩卖牛的大生意。在这儿,你能听到枪声,能看到城里来的骡车进进出出。到了晚上,会有防风灯挂在阳台上,在灯光的照射下,来自阿拉伯和索马里兰的漂亮染料从马车和屋子里搬进搬出。有红色酸性染料、纯李子紫、苏丹棕、孟加拉玫瑰红、番红等。

法拉的儿子艾哈迈得(Ahamed)在农场上出生了,他们都叫他索费(Saufe),我觉得是一把锯的意思。这孩子没有一丝基库尤孩子的胆怯和害羞。还是个小婴儿的时候,他被裹在襁褓里,看起来像一个橡子,除了那颗黑色的圆乎乎的脑袋,似乎没有任何身体。能坐之后，他就直直地坐在那儿，眼睛一动不动地看着你的脸，像是你手上站着的一头小猎鹰，或是膝盖上卧着的一头小狮子。他继承了母亲快乐的心灵，会跑之后，就变成了一名快乐的大探险家。在农场的孩子世界里，他可是相当有影响力的。

老克努森

　　有时，也会有从欧洲来的客人流浪到农场。他们像是漂到平静水面上的坏木头，随着水流转啊转，绕啊绕，最终又被冲走，或者是彻底裂开，沉进了水底。

　　老克努森就是其中的一位，他来自丹麦。初到农场时，他生着病，眼睛也看不见。在农场上住了一段时间后，他就像一只孤独的动物一样死去了。他背负了太多痛苦，走路的时候都直不起腰。在如此沉重的负担和艰难生活的重压下，他已经完全没有力气说话了，因此在很长一段时间他都保持着沉默，一句话都不说。偶尔开口说话，声音听起来也像是一条狼或土狼的哀嚎。

　　当他有了力气，身上不疼了，这堆马上就要熄灭的火堆就再次迸发出火花。他会跑过来找我，告诉我他是如何与体内那种病态的、忧郁的，总是荒谬地把一切都看成是黑色的心理做斗争的。他说，这种心理肯定是不理智的，因为外面的情况其实并不算多么糟糕，也不用多么地鄙视它们，但他就像是被魔鬼控制住了似的，只会悲观啊悲观，这可真不是一个好习惯！

　　农场上经济紧张的时候，克努森建议我烧木炭，卖给内罗毕的印度人。他还向我保证，肯定能挣到上千的卢比。再加上他的帮助，这生意绝不会亏本，因为在他动荡的职业生涯中，曾经在瑞典的最北部学过这门手艺,目前已经非常熟练了。他要负责把这门手艺传给土著们。我们一起在树林里干活时,我和他聊了很多。

烧木炭这种活儿干起来相当开心,肯定有什么令人兴奋的东西存在。烧木炭的人看待事物的角度与普通人不同,他们作着诗,说着一堆谎话大话,把木头鬼们都召唤过来,在旁边陪着他们。木头在炭窑中燃烧,炭窑打开了,木炭散落一地。光滑如绸缎;质纯无比,没有一丝杂物;轻盈而不朽,就像一个个饱经沧桑的黑色小木乃伊,非常漂亮。

烧木炭的环境是怡人的。我们只砍那些矮小的灌木,因为太厚的木头无法烧制成炭。我们基本上都是在大树树冠的遮挡下工作。周围一片静寂,我们陷在非洲森林的阴影里,闻着木头散发出来的醋栗一样的味道。正在燃烧的炭窑发出刺鼻的酸臭味,但却不失清新,闻起来如海风般心旷神怡。整个工作环境颇有戏剧舞台的感觉,在赤道这些没有剧院的国家里,真是充满了魅力。一股股轻盈的蓝色烟雾旋转着从炭窑里升起,烟雾之间的距离非常规律。黑色的炭窑看起来像是舞台上的帐篷。在一出浪漫歌剧里,这种地方就是走私犯或士兵的营地。浑身黑黝黝的土著在中间悄无声息地走动。在非洲的森林里,一旦灌木丛被砍掉,你就会发现大量的蝴蝶,它们好像很喜欢在灌木的断根上聚集。所有的一切看起来神秘无比,却又不失天真纯洁。老克努森那佝偻的小身躯与周围的环境融合在一起,很是和谐。顶着一头红发,他敏捷灵巧地到处乱窜。他找到了这份自己喜欢的工作后,就开始嘲笑别人,同时也不忘记鼓励别人,像是一个喜欢恶作剧的小妖精,老了以后,变得又瞎又恶毒。他对工作非常负责,对他的土著学生耐心得要命。当然,我们对事情常常会有不同的看法。当我还是个小女孩的时候，我在巴黎上过绘画学校，知道橄榄树能够烧出最好的木炭。但克努森却说，橄榄树光溜溜的，连一个疙瘩都没有。他以地狱里的七千恶鬼的名义发誓，所有人都知道，任何事物的"心"都隐藏在那些疙瘩里面。

在森林这种特殊的氛围里，脾气暴躁的老克努森逐渐变得平和起来。非洲的树叶看起来都很纤弱，一般都是指头形的。树下浓密的灌木被砍掉后，森林就像是被掏空了，在光线的照射下，颇似家乡五月份时的山毛榉丛林，那时很多山毛榉的叶子都刚刚展开，有的还没有展开。我把这种相似性告诉了老克努森，他特别开心，在烧炭的时候，就总是幻想着，我们是在圣灵降临节的时候在丹麦野餐。他还为一棵空心树施洗礼，为它起了个名字叫洛特坦恩伯格，这是哥本哈根附近一座娱乐场的名字。我把几瓶丹麦啤酒藏在洛特坦恩伯格的空心深处，邀请他去品尝，他竟然很赏脸地认为我这是在给他讲一个很好听的笑话。

所有炭窑燃烧起来之后，我们就会坐下来，聊聊各自的人生。于是，我了解到很多克努森的过去，以及无论他走到哪里都能遇到的奇遇。和他谈话的过程中，话题必须要跟那个正直、公正的老克努森有关，否则我们就会沉入那种他曾经警告过我的黑色悲观情绪中。他这一辈子可谓饱经世事，经历过海难、瘟疫和短暂的成功，看到过不明颜色的鱼、水面上的龙卷风、同时出现的三个太阳和转瞬即逝的黄金雨，也曾结交过损友，曾在酩酊大醉后胡言乱语，曾犯过不可饶恕的罪。在他的这段"奥德赛"式的旅程里，一直贯穿着一种强烈的情绪，那就是对法律、法律的作用，以及法律带来的结果的极度厌恶感。他天生叛逆，认为所有的不法分子都与他志同道合。对于他而言，所谓的英雄壮举就是对法律的反抗。他喜欢聊关于国王、皇族、杂耍人、侏儒和精神病人的事情，因为这些人游离在法律之外；他也喜欢谈论像犯罪、阴谋诡计、恶作剧和革命之类的直接对抗法律的事情。他非常鄙视行为端正的好市民，对他而言，不管是谁，只要遵守法律，就代表他有一颗奴隶之心。他甚至不相信万有引力，更别提敬重这一规律了。我是在我们一起砍树的时候发现这一点的。他说他不明白，为什么那些不带偏见且极有进取心的人不把它改成相反的规律，比如万有斥力？

他急切地想把他认识的人，尤其是骗子和恶棍的名字刻在我的脑海里。但他从来没有提到过女人的名字，或许时间已经把赫尔辛格的那些漂亮姑娘们，或是港口城市的那些无情的女人们从他的脑海里擦除了。但是，在和他聊天的过程中，我一直感觉有一个不知名的女人一直伴随着他。我说不出来她是谁，或许是他的妻子、他的母亲，又或者是学校的同学、他第一个老板的妻子。我在心里叫她克努森夫人。我猜她个子应该不高，因为克努森本人也不高。她是那种总会毁掉男人生活乐趣的女人，而且自己还觉得这么做是对的；她是总在枕边教训丈夫的家庭主妇；她阻挠丈夫所有的冒险行为；她要为儿子们洗脸，会夺走男人面前桌子上的杜松子酒。她就是法律和秩序的代表，时时刻刻都要求绝对的权威，颇像索马里女人们心目中的女神。她并不幻想用爱情来俘虏男人的心，而是用理性和正义来控制他。克努森一定是年轻的时候就遇见了她。那时，他的心还是足够柔软，还可以接受这个他脑袋中挥之不去的女人。但后来他就逃跑了。他跑到了海上，因为她讨厌大海，不可能跟着他一起去。然后他又在非洲上岸。但无论他怎么逃，都始终没有摆脱她，她还是跟来了。他顶着一头逐渐发白的红发，心里驻满了狂野和不羁，却害怕着这个女人，这种害怕甚至超越了他对男人的恐惧。他怀疑现实中的所有女人，觉得她们都是克努森夫人伪装成的。

我们的烧炭行动最后没有赚到什么钱。因为总是有炭窑着火，我们期待的利润最终化为乌有。克努森对我们的失败耿耿于怀，他绞尽脑汁冥思苦想，最后终于得出了这个结论：除非能够在烧炭时提供足够的雪，否则这个世界上任何人都不可能烧出木炭。

除了烧炭，克努森还帮我在农场上挖了一个池塘。当时的农场上有一大片洼地，里面长满了草。有一条小路穿过这里，和它交汇。就在这里，有一眼泉水。我计划着在泉水下建一个水库，把这里变成一个小湖。非洲总是缺水，如果能这样做，那牛群绝对是受益者，它们就可以不用走那么远到小河边喝水，而是直接在田间饮水了。农场上的人日日夜夜都在思考这个计划，曾聚在一起讨论了很久。我们终于动工实施，然后成功地完工。对于农场上的所有人，这是一个巨大的成就。修成的堤坝有两百英尺长。老克努森对它颇感兴趣，还教普兰·辛格做了一把坝铲。但堤坝刚刚建好，我们就遇到了麻烦。长长的旱季过去了，倾盆大雨随之而来，水库无法蓄这么多水，有些地方垮了，有几次甚至都被冲走了一半多。克努森建议，我们可以在农场上的牛和佃农们的牲畜来池塘喝水的时候，把它们全部赶到堤坝上，让它们加固这个工程。他认为，每头山羊和绵羊都必须踩踏堤坝，为这项伟大的工程贡献自己的力量。为此，他坚持让牧童们的牛群慢慢地走过堤坝，但放牧的那些小托托们却想让牛儿们尾巴冲天，飞奔过去。然后，他和这些牧童们就有了几次血与肉的搏斗。最终，克努森在我的支持下战胜了这些小托托们。牛儿们排着长长的队伍，低着头安详地走在狭窄的库堤上，看起来极似要走向诺亚方舟的动物们。老克努森胳膊下夹着他的拐杖，在一旁一头头地数牛，看起来好像就是造船者诺亚本人。想到除了他自己，其他人都会被淹死，他就感到特别满足。

一天一天过去了，终于，这里蓄起了一大片水，有七英尺那么深。那条小路恰好穿过池塘，看起来特别漂亮。后来，我在堤坝的下面又修了两座堤坝，农场上就出现了一长串池塘，牛群和孩子们常常会围在它们周围。在炎热的季节，平原和山上的水洼都干涸了，各种鸟类就来到了农场，有苍鹭、朱鹭、翠鸟、鹌鹑，还有十多种野鹅和野鸭。夜幕降临，当几颗星星窜出天际，我就会走出去坐在池塘边。此时，鸟儿们都开始回巢休息了。水鸟的目的地都很确定，不像其他鸟儿一样，整日都在旅途中，从这儿飞到那儿。真不知道这些正在迁徙中的野外游泳者眼力出了什么问题！野鸭们总是先在清澈的天空中转个圈，然后突然之间一声不吭地扎进黑色的池塘，看起来很像一位来自天庭的弓箭手在它们后面射出的箭头。有一次，池塘里竟然出现了一头鳄鱼，我用枪把它打死了。这真是太奇怪了，因为它只能是从十二英里外的阿西河漫游到这里来的，但它怎么知道这里会有水的？要知道，以前这里可是没有水的呀。

第一座池塘建好之后，克努森就和我商量，要在里面放一些鱼苗。我们计划了很久，想要壮大农场上的捕鱼事业。非洲有一种鲈鱼，味道很鲜美，但不知道从哪儿能捞到它们。野生动物保护部门确实在一些水塘里放养了一些，但禁止人们去钓鱼。克努森告诉我，他知道有一个水塘，你想在里面捞多少鱼就能捞多少，而且别人都不知道。我们可以开车过去，在水塘里撒上一网，再把这些鱼装进罐子和大桶里，还要记得往里面放点水和水草，这样在我们回去的路上，它们就不会死掉了。他对这个计划非常热心，跟我阐述的时候，身子都在发抖。为此，他还亲自做了一条天下第一的优质渔网。我们去水塘探险的日子越来越近了，但这件事变得越来越神秘。克努森坚持认为，我们应该挑选一个月圆之夜过去，而且还要准确到子夜时分。刚开始，我们准备带上三个仆人一起过来，后来被克努森减到了两个，后来又减到一个。他还不断地质问我，是不是确定无疑地信任他。最后，他竟然宣布，最好只有我和他两个人单独过去。但我觉得这样做不太可行，因为仅凭我们两个人，是没有办法把那些罐子和大桶装进车里的。但克努森坚持这样做，而且还不能告诉任何人。

我有朋友在野生动物保护部门工作，我就忍不住问他："克努森啊，我们要去抓的这些鱼到底是属于谁的？"但他一个字都没有回答，像一个老水手一样，朝地下吐了一口痰，伸出穿着打满补丁的鞋的脚把地上的痰蹭掉，然后抬起脚后跟，迈着死慢死慢的步子走了。走路的时候，他的头缩在肩膀的中间。当时，他的眼睛已经瞎了，只能拄着拐杖笨拙地摸索着向前走，再次变回一个被打败的人，一个在那个低贱、冷酷的世界里逃命的人。他的这种姿势好像给我施了咒，我站在他离开的地方，穿着拖鞋，变成了克努森夫人，俨然一副胜利者的模样。

之后，我和他就再也没有提到过我们的捕鱼计划。他去世后不久，我在野生动物保护部门的帮助下，在池塘里养上了鲈鱼。它们在这里茁壮成长，既安静沉默，又孤傲焦躁。在它们的感染下，池塘里的其他生命也变成了这样。中午走过池塘的时候，你能看到它们在离水面不远的水下直立着，在这昏暗而充满阳光的水塘里，它们很像黑色的玻璃鱼。如果有不速之客来到农场，我的小托托通博就会到水塘边，拿着一根很原始的鱼竿，钓上一两条两磅重的鲈鱼上来。

在小路上发现死了的老克努森后，我派了一个跑腿的仆人去内罗毕的警察局报告他的死讯。我本来想把他就近埋在农场，但到了晚上，两名警察开着车，带着一口棺材来到了农场，他们要把他带走。就在这时，天空突然响起一声炸雷，然后就下起了暴雨，雨水有三英尺深，长雨季要开始了。我们开车穿过急流，驶过大片水洼，直奔他家的房子。当我们把他抬上车的时候，头顶电闪雷鸣。滚滚的雷声像是大炮在吼叫；四面八方布满了粗得像玉米棒的闪电。我的车上没有防滑链，所以几乎总是脱离路面，摇摇晃晃的，一会儿歪到这边，一会儿又倒向那边。老克努森肯定喜欢这样的场面，一定会对这种离开农场的方式感到满意。

后来，我非常反对内罗毕市政府对他葬礼的安排，还和他们很激烈地吵了起来。所以，我就不止一次地往内罗毕跑。这就是克努森留给我的遗产，是他最后一次与法律的激烈对抗，只不过这次是由我代理完成的。从那以后，我就不是克努森夫人了，我变成了他的兄弟。

一位逃亡者来到农场

我的农场曾经来过一位旅行者，他在农场睡了一夜后就离开了。之后，他就再也没有回来过，我还时不时地想起他。他叫伊曼纽尔森，是个瑞典小伙子。第一次见到他时，他在内罗毕的一家饭店做领班。他身形微胖，脸庞红红的，看起来有点肿。每次我去他工作的饭店吃饭，他就会站在我的椅子旁，用家乡的语调，或者是我们都熟悉的朋友的音调，油腔滑调地逗我开心。他一直这么站在我身边滔滔不绝，所以过了一阵，我就去了另外一家饭店吃饭。那时内罗毕总共也就两家饭店。然后，就只是偶尔才听到他的消息，而且还都很模糊。他好像很善于让自己陷入麻烦境地，他的品位和生活乐趣也与普通人不同。在肯尼亚生活的斯堪的纳维亚人都不欢迎他。一天下午，他突然来到农场，看起来心烦意乱的，又好像在害怕什么东西。他向我借钱，说要立刻动身去坦桑尼亚的坦噶尼喀，否则就可能被抓去坐牢。不知道是我的帮助太晚了，还是因为他把这笔钱花在别的事情上了，反正过了不久，我听说他在内罗毕被捕了。但他没有坐牢，只是消失了一段时间。

一天晚上，我骑马回家。当时已经太晚了，星星都出来了。屋子外面的石头上坐着一个男人，竟然是伊曼纽尔森。他兴奋地向我介绍他自己："男爵夫人，游手好闲的流浪者来了。"我问他怎么会在我这里，他说他自己迷路了，一不小心就跑到我这儿来了。迷路？那你要去哪里？我问。去坦噶尼喀呀，他回答说。

他在骗我，他不可能迷路，因为通往坦噶尼喀的道路很宽阔，很容易就能找到，我的农场又离这条路很远。我继续问他是怎么去坦噶尼喀的。他说走着去。我说，那绝对不可能，谁都不可能徒步走到坦噶尼喀，那可要花费三天时间，而且还要穿过几乎没有水源的马赛保留区，那里的狮子又那么多。就在当天，还有马赛人跑过来跟我抱怨这些狮子，然后请我去用猎枪打死它们。

是的，是的，伊曼纽尔森说他知道这些，但他实在不知道干什么，只好试试徒步去坦噶尼喀了。他问我，既然现在已经迷路了，那能否和我一起共进晚餐，然后在农场上睡一晚，第二天早上再出发。如果我不方便，他就直接走了，毕竟星星还是很亮的。

和他说话的时候,我还在马背上坐着。我看得出来,他并没有期待我能邀请他,或许他觉得我并不是一个好客的人,又或者他不太相信自己说服别人的能力。站在我的屋子外面,他看起来孤苦伶仃的,这是一个没有朋友的男人啊。他表现得如此精神饱满和热诚,并不是为了自己的面子,因为他自己已经没有面子了,而是为了我的面子——如果我现在赶他走,也不会显得不合适,也不代表我不善良,这是一个猎物应该持有的礼仪。我喊马夫过来牵马,然后一边下马一边说:"伊曼纽尔森,进来吧。你可以在这里吃饭过夜。"

灯光下的他看起来颇为凄凉。他头发很长,胡子拉碴的,身上穿着一件在非洲都没人会穿的黑色长大衣,脚上的鞋子很旧,脚趾的地方还破了一个洞。他没有带任何行李,就这样双手空空地要去坦噶尼喀。看来,我是要扮演大祭司的角色了。我要先把鲜活的羔羊[1]献给上帝,再把它送到荒野中去。我觉得我们得喝点酒。伯克利·科尔总是很大方地给我带来很多酒。就在前不久,他还给我带来了一箱很罕见的勃艮第葡萄酒。我让贾马去开一瓶。我们坐下来吃饭,伊曼纽尔森的杯子里也倒上了葡萄酒。喝了半杯后,他把它拿到灯下,像一位专心听音乐的人一样,仔细地观察了好长时间。他说:"真名贵,真名贵,这可是一九〇六年的香贝坦[2]呀。"这确实是相当名贵的酒,我对伊曼纽尔森刮目相看了。

---

1. "羔羊"在西方文化中代表的是赎罪。在旧约时代,每天早上和黄昏,大祭司都要在圣殿里因为人民的罪为上帝献上一只羔羊。《新约》中的耶稣是上帝的羔羊,作为上帝完美的祭品而死,为了除去世人的罪孽。本文中第一个羔羊是指表面意思,是为逃亡者准备的晚餐,第二个"它"应该是文化含义,是逃亡者本人。
2. 勃艮第葡萄酒中的特级葡萄酒,有勃艮第酒王之称。

接下来他就不说话了，我也不知道该对他说些什么。我问他为什么不找工作，他说因为这里人忙活的事情他完全都不懂。他被饭店解雇了，其实他都算不上一个领班。

我问他："你会记账吗？"

"不会，一点儿都不会，"他说，"我发现把两个数字合在一起是很困难的事情。"

"那你懂不懂关于牛的事情？"我继续问他。"牛？"他反问了一下，又接着说："一点儿都不懂，而且我还怕牛。"

"那你会开拖拉机吗？"我接着问。他的脸上终于显出了一丝希望的光芒，"不会，但我倒可以学。"他说。

"但你不能用我的拖拉机学，"我说，"伊曼纽尔森，你得告诉我，你到底做过什么，你是靠什么生活的。"

他直起身子惊呼道："你问我靠什么生活？为什么你会这么问？我是一个演员呀。"

我心里想，感谢上帝，我还真的帮不到这个男人，什么方式都不可能。接下来，我们进入了人类的交谈中。我说："你是个演员？这可是一份好工作。你最喜欢演什么角色？"

"啊，我是个悲剧演员，"他说道，"我最喜欢的角色是《茶花女》里的阿曼德和《群鬼》(Ghosts)里的奥斯瓦德。"

于是，我们接下来就聊起了戏剧，也聊到一些我们都见过的演员，还探讨了一些演技方面的问题。伊曼纽尔森环视了一遍我的房间后说："你这里不会刚好有易卜生的戏剧吧？如果有的话，我们就可以一起演一下《群鬼》的最后一幕，如果你不介意，你可以演阿尔温夫人。"

但我家里没有《易卜生集》。

"但你可能会记得里面的台词？"他开始为自己的计划感兴

趣了,"我可是把奥斯瓦德的台词从头到尾都记住了。最后一幕是最棒的。特别有悲剧效果,已经很难超越了。"

屋外的天空挂着星辰,空气温暖,夜色美好,长雨季马上就要来临了。我问他是不是真的要徒步去坦噶尼喀。

"是啊,"他说,"我马上就只能自己给自己提醒台词了。"

"幸亏你没有结婚。"我说。

"是啊,"他说,"是啊。"但过了一会儿后,他很小心地补充道:"但我确实结婚了。"

接着他就抱怨说,在非洲,白人根本无法与土著竞争,他们太廉价了。"如果现在是在巴黎,"他说,"我在很短的时间里就能找到一个像咖啡馆侍应生之类的好工作。"

"那你为什么不去巴黎呢,伊曼纽尔森?"我问他。他飞快地瞥了我一眼,说:"巴黎?不可能。我就是在很危险的时候从那儿逃跑的呀。"

他有一个朋友,那个晚上他提到了好多次。他说,如果他能联系上这位朋友,所有的事情就会大变样。因为他的朋友是一个环游世界的魔术师,他很富有,也很慷慨。伊曼纽尔森最后一次听到他的消息时,这位魔术师还在旧金山。

我们时不时地会谈论起文学和戏剧,然后话题会再次回到他的前途上。他把在这里如何被一个又一个同胞赶出门的情景都告诉了我。

"伊曼纽尔森,我觉得你的处境真是太糟了,"我说,"真想不起来还有谁能比你更惨。"

"是啊,我自己也想不出来,"他说,"但最近我有个想法,或许我也必须得这么想:在所有人中,总要有人要过得惨一些,不是这个人,就是那个人。"

把杯子里的酒喝完，他把杯子推在一边说："这次的旅程对我来说是一次赌博。不是红牌就是黑牌。我会有机会摆脱一些事情，甚至能摆脱所有事情。但话说回来，如果我能走到坦噶尼喀，我可能又会陷入其他麻烦事中了。"

"我觉得你肯定能走到坦噶尼喀，"我说道，"你可以在路上搭印度人的车啊。"

"是的，但是还有狮子呢，"他说，"还有马赛人。"

"你相信上帝吗？"我问他。"是的，相信，相信。"静默了一会儿，他又说道："除了上帝，我还真的是什么都不相信。我这么说，你或许会觉得我是怀疑论者，而且还相当不可救药。"

"伊曼纽尔森，你有钱吗？""有呀，我有，"他说，"我有八十分钱。"

"那肯定不够，"我说，"我的房子里现在没放钱。但或许法拉会有一点儿。"但法拉也只有四卢比。

第二天早上太阳还没有升起的时候，我让仆人们叫醒伊曼纽尔森，然后为我们准备早餐。

夜里我一直在想，我应该开车送他十英里，虽然这样对他的帮助不大，毕竟他要徒步八十英里路。但我不想看到他在踏出我的门槛之后，就要直接面对前面未知的命运。另外，我也希望能够成为他前面所面对的世界的一部分，不管是悲剧还是喜剧。我给他包了一包三明治和熟鸡蛋，又送给他一瓶一九〇六年的香贝坦，因为他很懂它。我觉得，这可能是他这一辈子最后一次喝酒了。

在黎明中，伊曼纽尔森看起来很像传说中的那些被埋之后胡子疯长的僵尸。现在，他从坟墓里优雅地爬了出来，坐在了我的车上，而且一直很平静，很理智。到了马巴加蒂河对面后，他下车了。清晨的空气干净清冽，天空没有一丝云彩。他要去的是西南方向，我朝相反的东北方向望去。此时，太阳刚刚从地平线升起，还是暗淡的红色，看起来像是熟鸡蛋的蛋黄。但在三四个小时后，它就会发出白热的光芒，在流浪者头上变得炙热无比。

和我道别之后，伊曼纽尔森就迈开步子向前走去，后来又走了回来，跟我说了一次再见。我坐在车里，定定地看着他。我觉得他此时一定希望有个观众目送他离开。他有那么强烈的戏剧天分，此时一定意识到了自己正在离开舞台，正在从舞台上消失。他就是自己的观众，正在看着自己离开。伊曼纽尔森退场了。那些山峦，那些荆棘树丛和布满灰尘的道路难道不应该表示一下怜悯，把另外一个布景换上吗？

在清晨的微风中，他的黑色长风衣在他的双腿周围不停摆动，风衣口袋外面露出葡萄酒瓶的脖子。此时，我心中满满的全是爱和感激，这是留守在家的人对在世界上游逛的旅人、行者、水手、探险者和流浪汉的感情。走到山顶后，伊曼纽尔森转过身，摘下头上的帽子，朝我挥舞着。长发在他的额前不断地飞舞。

法拉也来了，他坐在车里问我："那位老爷要去哪儿？"法拉称呼他为老爷，是为了表示礼貌，毕竟伊曼纽尔森在我家里睡过一夜。

"他要去坦噶尼喀。"我说。

"走着去？"他又问道。

"是啊。"我回答。

"愿阿拉与他同在。"法拉说。

那天我常常想起伊曼纽尔森。每当想起他，我就会走出去，眺望那条通往坦噶尼喀的道路。晚上十点左右，我听到从远远的西南方向传来了一声狮吼,半小时之后,我又听到一声,真不知道这狮子是不是在一袭黑色风衣上坐着。在接下来的一周里,我一直在打探伊曼纽尔森的消息。我让法拉问他那些往坦噶尼喀跑运输的印度朋友,看有没有卡车司机在路上见过他,或者载过他。但一点儿消息都没有。

半年过后,我收到了一封从多多马来的信。我很奇怪,因为在那边我一个人都不认识。这封信居然是伊曼纽尔森的,里面装着五十五卢比和法拉的四卢比。他当年试图从非洲逃跑的时候,我曾借给他五十五卢比。这是迄今为止我最没指望能收回的钱。除了这两笔钱,还有一封饱含深情,读起来非常让人开心的信。他在多多马找到了一份酒吧服务员的工作,虽然不知道是什么样的酒吧,但看起来他的日子过得不错。

他好像天生就懂得感激别人,几乎记得在农场那一晚的所有细节。他说那一晚他感觉就像是在一位朋友的家里,还絮絮叨叨说了好多遍。他在信里详细地告诉了我去坦噶尼喀路上发生的事情,信里对马赛人的评价特别高。他说他在路上碰到了马赛人,然后他们就带着他一起上路了。他们对他非常友好,也很热情,让他跟着走了大部分路程,而且还不只是一群马赛人,前后都换了好几拨。他一路上给他们讲他这些年在各国游历时的冒险故事,把他们逗得很开心,最后甚至都不想让他走了。他不懂马赛语,一定是靠着打手势演哑剧才把他的"奥德赛"故事讲下去的。

我觉得他们这样做很正常,也很得体,因为在这个世界上,真正的贵族和真正的穷人都能理解悲剧。对于他们来说,悲剧是上帝处事的基本原则,不仅是生活中很关键的部分,也是生活中的悲情小调。在这方面,他们和任何中产阶级都不同。后者不仅否认悲剧的存在，而且还无法忍受悲剧。对他们而言，"悲剧"这两个字本身就意味着不愉快。非洲的白人移民和当地土著之间之所以会产生误会，之所以会误解对方，就是因为这个原因。整日脸色阴沉的马赛人既是贵族，也是穷人。当他们看到伊曼纽尔森这个穿着黑色衣服的孤独流浪者时，一定在第一眼就看到了一位悲剧人物。而这位悲剧演员，则在和他们相处的过程中重新找到了自我。

朋友来访

在农场上，能有朋友来访是我生活中特别开心的事情，农场上的人都知道这一点。

因此，每当丹尼斯·芬奇－哈顿要结束他漫长的游猎，我就能在某天早上看到某个马赛族年轻人站在我的房子外面对我宣布："贝达先生就在回来的路上，两三天就到了。"他的双腿又细又长，站在那儿的时候，喜欢倾斜着身子，把重心落在某条腿上。

到了下午，就会有住在农场边非法棚民的小托托跑过来，坐在草地上等我。一看到我出来，他就跟我说："小河拐弯的地方有珍珠鸡在飞呢。如果你想打一只给贝达先生吃的话，我傍晚就带你过去找它们。"

我的朋友们中有很多杰出的旅行家，他们觉得农庄有着独特的魅力。这大概是因为它总是固定不变的，不管他们什么时候来，它都是原来的样子。他们在广袤的异域土地上游荡，帐篷在许多地方搭起来，又在许多地方损坏。他们会开心地开着车绕着农场的车道飞奔，车道像是恒星的轨道一样永远不变；他们喜欢看到熟悉的面孔，而我在非洲时从来就没有换过仆人；我在农场上渴望着远方，而他们却渴望回到这里，或拿起某本书阅读，或躺在我的床上，或进到某间被百叶窗遮蔽的房子里，感受里面的凉爽。他们会坐在野外的篝火旁，畅想农场的美好生活。一旦回到这里，他们就急切地问我："你教会厨师做猎人做的那种煎蛋卷了吗？上次邮差把《彼得鲁什卡》（Petrouchka）的黑胶唱片带来了吗？"我不在农场的时候，他们也会来到这儿，在我的房子里住下。我在欧洲的时候，丹尼斯就曾经在这里住过。伯克利·科尔把我的房子叫作"森林里的休憩地"。

  文明世界赠给旅行家这么多东西，作为回报，他们会送给我很多打猎过程中的战利品。比如花豹和猎豹的皮，在巴黎可以做成裘皮大衣；蛇和蜥蜴的皮，可以做成鞋子；还有秃鹳等。

  为了让他们开心，他们不在农场的时候，我会翻看一些老烹饪书，找出一些奇奇怪怪的食谱，尝试做一些好吃的。我还在花园里种了很多欧洲的花儿。

  有一次我在丹麦，一位老妇人给了我十二个芍药球茎，我把它们带到了非洲，中间还因为非洲严格的植物入境法规，遇到了很多麻烦事情。我把它们种下后，它们就开始生长，几乎是瞬间就长出了很多暗红色的弯曲嫩枝，然后是很多嫩嫩的叶子，最后圆圆的花骨朵长出来了。第一朵开花的芍药叫"内穆尔公爵夫人"。这是一朵单独开放的大白花，高贵丰满，散发着阵阵甜美和清香。我把它剪下来放进水里，只要有白人朋友来到客厅，就会驻足观望，然后大大地赞赏一番。怎么可能，这可是一朵芍药花呀！可惜好景不长，其他花蕾都枯萎掉落，再也没有开出第二朵花。

  几年后，我和一位园丁谈起了芍药花，这位园丁是为奇罗莫的麦克米伦夫人工作的。他说："在非洲，我们从来没有成功地种植过芍药。要想成功种植，必须要想办法让这些从异国来的球茎在这里开花，然后从花中取出种子来。翠雀花就是这样成功种植的。"照他所说，我本来是有机会把芍药引入非洲的。我还会像内穆尔公爵夫人一样青史留名。但我却把仅有的一朵摘了下来，放进了水里。这简直就是毁掉了唾手可得的荣耀。之后，我常常梦到白色的芍药在农场上茁壮成长，我在梦里感到很开心，因为我没有把它给剪下来。

朋友们有的从中部和北部的农庄来，有的则是从城市里来的。休·马丁在肯尼亚国有土地管理局工作，有时会从内罗毕赶过来看我。他才华横溢，精通世界上罕见的经典文学，还曾在东方国家的政府里工作过。那段平静的生活挖掘了他内在的天赋，让他看起来像是一尊胖胖的中国大佛。他叫我"憨第德"，称自己为古怪的邦格乐思博士。他以平和的心态坚信人性的卑劣和宇宙的渺小，而且还对这种信念非常满意，难道事情本来不就是这样吗？一旦陷进宽大的椅子中，他就再也不会起来。他的面前摆着酒瓶和玻璃杯，脸上带着安详和愉快的神情，大力宣扬他对生命的观点，时不时地迸发出思想的火花。这些火花像是猛然闪现的物质和意识的磷火，令人着迷。这个胖胖的男人与世无争，甚至与魔鬼也能和谐相处。但魔王们的信徒又似乎在他身上盖上了"清白"的标志。因此，他比上帝的信徒更能得到别人的喜爱。

古斯塔夫·莫尔有天晚上突然扑到了我的农场上。这是一位来自挪威的大鼻子年轻人，在内罗毕的另一面经营着一座农场。他勤奋上进，无论是从语言还是行动上都帮助了我很多。在肯尼亚，他是给予我帮助最多的人。他就是很单纯地随时做好准备，以饱满的热情来帮助我，好像这里所有的农场主或斯堪的纳维亚人就应该像奴隶一样为对方卖命。

那天晚上，他带着一颗熊熊燃烧的心冲了过来，就像火山口的一块石头落在了我的农场。他说他快要疯了，因为在这个国家里，人人都想谈论牛啊剑麻啊，他的心已经饥饿到了顶点，他再也受不了了。一进屋，他就开始滔滔不绝，一直到午夜过后才停止。他谈爱情，谈共产主义，谈卖淫和汉姆生[1]，也谈论《圣经》。在这个过程中，他一直在吸劣质的烟草，毒害着自己的身体。他不吃东西，也不愿意听我说话。如果我试图插一句话，他就会大声尖叫，脸上闪耀出怒火，那颗充满野性之光的脑袋就会在空中到处乱撞。他的内心有太多想要摆脱的东西，但说得越多，这些东西反而积累得越多。到了午夜两点，他突然没什么好说了。于是，他就静静地坐在那儿，脸上带着一种被什么东西打败的顺从表情，看起来很像是医院花园里的一位正在康复中的病人。然后，他站起来走出去，以可怕的速度飙车而归，准备再次暂时依靠剑麻和牛生存下去。

英格里德·林斯特龙的父亲和丈夫都是瑞典的军官。她不仅长得漂亮，心地也很善良。她在恩乔罗有一座农场。她偶尔会从农场抽身一两天，不去管她的火鸡或水果蔬菜，来我的农场上做客。当年，她和丈夫带着孩子来到非洲，完全是为了享受一次快乐的冒险和郊游的感觉，然后再快速赚上一大笔钱。当时的亚麻市值五百英镑一吨，所以他们就买下了一片亚麻地。但好景不长，亚麻的价钱很快跌至四十英镑一吨，于是那块亚麻地，包括跟亚麻有关的机器就变得毫无用处。她倾注所有心血，想要为自

---

[1] 1859—1952年，挪威著名作家，1920年诺贝尔文学奖获得者。主要作品有《饥饿》《大地的成长》等。他信奉尼采哲学，大力赞扬希特勒的侵略行为。后被挪威判处叛国罪，软禁在一家老人院，并最终在这里逝世。

己的家保住这块地，于是就在这里养了一些家禽，然后又种了点水果和蔬菜去市场上卖。她像奴隶一样在地里勤奋劳作。在和这种生活做斗争的过程中，她深深地爱上了这片农场，爱上了她的牛和猪，爱上了这里的土著和蔬菜，甚至爱上了这片非洲土地上的土壤。她陷入了一种狂热的激情中，为了这片土地，她甚至愿意把自己的丈夫和孩子都卖掉。我和她曾经在灾年里因为可能会失去我们的土地而抱头痛哭。在她的身上，有着典型瑞典老妇人的那种宽广的胸怀。而且，她性格泼辣大胆，整日都很快活，也愿意主动逗人开心。每当她笑起来，你就能在她那饱经沧桑的脸上看到瓦尔基里般的白色牙齿。因此，每当她来和我做伴，我就能享受到一段美好的时光。全世界的人都很喜欢瑞典人，因为每当遇到令人悲痛的事情，他们都能用博大的胸怀来包容一切。此时的他们勇敢坚强，光芒四射。

英格里德有位老厨师，名字叫凯莫萨。他也是她的仆人，帮她处理农场上的很多事情，把她的所有事业都当成了自己的来经营。他负责她的菜园和家禽，同时也是她三个女儿的保姆，送她们去寄宿学校，然后再把她们接回来。英格里德告诉我，每次我去她的农场，凯莫萨就会手忙脚乱。他会丢下手头所有事情，杀上好多只火鸡，尽可能地做好准备来招待我，因为法拉的慷慨给他留下的印象太深刻了。英格里德说，他把认识法拉这件事当成一辈子中最荣耀的事情。

在恩乔罗，还有一位达雷尔·汤普森夫人。我其实并不认识她，但她却来到农场找我。她说，医生告诉她，她的生命只剩下几个月时间了，但她才刚刚从爱尔兰订购了一匹小马驹，因为马儿对于她而言，和死亡一样重要，代表着生活的高度和荣耀。这匹马还在马术障碍赛上得过奖。当她和医生谈过话之后，她本想给家里打电报，不让他们送它过来了，但后来又决定在死后把它留给我照顾。我没怎么在意这件事。她逝世半年之后，这匹名字叫作"救济箱"的小马却真的出现在了我的农场上。来到农场之后，"救济箱"亲自向我们证明了它是这个农场上最聪明的生物。它长得并不漂亮，矮矮胖胖的，而且早已经过了壮年期。丹尼斯·芬奇-哈顿总爱骑着它，但我从来都不敢。为了庆祝威尔士亲王驾临卡贝特，当地举办了马术障碍赛。为了这个重大的时刻，殖民地的富豪们都带来了自己的马。这些烈马都年轻力壮，浑身闪耀着光芒。但到了最后，我们的"救济箱"通过自己清晰的定位，凭借完美的谋略和谨慎的态度，打败了这些强大的对手，赢得了这场比赛，为我们捧回了一枚大大的银质奖章。它像往常得奖的时候一样，保持着稳重而低调的仪态。在比赛前的一周里，农场被一种极度焦虑的气氛所笼罩。而此时此刻，农场则被一波又一波的狂喜和凯旋的热浪席卷。遗憾的是，六个月之后，"救济箱"因为马瘟死掉了。我们把它埋在马厩外的柠檬树下，农场上很多人都来悼念它。之后很长的时间里，它的名声一直在农场上流传着。

俱乐部里有一位老先生，叫布尔佩特，大家都叫他查尔斯大叔。他常常会到农场和我一起用餐，是我的好朋友，也是我心目中的理想男人——维多利亚时代的英国绅士。只有我们俩在一起的时候，他总是很随意，就像在自己的家一样。他曾经横渡过达达尼尔海峡，也是第一批登上阿尔卑斯山马特洪峰的人。他年轻的时候还做过一阵拉贝勒·奥特罗[1]的爱人，那应该是八十年代的事情了。他

---

1. 1868—1965年。19世纪末20世纪初巴黎的三大交际花之一，以"美人奥特罗"的名字流传于世。出生于西班牙，传说中至少是六位君主的情人，包括英格兰的爱德华七世和俄罗斯沙皇尼古拉二世。另外还有很多男人为她自杀或决斗。甚至还有传闻说，法国戛纳卡尔顿酒店上方的那两个圆顶的设计灵感正是来源于她的胸部。1954年根据她的传记拍摄的音乐电影上演。1965年，97岁的她死于贫困中。

说，这个女人彻底毁了他之后，就让他滚蛋了。听了他的故事，我有了一种与阿曼德·杜瓦尔或格里厄骑士坐在一起吃饭的感觉。他还珍藏着很多奥特罗的漂亮照片，常常跟我谈起她。

有一次，我在和他共餐的时候问他："奥特罗的自传出版了，里面有你吗？"

"有呀，"他说，"有我，只是名字不是我的，但确实有我。"

"那她是怎么描述你的？"我问。"她说我是一个为了她，不惜在六个月里花掉十万法郎的年轻人。不过，我倒觉得这笔钱花得值。"

我笑了，又问他："你真的觉得这些钱花得值得吗？"他稍微思考了一下，说："是的，值得。"

他七十七岁生日那天，丹尼斯·芬奇-哈顿和我一起到恩贡山顶为他庆生。我们坐在地上，聊到这个话题：如果有人赐予我们一双永远都不会掉的翅膀，我们是接受还是拒绝。

布尔佩特眺望着我们脚下辽阔的肯尼亚国土——恩贡山上的绿色土地、西边的东非大裂谷，随时准备着在它的上空翱翔。他说："我会接受，我当然会接受。这可是我在这个世界上最喜欢做的事情。"但他又思考了一会儿，接着说："但如果我是女人，就会再考虑考虑。"

贵族拓荒者

伯克利·科尔和丹尼斯·芬奇-哈顿把我的房子完全当成了一个共产主义机构，这里所有的东西也都属于他们，他们甚至还以这里为傲。如果他们觉得这里缺少什么，就会带过来一些。这里的烟酒都颇为高档,他们还从欧洲带过来很多书和黑胶唱片。伯克利的农场在肯尼亚山上。每次他从那儿开车过来,总会给我带来很多火鸡、鸡蛋和橘子。他们两个花费了大量时间和精力,野心勃勃地想把我调教成像他们那样的品酒师。他们特别喜欢我的中国瓷器和丹麦玻璃杯,总是在餐桌上把这些杯子一个一个摞起来,堆成高高的、亮闪闪的金字塔,很享受地看着它。

伯克利习惯在上午十一点带上一瓶香槟酒到屋外的林中去享用。有一次,他在马上就要离开农场的时候感谢我对他的款待,却又加了一句话,意思是这幅美好的农场之画上还有一点儿瑕疵。他说,每次去林中品酒的时候,用的都是粗糙劣质的酒杯。我说:"伯克利,我也知道。但我现在没有几个漂亮杯子了,如果仆人拿着它们从屋里跑那么远到林子里,肯定会打碎它们的。"但他握着我的手,严肃而庄重地说:"但是亲爱的,我还是很难过。"从那之后,每次他到林中饮酒,我都会给他拿我最好的杯子。

伯克利和丹尼斯刚从英国来非洲时,他们的朋友都感觉很遗憾,都很舍不得他们离开。到了殖民地后,他们也颇受大家的欢迎和尊重。但奇怪的是,他们好像总是无家可归,总是在到处流浪。所以我说,社会没有遗弃他们,世界上任何地方也都没有遗弃他们,是时代遗弃了他们。他们根本就不是这个时代的人。只有在像英国这样的国家里,才会有他们这样的人。他们是人类返祖现象的有力证明,应该出生在一个更早的时代,一个以后不可能再有的时代。在我们这个时代里,他们没有家,只能四处游逛,然后偶尔来到我的农场待上一段时间。但他们自己并没有意识到这一点,心里反而因为自己抛弃了英国而颇感内疚,因为他们的离开意味着要让朋友们担负起他本应承担的责任,而他们离开的理由仅仅是因为自己无法忍受那儿的生活。丹尼斯在给我聊起他年轻时的生活、前途和英国朋友们给他的建议时，引用了莎士比亚戏剧中的杰奎斯的一句话："倘有痴愚之徒，忽然变成蠢驴，趁着心性癫狂，撇却财富安康。"但他对自己的认识是错误的，伯克利也是，甚至连杰奎斯也可能是错误的。他们觉得自己是逃兵，早晚要为自己的任性和倔强买单。但他们充其量也就是几个流亡者，以颇为优雅的姿态忍受着流亡的生活。

如果伯克利的那颗小脑袋戴上丝质的假长卷发，他就可以在查尔斯二世的法院里进进出出了。这个聪慧的英国年轻人，也许还曾坐在老达达尼昂，就是《二十年后》（*Vingt Ans Après*）中的那个达达尼昂的脚边，聆听他的智慧，用心铭记他的话语。晚上我们坐在壁炉前聊天的时候，他好像随时都能从烟囱中冲出去，所以我总是觉得万有引力在他身上根本没有任何作用。他拥有着极强大的识人断物的能力，不会高估也不会贬低别人。好像故意要恶作剧一样，他对自己不喜欢的人反而展示出最有魅力的一面。如果他真心要抹白鞋子扮个小丑，他真的就能成为一个个性十足、无人能模仿的小丑。但是，如果他想要成为康格里夫和威彻利式的智者，那就要比这两位作家拥有更为强烈、更为远大且更为狂放的信念。当然，如果戏谑过分，不知道收敛，就会让人觉得乏味和可悲。伯克利一旦兴奋过头，就会和他的酒一起变得透明。每当此时，他就幻想着自己正骑在一匹高头大马上傲慢地向前小跑，好像他正骑的是一匹血统高贵的马，马的祖先是堂吉诃德的那匹老瘦马。马儿的影子在他身后的墙上慢慢地移动，逐渐地放大。而伯克利一定是最后那个看到阴影，然后害怕这个阴影的人。他这个优秀的小丑在非洲其实是很孤单的，而且他的心脏也不好，几乎就是半个残废人。而他那心爱的农场也正在一天一天地掉入银行的手掌中。

他又瘦又矮,手脚很长,头上顶着一头红发。不管走到哪里,他总是站得直挺挺的,脑袋却像达达尼昂一样,缓缓地左转右转,带着一种决斗者的不可战胜感。走起路来像只猫,总是无声无息的。在任何一个房间,他都会像猫一样,把每个角落变成他舒适温暖的休憩地,好像他自己本身就能够释放热量,释放乐趣一样。即使是你家的房子被烧成一堆废墟,还在冒着白烟,只要伯克利走过来和你坐在上面,他就会像一只猫一样,让你感觉你们正坐在一个经过精心挑选过的角落里。每当他放松下来,你就会听到咕噜咕噜的声音,很像年老的猫发出的声音。他一旦生病,就不可能仅仅是"难过"或"痛苦"这么简单,而是像猫生病一样,特别吓人,特别让人担心。他做事极没有原则,脑袋里却有很多偏见,这一点和猫也非常相似。

如果伯克利是斯图亚特王朝的骑士,那丹尼斯就是一个生活在更早时代的英国人,比如伊丽莎白女王时期。他会和菲利普先生[1]或弗兰西斯·德雷克[2]一起手挽着手散步。那时的人们一定会很友善很亲切地对待他,因为他总是让他们想起那个古老的城市——雅典,这是他们梦中向往的地方,他们常常在文学作品中描绘它。在19世纪以前的任何文明时代里,他都能够自在随意地生活,就像在自己家里一样。再加上他不仅是运动健将和冒险家,也是音乐家,而且对艺术还有着狂热的喜爱,他一定能在所有时代里崭露头角、引人瞩目。但在我们的时代里,虽然他表现出色,出尽风头,但总感觉无论他走到哪里,他都与那儿格格不

---

1. 即Philip Sidney,菲利普·锡德尼,英国文艺复兴时期的散文作家、诗人,同时也是英国的政治家和军事领袖。
2. 1540—1596年,英国著名探险家和海盗,是麦哲伦后第二位完成环球航海的人。

人。留在英国的朋友们一直都想让他回国，甚至还为他制定了在英国的职业发展计划，但最后他还是留在了非洲。

土著本能地喜欢他——伯克利，以及类似的白人，而且对他们也很忠诚。看到他们，我就会想，与我们这些生活在工业时代的人相比，或许古代的白人能够更加理解和同情有色人种。其实，在第一台蒸汽机车被发明出来之后，世界上的各族人民就走上了不同的道路，而且之后就再也没有相遇过。

伯克利有一位年轻的索马里仆人，名字叫贾马。有一段时间，他所在的部落和法拉的部落之间爆发了战争，这给我和伯克利的友谊也蒙上了一层阴影。每当我和他一起吃饭时，在我们旁边站着的两人就会向对方投去黑暗深邃的沙漠眼神。如果你熟悉索马里人的部落情结，你就会知道，这种眼神是一种多么可怕的凶兆。那天直到夜深了，我和伯克利还在讨论，如果明天早上出门发现法拉和贾马浑身冰冷躺在地上，胸口插着匕首，我们应该做些什么。这两个人似乎并不害怕这种结局，他们已经完全失去了理智。之所以忍着没有大开杀戒，毁掉一切，完全是因为他们对我和伯克利的爱。

伯克利对我说："今天晚上我改变了主意不去埃尔多雷特。这件事我一直没敢告诉贾马，因为他的年轻爱人就住在那儿。我怕一旦告诉他，他对我就会硬起心来，然后不管我的衣服洗没洗，整理没整理，就直接跑出去杀了法拉。"

不过，贾马是永远都不会对伯克利铁硬起心来的，他已经跟着他很久了，伯克利也总和我谈起他。有一次，伯克利和他争吵起来，贾马坚持自己是对的。伯克利发起脾气，扇了贾马一巴掌。"但是亲爱的，你知道吗？"伯克利告诉我，"就在同时，他也直接扇了我一巴掌。"

"那后来呢？"我问他。

"哦，后来还好，"伯克利很小心地说，又加了一句，"应该是还算凑合。他毕竟才比我小二十岁。"

这件小事过后，主仆二人对对方的态度没有丝毫改变。面对自己的主人，索马里仆人总是很安静，带着一种轻微的屈尊感。贾马对伯克利也是如此。伯克利去世之后，贾马不想在肯尼亚继续生活，就回索马里兰了。

伯克利狂烈地热爱着大海，但这种爱永远都没有被满足过。他最大的梦想是和我一起赚足钱，然后买一艘阿拉伯帆船，到拉姆岛、蒙巴萨岛和桑给巴尔岛上去做生意。后来，我们一切都计划好了，甚至连船员都安排好了，但我们的钱却一直凑不够。

每当伯克利感到很累很不舒服的时候，他就会想念大海。他常常哀叹自己一辈子哪儿都去过了，就是没有去大海上航行过，他说自己真是太傻太蠢了，接着就会说出一连串的脏话。有一次，我马上要启程去欧洲了，他却又掉入了这种情绪中。为了让他开心，我计划把船上右舷和左舷的灯笼带回来，挂在房子的大门口。我把这个计划告诉了他。

他说："好呀，真是太好了。那这栋房子就会像一艘船了。但一定要出过海的船上的灯笼才成。"

于是，到了哥本哈根之后，我在一条老运河边的水手商店里买了一对又大又重的灯笼。这对灯笼曾在波罗的海上航行了很多年。回到非洲后，我们在大门口一边挂了一盏，而且让它们都面朝着东方。我们对这个方位很满意，觉得这样挂是非常正确的，因为如果这么挂，地球在太空中沿着轨道向前运行时就不会和这对灯笼撞在一起了。这对灯笼极大地满足了伯克利的心。他常常在很晚的时候开着车子，一路狂飙来到我家。只要灯笼一亮,他在车道上就会慢下来。在夜空中,两只灯笼就像两个小小的、一红一绿的星星。而伯克利,则任由它们沉入自己心灵的深处,把他带回到古老的图画中,去缅怀往日的航海事业。这让他感觉自己正在向黑色海面上的一艘船靠近。我们用灯笼为他做了一个信号系统:调换它们的位置,或取下来一只。如此一来,当他还在林中行驶的时候,就能知道女主人是什么心情,或者有什么样的饭菜在等着他。

伯克利和他的兄弟加尔布雷斯·科尔,以及他的妹夫德拉米尔勋爵一样,都是殖民地最早的一批拓荒者。当年,马赛人还是这片土地的主人,他是他们的好朋友。所以说,早在欧洲文明在这里站稳脚跟之前,在马赛人还在美丽的北方居住的时候,伯克利就认识他们了。在他的内心深处,欧洲文明是这个世界上最恶心的东西。他可以用马赛语和他们聊往昔的岁月。每当伯克利来到农场,河对岸的马赛人就会过来看望他。老酋长们会坐着把生活中的一些麻烦事告诉他,而他会给他们讲笑话,常常逗得他们哈哈大笑,就好像是硬邦邦的石头笑了一样。

因为伯克利和马赛人很熟悉,也因为他们之间的友谊,有一项非常重要的仪式在农场上举行了。

第一次世界大战的号角吹响后,马赛这个好战的古老民族就沸腾起来。他们经历过激烈的战争,见过惨烈的大屠杀,此时感到似乎往昔的荣耀又要归来了。战争刚开始的几个月里,我偶然间有了机会和土著及索马里人一起为英国政府运输物资。我们赶着三辆牛车,要穿过马赛人的居住区,一路走得非常艰难。每当我们走到一个新的居住区,那儿的马赛人就会跑到我的营地,瞪着亮晶晶的眼睛,问我一连串关于战争和德国的问题。比如,德国人真的是从天上来的吗?在他们心里,这些德国人上气不接下气地往前跑着,就是为了去经历各种危险,去送死的。到了晚上,我的帐篷周围挤满了年轻的武士,他们身上涂着战争彩绘,手持长矛和长剑。为了向我展示他们真实的力量,有时他们会学着狮子短促地吼上一声。他们坚信自己一定能够参加战争。

但英国政府却不这么认为,他们觉得组织马赛人去和白人交战是很不明智的选择,尽管这些白人是德国人。因此,政府禁止马赛人参战,还禁止他们触摸兵器。马赛人的希望彻底破灭了。但政府却允许基库尤人参加战争,不过也只是参与物资运输。到了一九一八年,殖民地土著中开始实施征兵制度,政府觉得马赛人也应该上战场了,于是就派了K.A.R的一位军官带领着他的部队去纳罗克征兵,目标是三百莫拉尼武士。但此时的马赛人却对战争失去了热情,他们拒绝入伍,所有莫拉尼人都躲到了树林和灌木丛里。在追赶他们的过程中,K.A.R军队的步枪在一个村庄里走火,打死了两名老妇人。两天后,马赛保留区叛乱爆发。大群莫拉尼人横扫肯尼亚,杀死了很多印度商人,火烧五十多座商铺。形势非常严峻,但政府不想逼他们,就派了德拉米尔勋爵到马赛保留区谈判。最终,双方达成协议,政府允许马赛人自行处理这三百名莫拉尼武士,但政府要对他们罚款,因为他们对马赛保留区造成了巨大破坏。莫拉尼武士们一直没有露过面。休战协议签订完之后,整个暴乱就结束了。

就在这些重大事件发生的时候,马赛族的一些老酋长派出了很多年轻人去侦察德国人在居住区和边境的活动,这对英国军队有很大帮助。战争结束之后,为了表示对他们的赞赏,政府从本土运过来大批奖章,分发给马赛人。伯克利因为了解马赛人,也通晓马赛语,就被命令为马赛人分发奖章。他手上的奖章多达十二枚。

因为我的农场毗邻马赛保留区,所以伯克利请求我和他一起,在我的房子里为马赛人发奖章。他有点紧张,因为他根本不知道这些马赛人对他抱着什么样的期待。一个周末,我和他一起开车去马赛人的村里。我们想和那儿的人谈谈,召集一下他们的酋长,告诉他们颁布奖章的日期。伯克利年轻的时候曾是第九枪骑兵团的军官。他告诉我,在当时所有的年轻军官里,他是最聪明最能干的。于是,当日落时分,我们朝着太阳的方向开车回家时,他就跟我谈起了军人的使命感和军人的精神,以及他以平民的身份对这些的理解。

虽然颁发奖章本身并没有什么特殊的,也不怎么重要,但却是一件很有分量、很有影响的大事。它能够展示出颁发奖章和接受奖章双方的智慧、聪明和机智,从而让这个场景成为世界历史的重要一幕,成为一个历史上的重要标志:黑暗大人和光明大人非常礼貌地向对方问候。

马赛酋长们来了,后面跟着随从或儿子。他们在草地上坐下来,时不时地谈论一下正在草地上吃草的牛,心里可能会抱着小小的期待——政府会把这些牛当作礼物回报他们的劳动。伯克利让他们等了很久,我觉得这也是正常的程序。就在他们等待的时候,伯克利从屋里搬出来一把椅子,放在了草地上。过一会儿,他就要坐在这把椅子上为他们颁发奖章。最后,他由土著陪着,从屋子里走了出来。在土著的映衬下,他的皮肤显得更加白皙,一头红发也更红了,而眼珠的颜色越发地淡了。他又成了一位年轻干练的军官,举止轻快,表情愉悦。我这才意识到,即使平时表情多么地千变万化,在需要的时候,他也会面无表情。贾马跟在他后面,穿着一件非常精致的阿拉伯马夹,上面布满了黄色和银色的刺绣,手里托着一个盒子,里面放着奖章。这件马夹是伯克利吩咐他专门为此时准备的。

伯克利站在椅子前面开始讲话了。他挺得笔直的瘦小身板影响到老酋长们，他们一个个地从草地上站起来，和伯克利面对面地站着，表情庄重地盯着他的眼睛。我完全没有听懂他在说什么，因为他说的是马赛语。听起来他说得很简单，好像只是通知他们，有一项非常令人难以置信的荣誉要降临在他们身上，而政府之所以会给他们这个荣誉，是因为他们在战争中的行为非常值得赞扬。我是大致判断出这个意思的。再看马赛人，就什么都看不出了。他们的表情里或许含有其他什么不同的东西，但具体是什么，我真的看不出来。伯克利说完之后，立刻让贾马把盒子拿过来，取出里面的奖章，然后一边庄重严肃地念着老酋长的名字，一边伸长手臂，把奖章递给他们。马赛酋长们也伸长了手臂，把奖章安静地接了过去。我心里在想，如果仪式双方没有高贵的血统和优秀的家庭传统，这项仪式绝对不会进行得如此顺利。当然，我这么说并没有冒犯民主制的意思。

酋长们都是浑身赤裸，奖章没有办法固定在身上，所以给他们颁发奖章还是比较麻烦的。他们只能手握奖章站着。过了一会儿，一位非常老的酋长走过来，伸着握奖章的手，问我上面印了什么东西。我尽我所能解释给他听。奖章是银质的，很像一枚硬币，一面刻着不列塔尼亚[1]的头像，一面印着这几个字：世界文明之战。

后来，我跟一些英国朋友聊到这件事，他们就问我："奖章上为什么不是国王的头像？这完全就是一个大错误。"但我不这么认为，我觉得这样的安排是很合适的，因为这些奖章不能做得

---

1. Britannia，大英帝国或大不列颠的拟人化象征，是一位手持三叉戟、头戴钢盔的女战士。

过于吸引人。当我们进入天堂,能够得到丰厚的赏赐时,我们得到的应该也是类似的东西吧。

有一次,我要回欧洲度假,伯克利却病倒了。当时,他还是殖民地立法委员会的委员。我给他发电报:"等待立法会开幕时不打算来恩贡待一段时间吗?带上酒来。"他回电报说:"你的电报是从天堂发来的。将会携酒到达。"他果然来农场了,而且带了满满一车酒,至于喝不喝,他倒是不在乎了。他脸色苍白,有时候会非常安静。此时,他的心脏就已经衰竭,身边必须要有贾马照顾。贾马之前已经学会了注射。但他心里放不下的事情还有很多,他最害怕的事就是失去自己的农场。尽管如此,他在农场的时候,我的房间仍然是像经过精挑细选过的,是这个世界上最舒服的角落。

"塔妮娅[1],既然我已经登上了生命的舞台,"他认真地跟我说,"我就要开最好的车,抽最好的雪茄,喝最精致最高档的葡萄酒。"他在某天晚上告诉我,医生曾叮嘱他要卧床休息一个月。我说,如果他能遵照医生的嘱托,在恩贡山农场上休息一个月,我就不去欧洲,留在农场照顾他,然后下一年再去。他思考了一会儿,才说:"亲爱的,我不能这么做。如果这次为了让你放心,我这么做了,那下一次为了让你放心,我又得做什么事呢?"

于是我就怀着沉重的心情跟他道别了。回欧洲的船要路过拉穆岛和塔卡普纳岛,那是我和伯克利的阿拉伯帆船要去的地方。到达这两座岛的时候,我想起了伯克利。到达巴黎之后,我听到了他的死讯。他从车里走出来,一头栽在了房子前面,就那么去世了。生前,他希望死后能埋在自己的农场上,死后他如愿以偿。

---

1. 最亲密的朋友和亲戚会称呼作者这个名字。

伯克利死后，肯尼亚发生了巨变。殖民地历史上的一个时代随着他的去世而结束。那段时间是肯尼亚的一个转折点，很多事情都是从这里开始的。人们总是会说"伯克利·科尔活着时"或"自从伯克利去世之后"。他去世之前，整个肯尼亚是狩猎者的天堂；他去世之后，肯尼亚逐渐开始变化，变成了一个商业中心，在很多事情上的标准也降低了。比如对于智慧标准的降低，人们也很快意识到了这一点，对于殖民地国家而言，这是颇为令人伤心的；再比如绅士风度标准的降低，他死后不久，人们就开始不断地谈起自己的烦心事。还有，人道主义标准的降低等。伯克利去世了，一个残忍冷酷的女人就从历史舞台的另外一侧爬了上来。她就是"困境"。是人和神共有的情妇。也真是奇怪，如此瘦小的一个男人，竟然在有生之年能够把她在门外挡了那么长时间。伯克利去世了，这片大地上的面包就没了酵母；伯克利去世了，一个优雅、快乐和自由的化身就消失了，一家发电厂倒闭了；一只猫站起身，离开了房间。

翼

在非洲，我的农场就是丹尼斯·芬奇-哈顿的家。游猎结束，他会来到农场住进我的房子，他的书和黑胶唱片也都放在这里。每当他回到农场，农场就会向他倾诉，向他展示自己拥有的一切。雨季第一场雨来了，咖啡园里的咖啡开花了，看起来好像是一团白垩纪云，湿漉漉地向他诉说着。每次在我等待丹尼斯归来，听到他的车驶入农场的车道时，我也能听到农场的一切在诉说着自己。他只有想来的时候才来，所以在农场上的时候他非常开心。农场上的人也知道，他是一个相当谦虚的人，但这一点农场外的人是不知道的。另外，他这个人只做自己想做的事情，心里也从来不会存什么阴谋诡计。

他很喜欢听故事，这对我来说是一种很宝贵的品质。我总是觉得，如果我生活在佛罗伦萨黑死病爆发期间，我一定会因为讲故事的能力而出名。但现在社会的潮流变了，倾听故事的这种能力在欧洲已经不复存在，反而是不认识字的非洲土著深谙这项艺术。如果你开始讲这句话——一个人正在平原上走着，他碰到了另外一个人——那他们就立刻会被你吸引，会特别想知道这两个人在平原上的未知命运。但白人们就不一样了。即使觉得自己应该去听一场朗诵会，他们也不会去听。一旦去了，他们不是烦躁不安，总是想起一些马上要做的事情，就是干脆睡过去了。甚至在请你读东西的时候，他们也会手里拿着某种印刷品，整晚沉浸在里面，或者干脆默默地读一篇演讲稿。他们已经习惯了用眼睛去感受一切。

但丹尼斯依赖的多是耳朵。他更喜欢听别人讲故事，而不是自己去读。所以，每次他回到农场，就会问我："有故事讲给我听吗？"他不在农场的时候，我会编很多故事，好等他回来后在晚上讲给他听。他把被褥铺在壁炉前面，舒舒服服地躺在上面。而我则坐在地板上，像谢赫拉莎德一样，盘着腿给他讲故事。听故事的时候，他的眼神非常清澈，即使是一个很长的故事，他都能从头听到尾，而且对故事的内容还记得相当清楚。比如，某个人物非常戏剧化地出场时，他就会打断我："在故事的开始，那个人已经死了啊。算了，就当我没说。"

丹尼斯还教我拉丁语，给我读《圣经》和希腊诗人的诗歌。《圣经·旧约》中的大部分内容他都能背下来。无论他去哪里游猎，总会把《圣经》带上。因为这一点，伊斯兰教徒们非常尊敬他。

他还送了我一台留声机。我非常喜欢这台机器，农场也因为它的存在而有了新的面貌。它是我们的农场之音，就像"夜莺是林间空地上的灵魂"这句话所说的一样。有时，他会突然回到农场，给我带来一些新的唱片。如果我当时在咖啡园或玉米地里工作，他就会把留声机打开，让音乐在农场上响起。日落时分，我骑着马走在回家的路上，夜晚清凉的空气中流淌着音乐的旋律，向我宣告他的存在，就好像他在朝我笑似的，他平时就总是爱看着我笑。农场上的土著也非常喜欢这部留声机。他们总是围在房子周围听音乐。当我单独和仆人们在一起时，他们会挑出一些喜欢的曲目，让我给他们放着听。有意思的是，卡曼特一直坚持听，一直最喜欢听的，竟然是贝多芬的慢板G大调钢琴协奏曲。他第一次告诉我他想要听这首曲子的时候，还真有点描述不清楚。

丹尼斯和我在音乐上的品味很不同。我比较喜欢古典的音乐家，而他非常喜欢现代的艺术，好像因为自己和这个时代不和谐，所以需要礼貌地弥补一下似的。他喜欢听最新的音乐。"如果贝多芬不是人人都知道，不是那么通俗，我一定会喜欢他。"他告诉我。

只要我和丹尼斯在一起，就总能遇到狮子，好像我们在一起时运气会特别好。丹尼斯常常会带一些欧洲人出去游猎。有时，他会带着他们出去两三个月，回来之后他会跟我抱怨说，他们连一只狮子都没打到。有时，马赛人的牛被狮子吃掉了，他们就会来我家里请我去打死那些母狮或公狮。每到这个时候，我和法拉就到他们的村里安营扎寨，坐等一场猎杀。有时会起个大早，出门去寻找狮子，但每次却连一只狮子的踪迹都寻找不到。而每当丹尼斯和我一起开车出去，平原上的狮子就会像执勤一样，不断地出现。有时，它们在进餐；有时，它们正在穿过干涸的河床。

在一个新年的早晨，太阳还没有出来，我和丹尼斯驾车行驶在新修的纳罗克路上，路况很差，我们只能尽可能开得快一些。

在前一天，丹尼斯把一把非常重的来福枪借给了他的一个朋友，这位朋友准备跟随一个游猎团向南部走。到了晚上，他突然想起来，来福枪的扳机有个小问题，只要轻轻扳动它，枪就会响，但他忘了告诉他朋友了。

他很担心，害怕这位猎人朋友会不小心伤害到自己或别人。除了马上出发，从这条新修的路赶上纳罗克的游猎队伍外，我们想不出什么别的补救办法。从农场到纳罗克一共有六十英里，中间还有一段村里的土路。游猎队伍走的是老路，卡车上也满满地载着物品，所以应该会走得很慢。我们唯一担心的是，那条新路会不会直接通到纳罗克。

清晨的非洲高原，空气凛冽而清新，似乎都能够触摸得到。所以我们时不时地会陷入一种幻象中，好像现在不是在大地上行走，而是在黑暗的深水中，沿着海底向前行进。甚至你都不能确定自己是不是在向前移动。脸上感觉到的寒冷气流像是深海处的洋流，汽车则像缓缓游动的鱼儿，正稳稳地坐在海底，瞪着像灯笼一样大的双眼看着前方，任由海底的其他生物游过她的身旁。星星看起来非常大，因为它们不是真的，而是倒映在水中的影子。它们在水面上闪闪地发光。在"海底"行进的途中，有各种生物不断地出现，它们比周围的东西都要黑，时而涌入长长的草中，时而在里面蹦跳，就像螃蟹和沙蚤在沙里钻进钻出一样。太阳正在升起，周围的光线越来越亮，海底慢慢地向海平面靠近，最终变成了一块新的陆地。各种气味在你身边快速飘过，比如橄榄树林散发出的清新难闻的臭味，再比如烧焦的草地散发的又咸又腥的味道。偶尔不知道从哪里会突然飘过来一阵腐臭的味道，闻起来可以让人变得镇定。

我们的汽车是封闭的厢式车身，丹尼斯的男仆卡纳西阿坐在后面。他轻轻地碰了碰我的肩膀，指了指汽车的右边。在路的右边距离我们约十二或十五码的地方，有一团黑影，看起来像是一头正在沙滩上休息的海牛，它的前方好像还有什么东西在深海里微微动着。后来我才看清楚，那是一头已经死去的雄性长颈鹿，是两三天前被枪打死的。在非洲是禁止射杀长颈鹿的，因此，之后我们还要为自己辩护，以免因射杀长颈鹿的罪名被起诉。不过，我们是可以证明它早在我们到的时候就已经死去了，只是没有人发现它的尸体，也不知道它是怎么死的。一头母狮正在享受这具庞大的尸体。我们的汽车路过时，它抬起头，耸着肩膀，看着我们的汽车。

丹尼斯停下车，卡纳西阿把肩上的来福枪取下来，上了膛。丹尼斯一直很绅士地把恩贡山看成是我的私人猎场，所以此时他低声问我："要不要打死它？"以前有一个马赛人给我哭诉，说他的牛总被狮子吃掉。此时我们恰好就在他的家附近。于是我就想，如果就是这只狮子吃掉了这位马赛人的大牛和小牛，那么它的末日就应该到了。我点了点头。

丹尼斯从车里跳出去，往后滑了几步。母狮此时已经藏在了长颈鹿尸体的后面。丹尼斯跑到尸体的附近，在母狮进入射程之后扣动了扳机。我没有看到狮子倒下去的情景。当我走出汽车来到它身旁时，它躺在了一片血泊中。

没有时间给它剥皮了，因为我们得赶紧赶路，好赶上纳罗克的狩猎队伍。我们观察了周围的环境，记住了这个地方。而长颈鹿的尸体又散发着强烈的恶臭，一旦经过这里，我们不可能不注意。

于是，我们就开车继续向前走，但刚开了两英里多，就没有路了。修路工人的工具还在地上躺着。工具前面就是广袤的石头地，在晨光中灰茫茫的，没有任何人工翻修的痕迹。我们看看那堆工具，又看看四周的乡村，只好不管丹尼斯的朋友了，结果如何，只能看他的运气。后来这位朋友回到农场之后，我们才知道，他那天根本就没有机会使用那条枪。我们调转车头，面向东方向农场行驶。此时，东方已经变成红色，把平原和山峰都染成了一片红。我们一边向前开，一边谈论着那头狮子。接着，我们又看到了那头长颈鹿，这次我们看得很清楚，加上阳光刚好落在它身上，我们甚至还看到了它皮肤上的那些方形的黑色斑点。就在我们靠近它的时候，却突然发现有一头公狮子站在它的尸体上。到了长颈鹿附近，我们的车身变得比尸体低。狮子直直地立在尸体上，看起来黑乎乎的。但它后面的天空已经燃烧起来，它看起来像是一只抬起前腿向前行走的金狮，此时风又吹起了它的一缕鬃毛，那真是一幅令人震撼的自然画面。我不由得就从车里站起身。看到我这样，丹尼斯说："这次就由你开枪吧。"他的那条来福枪特别长特别重，打一枪出去，冲击力特别大，所以我一直不怎么喜欢用。但这一枪可是爱的宣言，难道不应该用最大口径的枪吗？开枪之后，那头狮子直直地跳向空中，然后四脚并拢，落在了地上。我站在草丛里，使劲地喘气，激动得满脸通红，因为射击能带来一种权力的享受，毕竟你是隔着很远的距离就完成了一件事的。我绕过长颈鹿的尸体，看到了公狮，这真是一场悲剧的最后一幕。它们都死了。长颈鹿的尸体看起来非常巨大，而且一览无余。它的四肢和长长的脖子都已经僵硬，肚子被狮子咬开了。母狮四脚朝天躺在地上，脸上仍然挂着咆哮的表情。它简直就是这出悲剧中的蛇蝎美人。公狮离它不远，它怎么就没有从母狮的遭遇中学到点什么呢？它的头垂在两个前爪中间，颈上浓密的鬃毛覆盖在身上，像是一袭皇家斗篷。它跟母狮一样，躺在一大片血泊中。在耀眼的晨光中，血变成了猩红色。

丹尼斯和卡纳西阿卷起袖子，在冉冉升起的晨光中，开始剥狮子的皮。他们忙完之后，我们从车里拿出一瓶葡萄酒、一些葡萄干和杏仁。因为这天是新年，所以我就买了这些东西，预备在路上吃。我们坐在矮矮的草丛里吃着喝着。附近躺着两具被剥光的、赤裸裸的尸体，看起来很是壮观，上面没有任何多余的脂肪，每块肌肉都有着规则的纹路。它们本来就一直是这个样子，所以其实根本不需要什么斗篷。

一团黑影快速掠过草地和我的双脚。我们抬头看，在浅蓝色的高空，很清楚地看到一只秃鹰在盘旋。此时，我的心慢慢变得很轻很轻，被一根绳子系着在天际飞翔，就像风筝一样。于是，我作了一首诗：

  苍鹰的影子穿越平原
  向遥远的山峦狂奔
  山峦无名，似天空一样蔚蓝
  斑马年轻丰满的影子依偎在纤巧的蹄子间
  安静地等待
  等待着夜晚的到来，等待着在大平原上铺开

等待着到泉水边漫步

平原深蓝,在落日中变为砖红。

我和丹尼斯还有一次关于狮子的惊险经历。那是在这次巧遇狮子之前的事儿了。当时,我和丹尼斯才刚刚成为朋友。春天到了,雨淅淅沥沥地下着。

一天早晨,我的农场经理,南非人尼克尔斯先生怒气冲冲地来找我。他说,昨天夜里,有两头狮子把他的两头公牛咬死了。它们冲破了牛栏,直接吃掉一头,然后把另外一头拖到了咖啡园里,这头牛的尸体现在还在咖啡树中间躺着。他问我能不能帮他写一封信去内罗毕,弄点马钱子碱回来,让他把这毒药放在牛的尸体里,因为他觉得狮子晚上肯定还会回来。

我想了一会儿,觉得不能接受给狮子下毒这种行为,所以就告诉他我不能这么做。一听我这么说,正兴奋的他立刻暴怒起来。他说,如果放任狮子犯下的罪恶不管,它们下次还会来。它们咬死的小公牛可是他最好的劳力,不能再继续失去这样的牛了。他还提醒我说,不知道我想没想过,农场的马厩可离他的牛棚不远。我跟他解释说,我并不是要放任这些狮子在农场上横行,而是觉得它们不应该被毒死,而应该被猎枪打死。

"那谁去打死它们?"尼克尔斯问道,"我不是胆小,只是我已经成家了,不想拿性命去冒不必要的危险。"确实如此,他一点儿都不胆小,他是个非常胆大的"小男人"。"这么做一点儿意义都没有。"他又说。我说,我也没有打算让他去打狮子。芬奇-哈顿昨天晚上回到农场了,我和他一起去打。"啊,那太好了。"尼克尔斯说。

我去找丹尼斯,对他说:"快点来吧,让我们拿自己的性命去冒无谓之险吧。如果说生命有价值，那就是它本身的一无所有了。向死而生者，才能获得真正的自由。"

我们走到咖啡园里，果然如尼克尔斯所言，小公牛的尸体就躺在里面，狮子们几乎都没有碰它。它们的脚印在松软的地上很清晰，也很深。显然，两头大狮子曾在夜里来过这儿。我们跟着脚印穿过种植园，走到海拔较高的贝尔纳普家，走进周围的树林里。但是因为刚刚下过一场大雨，很难看清楚什么东西，而脚印到了林子边缘的草丛和灌木丛里后就不见了。

我问丹尼斯："你怎么想？它们今晚还会来吗？"

丹尼斯很熟悉狮子的习性。他说狮子肯定会在晚上来吃剩下的那条牛，我们得给足它们时间，让它们吃完，然后等到九点左右，再去咖啡园里。另外，还要用到他打猎设备里的一只手电筒，好在打狮子的时候照明。他让我选择是拿枪还是拿手电筒。我选择让他打狮子，我拿手电筒为他照明。

为了能在漆黑的夜色中找到那头牛的尸体，我们学着汉兹尔和葛特儿丢小白石头做标记的方式，提前剪了很多纸条，绑在晚上要经过的一行行咖啡树上，作为我们的路标。这些纸条带着我们直接走到了尸体的不远处。我们在离尸体二十码的地方，把一张大白纸绑在了一棵咖啡树上。晚上，我们就要在这里停下来，打开手电筒，开枪打狮子。傍晚时，我们把手电筒拿出来，想提前试试，却发现里面电池的电量不足了，所以灯光很暗淡。但此时已经没有时间去内罗毕买电池了。所以，我们使用的时候只能尽可能地节省电量。

第二天就是丹尼斯的生日。吃完晚饭后，他忧郁地说他现在还没有活够呢。我安慰他说，即使不去打狮子，没准明天早上到来之前还会有什么别的灾难降临在他的头上。我吩咐贾马提前准备好一瓶酒，等我们回来后庆功。那天晚上，我一直在想那两头狮子，它们当时在哪儿？是不是正一头在前，一头在后，慢慢地、安静地涉过某条小河？冰冷轻柔的河水是否淌过了它们的胸膛和腹部？

九点到了，我们出发。

小雨淅淅沥沥地下着，但天空却挂着一轮明月，它躲在层层叠叠的云彩里，时不时地探出模糊的白色脸庞，在开满白花的咖啡园里倒映出朦胧的身影。经过农场学校的时候，我们远远地看到教室里还亮着灯。

刹那间，一种骄傲和胜利感涌上我的全身，这种骄傲和胜利源于农场的土著。我想到了所罗门王的一句名言：懒惰的人说，外头有狮子，我在街上就必被杀。现在，学校的门外有两头雄狮出没，但上学的孩子们却丝毫没有懒惰，没有让狮子挡住了他们去学校读书的路。

我们继续向前走，找到做标记的两行咖啡树后，我们稍微停了一下，然后沿着咖啡树中间的空道一前一后向前走去。我们穿的是鹿皮软鞋，因此走路的时候一点儿声音都没有。我因为兴奋开始浑身颤抖，但又怕丹尼斯发现后让我回去，所以就不敢靠他太近，但也不敢离他太远，因为他随时可能需要我打开手电筒为他照明。

很快，我们发现了那两头狮子，它们已经要来享用猎物了。不知道是听到了我们的动静，还是闻到了我们的气味，它们朝咖啡树里躲了躲，想让我们先过去。后来可能是怪我们走得太慢，右前方的狮子发出了一声咆哮，声音低沉沙哑，而且非常小，我们都不确定是不是听到了。丹尼斯停下来几秒钟，没有转身地问我："你听到了吗？""嗯，听到了。"我说。

我们又向前走了几步,那低沉的咆哮声又响了起来,这次就在我们的右手边。丹尼斯说:"打开手电筒。"为他照明其实不是一件容易的事,因为他比我高很多,我得保证让灯光越过他的肩膀,照亮来福枪和远处。打开手电筒,周围的整个世界变成了一个灯光璀璨的舞台。咖啡树上湿答答的叶子闪闪发亮;地上的土块清晰可见。

突然,圆圆的光圈落在了一只睁着大眼睛的豺狼身上,它看起来特别像一只小狐狸。我移动手电筒,继续向前照,终于看到了狮子。它就站着我们面前,直直地盯着我们。它身后的非洲大地陷在一片黑暗中,而它,则看起来非常的亮。此时,枪声就在我的身边响起,我甚至都没有做好准备,也没搞清楚这是什么声音,好像是一声响雷,又好像自己变成了这头狮子,在那儿站着。狮子像一块大石头一样倒了下去。"继续往前照,往前照!"丹尼斯朝我喊。于是,我把手电筒的灯光朝前打。我的手抖得厉害,那个由我主宰、掌控全世界的光圈跳起了舞。我听到黑暗中丹尼斯的笑声。后来他跟我说:"在打第二头狮子的时候,手电筒有点抖哇。"光圈舞蹈的中心,正是第二头狮子。它离开了我们,藏在了一棵咖啡树后,半个身子在外面露着。灯光找到它的时候,它还把头偏了过去。丹尼斯开枪,它摔倒在光圈之外,但很快又站起身,重新进入了光圈,突然转身朝我们扑来。丹尼斯扣动扳机,就在第二声枪响的同时,它愤怒地长啸了一声。

就在那一刻,整个非洲突然变得无限广阔。而丹尼斯和我,站在它的上面,显得是那么的渺小。手电筒的灯光之外,是一片黑暗。在这片黑暗中,两头雄狮躺在两个不同的方向。天空中依然淅淅沥沥地下着小雨。最后的狮吼消失之后,所有的一切都静止下来。狮子们静静地躺在地上,脸背对我们扭到它们身体的另一边,好像是在表示对我们的厌恶。现在,咖啡园里躺着两头巨大的死狮,一切都笼罩在黑夜里,周围一片死寂。

我们一边朝狮子走去,一边用步子量着我们之间的距离。第一头狮子离我们站的地方有三十码,第二头则是二十五码。两头狮子都已成年,但年龄并不大,身体丰满强壮。它们是亲密的朋友,一起在山里或平原上冒险。昨天它们还计划着再次冒险,但刚刚实施,它们就死在了一起。

在学校上课的孩子们跑了出来,一窝蜂地从路上跑下来,跑到我们面前,然后用温柔的语调低声地喊着:"姆萨布,你在那儿吗?你在那儿吗?姆萨布,姆萨布。"

我坐在一头狮子身上,大声喊:"是啊,我在这儿呢。"

他们继续喊,声音大了许多:"贝达打死狮子了吗?两头狮子?"当发现这是真的之后,他们立刻变成了夜色中的一群小兔子,蹦蹦跳跳地蜂拥而至。然后,他们当场就把这件事编成了歌谣:"三发子弹,两头狮子;三发子弹,两头狮子。"他们一边唱,一边添油加醋地极尽渲染。于是,一声又一声清亮的童音此起彼伏:"三发好子弹,两头又大又壮的坏狮子。"之后就是重复的副歌部分,他们像是喝醉了似的,一起唱着"ABCD"。大概是因为他们刚从学校里出来,脑袋瓜里被这种"智慧"塞满了。

没过多久,这儿就聚了一大堆人,有磨坊里的工人,有附近村寨的非法棚民,还有我的仆人们,他们也拎着防风灯跑来了。他们围着两头狮子,谈论着它们。然后,带着刀的卡纳西阿和马夫开始给狮子剥皮。我送给印度大阿訇的那张狮子皮是其中的一张。普兰·辛格也登上了舞台。他穿着宽大的便服,整个身体在衣服里看起来细瘦细瘦的,脸上挂着一种印度的甜蜜微笑,在他浓密的黑色胡须里闪闪发亮。他太开心了,说起话来都有点结巴。他很希望能得到狮子身上的脂肪，他们家族的人觉得这种东西是一种药，把它看得特别宝贵。根据他给我打的手势，我想可能是治疗风湿和阳痿的药。咖啡园变得热闹无比。雨停了，月光照耀着一切。

我和丹尼斯回到家之后，贾马把那瓶酒打开给我们喝。我们浑身湿透，满身都是泥巴和血水，连坐下喝酒的力气都没有，于是就直接站在熊熊燃烧的壁炉前，把那鲜美如歌的葡萄酒一饮而尽。我们一句话都没说，在打猎时我们是一个整体，根本不用和对方说什么话。

后来，我们把这次冒险经历讲给朋友们听，给他们带来了很多乐趣。有一次，老布尔佩特和我们一起到俱乐部里跳舞，整个晚上他都没有机会跟丹尼斯和我说一句话。

在非洲农场生活的那段日子里，丹尼斯·芬奇－哈顿让我体验到了最强烈、最激动人心的生活乐趣——他曾经带着我在非洲上空飞翔。非洲的道路很少，有些地方根本没有路，但却有大片可以着陆的平原。因此，飞翔，就变成了生活中一项真实而重要的事情。它为你打开了一个新的世界。丹尼斯把他的蛾式飞机带到了非洲。它能在距离我家几分钟路程的农场平地上降落。我们几乎每天都会去飞行。

在非洲高原上空飞翔，你能感受到极具震撼力的视觉体验。那里有时而变幻无常，时而组合在一起的光和色，令人叹为观止；有彩虹挂在一片碧绿、被阳光笼罩的大地上；有巨大的、垂直的云朵；有狂野的黑色风暴在你的周围奔跑跳跃；还有如鞭的暴雨倾泻而下，眼前就会变成一片白茫茫。对于飞行中的感受，目前的言语真的不足以描绘，希望随着时间的推移，能够发明出新的词汇来形容它。在大裂谷、苏苏瓦山和隆戈诺特火山群上空飞行时，我们感觉好像已经飞了很远很远，飞到了月球的背面。有时我们会在低空飞行，还能看到平原上的动物。此时此刻，我们会感觉自己是上帝，刚刚把这些动物创造出来，还没有委派亚当去为它们取名字。

在飞行的途中，最让我们感到开心的并不是这些景象，而是飞行活动的本身。飞行者的喜悦、飞行者感受到的荣耀，都包括在了飞行活动中。想到住在城市里的人，我就感到很悲哀。他们的生活完全就是一种苦难，一种被奴役的状态。无论怎么活动，他们感受到的只有一个维度。他们就好像被谁牵着似的，始终沿着一条线向前行走。如果想要把生活从直线拓宽到平面，从一维世界进入二维世界，你就要在荒野中漫步，就要去穿越一片丛林。那真是一种对奴隶的伟大解放，就像法国大革命一样。而在空中的飞行，就完全进入了一个自由的三维世界。经历了长时期的流放和幻想，那颗思乡的心终于投入了宇宙的怀抱。什么万有引力定律，什么时间规则，"……在生命的绿林中，都会变成驯服的野兽，奔跑着，嬉闹着。无人知道它们竟然能够如此地温柔！"

每当在飞机里从高空望向下面的大地时，就会感觉自己脱离了它的约束，会感觉到自己有了一个新的发现。我曾经这样想："啊，我知道了，就是这样的。现在，我好像理解了一切。"

有一次，丹尼斯和我一起飞往纳特龙湖。纳特龙湖位于农场的东南九十英里，比农场海拔低四千多英尺，高出海平面两千英尺。人们会从这里提取苏打。纳特龙湖的湖底和湖岸像是白水泥，时常散发着浓烈的酸咸味。

天空总是一片蔚蓝。当我们从平原上飞到这片土地上空时，呈现在我们眼前的是一片满是石头的荒凉之地，大地似乎被烧焦了，失去了所有颜色，看起来好像是经过精美雕刻的龟甲。很突兀地，纳特龙湖在它的中央出现了。从高空望去，白色的湖底在湖水中闪闪发光，湖水呈现出一种摄人心魄的、非常清澈的蔚蓝，让你不得不闭上一会儿眼睛。在一片荒凉的黄褐色土地上，这片水域看起来像极了一颗明亮的蓝色大宝石。我们先是飞得很高很高，之后又降低了高度。往下飞的时候，我们的影子漂浮在蔚蓝的湖面上，变成了深蓝色。这里栖息着上千只火烈鸟，我真不清楚在这么咸的湖水里它们是如何生存的，这水里面肯定没有鱼。当我们靠近，它们就呈圆形和扇形呼啦啦地散开，像是落日的光线，又像是中国丝绸或瓷器上的非常有艺术感的图案，在我们的注视中不断地变换着形状。

白色的湖岸像是一个白色的烤箱。我们在这里着陆，准备吃午餐。太阳太大，我们只能躲在飞机机翼下面。如果敢伸出手到阳光底下，肯定会被晒伤。我们把泡在乙醚中的啤酒拿出来喝，刚开始它还很凉，但不到十五分钟，我们还没喝完，它们就变成了一杯茶，烫得厉害。

我们正在吃的时候，一队马赛武士出现在远处的地平线上，以很快的速度向我们靠近。他们肯定是从远处看到了一架飞机降落在这里，所以决定要走过来看一看。对于马赛人而言，不管路有多遥远，即使是在这样的荒野里，都不算什么。他们排着队，一个接一个地朝我们走来。他们都是又高又瘦，且完全赤裸，手中拿着闪闪发光的武器。在这片黄灰色的土地上，他们像是一块块黑色的泥煤。在每个人的脚下，都有一团小小的阴影跟着他们。除了我们自己的，这是我们在这片土地上看到的唯一的影子。走到之后，他们排成了一队，共有五个人。他们头对头地凑在一起，谈论了一会儿我们和我们的飞机。如果现在是我们的上一代人所生活的年代，那我们此时很可能会命丧黄泉。过了一会儿，一名武士走过来和我们说话。他说的是马赛语，我们根本不知道他在说什么，所以这场谈话很快就继续不下去了。他走回同伴中间。过了几分钟后，他们转过身，排着一列纵队扬长而去。在他们面前，是广阔而灼热的白色盐碱地。

丹尼斯问我："想不想去奈瓦沙？奈瓦沙和纳特龙之间的地高低不平，我们没法降落，要飞得特别高，保持在一万二千英尺的高度上。"

从纳特龙湖到奈瓦沙这段飞行才是真正的"飞行"。我们沿直线向前飞，一路保持在一万二千英尺的高度上。但这个高度太高了，基本上看不见地上的东西。在纳特龙湖时，我们把头上的羊皮帽摘了下来。现在，空气就像冰水一样冷冽，使劲挤压着我的额头，头发全部向后飞去，头好像马上就要被撕扯掉似的。我们飞的其实就是罗克的夜行路线，只不过是反方向而已。它平时的路线是从乌干达的家飞向阿拉伯半岛。此时，它两只爪子各抓一头大象，要飞回家去喂它的孩子们。在飞行途中，坐在飞行员的前面是什么都看不到的，只能看到天空。此时你会觉得，飞行员正伸开双臂，张开双手托举着你，就像是阿拉伯大精灵托着阿里王子在飞行一样。飞机的机翼就是他的翅膀。我们最后降落在奈瓦沙一位朋友的农场上。从空中看去，房子小得厉害，周围的树木也非常小。我们降落的时候，这些树全部躺倒在了地上。

如果没有时间长途飞行，我和丹尼斯会在恩贡山间做一次短途旅行。通常我们是在日落时分开始向山间飞的。恩贡山是世界上最美丽的山峦，从空中俯瞰，可以看见它们最漂亮的一面。越是靠近四座主峰的山脊越是荒凉。在飞行的过程中，山峦与飞机一起攀升，一起向前奔跑，或者突然下降，平铺成一片小草地。

这儿是有水牛的。年轻的时候,我总是想把每种生物都打上一只,好像不这样做就活不下去。那时,我曾用枪打死过一头公牛。后来,我对狩猎不感兴趣了,开始喜欢观察野生动物。我会去山里看它们。每次去的时候,就会和仆人们带上帐篷和食物,到半山腰的一眼泉水旁安营扎寨。我和法拉在凌晨的黑暗中起床,在冰冷的空气中匍匐进灌木丛和长草地,想要看上一眼水牛群。但出去露营了两次,都无功而返。但我知道,它们就生活在这儿的山上,就在农场的西边,还是我的邻居。我在农场上的生活因为它们变得更加有意义。这是一群山间的贵族,很有思想深度,且非常自立,不喜欢接待别人。它们的数量一直在减少。

一天下午,我正在和北部来的几位朋友喝茶,丹尼斯开着飞机,从我们的头顶向西飞去。过了一会儿,他又掉头飞回来,降落在农场上。他这次是从内罗毕飞来的。我和德拉米尔夫人开车去接他回来,但他不下飞机。

他说:"水牛们出来吃草啦,赶紧跟我出去看看去!"

"我去不了呀,"我说,"家里朋友们还在喝茶呢。"

"我们就去看看它们,顶多十五分钟就回来了。"他坚持道。

对我来说,这就像是有人在梦中对我提议。德拉米尔夫人不愿意坐飞机去飞,所以我就跟着丹尼斯去了。我们在太阳里飞行,很快就进入了一片透明的棕色阴影中,山坡就在这片阴影中矗立。恩贡山长长的山脊一片碧绿,看起来很圆润。它们像是一块块折叠起来的布挂在峰顶上,然后沿着恩贡山的一面向下摊开。没过多久,我们就从空中看到了水牛。这是个水牛群,一共有二十七头,正在一条山脊上吃草。刚开始,它们在飞机下很远的地方,看起来像是地面上的老鼠在慢慢地移动。后来,飞机俯冲下去,沿着山脊盘旋,大概距离它们有一百五十英尺的高度,这是很理想的射击距离。它们在下面平静地吃着草,时而聚在一起,时而又分开。我们在空中一个个地数着它们。有一头体型巨大的黑色老水牛,还有一两头年轻的水牛,以及一些小水牛。它们在一片开阔的草地上漫步,草地被灌木丛遮挡着。如果此时地面上有任何陌生人靠近它们,它们立刻就能听到动静或闻到气味,但它们绝对想不到来自空中的访客。我们一直在空中跟着它们。终于,它们听到了空中飞机的声音,就停下来不再吃草,但它们好像并不想抬头看。最后,它们意识到有奇怪的事情发生了。那头老水牛率先有了行动。它走到队伍的前面,扬起那一百多斤重的牛角,要勇敢地向看不见的敌人挑战了。它定定地站在地上,突然扬起四个蹄子开始沿着山脊往下奔跑,过了一会儿,又开始慢跑。整个水牛群惊慌失措地跟在它后面,沿着山脊向下跑着。在它们转身向丛林中逃窜的过程中,它们的身后扬起了大量尘土和松软的石子。跑到丛林里之后,它们停下来,聚集在一起,看起来它们好像是在一片铺着黑灰色石子的林中空地上。在这里,它们觉得自己隐蔽起来了。对于地面上任何移动的东西确实是如此,但它们不可能躲过空中鸟儿的视线。我们向上飞起,离开了。这次飞行中的我们像是走过一条秘密的、无人知道的小路,走进了恩贡山的心脏。

当我回到我的茶餐派对时,我在石桌上的茶壶还烫得厉害,甚至把我的手指都烫伤了。先知穆罕默德也有过类似的经历。他刚打翻了一壶水,大天使加百利[1]就带着他飞到了七层天。但当他们飞回来时,水壶里的水还没有从壶里流出来。

恩贡山里还有一对鹰。丹尼斯常常在下午的时候说:"走,

---

1. 替上帝把好消息报告给世人的天使。

咱们去看看那两只鹰。"有一次,我看到其中的一只站在山顶附近的一块大石头上面,然后飞走了。大多数时候,它们都在空中飞着。很多时候,我们开着飞机追逐着其中的一只。机身倾斜着,一会儿把我们甩向左翼,一会儿又把我们甩向右翼。我觉得那只眼神锐利的鹰肯定是在跟我们嬉闹。有一次,我们和它肩并肩飞行,丹尼斯关掉了发动机,我听到了鹰的尖叫声。

土著也很喜欢这架飞机。农场上有段时间很流行画飞机。厨房里、厨房的墙上,到处都是飞机的画像,上面还有认真抄写下来"ABAK"。但土著其实对飞机本身和飞行并不感兴趣。

就像我们讨厌噪音一样,土著讨厌的是过快的速度。即使在状态最好的时候,他们也难以忍受高速行驶。他们与时间相处得很是融洽,从来就没有想到过所谓的"消磨时光"或"杀死时间"。时间越多,他们会越开心。如果你要拜访某人,然后让一位基库尤人帮你拉马,你就能从他的脸上看出,他非常期待你尽可能地多拜访一会儿。他不会费劲去"打发时间",而是直接坐下来,开始"生活"。

土著对任何机器或机械物都不感兴趣。曾经有一群基库尤年轻人被欧洲人对摩托车的狂热感染,一位基库尤老人就告诉我,他们肯定会在年轻的时候死去。他很可能是对的,因为通常情况下,一个民族的变节者都是其中的软弱群体。在文明社会的所有发明中,土著最钦佩最喜欢的东西是火柴、自行车和来福枪,但只要有人谈论起牛,他们马上就会忘掉这些。

弗兰克·格雷斯·威廉姆斯住在克东山谷里。他有一次回英国的时候带上了一个马赛人给他做马夫。后来他告诉我,他们刚刚到伦敦一周,这个马赛人就骑着马在海德公园逛上了,就好像他就是伦敦人一样。马赛人回到非洲后,我问他在英国发现什么好东西没。他认真地想了好久，然后很礼貌地回答说，白人们建造了非常漂亮的大桥。

对于没有人力或自然力介入就可以动起来的东西，土著老人们都会表示怀疑，甚至会感觉这是人的一种耻辱。他们的心会很自然地避开巫术，就好像它是很不体面的东西似的。他们或许会被迫去关心巫术的效果，但从来不会去关心巫术的内部原理，也没有人会去试着从巫婆嘴里套出她巫酒的秘方。

有一次，我和丹尼斯在农场降落之后，一位基库尤老人走过来和我们说话。

他说："今天你飞得真高。我都看不见你了，只能听见飞机像蜜蜂一样在唱歌。"

我们确实飞得很高。

"你们看到上帝了吗？"他问道。

"没有，恩迪韦蒂，"我回答说，"我们没看到上帝。"

"啊，那你们飞得还是不够高。你能告诉我，如果飞得足够高，你们就能看到他吗？"

"恩迪韦蒂，我不知道呀。"我说。

"那你呢，贝达，"他转身面向丹尼斯问道，"你觉得呢？你如果在飞机里飞得高高的，就能看到上帝吗？"

"我真不知道。"丹尼斯回答道。

"那我就不明白你们为什么要飞得那么高了。"恩迪韦蒂说。

Chapter 04

第四章 | 移民者笔记

萤火虫

在这片高原上，每当长雨季结束，在六月份的第一周，夜晚变得凉爽。此时，树林中就会出现萤火虫。

在某天晚上，你会先看到两三只萤火虫。它们像是独自去冒险的星星，在晴朗的天空中飘浮着，上下飞舞，好像停在了海浪上，又好像不断地在行屈膝礼。随着飞行的节奏，它们会打开或灭掉身上的小灯。你可以捉上一只，让它身上的灯在你的手心里闪烁。它发出的光很奇特，像是在传递什么神秘的信息，把它周围的一圈肌肤都变成了淡绿色。第二天晚上，林子里就会有成百上千只萤火虫出来了。

不知道为什么，它们的飞行总是控制在一定高度上，大约离地面四到五英尺。看到它们，你一定会联想到一群六七岁的孩子，他们举着蜡烛，挥舞着在魔法火焰里浸过的细小火把，开心地在林子里上蹿下跳，奔跑嬉闹。林子里充满了疯狂嬉闹的生命，却又出奇地安静。

生命的道路

童年时,有人给我看过一幅图,说起来也算是一幅会动的图,因为画家是一边讲故事,一边当着我的面一笔一笔画下了这幅画。每次给我讲这个故事,他说的都是同样的话。在一座房子里,住着一个人。这座房子是圆形的,窗户也是圆形的。房子前面有一座三角形的小花园。

在房子不远的地方,有一座小水塘,水塘里面有很多鱼。

一天晚上,这个人被一个可怕的声音惊醒了。他起床走出去,想要看看是怎么回事。外面一片漆黑,他沿着小路向水塘走去。到了这里,讲故事的人开始画画。他画出的是这个人走路的路线图,好像是部队的行军路线似的。他首先向南面跑去,跑着跑着被路中间的一块大石头绊倒,之后没过多久,又掉到了一条沟里。他爬起来向前走,但很快又掉进了一条沟里;他再次爬出来,掉进了第三条沟里,然后又爬了出来。

这时他觉得可能走错路了,所以就又向北面跑回去。但他总觉得那个声音是从南面传来的。所以,他又折回去,向南面跑去。这次又被路中间的一块石头绊倒,过了一会儿,又掉进了一条沟里。他爬起来,又掉进了另外一条沟里,然后再爬起来,又掉进了第三条沟里,他又爬了出来。

现在,他能清楚地听到那个声音是从水塘的尽头传过来的。他跑到那里,看到水塘的堤坝上裂了一条缝,水流了出来,鱼也被冲了出来。他赶紧开始去堵这条缝。干完之后,他就回去上床睡觉了。

第二天早上,这个人从圆窗户向外看,他看到了什么?一只鹳!故事到这里结束了,非常具有戏剧性。

我很高兴自己能听到这样一个故事,每当需要的时候,我就会想起它。故事里的这个人被残忍地欺骗了,而且在路上遇到了重重障碍。他肯定在心里想:"这一路真是曲折啊!我真是倒了大霉了！"他一定在想，他所有的努力背后到底有什么意义，但他肯定想不到，最后的回报是一只鹳。但是，在这个过程中，他始终坚持着自己的目标，任何挫折都没有让他掉头回家。他完成了自己的使命，坚守住了自己的信念，最后得到了回报。第二天早晨看到那只鹳的时候，他一定会开怀大笑。

那么，我现在所处的这个逼仄之地，这个黑漆漆的阴沟，又会是什么大鸟的爪子呢？当我的生命之图完成时，我是否能看到一只鹳呢？其他人是否也能看到一只鹳呢？

我的卫冕女王，你命令我重新唤起内心无法形容的疼痛。熊熊烈火中的特洛伊，七年的流放生活，十三艘沉没的豪华战舰。经历了这一切，我得到了什么呢？是那"无与伦比的优雅、高贵的尊严，以及甜蜜的柔情"。

当你读到基督教会的第二条"信经"时，你一定会感到很困惑。这条信经是这样写的：他被钉在十字架上，受死、埋葬；他降到阴间；第三天从阴间复活；他升天，将来必从天上再次降临人间。

这又是什么样的曲折命运，简直跟故事里的那个人一样倒霉。那么这一切的回报又是什么呢？是半个世界的人民对他的信仰。

野生动物帮助野生动物

在战争期间，农场的经理一直在帮军队大量购买公牛。他告诉我，他曾经从马赛保留区买了一些小公牛，这些公牛是马赛人的牛和野水牛交配后生下的。是否可以把家畜与野生动物杂交,这一直是一个非常有争议的问题。许多人都试图让斑马和家养的马交配,为了生出一种适合荒野环境的小马驹。但我从来没有见过这样的杂交动物。

我的经理向我保证,他买下的那些牛绝对有一半的野生水牛血统。马赛人告诉他,它们要比普通的牛长得慢得多。曾经以这些牛引以为傲的马赛人,后来却急于把它们卖掉,因为它们要比家养牛狂野得多。

要想把它们驯服让它们去拉马车或耕地是很困难的。有一头强壮的小牛给我的经理和它本来的主人带来了很多麻烦。它不是对人大发雷霆,就是破坏套在身上的牛轭,或者口吐白沫,不断怒吼。把它拴住之后,它就把土掀向空中,掀起一团团厚厚的黑云;它的眼睛里满是血丝,还不断地翻白眼;鲜血从它的鼻子里往下流。牛的主人也像它一样,和牛一起不断挣扎,到最后变得筋疲力尽,浑身疼痛,汗水淋淋。

我的经理告诉我:"为了让它死心,我把它扔到了阉牛棚里,把它的四只蹄子绑起来,嘴和鼻子上套了缰绳。它像一个哑巴一样躺在地上,没有任何声音。即使如此,它的鼻孔里还往外喷着热乎乎的气和可怕的鼻息,嗓子里发出一声声叹息。我盼望能给它戴上牛轭,让它一直戴下去。晚上在帐篷里睡觉的时候,我的梦里全是这头黑公牛。突然,我被一阵喧闹声惊醒。狗在狂叫,土著们在阉牛棚附近大喊大叫。两个牧童跑到我的帐篷里,浑身颤抖着告诉我,有狮子闯进了牛棚,正在咬那头公牛。我们带上灯,我拿起一把来福枪,往阉牛棚奔去。我们跑到的时候,嘈杂声变小了。灯光中,我看到一个满身斑点的东西逃跑了。原来是头豹子,它扑在那头四条腿都被捆住的公牛身上,吃掉了它的右后腿。我们再也不会看到它套上牛轭的样子了。"

"后来,"经理继续说道,"我拿起来福枪,把它打死了。"

埃萨的故事

战争期间,我有个厨师,名叫埃萨。他是个性格温和、非常理智的老头儿。有一天,我去内罗毕的麦金农杂货铺买茶叶和调料。一位女士走过来跟我说,她知道埃萨在为我做工。这是一位个子矮小、脸上棱角分明的女士。我说:"是啊。""以前他是在我那儿做工的,"这位女士说,"现在我想让他回来。"我告诉她,很抱歉,她不能带走埃萨。"哦,我可不觉得这样,"她说,"我丈夫是政府官员。请您回家后告诉埃萨,我想让他回来,他不回来,我就把他送到军队的运输部队去。我也知道,除了埃萨,你家还有足够的仆人。"

回到家之后,我没有立刻把这件事告诉埃萨。第二天晚上,我才想起来告诉他,我说我遇到了他以前的女主人,把那位女士的话转告给了他。让我吃惊的是,埃萨立刻就乱了手脚,陷入了恐惧和绝望中。"我的天啊,姆萨布,你为什么不早点告诉我!"他说,"那位女士说什么就会做什么的。今天晚上我就得离开了。""简直是无稽之谈,"我说,"他们不可能把你送到运输部队去。""上帝救救我吧,怕是现在都晚了。"埃萨说。"但是埃萨,你走了,我上哪里去找厨师?"我问他。"啊,如果我被送到运输部队,或是直接死掉了,你也不会有厨师了呀。而且我确定,我这次是死定了。"

在那段日子里,人们非常害怕运输部队,所以我说什么,埃萨都不愿意听。他向我借了一盏防风灯,用一块布把他所有的财产包起来，然后就摸黑去了内罗毕。

从那天开始，他离开农场将近有一年的时间。后来，我去内罗毕的时候见过他几次。有一次是在去内罗毕的路上和他擦肩而过。他变得更老更瘦了，脸颊凹陷，头顶上的黑发变成了灰白。在内罗毕市里，他是不肯跟我说话的。但如果我们在平坦的路上相遇，我就会停车，他会把头顶上的鸡笼放到地上，安心地站着和我聊天。

虽然他和以前一样举止温和，但他还是变了，而且变得很难交流。我们聊天的时候，他总是心不在焉的，心早就跑到了很远的地方。命运折磨着他，他一直生活在极度的恐惧中，不得不利用我想象不到的资源生活。这些生活经历磨练了他，让他的心思变得透明。和他谈话，就像碰到了一位老朋友。他好像已经通过修道士见习期，进了一家修道院。

他问我农场上的生活。土著仆人们总是觉得，一旦他离开，其他仆人们就会对他的白人主人极其凶恶。他问我："战争什么时候会结束？"我说，有人告诉我，要不了多久就会结束了。他就说："你是知道的，如果再打上十年，我肯定会忘记怎么做你教我的那些菜了。"

这位瘦小的基库尤老人站在横贯非洲大平原的路上，脑子里居然有和布瑞拉特－萨伐仑一样的想法。这位美食家说过，如果法国大革命再持续五年，蔬菜炖鸡肉的烹调技术就会失传。

很明显，他刚刚表达的遗憾主要是为了我。为了结束他的这种"怜悯"，我转移话题问他最近过得怎么样。他想了一分多钟，然后像从很远的地方把思绪拽回来似的说道："姆萨布，你记得吗？你曾经说过，那些印度柴禾承包商的牛太累了，它们每天都得套着牛轭拉车，不会像农场山上的牛一样有一天休息的时间。现在，我和那位女士一起生活，就很像那些印度柴禾承包商的牛。"土著本身其实对动物并不会抱有什么怜悯，所以在埃萨心里，我的那些关于牛的说法一定是很牵强的。所以，他说话的时候才会一直看着远处，眼神里充满了歉疚。况且这个话题又是他自己提到的，他心里估计会觉得莫名其妙。

战争期间我的大部分烦恼都来自信件。那时，不管是寄出去的还是收到的信，都会被内罗毕的一个矮个子瑞典审查员拆开。这个审查员整日昏昏欲睡的，从来没有发现过任何可疑的东西。我觉得，应该是因为他的生活太单调，所以他才对信件里所有的人都产生了兴趣。他读着我的信，其实就像是读杂志上的连载故事一样。我常常在信里写一些威胁他的话，专门让他去读。我说，等战争结束之后我会把这些威胁付诸行动。战争结束之后，他或许是记起了我的这些威胁，又或许是他幡然醒悟了，后悔了，所以就派人跑过来，告诉我停战的消息。他派人过来的时候，就我一个人在家。他走了之后，我去树林里散步。周围一片静寂，一想到此时法国和佛兰德斯前线一片静寂，而且所有的枪支也安静下来，我就有一种很奇特的感觉。正是因为这种静寂，欧洲和非洲才变得非常近，就好像从这片树林中的小道就能走到维米岭山脉似的。从树林里走回家后，我看到有一个人站在我的房子外面，是埃萨带着行李站在那儿。看到我，他立刻开口说道，他回来了，还给我带了一份礼物。

这份礼物是一幅画，镶嵌在玻璃下面，还加了外框。画上是一棵树，笔画非常仔细，上百片叶子都被涂上了鲜亮的绿色，而且每片叶子上都用红色墨水写了一个很小的阿拉伯字母。我觉得这些字应该都出自《古兰经》，埃萨解释不清它们的意思。他一边不停地用袖子擦拭着玻璃,一边说这绝对是一份好礼物,是他在受折磨的这一年里,拜托一位内罗毕的伊斯兰老阿訇帮我做的。这位老人一定是花了不少时间才把整棵树画下来。

之后,埃萨一直跟我生活在一起,直到去世。

马赛保留区的鬣蜥

在保留区里,有时我会在河岸边看到鬣蜥趴在大平石头上晒太阳。这是一种巨型蜥蜴,外形倒是不怎么漂亮,但身上的颜色却极其炫目,你再也想象不到其他更美丽的颜色。在阳光里,它们像是一堆宝石在闪闪发光,又像是从某座老教堂窗户上割下来的玻璃。你一旦靠近,它们就嗖嗖地跑掉了。石头上同时也会嗖地闪现出碧蓝、碧绿和紫色,停留在鬣蜥身后的空中,像是一条明亮的彗星尾巴。

有一次,我用枪打死了一只,原本想着用它的皮做点什么漂亮的东西。但非常奇怪的事情发生了,我一辈子都不会忘记当时的情景。它躺在石头上,已经死去了。我站起身走向它,刚走了几步,它身上的颜色就开始暗淡、消失,好像就在一声叹息的时间,这些颜色就完全从它的身上逝去了。等到我去触摸它,它就完全变成了灰色,暗淡得像是一块水泥。它身上那些绚丽夺目的色彩,是因为它体内那股鲜活、灼热、有规律流动的鲜血才存在的。现在,这股灼热的火焰熄灭了,它的灵魂飞走了,于是它就变成了一包死气沉沉的沙袋。

自从我在保留区内打死那只鬣蜥之后,我就一直记得它。

在梅鲁，我看到一位当地的女孩手腕上戴着一条手环，那是一条两英寸宽的皮带子，上面镶满了蓝绿色的小珠子，颜色略有不同，有绿色、淡蓝色和深蓝色。整条手环充满了生命力，好像就在她的手臂上呼吸似的。我非常想要那条手环，于是就让法拉去把它买下来。但奇怪的是，当我把它戴到手腕上，它立刻就死去了，变成了一条什么都不是的廉价手工品，还是我自己买来的。它曾经色彩变幻，是蓝绿色和黑色的二重奏。土著身上特有的那种明快、甜美的黑，这种黑带了一点儿棕色，像是泥炭，又像是黑陶。正是这种黑色，为这条手环赋予了生命。

在彼得马里茨堡动物博物馆，我也看到过同样的颜色组合。那是一条经过人工填充的深水鱼标本，躺在一座陈列橱里。它身上的色彩组合逃脱了死亡的命运。看着它，我就在想，到底是什么样的海底生命，竟然能焕发出如此生动和明快的颜色。在梅鲁，我站在那儿，定定地看着我苍白的手，看着那条死去了的手环，好像自己对某个高贵的东西做了很不公的事，又好像是隐藏了某种真相。这让我特别伤心，于是就想起了童年时读过的一本书，书里有位英雄人物这样说："我征服了他们，但我现在正站在坟墓中间。"当你在异国他乡面对着陌生的生命时，你应该认真地想一想，在这些生命逝去之后，他们的价值是否还能保留下来。因此，我给东非的所有移民提一条建议：为了你自己的心、自己的眼睛，请不要朝鬣蜥开枪。

法拉和威尼斯商人

有一次，一个朋友给我写信，信里描述了一场新上映的《威尼斯商人》。当天晚上，我把信又拿出来读了一遍。读着读着，整场喜剧就在我面前变得生动起来，好像就在我的房间里上演似的。于是，我把法拉叫过来，和他聊起这出喜剧。我给他解释了其中很多的细节。

和所有身上流着非洲血液的人一样，法拉也特别喜欢听故事，但要保证只有我和他两个人单独在房间里，他才肯听。因此，每当仆人们回到了自己的小屋，法拉就会站在桌子的另外一头，瞪着双眼，一脸严肃地听我讲故事。此时，如果有人从农场经过，隔着玻璃向我的房间里望去，就会看到我在讲，法拉在听，他会感觉我们正在讨论家务事。

当我讲到安东尼奥、巴萨尼奥和夏洛克之间的纠纷时，法拉听得特别专心。故事中的交易数目庞大，过程复杂，或多或少地游走在法律的边缘，因此非常符合索马里人的口味。讲到关于那一磅肉的条款时，他问了我一两个问题。显然，这协议对他来说有点奇怪，但也不是没有可能，人嘛，很可能是会干出这种事情来的。故事慢慢地变得血腥，他对故事的兴趣也越来越浓厚。当我讲到鲍西娅走上舞台时，他竖起了耳朵。我想，他很可能把她想象成了部落里的法蒂玛。聪明机智、善于迂回，正准备扬帆出海，打败所有男人。有色人种通常不会偏袒故事中的任何人物，他们只对设计得极为巧妙的情节感兴趣。在现实生活中，索马里人有着很强的价值观，天生就有一颗义愤填膺的心。但在小说中，他们就不会那么较真了。因此，法拉同情的是那个马上要损失一大笔钱的夏洛克。对于夏洛克的败诉，他很不服气。

"什么，"他说，"那个犹太人真的放弃索赔了吗？他怎么能这么做呢。那磅肉就应该归他。他毕竟花了那么多钱，得到这点肉一点儿也不为过。"

"没办法呀，他又不能一滴血不流地把那块肉割下来。"我说。

"姆萨布，他可以用一把烧红了的刀去割，那就不会流一点儿血了。"法拉说。"但是，"我接着说，"他只能割下来一磅肉呀，多一点儿少一点儿都不可以的。"

"谁会怕这个，尤其是一个犹太人？他可以每次只割下一点点，手边就放一个小秤，割一点儿，称一下，直到够一磅为止。没有朋友给这个犹太人这么建议吗？"

所有索马里人都会做出非常戏剧性的表情。此时，法拉全身的动作举止基本上没有变化，但面貌却狰狞起来，好像他本人此时就站在威尼斯的法庭上，面对着安东尼奥的朋友们，面对着威尼斯总督，为他的朋友或同伙夏洛克打气。他眼神闪烁，上上下下地打量着面前的商人安东尼奥。商人此时裸露的胸膛正抵在刀锋上。

"姆萨布，他可以每次割一小点儿，很小的一点儿，就能让那人痛不欲生。甚至在没有割完一磅肉之前，就能让他难受好长一段时间了。"

"可是在故事里，那个犹太人放弃了。"我说。

"是啊，夫人。那真是太可惜了。"法拉说。

伯恩茅斯的上流人士

我有一个邻居，也是从欧洲过来的移民。在家乡的时候，他是一位医生。有一次，农场上一名男仆的妻子分娩困难，马上就要死掉了。但当时正值长雨季，通往内罗毕的道路被大雨冲毁了，我无法去内罗毕请医生。于是，我就给这位邻居写了一封信，请求他过来帮帮这位妻子。他非常善良，冒着可怕的雷雨，蹚着地面上湍急的水流，来到了农场，然后在最后关头，凭着他高超的技术，挽救了这位妻子和她的孩子。

这件事过后，他给我写信说，这次是因为我请求他，他才来给土著女人看病。但我得清楚，以后他再也不会给土著看病了，因为以前他可是只为伯恩茅斯的上流人士看病的。而且他也相信，既然他把这事实告诉了我，我就会理解他的决定。

关于骄傲

农场与野生动物保护区毗邻，附近就有巨型野兽存在，这为农场带来了一种特殊的氛围，就好像我们正在与一位伟大的国王为邻。这些骄傲的动物们在周围活动，让我们感觉与它们极其亲近。

野蛮民族对自己的骄傲极其珍视，但却痛恨或不相信别人的骄傲。我是文明人，所以也会很看重自己的敌人、仆人和爱人的骄傲。我的家满怀着谦逊，在这蛮荒之地上矗立，成为这里的文明之地。

所谓骄傲，其实就是人们对上帝创造人类时所怀信念的信任。一个骄傲的人能够意识到这种信念，并期待自己能去实现它。他不会去刻意追求快乐或舒适，因为这些与上帝的信念无关。对于他而言，所谓成功，就是完美地实现上帝的信念。而同时，他也热爱着自己的命运。一位好公民会因为履行了对社会的责任而感到快乐，一个骄傲的人则会因为拥有好的命运而感到幸福。

没有骄傲感的人不会意识到上帝创造人类时所怀的信念。有时，他们甚至会让人怀疑上帝是否还有这种信念，或者说它已经消失了，我们再也找不到它了。因此，他们会照搬别人对成功的理解，把自己的快乐，甚至是自我，建立在每天对他人话语的引述中。可想而知，他们在面对命运时，一定会浑身颤抖。

要珍视上帝的骄傲，而且要让这种珍视超越对所有一切的重视；要珍爱邻居的骄傲，就像对待自己的骄傲一样。狮子的骄傲是不要被囚禁在动物园里；家犬的骄傲是不要被主人喂胖。还要珍视追随者的骄傲，不要让他们自怨自怜。

要珍爱被征服了的民族的骄傲，要让他们尊重自己的父母，并以他们为荣。

牛

星期六下午是一段幸福的时光。首先，从此时开始一直到周一下午，我都不会收到那些让人头疼的商务邮件。整座农场就像与整个世界隔绝了似的，躲进了一座孤城里。其次，每当此时，所有人都会期待周日的到来，因为到了周日，我们就都能休息一天，或整整玩上一天，非法棚民也能回到自家的田里耕作。

而此时，农场上的公牛是最让我开心的东西。我通常会在六点钟左右去牛棚，那时它们已经结束了一整天的劳作，吃了几个小时草，回到了牛棚。第二天它们就可以什么都不做，吃上一整天草了。

我的农场上一共有一百三十二头公牛，一共分为八组，剩下的几头留作备用。在傍晚金色的落日中，它们排着长长的队伍，跨过荒原，慢悠悠地、安安静静地朝家的方向走去。无论做任何事情，它们都是如此安静。我坐在牛圈的围栏上，静静地抽着烟，看着它们。尼约瑟走过来了；尼古富和法鲁走过来了；接着是姆森古，这个名字的意思是"一个白人"。车夫很喜欢给公牛队伍们起一些白人名字，而且这些名字还都很合适。很多牛都叫"德拉米尔"。接着走过来的老马林达，这是一头大黄牛，我最喜欢的牛就是它。说来奇怪，它的身上布满了像是海星的模糊图案。可能因为这个，他们才把它叫作"马林达"，意思是"一条裙子"。

文明国家的人们总是对穷人抱有一种愧疚感，一想到他们，心里就很不舒服。在非洲，人们心里也有这种愧疚感，每当想到这些牛，心里就会很痛苦。面对着它们，我像是一位国王，正面对着自己国家里的贫民们，心里有一种"你们就是我，我就是你们"的感觉。

在非洲，这些牛承载着"推进欧洲文明"的重担。任何一片新开发的土地，都少不了它们的贡献。它们喘着粗气，双膝没土，拉着犁往前走着，头上是长长的鞭子在挥舞。任何一条新修好的路，都少不了它们的功劳。在车夫的叫喊声和吆喝声中，它们在没有任何道路的荒原上蹚过长长的草地，冒着飞扬的尘土，步履艰难地把各种铁器和工具拉到目的地。天还没亮,它们就又被套上马车,汗流浃背地爬过长长的山坡,穿过峡谷,走过河床,熬过一天中最酷热的时刻,腹部还会留下很多鞭痕。很多牛的眼睛都被那些长鞭子抽瞎了,有些是一只眼被抽瞎,有些是双眼全部被抽瞎。许多印度承包商和白人承包商的牛每天都要拉车,一拉就是一辈子,从来不知道安息日的存在。

我们对牛的所作所为真是很奇怪。我们让它们时时刻刻处在愤怒的状态中,让它们翻着眼珠犁着地,它们看到的所有东西都会让它们感到心烦意乱。但同时,我们还会让它们有自己的生活,让它鼻腔喷火地孕育新的生命,让它们每天心里都抱着极重要的期待和满足。我们夺走了它们的一切,回报给它们的,就是让它们成为我们的奴隶。这些在我们日常生活中出现的、一直都在卖力地拉东西的牛们,是一种完全没有生命的生物,是专门为了人类而制造出来的工具。但它们也有潮湿的、清澈的、羞怯的眼睛,有柔软的口鼻,有像丝缎般光滑的耳朵。它们充满耐心,动作迟缓,有时看起来像是在思考什么东西。

我在非洲的时候,法律规定不允许无刹车装置的马车上路。车夫需在下坡的山路上手动刹车。但人们基本上都不遵守法律,有一半的马车和运货车都没有装刹车。另外的一半,即使装了,也很少用到。所以在下坡时,牛的负担就会特别重。它们要把头使劲往后仰,用身体扛住装得满满的货车,牛角挨着背部,两侧的腹部鼓得像是两个枕头。很多时候,我都看到柴禾商的车队沿着恩贡山路向内罗毕走去,它们一辆接一辆,像是一条长长的毛毛虫。到了保留区内的下坡路,它们的速度就加快了,拉车的牛在车前沿着"Z"字形快速地向下冲。有时候冲到山下的时候,会失足跌倒,被整个马车压住。我见过不少这样的情景。

此时，这些牛一定在想："这就是生活呀。整个世界都是如此。太艰难，太艰难了。但也只能忍着，还能有什么办法？拉着车下山真是太艰难了，简直就是拿命在搏，是生死攸关的事啊！有什么办法呢。"

如果内罗毕那些肥头大耳的印度车主舍得花上两卢比，把马车的刹车安装好，或者坐在马车上的那些慢腾腾的土著车夫能下车走几步，拉住刹车，那对牛们无疑是很大的帮助，它们就能平静地走到山下去。但牛是不会知道刹车的存在的，所以只能日复一日地往前走着，在这种生活条件中，顽强地、不顾一切地挣扎着。

两个种族之间

很多时候，在非洲的白人和黑人之间的关系颇似男人与女人，他们要彼此倚重。

如果有人告诉男人或女人，在对方的生命中，他们的重要性完全不如对方，他们一定会感到很震惊，也会很受伤。比如，如果有人告诉某位丈夫或男性恋人，在他妻子或爱人的生命中，他们的重要性完全不如她们自己，那他一定会觉得迷惑不解，继而愤愤不平；同样地，如果有人告诉某位妻子或情妇，在丈夫或情人的生命中，她们的重要性完全不如他们自己，她们肯定会发怒。

有很多关于古代男人的真实故事，这些本意并不想让女人们听到的故事，证明了这个理论；当男人们不在时，聚集在一起的女人们谈论的话题，也证明了这个理论。

白人们讲述的许多关于土著仆人的故事，也包含着同样的道理。如果你告诉这些白人，在土著仆人的生活中，他们的重要性完全不如土著自己，他们一定会愤愤不平，且感觉不安。如果你告诉土著，在白人的生活中，他们的重要性完全不如白人自己，他们绝对不会相信你，甚至还会嘲笑你。在土著的世界里，很可能会流传着一些故事，中心意思就是白人对基库尤人或卡维朗多人兴趣浓厚，且完全依赖着他们。而且这些故事还会不断地被重复，被讲述。

战时远行

战争开始之后，我的丈夫和两个瑞典助理自愿去德国前线，到德拉米尔大人临时组织的情报部门工作。于是农场上就剩下了我一个人。很快，周围的人们就开始议论起肯尼亚的白人女人集中营，大家都觉得，一旦进入集中营，就会有被土著糟蹋的危险。我害怕极了，心里想，如果要是被关进集中营几个月，我估计得去死，因为谁知道这战争要持续多久。几天后，我得到了一个去基加贝的机会，是和我的一个邻居一起去的。他是一名来自瑞典的年轻农场主。基加贝是一个车站，海拔要比铁路线高很多。我们主要的任务是接管一个营地，营地的功能是接收从前线来的信使带来的消息，然后我们再把这信息用电报发向内罗毕的总指挥部。

我的帐篷在一堆柴火中间搭着，这些柴火是为火车准备的。不管白天和晚上，送信的人随时都会到来。我和车站的站长——一位印度果阿人一起工作。他个头矮小，性格温和，对知识有着极度的渴求，完全不受外界战事的干扰。他问了我很多关于我的家乡丹麦的事情，自己都快变成一个小丹麦人了。他认为，这些事情可能会在某个时候对他产生很大的帮助。他有个十岁的儿子，名字叫维克托。有一次我去车站，走到走廊的棚架下时，我听到他在教维克托语法："维克托，什么是代词？什么是代词，维克托？你不知道？都告诉你五百次了！"

前线急需弹药和补给，丈夫给我写信，让我立刻装上四辆马车的供给，尽快送到他们那里去。他嘱咐我，必须要有一个白人押送，因为谁都不知道从哪里会冒出一个德国人，而那些马赛人又因为战争极度兴奋，也会随时从保留区的任何地方冒出来。那个时候，大家都觉得德国人无处不在。我们还在基加贝的大铁路桥边设了岗哨，防止德国人过来炸桥。

最后，我招募了一名名字叫克拉普罗特的年轻人跟车去前线，但就在货物刚刚装好，第二天马上就要出发的时候，他却在晚上因为被怀疑是德国人而被捕。但他不是德国人，而且他也可以证明。因此，没过多久，他就被释放了，并很快改了名字。在他被捕的时间里，我看到了上帝的手指——没别人了，只能是我自己押送马车，穿过肯尼亚去前线了。早晨，当天上的星星还没有回家，我们就沿着长长的、似乎永无止境的基加贝山往下走去。在微微的铁灰色晨光中，马赛保留区内的广阔平原在我们脚下向前延伸。马车下挂着的灯摇晃着，空气中回荡着人们的喊声和鞭子噼噼啪啪的声音。我们一共有四辆马车，每辆车由十六头牛拉着，还有五头备用牛。人员方面，除了我，还有一名二十一岁的基库尤人和三名索马里人，法拉、扛枪人伊斯梅尔和一名也叫伊斯梅尔的老厨师，这是一位非常高贵的老人。我的猎犬达斯克就跟在我身边。

真是可惜了克拉普罗特的那头骡子，警察逮捕他的时候，竟也把它给逮捕了。搜遍全基加贝，我都找不到另外一头像样的骡子。因此，刚开始的几天，我不得不跟在马车两边，在飞扬的尘土中步行向前。后来，我从保护区里的一名男人手里买了骡子和马鞍，之后又为法拉买了一头。

此时，我们已经出发三个月了。到达目的地之后，我们很快就有了新任务：去边境线附近搬运一个美国大型游猎团留下的猎物。他们听到战争打响的消息后，在匆忙中把猎物留在了原地。于是车队就向新的目的地进发。在这个过程中，我对马赛保留区里的浅滩、水洼了解得一清二楚，而且还学会了一点儿马赛语。这里的路况不是一般的差，到处都是厚厚的灰尘，而且很多时候我们会被一堆堆比马车都高的大石头拦住去路。到了后来，我们几乎跨越了整个平原。非洲高地的风吹来，闻起来像美酒一般，我常常会有微醺的感觉。这几个月的经历带给我的愉悦感是无法形容的。在此之前，我也曾出去游猎，但从来没有单独出去过，这是唯一的一次。

我和身边的几个索马里人都觉得有责任保护好政府的物资，因此时时刻刻都在担心狮子们会吃掉我们的牛。到了这个时候，路上已经不断有各种大型运输车，向前线运送羊啊之类的补给，这些车的后面常常会有狮子尾随。清晨，我们赶着车向前走，沿着马车道可以看到很多新鲜的狮子脚印，很长一段路都有。到了晚上，我们会把牛轭解掉。此时，帐篷附近就可能会有狮子，它们会吓到所有的牛，让它们四下惊散，跑得到处都是，以后就再也找不到它们。因此，我们在休息区和帐篷区周围修了荆棘篱笆，晚上端着枪坐在火堆边警戒。

在这里，法拉、伊斯梅尔和老伊斯梅尔都感觉大家已经距离文明世界非常遥远，所以心里会有一种安全感，讲话的时候就开始大舌头，他们会讲一些索马里兰的奇闻轶事，还有《古兰经》和《天方夜谭》里的故事。法拉和伊斯梅尔都曾经出过海，因为索马里属于航海国家。古代的时候，红海上就活跃着很多索马里大海盗。他们告诉我，地球上的任何生物都能在海底找到它们的复制品，不管是马、狮子、长颈鹿，还是女人，海底都有，水手们有时还能看到它们。他们给我讲了一个关于海底的马的故事。他们说，索马里兰的海底住着很多马，每当月圆之夜，它们就会从海底浮上来，到海岸边的草地上和在那儿吃草的母马们交配，然后生下很多又漂亮跑得又快的小马驹。我们坐在那儿，夜晚的苍穹在我们头顶向后移动，不断有新的星系从东方升起。空气清冷，火堆里飘出一股股轻烟，不断冒出长长的火花。刚砍下来的柴禾散发着一股清新的苦味。牛群时不时会突然骚动一下，它们不断地跺脚，紧紧地挤在一起，在空气中不断地嗅着什么。此时，老伊斯梅尔就会爬到马车顶上，摇晃着灯，观察着周围，试图把所有可能出现在篱笆外的动物吓跑。狮子给我们带来了很多惊险经历。我们在路上遇到了一位运输队长，他正带着队伍向北方走。

他告诉我们："要注意沙瓦这个地方，可千万不要在这个地方扎营，因为那儿的周围有两百多头狮子。"我们急匆匆地赶路，希望在晚上之前能穿过这个区域。但欲速则不达，这个道理在远行途中比在任何地方都适用。日落时分，车队最后一辆马车的车轮卡在了一块大石头里，没办法向前走了。大家一起努力想把马车抬出来，我提着灯为大家照明，就在这个时候，一头狮子咬住了一头备用公牛，它离我有三英尺远。我的来福枪放在了行军队伍里，所以我们只能甩着鞭子，大喊大叫，最后把那头狮子吓跑了。那头公牛本来被狮子咬着背部拖了很远，此时又跑了回来，但是受伤很严重，几天之后就死去了。

我们还遇到了很多奇怪的事情。有一次，一头公牛把备用煤油喝了个精光，当场就死在我们面前，我们没了照明的东西。直到进入保留区一家被主人遗弃的印度商店后，才有了煤油。奇怪的是，这家店里的所有东西几乎都没被人碰过。

我们曾在一个大型的马赛武士营地旁驻扎过一周时间。那些年轻的武士们浑身涂着战争油彩，手里拿着长矛和盾牌，头上戴着狮子皮做的头饰，不分白天黑夜地围在我们的帐篷周围，想要得到一些关于战争和德国人的消息。我们的人很喜欢这座营地，因为马赛武士们有很多牛，他们可以直接从他们那儿买牛奶。这些牛跟着武士们到处艰苦跋涉，由马赛的男孩们负责照看，因为他们还太小，不能成为武士。在马赛人中，他们被称为莱奥尼。营地里也有活泼漂亮的少女，她们喜欢到我的营地里找我，而且总是问我要我的手镜。然后，她们就互相为对方举着镜子，对着镜子的女孩会露出两排亮闪闪的牙齿，好像一头愤怒的食肉类小野兽。

所有敌人的动态都要报告给德拉米尔将军，但他的军队总是在保留区里像闪电一样行军，所以根本没人知道他们会在哪里驻扎。我没有做过情报工作，所以很好奇，他们的情报人员是如何向他传递情报的。有一次，我们在离他营地几英里的地方扎下营。我和法拉一起开车过去，想和他一起喝杯茶。虽然他的营地第二天就要拔营行军，但却热闹得像一座小城，到处都是马赛人。德拉米尔将军对马赛人很友善，总是盛情款待他们。如此一来，他的营地就变成了寓言故事里的狮子窝，只能看到进去的脚印，看不到出去的脚印。马赛信使把信送到德拉米尔将军的营地之后，不会再带任何回信回去。处于这股喧嚣中心的德拉米尔将军一如既往地瘦小但却彬彬有礼，他白发垂肩，看起来悠闲自在。他给我讲关于战争的一切，还请我喝了马赛人的烟熏牛奶茶。

对于所有的牛啊，挽具啊，这次远行的路之类的，我基本上都是一无所知，大家对这一点给予了极大的忍耐，甚至像我自己一样，热心地帮我掩饰这一点。有时，我会提出一些不可理喻的要求，但他们从来没有抱怨过，一直都是尽心尽力地为我服务。他们穿过荒原，头顶着水盆，为我运来洗澡水；中午卸下牛轭后，他们会用长矛和毯子搭一个遮阳棚，让我在下面休息。他们有点害怕那些马赛武士，心里时常因为德国人而不安，因为周围流传着很多关于德国人的古怪流言。在这种形势下，我感觉自己就是队伍的守护天使或吉祥物。

战争爆发前六个月的时候，我和冯·莱汤·福贝克将军搭乘同一艘船来到非洲。他后来成为东非德国军队的最高统帅。但当时我还不知道后来他会成为战争英雄，我们在旅途中成了好朋友。分别的时候，他要去坦噶尼喀，而我则要去内陆。我们在蒙巴萨岛上一起用餐告别，他送给了我一张马背上的戎装照片，照片上写着：

"地球上的天堂，在马背上；人的健康，在女人的胸脯上。"来亚丁接我时，法拉也见到了将军，并且知道了他是我的朋友。在这次远行途中，他把这张照片和钱、钥匙等东西放在一起随身带着，以便在被德军俘虏的时候，拿给德国人看。他把这张照片看得极其珍贵。

日落之后，队伍排着一字长龙，在河边或水洼边卸车扎营。马赛保留区的夜晚非常迷人。散落着荆棘树的荒原已经完全黑了下来；天空清澈透明，从头顶上向西看，一颗孤星泛着微光，在夜空中渐渐变大，变得明亮，在黄水晶般的天空中，像是一个小小的银色点点。空气冷冽，吸进肺里时会觉得特别寒冷；长草湿漉漉的，好像要滴下来；高过长草的植物散发出隐隐的香味。没过多久，蝉儿就在四面八方开始高声歌唱。此时，所有的草都变成了我，天空和远处暗藏着的山峦也变成了我，队伍里疲劳的公牛也变成了我。我在荆棘树丛中，和轻微的夜风一起呼吸。

三个月后，我突然接到了回农场的命令。这大概是因为此时所有一切都已经系统化和组织化了，正规军队也从欧洲来了，而我们的队伍应该是不太正规。我们开始返回农场，经过之前扎营的地方时，心情都很沉重。

这次远行在农场人们的记忆里保留了很久。之后，我也经历过很多次远行，但都不是因为战争的原因出行的。这次特殊的远行对队伍中的所有人而言都弥足珍贵，这或许是因为我们当时是为政府服务的，所以我们自己也好像变成了政府官员，又或许是因为其中弥漫的战争的气氛，参加这次远行的人心里特别珍视这次经历。又或许他们把自己看成了参加游猎的贵族。

很多年之后，他们还会来到我的家里，和我谈论这次远行，大概是想保持一份鲜活的记忆，然后再体验一两次冒险的气氛。

斯瓦希里语的数字系统

刚到非洲时，一个来自瑞典的小伙子教我斯瓦希里语的数字。小伙子很腼腆，是位挤奶工。在斯瓦希里语里，数字9的发音对瑞典人来说会有歧义，因此他不喜欢跟我提起它，他数数时会这样:"7、8,"然后停下来,脸扭到一边,接着说,"斯瓦希里语里面没有数字9。"

"你的意思是,"我问,"他们只能数到8?"

"噢,那也不是,"他的语速很快,"也有数字10、11、12等。不过就是没有9。"

"那这样行吗?"我疑惑地问他,"那他们数到19时怎么办?"

"他们也没有19,"他说道,脸已经红了,但语气却相当坚定,"也没有90、900。"因为它们都是从数字9出来的,我想。"除了这些数字,我们有的,他们全都有。"年轻人说。

在很长一段时间里,我都在思考这种数字系统,这种思考在某种程度上也带给了我很大乐趣。我想,这是一个多么有创意的民族,他们勇敢地打破了现有数字序列的单调无趣。

我想,如果1、2、3是唯一三个相连的质数,那么8、10也可以是唯一两个相连的偶数。有人可能会说,你用3乘以3,不就是9了吗?这样的话,9不就是存在的吗?但为什么要这样呢?如果数字2没有平方根,那么数字3也可以没有平方数。如果你能把某个数字的各位数字相加,然后再把得到的数字的各位数相加,一直到一个个位数为止,那么你会发现,不管一开始有没有9或9的倍数,结果都不会有什么影响。所以说,9或许真的可以不存在。这是我为斯瓦希里语数字系统的辩解。

那时,农场仆人扎卡赖亚的左手无名指没了。我想,这在土著中间可能是很常见的,因为他们如果用九个手指数数,就会方便很多。

但当我给其他人阐述这个观点的时候,他们都会打断我,还会纠正我。只是我仍然忍不住会想,一定在某个土著的数字系

中文分级阅读九年级导读

亲爱的家长朋友：

您好！您打开的是中文分级阅读九年级图书。也许您纯粹出于好奇，也许您家里正有一位初中三年级的孩子。

这个阶段的孩子即将初中毕业，已逐渐形成了一定的审美能力和阅读喜好。他们的阅读行为逐渐趋于理性，思维独立性日益提高。随着青春期带来的心理和生理变化，该阶段的孩子面临着许多的压力和挑战。他们渴望社会、学校和家长能够给予自己成人式的信任和尊重，同时也进入到一个"自我发现"的新时期，能够更加客观地进行自我评价。

这套由亲近母语和果麦文化联合打造的中文分级阅读文库，针对不同阶段的孩子专门配备了适宜的阅读套餐。亲近母语有着近20年儿童阅读研究的专业积累，果麦文化有着优秀的出版品质和行业口碑。这套文库，基于亲近母语研发的中文分级阅读标准，根据1-9年级儿童的认知与心理特点，以及儿童阅读能力和素养发展的要求，精选108本经典作品。为每一个孩子，择选更适合的童书。

我们从这个阶段孩子的语言、阅读和心理特点出发，精心择选了12本优秀的经典名著、动物小说、文言小说、自传体小说、散文和非虚构类作品，旨在扩展青少年阅读的广度，提升阅读的深度。

文学阅读依然是这个阶段孩子的阅读主体。我们选择了5本不同风格的文学作品。经典名著《简·爱》对于人物性格的刻画和语言的描写极具张力，塑造了独立坚强、敢于反抗的女性形象。《水浒传》是一部伟大的长篇小说，108个鲜活的人物形象，富于表现力的文学语言，波澜壮阔的社会背景，都让这部作品成为古典名著中的经典之作。语言大师汪曾祺的散文《人间有至味》，展示了美食美味、生活趣味和人生况味，充分彰显了作家"有至味"的生活方式和生活态度。《走出非洲》是丹麦作家凯伦·布里克森的自传体小说，描绘了1914年至1931年，作者在非洲经营咖啡农场的故事，字里行间流露着作者对非洲风光和非洲人民的真挚情感。黑鹤的《从狼谷那边来的孩子》给读者带来雄浑大气的审美体验和对生命的深刻思考。坚定守护羊群的孩子那日苏，宁愿战死也绝不退缩的牧羊犬巴努盖，传递着激荡人心的坚定和勇气。

每一个孩子都应从文学阅读开始，走向更广阔的人文阅读与科学阅读。《长物志》是一本古代中国生活美学指南，涉及衣食住行以及用赏鉴藏各个领域，带孩子领略中国人的美学精神，启发我们如何把生活过得更有趣味和格调。蒋廷黻先生的《中国近代史》，反映的是近代中华民族开眼看世界的历程，引导孩子们用审慎、辩证的眼光看待历代社会的历史变迁。梭罗在《瓦尔登湖》中尽情描绘了大自然的多样性和丰富性，充满诗意和美感的文字给孩子们带去了美的享受，和对大自然应有的态度。《沉思录》记录了古罗马帝国皇帝玛克斯·奥勒留与自己心灵的对话，千百年来，始终不渝地向人们倡导一种冷静而达观的生活。《菊与刀》是一部文化人类学的经典之作，为孩子们了解"他者"的文化和民族性提供了一个新颖的视角，充满了深刻的哲理性和艺术性。从儿童的理性思维发展来看，阅读科学类作品有助于提升这一阶段孩子的抽象思维能力和科学素养。美国海洋生物学家蕾切尔·卡森的《寂静的春天》，是极具人文情怀的环保科普之作，被誉为"影响世界历史进程的十部著作之一"，极大地改变了公众对环境问题的认识。《从一到无穷大》让乐于探索的孩子不仅能在数字游戏、微观世界、宇宙之谜中发现解密的快乐，也有助于他们养成实事求是、崇尚真知的科学态度。

《瓦尔登湖》像一位智慧的老人，用充满诗意的语言诉说着生活的恬淡与美好。光阴流转，四季更迭，梭罗借由文字记录着他的所见所感。瓦尔登湖不仅是梭罗的栖身之所，也是他灵魂依归的"故乡"。愿孩子们在阅读中，细细品味，慢慢欣赏，思考文字深处的哲理，寻觅一片属于自己的理想天地。每一个此刻，都有适合的童书。期待每一个孩子的成长之路上，都有这套中文分级阅读文库的陪伴！

亲近母语 × 果麦文化

统里没有9，而且他们用起来还会方便，能发现很多东西。

我不由得想到一位丹麦老牧师给我说过的话，他说他根本不相信十八世纪是上帝创造的。

"你不给我祝福，我就不让你走"

在过完炎热、干燥的四个月之后，非洲在三月开始了长雨季。此时，植物生长旺盛，到处都是满眼的新绿和扑鼻的香气，一切都势不可当，扑面而来。

但农场主却始终不放心，不敢相信大自然的慷慨。他侧耳倾听，生怕大雨的咆哮声会小下来，因为大地现在饮下的雨水必须能够满足所有蔬菜、动物和人类在接下来四个月干旱季节的需求。

农场的道路全部变成了流动的小河，看起来实在是令人欢喜。农场主心花怒放，蹚水涉泥地去咖啡田查看。咖啡正在开花，滴滴答答地滴着水珠。很快，长雨季就过了一半。此时，夜晚的天空覆盖着厚厚的云层，星星从云层里探出头来。农场主站在屋外，抬头凝视天空，恨不得把自己挂到天上，挤下更多的雨水。他朝天空大喊："给我足够的雨水吧，比足够更多的雨水！我现在把心都掏给你，你不祝福我，我就不让你走。如果你乐意，淹死我也行，千万不要反复无常，否则就是杀了我呀。上天啊，上天，你可千万不要在这个时候中断你的交欢啊！"

长雨季过后，天气有时会变得很凉爽。此时天空完全透明，一点儿颜色都没有。这种天气往往会让人想起那些"马尔卡姆巴娅"日子，就是那些灾年，那些大旱季节。每当这样的日子来临,基库尤人就会把他们的牛赶到我的房子周围,让它们在这儿吃草。其中的一个牧童有一支笛子,总是会在放牧的时候吹上一小段曲子。后来,每当听到这个曲子,过往日子的痛苦和绝望就会在瞬间涌上记忆的心房,里面饱含着苦涩的眼泪。但同时,我在这个曲子里也发现了一种活力,一种奇特的甜蜜和一首歌,这真是出乎意料。那些艰苦的岁月里真的会有这些东西吗?但那时,我们确实还年轻,心中充满的是狂热的期望。正是在那些漫长的艰苦岁月里,我们融为了一体,即使到了另外一个星球,我们还能认识彼此。所有的东西都会对着对方大喊,我的那座布谷鸟时钟、我的所有书本,会对着房前草地上瘦骨嶙峋的牛儿和悲伤的基库尤老人大喊:"你们也在那儿啊。你们是恩贡农场的一部分。"那段艰苦的岁月给过我们祝福之后,就离开了。

朋友们来到农场,然后又离开。他们不可能在某个地方停留很久,也永远不会变老,他们会在年轻的时候死去,然后再也不回来。但他们曾经满足地坐在壁炉前,四面封闭的房子会对他们说:"你不给我祝福,我就不让你走。"他们听到之后就哈哈大笑,然后祝福了我的房子,房子就让他们走了。

在一次派对上,一位老太太谈起了她的一生。她说她很想重活一次,也好证明一下她这一辈子其实活得极其明智。我想,是啊,她的人生就是那种需要活第二次才好意思说真的活过的人生。一首短的咏叹调是可以从头重复一遍,但一首完整的乐曲是不能重复的,交响乐和五幕悲剧也是如此。一旦重复,就说明这首曲子或悲剧没有顺利完成。

我的生命啊,如果你不祝福我,我不会让你走。如果你祝福我,我就会放手。

月食

有一年,我们遇到了月食。月食发生前没多久,基库尤车站站长,一名印度年轻人,给我写了一封信,信的内容如下:

尊敬的夫人:

有人很善意地提醒我,太阳要熄灭了,而且要熄灭七天。先不提火车,您能否告诉我,在这段时间里,我是应该把牛留在外面吃草呢,还是应该把它们关到牛棚里?您一定要发发善心告诉我,因为我感觉除了您,没有人会这么好心了。

您最忠实顺从的仆人帕特尔

土著和诗

土著对节奏非常敏感,却一点儿都不懂诗歌,至少在入学前什么都不懂。上学之后,老师会教给他们一些赞美诗。一天晚上,我们在玉米地里收玉米。我们把一穗穗玉米掰下来,扔到牛车上。为了消遣,我开始用斯瓦希里语为收玉米的工人作诗。他们大多数都是土著男孩。这些诗没有任何意义,纯粹是为了押韵:尼古姆比——纳彭达——查姆比,玛拉雅——玛巴雅。瓦卡姆巴——纳库拉——玛姆巴。[1]意思是:公牛喜欢吃盐,妓女是坏人,瓦卡姆巴吃蛇。男孩们对这诗歌很感兴趣,他们在我身边围成了一个圈。很快,他们就觉察到这诗歌并没

---

[1] 原文为:Ngumbe na-penda chumbe, Malaya-mbaya. Wakamba na-kulamamba.——原注

有什么意义,但他们不问诗歌的主题,而是急切地等待着韵脚的出现。一旦听到韵脚,他们就会哈哈大笑。我尝试着开一个头,让他们找到韵脚,把诗接着说下去。但他们找不到,或者说不愿意找,而是扭过头不看我。习惯了"诗歌"这个概念之后,他们就央求我:"再说一遍吧,再说一遍吧,它们听起来很像雨。"我不清楚为什么他们会感觉诗歌像雨,但我觉得,这一定是在为我喝彩,因为雨在非洲是人们翘首企盼和欢迎的东西。

关于千年纪念

有一段时间,人们确定基督会在近期回到地球,于是就成立了一个委员会,专门负责确定如何接待基督。经委员会委员讨论后,他们发出通知,禁止人们挥舞或乱扔棕榈枝叶,禁止人们乱喊"和撒那"这个赞美上帝的口号。

千年纪念持续了一段时间,真是全民同欢。一天晚上,基督告诉彼得,他想等一切安静下来后,出去和他走一走。

彼得问:"主啊,你想去哪儿呢?"

基督回答道:"我想从总督府开始走。沿着那条长路,去骷髅山[1]转转。"

---

1. Hill of Calvary,即基督耶稣被订上十字架的地方。

基托什的故事

基托什的故事曾经上过报纸。这个故事还引发出一起案子，当时有一个陪审团把案件从头到尾审了一遍，希望找到审判案子的线索，有些线索记录下来，现在还能从旧文件里看到。

基托什是个年轻土著，在莫洛的一位白人移民家里做仆人。六月的一个周三，他的主人把一匹棕色的小马借给了一位朋友，让朋友骑着去车站。然后派基托什去把小马带回来，特别吩咐他不能骑着回，要把马拉回来。但基托什却直接跳到马背上，一路骑着回去了，而且又被人看到了。到了周六，那人就把这件事告诉了主人。为了惩罚他，主人在周六下午鞭打了他，又把他绑在仓库里。到了周日晚上，基托什就死了。

为处理这起案件，八月一日，政府在纳库鲁的铁道研究所里设立了最高法院。土著围坐在铁路研究院周围，很好奇里面的人都在干什么，因为对他们来说，这起案件非常简单，毕竟人都已经死了，在他们的头脑里，这种情况死者家属是一定会得到赔偿的。

但欧洲对于公正公平的概念与非洲是不同的。在白人陪审团看来，有罪或无罪很快就能判定。这起案件的结果无非三种：谋杀、过失杀人和重伤。法官提醒陪审团，罪行的严重程度取决于犯人的动机，而不是结果。那么，基托什案件犯人的动机和心态又是什么呢？

为了判断这位移民的动机和心态，法院一天审问他好几个小时。他们试图把事件的过程还原成一幅画面，把搜集到的所有案件细节都添加到画面中。关于案件的报告这样写道：这位移民叫来了基托什。他来了之后，一直站在离移民三码远的地方。报告的这一细节看起来无关紧要，但对案件的影响非常巨大。在这出戏剧的开头，一名白人和一名黑人站在一起，中间隔着三码远。

随着故事的推进，整幅画面的平衡感从这里开始被打破。移民者的形象开始变得模糊，人变得越来越小，而这个过程似乎又无人能够阻止。最后，这个形象变成了一幅大风景画中的附属人物，脸庞小而苍白，整个身形也变得纤细，失去重量，看起来像是从某张纸中剪出来的纸人，一股气流吹过，或是什么其他自由之力拂过，就会到处乱飞。

移民者说，他刚开始就问基托什，是谁允许他骑那匹棕色母马的。但他重复了这个问题四五十次，基托什都没有回答。而且他很确定，不可能有人会允许他骑马。从这里开始，他就掉入了地狱。如果在英国，他是没有机会把这样的问题问上四五十遍的，别说四五十遍，即使离这个数字还远，都会有人阻止他问下去。也只有在非洲，才会有人让他尖叫着把同一个问题问上四五十遍。最后，基托什终于回答了，但他的回答是，他不是小偷。主人说，基托什的这个傲慢无礼的回答刺激到了他，他这才开始鞭打这个仆人。

报告陈述到这里，又出现了第二个看起来无关紧要，但却非常影响案件发展的细节。报告提到，就在移民者鞭打基托什的时候，两位自称是主人朋友的欧洲人过来拜访。但他们在旁边观看了十到十五分钟后就离开了。

鞭打之后，移民者还是不肯把基托什放走。

晚上，他用缰绳把基托什绑着，锁在了仓库里。陪审团问他为什么要这么做，他说没什么理由，就是不想让这样一个男孩在农场上乱跑。晚饭之后，他去仓库查看，发现基托什躺在离绑他还有一段距离的地方，昏迷了过去，而且身上的缰绳也松开了。他就叫来了他的巴干达厨师，一起把男孩的全身绑了起来，双手绑在他后面的柱子上，右腿绑在前面的一根柱子上，而且绑得比原来更紧。然后，他就锁上了仓库的门离开了。半个小时后，他又回到仓库，找到厨师和厨房帮厨的小托托，让他们进仓库睡觉。然后，他就睡觉去了。他说，接下来他能记得的事，就是那个小托托跑过来跟他说，基托什死了。

但陪审团牢记的是，罪行的严重程度取决于罪犯的动机。所以，他们就一定要找到一个动机。他们询问了许多关于基托什被鞭打的细节，也非常关注之后发生的所有事情。在读关于这个案件的报告时，我似乎都能看到他们在摇头。

那么，基托什的目的和态度又是什么？随着这个问题的深入，事情开始变得不一样了。基托什确实是有动机的，而且这个动机在对案件的判决结果上影响很大。可以这么说，正是因为这个动机和心态，这个现在已经在坟墓里的非洲人拯救了他的欧洲主人。

基托什没有机会去阐述他的动机。他被锁在了一个仓库里，因为有关他的信息很简单，就是他的一个动作。守夜人说基托什哭了一整夜，但事实并不是如此。夜里一点的时候，基托什还在和看守他的那个小托托聊天。他对这个孩子说，得大声喊他才能听见，因为鞭子把他的耳朵打聋了。他还要求小托托把他脚上的绳子松开，因为他肯定逃不掉了。孩子就照他要求的做了。但是，他却对孩子说，他很想死。过了一会儿，他使劲摇晃着，大声喊："我死了！"然后，他就真的死了。

三名法医到场取证。

尸检之后，地区的外科医师认为，正是尸身上的创伤导致了基托什的死亡，任何的医疗急救措施都救不了他的命。

内罗毕也来了两位医生，为本案辩护。他们表示反对。

他们认为，鞭打本身并不能致人死亡。于是，另外一个重要的因素就浮出水面，即死亡的愿望。在这一点上，第一位医生说他是很有发言权的，因为他在这个国家已经行医二十五年，很了解土著的心理。他认为，如果一个土著从心底里想死，这种对死亡的愿望真的可以导致死亡。这里的很多医护人员都同意他这个观点。这个案子已经很清楚了，因为基托什自己说他想去死。第二位医生也支持他这个观点。

第一位医生继续说，如果基托什没有这样的想法，他很可能就不会死，他可以吃点东西，这样就不会丧失勇气，因为人们都知道，饥饿是会降低人的意志力的。另外，他嘴唇上的伤口很可能不是被脚踢的，很可能是他在急剧的疼痛中自己咬的。

这位医生还说，他觉得在九点之前，基托什还没有死的想法，因为在此之前，他还在试图逃跑，而且他也还没死。但是，当他在试图逃跑失败后，又被主人逮住并又被绑了起来，他就有点受不了重新沦为囚犯的现实了。

之后，两位内罗毕医生总结了他们的观点。他们认为，鞭打、饥饿和死亡的愿望是导致基托什死亡的原因，但应特别注意最后一点原因。而且，死亡的愿望也是被鞭打的直接后果。

根据这两位医生的证词，这起案件的判决可是要依靠所谓的"死亡愿望理论"了。但地区外科医师不同意这个理论，他是唯一见过基托什尸体的人。他列举了一些癌症病人的例子，他说，他们虽然也很想死，却一直都没有死。只是这些病人都是欧洲人。

陪审团最终给出了判决：重伤罪。同时认定，被起诉的两名土著也有罪。但是，考虑到他们是在执行欧洲主人的命令，监禁他们显得不公。因此，法官最后判处白人主人两年监禁，两名土著仆人每人一天监禁。

读完案件的整个报告之后，你会觉得"欧洲人不应拥有灭绝非洲人的权利"这种观点很滑稽，也很侮辱非洲人。这个国家是他们的故土，不管你对他们做了什么，他们想离去的时候，就离去了。他们是有自由意志的，是他们自己不想继续再留在这里的。谁要对某座房子里发生的一切负责呢？当然是拥有这座房子的人和继承这座房子的人。

虽然基托什已经离开我们很多年了，但凭借他对正义与高尚的深刻认知，他本人以及他对死亡的坚定愿望仍然散发着美丽耀眼的光芒。这种死亡愿望是野生生灵的一种逃亡，它们会在需要的时候意识到，在世界的某个地方终究会有一处避难所，然后在想离开的时候就离开了。我们永远无法掌控它们。

一些非洲鸟

在三月的最后一周，或四月的第一周长雨季刚刚开始时，我就能从林中听到夜莺的歌唱。它们唱的不是整个曲子，而是几个音符，就像某首协奏曲刚开始的几个小节，或者是正在排演某个曲子，突然停住了，然后再重新开始。听起来像是在湿漉漉的林子深处，某个人正在某棵树上给小提琴调音。这美妙的曲子，充满生命力的曲子，似乎很快就要飞入欧洲的森林，从意大利的西西里岛，到丹麦的埃尔西诺，都将看到它的身影。

非洲的鹳有白色的，也有黑色的。北欧的鹳通常会在茅屋的房檐上筑巢，但非洲的鹳就没有它们威风了，因为在这里，还有像秃鹳和蛇鹫这样高大、沉闷的鸟，和它们一比，普通的鹳就不太起眼了。除了筑巢，非洲鹳还有很多和欧洲鹳不同的生活习性。在欧洲，鹳鸟常常成对成双地生活在一起，这是幸福家庭的象征。而在非洲，鹳鸟常常成群栖息在一起，就像一个个鹳鸟俱乐部。它们还有一个名字，叫蝗鸟，因为它们总是跟随蝗虫而来，主要以蝗虫为食。高原上的草丛起火了，跳动的小火苗形成一条火线向前蔓延，它们就在火线的前方转着圈盘旋，在闪烁的彩虹色的空气中，在灰色的烟雾中，紧紧盯着火场，看里面是否会有老鼠和蛇跑出来。鹳鸟在非洲的时光确实很快乐，但它们真正的生活并不在这里。春风骤起时，鹳鸟们开始思春，开始期待回家乡筑巢，它们记起了往昔的时光，记起了它们的家，心也飞向了北方。于是，它们就会成对地飞走，很快就在家乡冷冰冰的沼泽地里涉水了。

雨季初始，大片烧焦的草原上开始冒出新鲜的绿色嫩芽。此时，非洲平原上就会出现上百只鸻鸟。草原上总是有股海洋的气息。那开阔的地平线，那闲逛的风儿，总让人联想到辽阔的大海和长长的海岸；烧焦的草闻起来有股咸味；长草在大地上像海浪一样起伏；白色的康乃馨绽开了笑容，你在给松德装马具的时候，会感觉到点点白色浪花在身边汹涌；千鸟不仅外形似海鸟，在海滩上的一举一动也颇似海鸟。它们会在近处的草地上急速快跑一阵，然后尖声鸣叫着在你的马儿面前突然飞起。于是，浅蓝的天空立刻就变得喧闹起来，全是鸟儿的翅膀和鸣叫声。

皇冠鹤常常会到新播种过的玉米地里偷吃埋在地下的玉米种，但它们是吉祥鸟，常常预示着雨季的来临，这一点也就弥补了它们偷窃的罪行。它们还会为我们跳舞。当这些高大的鸟儿聚集在一起，它们张开翅膀跳舞的情景就颇为壮观。它们跳舞时，舞姿变化多端，但也显得有点不自然，因为它们既然能飞，为什么还要上蹿下跳的，好像被磁铁吸到地上一样。它们表演的整场芭蕾舞看起来颇为神圣，像是某种祭祀舞，或许它们把自己看成了在雅各的梯子上爬上爬下的天使，正在尝试通过这种舞蹈把天地连在一起。皇冠鹤浑身浅灰，看起来很柔和；头顶戴着一顶黑色的天鹅绒小帽，和一顶扇形的皇冠，看起来颇似那种颜色淡淡的，但却不失生机的壁画。舞完之后，它们会腾空飞走。为了继续保持演出的神圣感，它们会在飞行的过程中，或者通过翅膀，或者通过嗓子，发出一声清晰的、类似钟声的音调，就好像教堂里的大钟突然长了翅膀，从地上飞走了一样。在它们飞了很远，消失在天际时，你还能听到这种钟声——一种来自云端的钟声。

大犀鸟也是农场上的访客，它们经常到这里来吃好望角美树的果子。这是一种非常奇特的鸟。邂逅它们，可以说是一场冒险，或是一种不太愉快的体验，因为它们看起来好像无所不知。一天早晨，太阳还没有升起，我被屋外一阵叽叽喳喳的声音吵醒。我起床走到阳台上，看到一群大犀鸟聚集在屋外草地上的树丛间，一共有四十一只。它们看起来并不像鸟，倒像是孩子们在树上放着的某种漂亮装饰物。它们浑身黑色，就是那种高贵、甜美的非洲黑。岁月流逝，这种黑浸淫进它们的身体，让它们看起来很像古老的煤烟灰。看到它们，你会觉得，没有其他颜色会比黑色更高雅，更有气势，更有活力。这些犀鸟举止得体，开心地聊着天，看起来像是刚刚参加过一场葬礼的继承人聚在了一起。清晨的天空像水晶一样清澈透亮，这群参加聚会的黑色犀鸟沐浴在晨光中。太阳在树丛后面冉冉升起，像一个浅红色的火球。此时，你会好奇，在如此奇特的清晨之后，你这一天还会经历什么。

在非洲所有的鸟类里，火烈鸟的颜色最漂亮。它们全身粉红或火红，像是一根根飞翔着的夹竹桃花枝。它们的双腿非常长，脖颈和全身的曲线奇特而考究，就好像它们是故意把自己的行为举止变得如此艰难，目的只是为了刻意保持某种拘谨的仪态。

有一次，我乘坐一艘法国船只从萨伊德港口去马赛。船上托运了一百五十五只火烈鸟，要送往马赛的驯化公园。这些火烈鸟被关在肮脏的笼子里，笼子上盖着帆布，每个笼子里关十只，一只挨着一只，非常拥挤。负责照顾这些火烈鸟的饲养员告诉我，他估计在到达目的地之前，要有百分之二十的火烈鸟死去。这种鸟生来是不应该过这种生活的。在恶劣的天气中，它们会失去平衡，会折断双腿，会被笼子里的同类践踏。在夜晚，地中海上会狂风大作，轮船会不断地与海浪撞击，发出砰砰的响声。每次与海浪撞击，我都在黑暗中听到火烈鸟尖厉的鸣叫声。每天早上，我都会看到饲养员从笼子里拖出一到两只死去的火烈鸟，把它们扔出船外。这些尼罗河上尊贵的涉水者，这些莲花的姐妹，这些像日落时迷路的云朵般飘浮在大地上的火烈鸟，现在变成了一坨松散的粉红色和火红色羽毛，上面还插着两根又长又细的棍子。它们在海面上漂浮了一会儿，在轮船的尾浪中上下翻滚几下，就沉没了。

潘尼亚

因为世世代代都和人类生活在一起，猎鹿犬学会了人类的幽默感，也学会了笑。它们的幽默感和土著如出一辙，都会被一些错误的事情逗乐。除非你能拥有某种艺术素养或宗教信仰，否则你很容易会被这种幽默感感染。

潘尼亚是达斯克的儿子。有一天，我和它一起到池塘附近散步，那里有一排又高又细的蓝桉树。突然，他从我身边跑开，直奔一棵蓝桉树而去，半路又返回来，示意我跟它一起过去。走到那棵树下后，我看到有头薮猫，高高地坐在树上。因为薮猫会叼走农场上的小鸡，所以我朝一个路过的小托托大喊，让他到我的房间里帮我把枪拿来。小托托拿来枪之后，我就开枪把这只薮猫打死了。它"砰"的一声重重地从树上落了下来，潘尼亚就立刻扑到了它身上，把它叼在嘴里甩来甩去，又四处拖着它跑来跑去，似乎对自己的表演非常满意。

过了一段日子，我们又走到这条路上，经过了这座池塘。这次出来本来是要打一些鹧鸪回去的，结果一只都没打到，所以我和潘尼亚都有点沮丧。突然，潘尼亚朝那排蓝桉树中最远的一棵奔去，极其兴奋地围着树狂吠，又返回来，然后又奔过去。我高兴起来，因为这次我可是直接带着枪的。我一边朝那棵树跑去，一边在心里期待着能打到第二只薮猫，因为它们带着斑点的毛皮非常漂亮。但当我抬头向树上看去的时候，我看到的是一只黑色的家猫。它正在拼命向树的最高处爬，在树顶上摇摇晃晃，对我们怒目而视。我放下枪，对潘尼亚说："潘尼亚，你这个傻瓜，这是只家猫呀。"

我边说边转身看潘尼亚。它站在离我稍远的地方看着我，正在咧嘴大笑。当我们眼神相遇，它就朝我奔过来，跳着舞，摇着尾巴，嘴里发着呜呜的声音，把脚搭在我的肩膀上，用鼻子蹭我的脸，然后又跳回到原来的地方，继续开怀大笑。

它似乎在用这种无声的肢体语言告诉我："我知道，我知道，那是一只家猫，我从开始就知道。不过，你要原谅我，你的行为太好笑了，拿着枪冲向一只家猫！"

那一整天，它时不时就会把这种激动和相同的动作来一遍，向我表示最热烈的友情。然后，它会再次退后一点儿，继续无拘无束地大笑。

但它这种友情里明显带着一种曲意逢迎的味道，就好像在说："你是知道的，在这座屋子里，我只会嘲笑你和法拉。"

晚上，它在壁炉前睡着后，我还听到它在梦中哼唧着，呜咽着，笑着。我觉得，以后即使过去很长时间，它也会在我们经过那个池塘和那排蓝桉树时记起这件事。

埃萨的死

埃萨在战争期间被别人从我身边带走，战争结束之后，他又回到农场，很平静地住在这里。他的妻子叫玛丽亚莫，是一个又瘦又黑的女人，勤劳能干，负责为我家搬运柴禾。在我所有的仆人里，埃萨是脾气最温和的，从来没有和人起过争执。

但当他在外流浪的时候，很可能发生了一些事情，改变了他。有时我会担心，他可能会在我觉察不到的时候死在我面前，就像一棵被连根斩断的植物一样。

埃萨是我的厨师，但他其实不喜欢烹饪，他最想做的是园丁。在这个现实世界里，他唯一感兴趣的就是花花草草。只是那时候我已经有一个园丁了，但是还缺厨师，所以就一直把他留在了厨房里。我答应过他，会让他去做园丁，但是一个月一个月地就那么拖延下去了。埃萨还曾一个人在河边筑了一小段河堤，打算给我一个惊喜。但因为是他一个人筑的,他的身体又没有那么强壮,所以这段河堤并不坚固,长雨季来之后,它就全部塌掉了。

埃萨有一个在基库尤保留区居住的弟弟,这个弟弟死后,给他留下一头黑色母牛。因为这头母牛,他平静的、默默无闻的生存状态第一次被打破了。从这一点很明显就能看出来,他已经被生活完全吞没,无力再承受生活中任何强烈的预兆,尤其是任何的幸福。他向我请了三天假,把那头牛带了回来。他回到农场后,我发现他非常烦恼,有点坐卧不安,就好像一个被冻得手脚麻木的人突然走进了一间温暖的屋子里,手脚不知道该怎么放了。

所有的土著都是赌徒,埃萨也不例外。这头黑牛给他带来一种幻觉,让他觉得财富之神开始朝他微笑了。他对所有事情都产生了一种可怕的自信,甚至也有了远大的梦想。他觉得生活还是有盼头的,因此决定再娶一个妻子。他把这个计划告诉我的时候,都已经开始跟未来的岳父商谈了。那位老人住在内罗毕公路边上,妻子是个斯瓦希里女人。我劝他改变主意,我说:"你已经有一个很好的妻子了,你的头发也变灰白了,所以根本用不着再娶一个。和我们一起好好住在农场,安安稳稳地过日子吧。"埃萨并没有反驳我的建议,这个矮小的基库尤人直直地站在我面前,以他特有的含糊方式坚持着自己的决定。于是,没过多久,他就把新妻子法图玛带回了农场。

他一直期待这次新的婚姻能给自己带来好运。看来,他已经完全丧失判断力了。新娘年龄很小,但是脸色一直阴沉沉的,性格也颇为冷酷,穿着斯瓦希里女人常穿的衣服,和她母亲所属的民族一样行为不轨,更别提什么优雅。而且,她本人看起来也并不快乐。但埃萨的脸上常常挂着一副胜利的表情，一副踌躇满志的样子。他不自觉地表现出一种马上就要患全身麻痹的人才有的行为。而玛丽亚莫，他的第一任妻子，他的顺从的奴隶，则完全置身事外，根本不在乎这件事。

在一段时间里，埃萨可能感到很有成就，也很高兴，但那只是短暂的一段时间。很快，他在农场上的平静生活就因为新妻子而变得支离破碎。婚礼刚过完一个月，新娘就从农场逃跑了，她跑到内罗毕的土著军营里，和军人们住在了一起。在很长一段时间里，埃萨总是会请一天假去内罗毕，到了晚上，就会拉着这个黝黑的女孩一起回来，女孩一脸的不情愿。第一次去内罗毕的时候，埃萨非常自信和坚定，觉得他肯定能把她带回来，她难道不是自己合法的妻子吗？但到了后来，他再出发去寻找梦想和财富之神的微笑时，就变得迷茫而伤感。

我问他："埃萨，你还要她回来干吗？让她走吧，她不想和你回来呀，这样下去不会有什么好结果的。"

但埃萨心里并不想放她走。到了最后，他已经放弃了对生活的期待，只是简单地想要留着这个女人代表的那笔钱。每次他慢腾腾上路时，仆人们都会嘲笑他，他们告诉我，那些土著士兵也在嘲笑他。但埃萨从来不在意其他人对他的看法，他也没有精力去管别人的看法了。他只是在一心一意地坚持着找回自己的财产，就像找回一头跑丢的母牛一样。

一天早晨，法图玛告诉我的仆人们，埃萨今天病了，所以没法来给我们做饭，明天就可以来了。到了下午，仆人们却跑来告诉我，法图玛不见了，埃萨吃了毒药，快死了。我走到屋外时，他们已经把埃萨连同他的床抬到了仆人屋舍中间的空地上。第一眼看到他，就觉得他活不了多久了。他吃了毒性相当于马钱子碱的土著毒药。在自己的草棚里，在他凶残的年轻妻子面前，他一定是非常痛苦的。这个女人一定是在确定自己已经处理了他之后才从农场离开的。他的身体偶尔还在痉挛，但已经变得僵硬，变得冰冷，就像尸体一样。他的脸完全变形，白色的泡沫混着鲜血，从他惨白发紫的嘴角流下来。法拉去了内罗毕，把车开走了，所以我没办法把他送到医院去，但我心里也不觉得此时有必要这么做了，他已经没救了。

死之前，埃萨一直盯着我看，看了好久，但我不确定他是否还能认出来是我。他的眼睛黝黑，很像动物的眸子，里面闪现着某种意识，是他对这个国家的回忆，回忆当这个国家还像诺亚方舟的时候的样子，那也是我一直想要知道的样子。一个土著小男孩正在荒原上为他的父亲放牧，他的周围全是野兽。我握着他的手。这是一双人的手，也是一个功能强大、精巧无比的工具。这双手曾经持过枪，种过蔬菜和花朵，爱抚过女人。我还曾教过它们做蛋饼。埃萨会怎么看他自己的一生呢？是成功，还是失败？这很难说。他一直沿着自己那条错综复杂的人生小径慢慢地向前走，也经历过很多很多事情，一直是一个性情温和的男人。

法拉回到农场后，开始着手准备埃萨的葬礼。因为埃萨是一个虔诚的伊斯兰教徒，所以法拉大费周章，要按照全套的正统礼仪为埃萨下葬。我们从内罗毕请的伊斯兰阿訇要次日晚上才能到农场，所以埃萨的葬礼就在晚上举行。天空中闪烁的银河，送葬队伍里的防风灯，都在为他送行。他的坟墓选在森林里的一棵大树下，按照伊斯兰教的传统，四面都封上了墙。玛丽亚莫走上前，站在哀悼者中她应该站的位置上。在夜色里，她为埃萨放声恸哭。

法拉和我开了一个小会，商量应该怎么处置法图玛。最后，我们决定什么都不做。法拉很反对用法律手段惩罚女人。我这才知道，原来在伊斯兰的法律中，女人是不需要承担任何责任的。她的丈夫要为她的一切负责，如果她造成什么不幸的事情需要赔款，那也是由她丈夫来赔，就好比他的马给别人造成了损失，他必须为它做出赔偿一样。但如果这匹马把自己的主人甩出去，然后把他害死了呢？好吧，法拉点头同意，这样的意外真是让人难过。不过，法图玛怨恨自己的生活也是有理由的。现在，她可以按照她的意愿离开农场，去内罗毕的军营里生活了。

土著和历史

我们的祖先是历尽了千辛万苦，跨越了长长的历史，才把我们带到现代社会的。但有些人早已经忘记了这一点，总是期待着非洲的土著能够开开心心地从石器时代一步跨到我们的摩托车时代。

我们可以制造出摩托车，可以制造出飞机，也可以教会土著去使用它们，但如果想要让他们从心底里爱上这些机器，那可不是一蹴而就的事情，可能需要好几个世纪。而且，在这个过程中，很可能需要有像苏格拉底、十字军东征和法国大革命这样的名人和历史事件出现。生活在当代社会中的我们热爱机器，根本无法想象古人在没有机器的情况下是怎么生活的。但我们却不可能创作出《亚大纳西信经》(Athanasian Creed)，不可能创造出弥撒和五幕悲剧，甚至连十四行诗都不一定能写出来。如果我们没有从历史的故纸堆里直接找到它们，然后直接使用，我们到现在可能还见不到它们。但它们毕竟已经被古人创造出来了，所以，我们必须要想到，在历史上一定有那么一段时间，人们是从心底里渴望这些东西的。而当这种渴望被释放出来之后，这些东西也就被创造出来了。

有一天，伯纳德神父骑着摩托车来到农场，他那大胡子脸庞上满满的都是幸福和胜利。他要和我一起吃午饭，还说有极好的事情要告诉我。原来，就在这天前的那天，有九个基库尤年轻人跑过来请求他接受他们加入罗马天主教，他们原本是属于苏格兰教会团的，但他们经过认真的思考和讨论后，觉得罗马天主教会的"圣餐变体论[1]"很有道理，所以希望加入罗马天主教。

后来，我把这件事讲给别人听，听到这件事的人都嘲笑伯纳德神父。他们说，这些基库尤年轻人肯定是因为在法国教会团收入高，或者是工作轻松，又或者是能骑到摩托车，才编了那通关于"圣餐变体论"的"思考和讨论"的。他们说，连我们这样的人都理解不了这个主张，甚至也都没有思考过它，别说是基库尤人了，他们肯定不可能接受的。但我觉得也不一定是这样，因为伯纳德很了解基库尤人，这几个基库尤年轻人的思维可能已经踏上了我们祖先走过的那条朦胧的道路。我们不能否认，在这些祖先的眼里，这种主张是非常珍贵的。这些生活在五百年前的人，甘愿舍弃更高的收入、更高的官职、更好更轻松的生活，甚至是身家性命，而投身于他们喜爱的事业，投身于"圣餐变体论"的主张。他们连一辆自行车都没有，但即使是拥有一辆摩托车的伯纳德神父，也不会把这辆摩托车看得有多么重要，他看重的是这九名基库尤年轻人的信仰转变。

---

1. 罗马天主教的一种主张，他们认为，信徒们在做弥撒时，就会有神迹发生，圣餐中的酒和饼会变为基督的血液与身体，尽管它们表面没有变化。因此，进餐者实际上是在分领基督的身体。

在非洲生活的现代白人们信仰的是进化论，他们不相信任何瞬间的生命创造行为。他们可能会通过短暂的历史实践课程，把土著带到我们的时代。我们才刚刚接管了非洲不到四十年，假设把接管非洲那一刻看作是基督诞生，把这四十年中的三年看作是我们的一百年，让他们以这种速度追赶我们，那现在就到了为他们派去阿西西的圣弗朗西斯的时间了。过不了几年，就应该是他们的拉伯雷出世的时候了。他们会比我们当时的祖先更加尊敬和喜爱这两位巨人。几年前，我试着把阿里斯托芬的作品《云》中的农夫和儿子的对话翻译给土著听，他们很喜欢这个作家。二十年内，他们应该可以接受百科全书派了；再过十年，他们就可以读吉卜林。我们应该允许他们中间出现梦想家、哲学家、诗人，好为福特先生的出世做好准备。

那么，他们该在什么时候彻底追上我们？到那时，我们是不是反而要追着他们的尾巴，试图抓住他们，然后拍着手鼓，去追寻一些模模糊糊的、还处于黑暗中的东西？他们现在已经接触到"圣餐变体论"了，那么到时候会不会只用我们的成本价就制造出我们现在的汽车？

地震

有一年马上要过圣诞的时候，我们遇到了地震。当时的震感很强烈，好像一头大象愤怒时的力量一样，很多土著的棚屋都倒了。前后一共震了三次，每次都只持续几秒钟时间，而且每次地震中间也有几秒钟的间歇，就是这几秒钟的间歇给了人们思考的时间。

丹尼斯·芬奇－哈顿当时在马赛保留区内露营。地震来的时候，他正在卡车里睡觉。他后来回到农场后告诉我，被地震震醒之后他在想，是不是有犀牛钻到了卡车下面。我当时是在卧室里，正要准备睡觉，地震就来了。我感觉自己好像被什么东西猛推了一下，我想："难道是有豹子爬到屋顶上了？"第二波震动来的时候，我想："我要死了，原来濒死的感觉是这样的。"在第二波和第三波震动的平静期，我才意识到这是地震，我从来没有想过这一辈子居然还能经历到地震。有那么一会儿，我觉得地震应该结束了。但第三波震动来了，它带给了我一种从未体验过的快感，一种势不可当的惊喜。从那之后，我再也没有体会过这种突然而来的、完全彻底的狂喜。

天体在运行过程中，可以把人类的灵魂带到一种难以描述的极乐状态中。通常情况下，我们意识不到它们的存在。但当我们突然意识到它们的存在，感受到它们的威力时，它们就会向我们展现出一幅宏大的画卷。开普勒研究了许多年天体，终于发现了行星的运行轨迹后。此后他写道：

"我全身上下都陷入了狂喜的漩涡。结果已经出来了。从来没有体验过这样的感觉，我浑身颤抖，热血沸腾。上帝等待了六千年，才等来了一位观看他杰作的人。他的智慧是无穷的，他不仅清楚地知道人类的无知，也非常了解我们那一点点微不足道的所知。"

地震发生时，我也感受到了同样的狂喜，全身都沉浸在这种震撼中。想象一下，某个平时你认为不会动的东西却突然间摇动起来，而你感受到了，这才是狂喜的主要来源。这很可能是你在这个世界上能感受到的最强烈的喜悦，它同时也带来了希望。地球，这个死气沉沉的球体，这块巨大的泥土，突然在我的脚下站了起来，伸了伸懒腰，轻轻地抚摸了我一下，向我发出了一个信号，传达了无限的意义。它大笑着，把土著的棚屋掀翻，然后大喊一声："但是它还在动！"

第二天早上，朱马给我端茶的时候说："英国国王死了。"

我问他是怎么知道的。

他说："夫人，难道昨晚你没感觉到大地在翻滚、摇晃吗？那英国国王肯定死了呀。"但英国国王真的很幸运，在这次地震之后，他还活了好多年。

乔治

有一次，我乘坐一艘货轮回非洲。在路上，我认识了一个叫乔治的小男孩，并和他成了好朋友。当时，他是和妈妈、小姨一起出来旅行的。有一天，我们都在甲板上。他离开妈妈和小姨朝我走过来，两位女士在后面一直看着他。男孩跟我说，第二天就是他的六岁生日了，他妈妈邀请了轮船上所有的英国人来喝茶为他庆祝，他问我去不去。

我说："但乔治，我不是英国人呀。"

"那你是哪里人？"他很惊讶地问我。

"我是霍屯督人。"我说。

他站直身体，很庄重地说："没有关系，我希望你能来。"

然后，他就走回到母亲和小姨身边，若无其事地跟她们说："她是霍屯督人，但我想邀请她来。"语气中满是坚定，不容任何质疑和反对。

凯吉科

我有一头胖胖的小骡子，出门的时候会骑着它。我给它起了个名字，叫莫莉，但车夫却把它叫作凯吉科，意思是"勺子"。我问他为什么叫它勺子，他回答说："因为它看起来像个勺子呀。"我就绕着骡子转了一圈，想搞清楚马夫是怎么想的，因为我看来看去，它一点儿都不像勺子。过了一段时间，我在偶然间有机会自己赶骡车。拉车的骡子除了凯吉科，还有另外三头。坐到了车夫高高的座位上后，我就有了机会去俯瞰这些骡子，然后突然就明白了，车夫是对的。凯吉科的肩部很窄，臀部宽大丰满，腹部圆圆地鼓着，看起来确实很像一把勺子。

如果车夫卡莫和我各自为凯吉科画一幅画像，那两幅画一定会迥然不同。但或许在上帝和天使眼里，这头骡子的形象是一致的。就像这句话说的："从天上来地，是在万有之上。他将所见地见证出来。"

长颈鹿去汉堡

在蒙巴萨岛的那段时间，我住在阿里·比·萨利姆酋长的家里。这位风度翩翩的阿拉伯老绅士是沿海地区的官员，他非常热情好客。

来到蒙巴萨岛，你会感觉自己进入了儿童画里的天堂。岛的周围是悠长深邃的海湾，海湾环绕着岛屿，形成了绝佳的港口。整座岛屿是由白色的珊瑚礁形成的，上面生长着大片大片绿色的杧果树和漂亮的猴面包树，这些树是灰色的，树干光秃秃的。岛屿周围的海面像矢车菊一样幽蓝。在港口的入海处，印度洋拍打出长长的碎浪，在海面上画出一条纤细的白色曲线，发出一阵阵低沉的吼叫，即使在明媚温暖的天气里，也能听到这种咆哮声。岛上的小镇呈狭长方向分布，房子几乎都是用珊瑚石建成的，有浅黄的，有玫红的，也有黄褐色的，色调漂亮靓丽。还有雄伟的、有着厚墙和炮眼的古代堡垒，在小镇上高高地矗立。三百年前，葡萄牙人和阿拉伯人就是站在这些古堡上面展开激战的。在岁月的流逝中，它高高地屹立在岛上，不知畅饮了多少日落时分的暴风骤雨，看起来反而比岛上那些亮丽的房子更为耀眼灼目。

小镇上还有许多花园，里面开满了火焰似的红色合欢花，颜色浓郁得让人觉得不可思议，叶子又精致得令人难以置信。阳光炙热，几乎把蒙巴萨都烤焦了；空气中弥漫着海水的咸味，海风每天都会从东方把新鲜的海水吹到岛屿周围，所以岛上的土壤也是咸的，上面很少有自然生长的植物，地面就像舞池的地板一样光秃秃的。只有古老的杧果树有着茂盛的深绿色叶子，好心地为人们洒下绿荫，在身下的大地上形成了一方圆圆的阴凉之地。在我看到的所有树中，只有它能给予人们聚会的场地，杧果树下是人们社交的中心地，这里就像村庄的水井一样，非常适合人类的交际。岛上的大型市场就设在这些杧果树下面。它们的周围的空地上还会摆满鸡笼，堆满西瓜。

阿里·比·萨利姆酋长在岛上有一座漂亮的白色房子，房子坐落在弯曲的入海口中心，门口有一条长长的石头路与大海相连，沿着石头路坐落着几座客房。酋长的白房子里有一间很大的房间，房间前面有个大阳台。在这间房子里，酋长收藏了很多精致的阿拉伯和英国物品。有古老的象牙、黄铜制品，有从拉穆岛来的瓷器、天鹅绒扶手椅，还有许多照片和一台很大的留声机。另外，还有一个铺着绸缎的小箱子，里面装着一套非常考究的、四十年代的瓷茶具，但只剩下了几个。在英国女王还年轻的时候，桑给巴尔岛的苏丹的儿子要和波斯沙王的女儿结婚，女王和丈夫就一起把这套茶具作为结婚礼物送给了他们，祝愿这对新婚夫妇以后的生活像他们一样幸福美满。

阿里酋长把这些小茶杯一个个地摆在桌子上让我欣赏。我问他："那他们的生活幸福美满吗？"

"啊，没有，"他说，"新娘不愿意放弃骑马的爱好，就把她的马也放在帆船上带了过来，这条船上全是她的嫁妆。但桑给巴尔岛是禁止女人骑马的。所以，麻烦就来了。最后，公主宁愿放弃丈夫也不愿放弃她的马，两人的婚姻也就完了，沙王的女儿又回到了波斯。"

当时，有一艘锈迹斑斑的德国货轮停泊在港口，马上就要返航。有一次，我和阿里酋长的斯瓦希里族划桨手一起，乘坐着酋长的小船出海，然后又返回，途中经过了这艘轮船。我们看到轮船的甲板上矗立着一个木箱子，箱子顶上的边沿有两个长颈鹿的头。法拉上过这艘轮船，他告诉我，这些长颈鹿来自葡萄牙统治的东非，要被运到德国的汉堡市，去参加一个巡回动物展览。

长颈鹿漂亮的脖子转来转去，一副惊奇的样子，它们从来就没有见过大海，所以对周围的事物总是感到好奇。在这些狭窄的箱子里，它们只有站立的地方。对于它们而言，这个世界好像突然间收缩了，它正在变化着，紧紧地圈住了它们。

它们不可能知道，也无法想象自己要去的地方环境有多恶劣，它们是那么骄傲、那么纯真的动物，曾经在广阔的大草原上优雅地散着步，根本对囚禁、寒冷、恶臭、烟雾和兽疥癣没有任何概念，也不会了解在一个什么事情都不会发生的世界里生活时的那种可怕的无聊感。

人们穿着黑色的、散发着臭味的衣服，冒着风雪，来观看长颈鹿，来感受凌驾于它们这个无声世界的那种优越感。他们会对着长颈鹿指指点点。这些动物的头精致优雅，眼睛水灵灵的，脸上写满了耐心。但是，当它们把头高高地伸出动物展览园的栏杆时，人们会嘲笑它们细长的脖颈，它们看起来也太长了。有的孩子会被它们吓哭，有的则会爱上它们，会给它们面包吃。后者的父母们会觉得长颈鹿是温和的动物，给他们全家带来了如此美好的时光。

在未来漫长的岁月里，它们是否会偶尔梦到自己离开那么久的家园？它到底去了哪里？那些青草，那些荆棘树，那些河流和泉水，那些绿色的大山，都去了哪里？那些飘浮在高原上空的甜美的气息都不见了，其他长颈鹿也不见了，它们都去了哪里？那些曾经和它们肩并肩走在一起，和它们一起在连绵起伏的山上慢跑的伙伴们，都跑哪里去了？它们都离开了，都走了，似乎永远都不会回来了。

还有，夜晚来临了，天上的圆月去哪里了？

它们动了动，在动物展览团的大篷车里醒来了。它们站在又小又窄的箱子里，箱子里散发着一股腐烂的稻草和啤酒的味道。

再见了，再见了！我真希望你们在旅途中双双死去，这样的话，就再也不会有某个小小的、精致的脑袋在蒙巴萨岛的蓝色天空下，从一个箱子上边探出来，对周围的一切感到惊讶；也不会有哪只长颈鹿被同伴孤单单地丢在汉堡，在一个谁都不知道非洲的地方，把头转来转去看四周的一切。

至于人类，除非有一个能够伤害和侵犯他们的物种出现，否则他们是不会真心诚意地因为自己所做的伤害而请求长颈鹿的原谅的。

在动物展览上

大约在一百年前，丹麦的旅行家席梅尔曼伯爵偶然间遇到了一个巡回动物展，然后莫名其妙就喜欢上了它。在汉堡的每一天他都会到这个展览上去看看，虽然他解释不清楚，为什么这个脏兮兮的、破破烂烂的大篷车会吸引他。事实是，这个动物展览触动了他内心的某根心弦。当时是冬季，屋外非常冷。管理员一直在帐篷里给一个老旧的火炉加火，放动物笼子的棕黑色走廊都被照成了粉红色，但外面清冷的空气还是钻进了骨髓，那真是寒冷彻骨。

席梅尔曼伯爵站在土狼的面前沉思。动物展览的老板走过来向他问好。老板个子矮小，脸色苍白，长着一个塌鼻子。他曾经是一名神学院的学生，后来因为一桩丑闻离开了神学院，之后就一步一步地降到了俗世间。

他对伯爵说："阁下能来参观土狼，真是好眼光。要知道，把一只土狼弄到汉堡来还真是一件大事，汉堡到现在还没有土狼呢。您知道吗，所有的土狼都是雌雄同体。在它们的家乡非洲，每当月圆之夜，它们就会聚在一起，首尾相连，围成一个圆圈。每只土狼既是雌又是雄，和大家一起完成交配。您知道这回事吗？"

"不知道。"伯爵说，身体微微动了动，表示了自己的厌恶。

老板接着说:"阁下,那您现在会不会觉得,把土狼单独关在一个笼子里,它们会比别的动物更难受?它们是有双重的性欲呢,还是因为这种天生的互补特性,就能够自给自足,自得其乐了?"换句话说,我们这些被囚禁在"生命"牢笼中的人,才能越多越幸福呢,还是越痛苦?

席梅尔曼伯爵一直沉浸在自己的思绪中,都没怎么注意这位老板,他开口说道:"真是有意思,在我们这个地球上有上百只,应该是上千只土狼出生,然后死去,结果就是为了让我们把这一只土狼标本带到汉堡,让住在汉堡的人知道土狼的样子,让自然科学家们去研究它们。"

他和老板又走到土狼隔壁的笼子前,去看长颈鹿。

伯爵继续说道:"那些在荒原里奔跑的野生动物其实是不存在的,只有这只,在我们给它取了名字,知道了它的样子后,它才存在了。其他长颈鹿虽然是多数,但它们可能也是不存在的。大自然真是太奢侈太浪费了。"

老板把他头上的皮帽从后面摘了下来,露出了一根头发都没有的头皮。他说:"但它们是能看见彼此的。"

伯爵没有立刻接话,而是停了一会儿才说:"我看不一定。比如这些长颈鹿,它们的身上长着方形的斑纹,当它们互相看对方时,它们不知道这是方形的,所以最后就没有看到方形斑纹。那还能说,它们是能看到彼此吗?"

老板看了一会儿长颈鹿,说:"但上帝能看到它们。"

伯爵笑了。"你是说,上帝能看到长颈鹿?"他问道。

"是啊,阁下,"老板说,"上帝能看到长颈鹿。它们在非洲跑起来的时候,在非洲玩耍的时候,上帝一直看着它们,并且因为它们而满心欢喜。他创造了这些动物,就是为了让自己开心。

这些都在《圣经》里写过。阁下，上帝非常喜欢长颈鹿，所以把它们创造了出来。就连方和圆也是上帝创造的，阁下您不能否认这一点，上帝确实看到了它们身上的方形斑纹，还有有关它们的一切，上帝都看到了。这些野生动物或许就是上帝存在的证据。但一旦它们来到欧洲，"老板戴上了帽子，最后总结道："那这个证据可能就有问题了。"

习惯了人云亦云的伯爵沉默下来，向关着蛇的笼子走去，蛇笼就挨着火炉。为了取悦伯爵，老板把笼子打开，要把里面的蛇叫醒。这只爬行动物在睡眼蒙眬中，慢慢地绕在了老板的手臂上。

看着这对人蛇组合，伯爵的脸上露出了阴沉的笑容，他说："如果你现在是在为我工作，或者如果我是国王，你是大臣，我现在就立刻开除你。"

老板紧张起来，他让手臂上的蛇滑回笼子，问道："阁下，为什么呢？我可以问问原因吗？"

"啊，坎内吉特尔，你这个人可不像你表面看起来这么简单呀。为什么？我的朋友啊，因为厌恶蛇是人的本性，而且这种本性是合理的。拥有这个本性的人才能活下来。在人类所有的天敌中，蛇是最致命的。但是，除了我们这种对善恶的本能判断外，谁会警告我们这一点呢？狮子的利爪、大象的巨大的身体、大象的长牙、犀牛的脚，都是一眼看上去就知道是危险的东西。但蛇，却是非常漂亮的。它们的身体丰满光滑，很像我们在生活中所珍视的东西。它们精致优雅，散发着柔和的光泽，行为举止温文尔雅。对于信仰上帝的人而言，这种美丽和优雅本身就令人厌恶，它们散发着从地狱里飘出来的恶臭，总是让人联想到人类的堕落。如果说一个人的体内有什么东西能够促使他像远离恶魔一样远离这些蛇的话，那一定是所谓的'良心之音'。一个会爱抚一条蛇的人，是什么事都可以做出来的。"因为这段话是伯爵自己的想法，他说到这里还微微地笑了笑，然后把厚厚的裘皮大衣扣好，准备转身离开。

老板站在那儿沉思了一会儿，说："阁下，但你需要热爱蛇，这一点是必需的。我是亲身经历过的，我可以告诉你，这也是我可以给你的最好的忠告：你应该喜爱蛇。阁下，你要记住这一点，要经常记住这一点。几乎每次，当我请求上帝施舍给我一条鱼的时候，他都会给我一条蛇。"

我的旅伴们

有一次我回非洲的时候，和一位比利时人及一位英国人坐在了同一张桌子上。比利时人要去刚果，英国人要去墨西哥，而且已经去过了十一次，都是为了去打一种特别的山地野羊，这次则是去打紫羚羊。我坐在他们中间和他们说话时，语言有点儿混乱。我本想问比利时人，他是不是经常旅行，却问成了：你是不是有很多工作？但他倒没有生气，而是把牙签从嘴里拿出来，严肃地回答说：太多了，夫人。从这一刻开始，他谈话的主题就变成了他这一辈子所从事的工作。在他所有的描述中，都包含着这样的意思：我们的使命，我们在刚果的使命是伟大的。

一天晚上，我们一起玩扑克牌。英国人讲起了他在墨西哥的故事。他说，有一个住在山里的老妇人，一个人经营着一座农场，平时很孤单。当她听说他来到这儿之后，就派人把他叫过去，逼着他给她讲世界上最新发生的事情。他就对她说："夫人，人现在可以飞起来了。"

"我听说了，"她回答道，"因为这事儿，我还跟牧师吵了好几次。现在，你得告诉我事实。你说，人类飞起来的时候，是像麻雀一样把双脚收到肚子下面，还是像鹳一样，在身后把双腿伸直？"

然后，他对墨西哥的学校和居民的无知谈了自己的看法。比利时人在发牌，手中剩下了一张牌。听到这儿，他停下动作，紧紧盯着英国人，眼神犀利地说："我们只要教会黑人什么叫诚实，什么叫工作，就够了。"说完，他"砰"的一声把最后一张牌拍在桌子上，很坚决地重复道：仅此而已。什么也没有了，什么也没有了，什么也没有了。

自然主义者和猴子们

有一次，一位研究自然历史的瑞典教授来农场找我，请我帮他与自然保护部门协调一下。他告诉我，他来非洲是为了要研究清楚到底在胚胎发育的什么阶段，猴子脚上的大拇指开始与其他脚趾分离，变得与人类的脚趾不同。为了这项研究，他计划到埃尔贡山上打几只疣猴。

我对他说："你不可能从疣猴身上研究出来什么东西的。它们一般都在雪松树顶上活动，而且生性害羞，很难用枪打到。更别说什么胚胎了，除非运气特别地好。"

但教授还是满怀着希望。他告诉我，他会一直在外露营，直到得到疣猴的脚，即使花费几年时间也无妨。他已经向动物保护部门提交了猎杀疣猴的申请，他觉得这次行动完全是高尚的科学研究，所以他的申请肯定会被批复。但遗憾的是，他一直没有收到答复。

"那你申请打几只猴子？"我问他。

他告诉我，他只申请了第一批，一共为一千五百只。

因为我在动物保护部门有熟人，所以帮他递交了第二封申请信，请求他们尽快回复，我说教授希望能尽快着手开始研究。这次，动物保护部门很快就回复了。他们在信件中写道，很高兴通知兰德格林教授，考虑到他的科研目的，他们决定为他破例一次，把许可证上可猎杀的猴子数量从四只改到了六只。

我把信读了两遍后，教授总算明白了信里的内容。他很沮丧，也很震惊，还感到很受伤，一个字都没说。我安慰他，他也没有任何回应。他就这样默默地走出我的房子，钻进他的轿车，伤心地离开了。

在这个令他如此伤心的结果还没有出来之前，教授在我面前非常健谈，也很风趣，幽默感十足。在关于猴子的问题上，我们争论过。在争论的过程中，他告诉了我很多事情，也详细地给我阐述了他的想法。有一天，他说："我告诉你一件我经历过的非常有意思的事情。有一次，我站在埃尔贡山顶，有那么一刻，我突然感觉，上帝或许是真的存在的。你觉得我这种想法如何？"

我嘴里说确实很有意思，但心里却在想：还有一件更有意思的事情呢。上帝站在埃尔贡山顶上，是不是也在某个时刻，会感觉兰德格林教授这个人或许也是真实存在着的？

卡罗门亚

农场上有一个九岁的小男孩，名字叫卡罗门亚。他又聋又哑,偶尔能发出一种短促的、原始的吼叫声,但他自己不喜欢这种声音,常常会在发声之后立刻就停下来,然后喘上几口气。农场上的其他孩子都很怕他,常常来跟我告状说他打了他们。有一次,他的玩伴们拿着树枝打他的头,他右脸上扎满了碎树枝,都肿起来了,而且还在流脓,我只好拿针把它们挑出来。这是我第一次见他。这种经历对他来说算不上是受罪,如果说他受到了伤害,但至少与其他人有了交流。

卡罗门亚肤色极黑,有着一双漂亮的、水灵灵的眼睛,睫毛又密又长。他的脸上总是一副极其严肃的表情,几乎很少能看到他笑,看起来像一只黑色的非洲小牛犊。但他天性活跃,性格开朗,因为不能用语言与外界交流,就只能靠打架来证实自己的存在。他很擅长扔石头,几乎是想扔到哪儿,就能扔到哪儿,准确度极高。他曾经还有过一副弓箭,但用得不太好,可能对于一名弓箭手而言,倾听弓弦的声音也是一项必备的技术。他身体很强壮,在同龄人群里,很少有孩子的身体能这么好。我一直觉得,他对其他孩子的听说能力其实并不羡慕。如果要让他拿自己强壮的体格去和其他孩子换听说能力,他很可能会不愿意。

虽然喜欢打架,但他本性还是颇为友善的。如果他感觉到你在跟他说话,他就会立刻脸上放光,倒不是说笑出来了,而是显露出一种轻快的表情。他是个小偷,只要有机会,就会偷烟和糖,但转身就会把这些偷来的东西与其他孩子分享。有一次,我看到一群小孩围着他,他站在他们中间给他们发糖吃,但他没有看到我。这是我第一次看到他的脸上有接近笑容的表情出现。

我曾经试着让他到厨房和家里帮忙做事,但他做得不太好,过了一段时间后,他自己也感觉很厌烦。他最喜欢的事情是移动比较重的东西,或者把它们从一个地方拖到另外一个地方。农场的车道上有一排被刷白的石头。有一天，在他的帮助下，我们把其中的一块滚到了房子边上。这样，石头就看起来对称了。没想到第二天我出门的时候，他把所有的石头都搬到了房子边上，并且堆成了一堆。我真的无法想象，像他这么小的孩子，竟然能把所有的石头都搬过来，他肯定花了很大的力气才做到的。卡罗门亚好像很清楚自己在这个世界上的位置，并且一直坚守着它。他听不到，也不会说话，但却非常强壮。

在这个世界上，他最想得到的东西是小刀。但我不敢给他，因为我怕他在和其他人的交往过程中，轻而易举地就把其他孩子捅死。但他最终还是得到了一把。他对小刀的渴望是那么的强烈，真不知道他到底想拿它干什么。

我曾经把一只哨子给了他，这对他的生活影响很大。我本来是用这只哨子呼唤猎狗的。我刚开始拿给他时，他并不感兴趣。我演示给他看后，他就把哨子放在嘴边，吹了一声，猎狗们立刻从周围向他跑了过来，把他吓了一大跳，他的脸都变黑了。之后，他又吹了一声，发现效果是一样的。于是，他就看着我，表情严肃，但不失愉悦。熟悉了哨子之后，他就想弄清楚它是怎么有这种效果的。但他并没有直接查看哨子本身，而是吹了哨子召唤来猎狗之后，才皱着眉头仔细地检查，似乎是想要找出来它哪里的机关被启动了。从此，他就爱上了猎狗，常常从我这儿把它们借出去，然后带着它们出去散步。每次他领着一大队猎狗出去之前，我都会向西方天空太阳落山的地方指一指，意思是到那时，他必须回来。他也会指一指同一个地方，然后在下午很准时地把猎狗领回来。

有一天，我骑着马外出，在离我家很远的马赛保留区看到了卡罗门亚和猎狗们。他没有看到我，还以为周围就他一个人，没有人会看到他。他先让猎狗跑上一阵，再吹哨子把它们呼唤回来。然后，他把同样的动作重复上三四次。我就坐在马背上看着他。在这个荒原上，他觉得没有人注意他，于是就沉浸在一种新的思想里，一种新式的生活里。

他把哨子系在一根绳子上，挂在脖子里。一天，我看到他脖子里没有挂哨子，就打着手势问他哨子怎么了。他用手势回答说，它不见了，丢了。但之后，他也没找我要另外的哨子。或许他觉得，他不可能会再拥有第二只哨子了；又或者他觉得，现在应该彻底远离那些生活中跟他不相关的东西了。而且，我也不确定，他会不会是因为这个哨子与他生活中的其他事情格格不入而扔掉了它。

在此之后的五六年里，他是否经历了很多苦难，还是在某个时刻突然去了天堂，我就不清楚了。

普兰·辛格

普兰·辛格是农场的铁匠。他有一个小铁匠铺，位于磨坊下方。这个铁匠铺就像农场上的小地狱，有着地狱所有的一切正常特征。铁匠铺是波纹铁皮搭建而成的。在晴朗的天气里，阳光在外面炙烤着屋顶，打铁炉在铺子内冒着火焰，熊熊燃烧。因此，铺子里里外外的空气都炙热无比。每天这个地方都充斥着震耳欲聋的打铁声，一片铁砸在另外一片铁上，然后再砸在另外一片上。铺子里面堆满了斧头和坏了的车轮，看起来很像是阴森可怕的古代刑场。

这个铁匠铺具有相当大的吸引力。每次我走下去，到铺子里看普兰·辛格打铁的时候，总会看到铺子里外都围满了人。普兰·辛格工作的节奏极快，就好像如果不在五分钟内完成某项工作，他就活不下去一样。他会突然腾空跳到打铁炉边上，用鸟叫一样的声音，尖声命令着两个年轻的基库尤儿子，像是被架在了炉子上煅烧一样，又像是一个正在工作的大恶魔被激怒了。普兰·辛格本人可一点儿都不像恶魔，他的性格很温顺，在工作的时候还带点少女般的扭捏。他是我们农场上的"富迪"，意思就是能干所有活儿的多面手。除了铁匠外，他还是木匠、马鞍工和打造橱柜的高手。他为农场做了好多货车，而且都是他自己一个人完成的。但他最喜欢做的事情还是打铁。他给马车安轮胎的场面看起来颇为赏心悦目，让人为他感到很骄傲。

普兰·辛格的外形简直就是一个骗子。当他穿上外套，裹上白色头巾，穿戴整齐的时候，有着黑色大胡子的他像是一个又肥又笨的男人。但当他站在打铁炉旁边，光着膀子打铁的时候，看起来又瘦又伶俐，整个儿身体像是一个印度沙漏。

我很喜欢他的打铁炉，这个炉子在基库尤人中间也很出名，主要有两个原因。

第一个原因是，在所有的原材料中，铁本来就是最迷人的材料，因为它可以让人类的想象力无限地延伸下去。铁犁、铁剑、大炮，还有车轮，这些人类文明的结晶，都证明了人们能够简单地用螺帽征服大自然。这些工具简单易懂，土著也很容易理解它们的原理。而普兰·辛格，刚好就是一个打铁匠。

第二个原因是打铁炉的声音。这种声音完全吸引住了土著。铁匠打铁的节奏高亢而不失轻快，单调却不沉闷，有一种神奇的力量，带着一股阳刚之气，让女人感到心惊胆战的同时，心也会被融化掉。这种声音直接而自然，诉说的除了真实还是真实，而且非常坦率，非常强大，非常欢快。另外，它也很像戏剧中的那些体贴的人，愿意为你做重要的事情。喜欢节奏感的土著总是围在普兰·辛格周围，看起来安逸自在。根据北欧的一条很古老的律法，人是不需要为他在铁匠铺里说的话负责的。在非洲，人们在铁匠铺里说话的时候基本上没什么顾忌，聊起天来都很轻松。铁锤唱着歌，启发着人们的灵感，于是各种大胆的想象就从人们的嘴里蹦了出来。

普兰·辛格在我身边工作了很多年，是农场上待遇很好的工人。但他的需求与他的收入是完全不能比的。他是最优秀的禁欲主义者，他不吃肉，不吸烟，不喝酒，不赌博，一件衣服能穿到破得不能穿为止。他的钱都邮回了印度，全都用到了孩子的教育上。他的小儿子叫德利普·辛格，是个沉默寡言的孩子。有一次，他从孟买来到农场看望父亲，全身上下完全没有一丝铁的气息，唯一跟铁有关系的是他口袋里的一支钢笔。父亲身上那种神秘的铁匠气息完全没有被第二代继承下来。

但普兰·辛格，这个总是在打铁炉上方吼叫的铁匠，只要他在农场上，他的头上就闪耀着光环。我希望他的一生都头顶着这种光环。他是神的仆人，浑身上下炙热无比，简直就是一个元素精灵[1]。在他的铺子里，你想听什么，铁锤就会唱什么，就好像它懂得你的心声似的。对于我而言，铁锤唱的是一首古老的希腊诗歌，一位朋友是这样翻译的：

爱神，重重地敲击着，

---

[1]. 是大自然构成元素水、火、土、风的拟人化和人格化形象，是古希腊哲学和欧洲炼金术、神秘学等领域的概念，是西方文学作品中常用的素材。

就像举着铁锤的铁匠。
火花,在我的反抗中,迸射,
我的眼泪,我的哀恸,被他冷却,
就像通红炙热的铁块浸入了溪流。

一件奇怪的事情

战争期间在马赛保留区为政府运输物资的时候,我们遇到了一件任何人都不会遇到的奇怪事情。事情发生在正午。当时,我们正在草原上艰难地向前走。

非洲大地上的空气比欧洲的更能吸引人的注意力。空气中会出现很多隐约可见的幽影和海市蜃楼,看起来就像是真实的舞台,正有剧目在上演。狭长的草原层次分明,上面生长着荆棘树,高耸着山峰。正午时分的空气颇似小提琴的琴弦,震荡着,颤抖着,把整个草原抬了起来。于是,就有一层宽阔的银色水面覆盖在了草原的干草上。

我们在像火一样炙热的空气里向前走。通常情况下,我会在车队前方不远的地方带路。但这天,我和法拉、达斯克和看护达斯克的小托托一起,走在车队前方很远的地方。天气太热了,我们连说话的力气都没有,所以大家都保持着沉默。突然,远方地平线的非洲平原,连同它周围的空气,开始移动,开始奔跑。同时,有一大群动物从我们的右手方向,沿着舞台的对角线,冲着我们直压下来。

我对法拉说:"快看,牛羚。"但过了一会儿后,我就不确定那是牛羚了。我拿起望远镜继续看它们,但当时是在中午,实在很难分辨它们。"是牛羚吧，法拉，你觉得是吗？"我问法拉。

达斯克也在全神贯注地看着这些动物们，它的两只耳朵竖立在空中，两只敏锐的眼睛紧紧跟着它们。过去，我常常会把它放开，让它跟着大草原上的瞪羚和羚羊们狂奔。但那天我觉得天气太热了，所以就让小托托把绳子系在了它的项圈上。达斯克突然短促地狂吠了一声，然后就向前扑去，把小托托都拉倒了，我赶紧抢过绳子，用尽力气拉住了它。我看着远处奔跑的野生动物，问法拉："它们到底是什么？"

在非洲的大草原上，距离是很难判断的，主要是因为空气总在颤动，周围的景色也很单调。那些四处散落的荆棘树也是如此。从外形看，它们几乎和森林里的巨大古树一样高大，但实际上它们只有十二英尺高，长颈鹿伸长脖子之后都比它们高。所以，如果隔着一段距离判断动物的外形，你总是会受骗。比如，在中午的时候，你总会把一头大羚羊看成豺狗，把一头犀牛看成一只鸵鸟。法拉过了一分钟才回答："夫人，那是野狗。"

但野狗们一般都是三四只一起出现的，偶尔也会有十二只一起出现。土著很害怕野狗，他们说野狗都很凶残。有一次，我在马赛保留区里骑马的时候，遇到了四只野狗，它们大概在距离我后面十五码的地方跟着我。我带着的两只小梗类犬紧紧地跟在我身边，几乎都贴在了马肚子下。四只野狗一直跟着我们，直到我们过了河，回到农场，它们才离开。野狗没有土狼高，大概一只阿尔萨斯犬那么大，浑身是黑色的，只尾巴上和尖尖的耳朵上有一撮白毛。它们的皮毛不光滑，闻起来臭烘烘的。

但这次的野狗群大概有五百只那么多。它们慢跑着朝我们奔跑而来，很奇怪，它们在奔跑的时候一直朝前看，都不看周围，好像是因为什么东西受到了惊吓，又好像正沿着提前定好的道路，朝着一个确定的目标向前跑。跑到我们身边之后，它们只是简单地拐了一个弯，几乎都没看我们，继续按同样的速度朝前跑去。它们离我们最近的时候，我们之间只有五十五码那么远。它们两只或三只并肩，排着长队向前跑，整个队伍跑过之后，已经过去了很长时间。当队列的中间经过我们的时候，法拉说："这些野狗们看起来很累，它们一定跑了很长的路。"

当野狗们全部跑过去，在远方消失之后，我们回头看自己的运输队，他们还在我们后面很远的地方。因为野狗，我们的心一直处在一种极度的焦虑不安中，此时感到筋疲力尽，所以就干脆坐在草地上等大部队赶上来。达斯克非常烦躁，一直想挣脱绳子去追那些野狗。我抱住它的脖子安抚它。如果刚刚我没有及时地拉住它，它应该早就被那些野狗们吞到肚子里了。

车夫们离开大部队，先朝我们跑过来，问我们刚刚是怎么回事。我无法向他们解释清楚，我自己都不知道，为什么会有这么多的野狗一起跑过来。土著们把这种现象看作是一种极端的凶兆，一种战争的预兆，因为野狗们是吃腐肉的。在这次远途中，一旦发生什么大事，随行的土著们过后还会常常讨论。但在这件事过后，他们再也没有谈论过。

我把这次奇遇告诉了很多人，他们都不相信这是真的，但是它确实是真实发生过的事情，我的仆人们可以为我做证。

鹦鹉

有一次,一名来自丹麦的老船主坐在那儿回忆起了他的年轻岁月。他十六岁的时候,跟着父亲的船员走进了新加坡的一家妓院,并在那儿度过了一个晚上。

他和一名中国老妇人聊天。当老妇人知道他是来自一个遥远的国家时,就把一只老鹦鹉拿给他看。她告诉他,很久很久以前,她还年轻的时候,一位出身高贵的英国人把这只鹦鹉送给了她,这个英国人是她的情人。所以,十六岁的他就想,这只鹦鹉一定有一百岁了。

在妓院这座拥有国际化氛围的房子里,这只鹦鹉毫不吃力地学会了世界各地的语言,还能说很多句子。妇人的情人把鹦鹉送给她之前,已经教会了它一句话,但她一直听不懂,来到妓院的所有客人都听不懂。这么多年过去了,她已经放弃了。看到男孩之后,她又想,既然他是从那么远的地方来的,那很可能他就说这种语言,可以帮她翻译一下。

很奇怪,男孩被她的这个提议打动了。他盯着鹦鹉的嘴巴,心里想,这张小嘴很可能会冒出一些丹麦话,他几乎都要跑出这座房子了。可他没有跑出去,想帮一帮这个中国老妇人。鹦鹉很慢很慢地把这个短句说了出来,原来是萨福的一句诗,男孩也懂希腊语,因此听懂了。这句诗是这样的:

月儿落下,昂星隐去,
午夜远离。
时光慢慢流逝着,流逝着,

我，一个人孤独地躺着。

　　男孩把这句诗翻译完之后，老妇咂咂嘴，细长的眼睛转了转，又请他再念一遍。听完之后，她点了点头。

Chapter 05

第五章｜永别了，我的农场

神和人啊，我们都会这样受骗！

艰难时世

对于种植咖啡而言，农场的海拔有点高。在寒冷的季节里，农场上海拔较低的地方都会下霜。到了清晨，咖啡的枝叶上会挂满霜，刚刚挂上的果子会变成棕色，然后枯掉。另外，大草原上也会不断有大风吹来。因此，即使在风调雨顺的季节，农场上每英亩地的咖啡产量也比不上那些海拔低的地区，比如海拔在四千英尺的锡卡和基安布。

另外，恩贡山地区也缺少雨水。有一年，我们经历了三次大旱，每次咖啡的产量都奇低。有一年，雨水下到五十英寸，咖啡产量为八十吨；有一年，雨水下到五十五英寸，产量接近了九十吨；还有两年，雨水特别少，只有二十五英寸和二十英寸，咖啡的产量就降到了十六吨和十五吨。在这两年里，农场的损失颇为惨重。

更糟糕的是，咖啡的价格也一直在下跌。以前一吨能卖到一百英镑，后来就只能卖到六十或七十英镑。农场上的生活变得越来越艰难。我们没有钱还债，没有钱继续维持种植园。当时，我家乡也有经营农场的亲友，他们写信劝我把这里的农场卖掉。

为了拯救农场，我想了很多办法。有一年，我尝试在闲置的土地上种亚麻。种植亚麻这件事本身很让人开心，但是需要相当多的经验和好的技术。一位比利时人想要给我提一些建议,他问我要种多少亚麻,我说三百英亩,他立刻就喊起来:"那个呀,夫人,那绝对不可能!"然后说,如果种上五英亩到十英亩还有可能成功,如果要多种,那肯定不可行。但十英亩的亚麻根本救不了农场,所以最后我种了一百五十五英亩。亚麻开花之后,地里铺满了天蓝色的亚麻花儿,漂亮得不可思议,就像是一片天空飘落在了大地上。亚麻的纤维是世界上最让人感到开心的东西,它们韧性十足,非常光滑,摸起来有点黏兮兮的。把它们卖了之后,你的思绪就会跟着它们,想象着它们被做成床单,被做成睡袍。但是,基库尤人无法很快学会很熟练地抽麻、沤麻和打麻,而且还需要有人监督他们。因此,到了最后,种植亚麻的事业失败了。

在那些年里,当地很多农场主都像我一样,在尝试各种种植业,最后只有少部分人成功。在恩乔罗的英格里德·林斯特龙就做到了。我离开肯尼亚之后,她继续在那里像奴隶一样工作了十二年。她种花,养猪,养火鸡,种能够榨出蓖麻油的灌木,还种大豆。但都眼睁睁地看着它们一项一项地失败,一次次地号啕大哭。最终,她开始种植除虫菊,拯救了农场,拯救了她自己和她的家庭。这些除虫菊被运到法国之后,会被制成香水。但我就没有这么幸运了,在农场上所做的尝试最后都失败了。干旱季节开始了,大风从亚提大草原上吹来,咖啡树枯萎了,叶子变成了黄色。有一部分咖啡还得了很严重的虫病,长了牧草虫和椿象虫。

后来,我们尝试在咖啡田里施肥,好帮助它们快快生长。在经营农场的时候,我的思维还是欧洲式的,如果不在田里施肥,我就受不了。非法棚民听说我这个计划之后,把自家的牛棚和羊棚里积存了几十年的牛粪和羊粪掏出来帮我。这些粪土像是很容易碎的泥煤，很容易处理。我们从内罗毕买来了犁，在一行行咖啡树中间犁出一道道沟，这种犁很小，只能套下一头牛，而且牛车无法进到咖啡田里。农场上的女人们就把这些粪装进麻袋，把它们背到田里，再撒到犁好的沟里，一棵咖啡树旁边撒上一麻袋。然后，我们再用牛和犁把这些肥料埋起来。看到他们这样工作，我心里很开心，期待着有更好的收成。但一直到最后，谁都没有看出来这些肥料所带来的效果。

我们真正的困境其实是资金。在我接管农场之前，我的钱已经花光了。所以，我们无法完成任何比较有效的改进，只能凑合着经营下去。经营农场的最后几年，我们一直是这样的状态。

我一直在想，如果有资金，我会放弃种咖啡，把它们全部砍掉，然后在所有的土地上种上树。雨季来临，你从园艺圃里搬出一箱一箱树苗，每箱里有十二棵小树苗，然后把它们栽在土里。非洲的树长得很快，不到十年，你就能在一片高大的蓝桉和金合欢树下惬意地散步了。我心里总在想，这座农场本来是可以成为内罗毕的一个不错的木材和柴禾市场的。种树是一项很高尚的事业。许多年之后，每当你想起它们，心里都会感到很满足。以前，农场上有大片的野生森林，但在我接管农场之前，都已经被砍倒，卖给了印度人。想起来真是伤心。就连我自己，在岁月艰难的时候，也不得不把农场工厂附近的树木砍掉，给工厂的机器做燃料。这片森林、那些高大树木的树干，以及绿色的枝叶洒下的树荫，一直萦绕在我心间，让我不能释怀。我这辈子做过的最后悔的事情，就是砍树。因此，在我的负担没有那么重的时候，我偶尔会在某片地上种上桉树，但长成的不多。如果在五十年前我就用这种方式种树的话，现在就会有上百英亩的土地长满了树木，这片农场就会变成一片会歌唱的树林。然后，我们再科学地对它们进行管理，再在河边建一座木材加工厂。非法棚民的时间观念与白人大不相同，我刚刚准备种点树木，他们就充满希望地憧憬着过去的那种人人都有柴禾烧的日子快点到来。

我也计划过在农场上养牛，经营牛奶场。但我们这里位于疫区，一直有"东海岸热病"蔓延。如果要养优质牛，就要对牛进行浸水消毒。这样的话，就很难与内陆那些非疫区的农场主竞争。不过还好，农场离内罗毕不远，每天早上我可以开车把奶牛送过去。我们曾经养过一群优质奶牛，还在农场上建造了一座很不错的消毒池。但到最后，我们还是把这些牛卖了，消毒池里也长满了草，看起来像是一座底朝天的、废弃了的空中楼阁。后来，在晚上挤奶的时候，每当我走到莫吉或卡尼努的牛棚附近，闻到牛奶的香气，心里就会涌上一阵渴望，渴望拥有自己的牛棚和奶场。在草原上骑马的时候，我的心里也全是那些带斑点的奶牛，这些奶牛就像一朵朵花儿一样，星星点点地在我的心里绽放。

随着岁月的流逝，这些计划慢慢地在我心里模糊了，最后几乎难以辨认出来。其实，如果农场上的咖啡收成很好，能够维持农场的运转，我也不会在乎这些计划。

经营一座农场是很沉重的负担。农场上的土著，包括那些白人，把所有的担心和恐惧都留给了我，有时我甚至觉得咖啡树和牛也是如此。不管是会说话的人，还是不会说话的动植物，好像都商量好了似的，要把来晚的雨和寒冷的夜都归咎在我身上。到了晚上，好像坐下来安静地看会儿书都是不应该的，我总是会被失去农场的恐惧推出屋外。法拉了解我的痛苦，他也不同意我在晚上出去。他说，太阳下山后，他曾看到豹子在屋子外面转悠。我出门之后，他总是穿着白袍，站在走廊上等我回来，他的白色身影在黑暗中依稀可见。但我太难过了，脑子里根本不会去想什么豹子。我也很清楚，在晚上到农场的路上去转悠根本于事无补，但我还是会去，就像一个被命令要去走路的幽灵一样，根本不知道为什么要出去，也不知道要去哪里。还有两年就要离开非洲的时候，我回了一趟欧洲。采摘咖啡的季节到了，我从欧洲返回。都快到蒙巴萨岛了，我还是没有得到任何关于咖啡收成的消息。我在船上一直在考虑着这个问题。当我感觉很好，生活看起来对我还算友好的时候，我想这次可能会有七十五吨的收成；当我感觉不好，或感觉紧张的时候，我就会想，不管怎样，这次收成肯定只有六十吨。

法拉来蒙巴萨岛接我，我都不敢直接问他咖啡的事情，一直和他谈论农场上的其他事情。到了晚上快要睡觉的时候，我实在忍不下去了，就问他今年咖啡的收成有多少。索马里人在向别人宣告灾难事件的时候总是兴高采烈。但法拉没有愉快的表情，他站在门口，要比平常严肃得多。最后，他微微闭上眼睛，朝后仰起了头，仿佛咽下了满腹的悲伤似的说："四十吨，夫人。"听到这个数字的那一刻，我知道农场不能再继续经营下去了。世界上所有的颜色和生命立刻就从我的周围消失，这座蒙巴萨旅馆里的房间也变得阴冷压抑。水泥地面、老式的铁床架和破旧的蚊帐，此刻好像都代表着重大的意义，似乎代表了周围的整个世界，光秃秃的，没有任何人世间多余的装饰物。我不再说话，法拉也沉默下来，然后就离开了。他是这个世界上最后一个对我友好的"物件"了。

但人的大脑是有自我修复的功能的。到了半夜的时候，我想起了老克努森。四十吨也是收成啊，重要的是不要有悲观的情绪，这种悲观是很致命的。而且，我马上就要回到家了，我很快就能坐在马背上骑马了。我的仆人们都在农场上，朋友们也会来看望我。十小时后，我就能在火车上看到西南方向恩贡山在蓝天下的青色剪影了。

但就在同一年，蝗群来了。人们说它们是从阿比西尼亚来的。那里遭受了两年的旱灾，所以它们就向南迁徙，沿途吃光了所有的植物。

我们还没有看到它们，关于它们的奇谈怪论就已经流传开了。人们说，它们飞过哪里，就会留下一片荒芜之地。它们飞过的北方的玉米地、小麦地和水果农场都已经变成了一片荒漠。那里的人派人给南方的邻居捎信，说蝗虫马上就要来了。但即使提前知道了消息，人们也是一点儿预防的办法都没有。所有的农场主都在农场上堆起了高高的柴禾堆和玉米秆，准备在蝗虫来的时候烧死它们，还给农场上的工人发了很多空罐子，让他们到时候使劲敲打这些罐子，大声喊叫，把蝗虫们吓跑，不让它们降落。但这样做也只是稍微缓解了一下蝗灾，不管他们怎么吓这些虫子，它们都不可能在空中不降落。农场主只能期待把它们赶到另外一个农场上。但是，把它们吓跑的农场数量越多，它们在找到落脚点后会变得越饥饿，越疯狂。

农场的南边是马赛保留区一望无际的大草原，我心里一直期待着，这些长着翅膀的虫子能一直飞过河，飞到马赛保留区去。

在农场附近居住的移民者邻居已经派了三四个人来给我送信，告诉我蝗虫要来了。但什么事情都没有发生，我不禁开始怀疑这些信息的准确性。为了农场上工人和非法棚民生活方便，法拉的弟弟阿卜杜莱在农场附近的公路边开了一家杂货店，名字叫阿布杜卡。一天下午，我骑马去阿布杜卡买东西。一个印度人在店外面的骡子车里坐着，朝我招手示意，因为他无法把骡子车赶到草原上。

我向他走过去，走到他面前后，他站起身对我说："夫人，蝗虫马上要来了，赶紧回家吧。"

"这话我已经听过好多次了，"我说，"但是我连一只蝗虫还没看到，可能没有人们说的那么严重吧。"

"夫人，请您转身看。"印度人说。

我转过身抬眼看去，在北方的地平线上，天空中有一团阴影，就像哪个小镇着火之后燃起的一条烟雾线。我心里想："真像是哪座百万人的大城市向清亮的天空中吐烟雾呢。"也很像一层薄薄的云彩在升起。

我问印度人："那是什么？"

"蝗虫。"他回答道。

之后，我沿着横穿草原的小路骑马回家，路上看到了一些蝗虫，可能有二十多只。经过农场经理的房子时，我让他做好一切准备迎接蝗虫。我和他一起朝北方望去，刚刚在地平线上的烟雾此时已经升高了。就在我们观看这团烟雾的时候，时不时会有蝗虫在我们眼前飞过，有的掉到了地上，在地面上爬着。

第二天早上，当我打开门向外望去的时候，外面已然变成了一片苍白、单调的赤褐色。所有的树、草地、车道，所有我能看到的，都覆盖了一层赤褐色，好像在一夜之间，大地就被一层赤褐色的大雪覆盖了。这就是蝗虫。我站在屋里看着它们，外面的一切突然开始颤抖，然后就破碎了。是蝗虫们动起来，开始向上飞起，不到几分钟时间，空中已经全是扑扇着的翅膀。它们离开了。

这次的蝗灾对农场造成的破坏不算太大，毕竟它们在这里才待了一夜而已。我们看到了这些蝗虫的样子。它们大概有1.5英寸长，棕灰色的身体略带了些粉红色，摸起来黏兮兮的。它们只是轻轻地落在了路边的大树上，就把这些树压倒了。看着这几棵倒下的树，再想想每个蝗虫顶多只有0.1盎司[1]重，就不难想象它们的数量有多少。

后来，它们又来了。在最初两三个月的时间里，我们一直努力尝试把它们吓跑，但后来就放弃了，因为这种方法太令人绝望，让人觉得悲喜交加。有时候，会有一群脱离主力队伍的自由部队来到农场，然后匆匆地飞过；但有时候，就有大群大群飞来，它们会在农场上空十二小时不间断地行军，在农场吃上好多天之后才离开。蝗虫群飞到最高点的时候，就像是丹麦的暴风雪来了，你能听到像大风一样的尖啸声。在阳光照耀下，它们坚硬的、发狂的小翅膀像薄薄的钢片一样闪闪发亮，遮云蔽日地围在你的周围，在你的头顶扇动。

它们会排着带状的队伍，把一棵树从根到顶地包围起来，树上面的天空却依然清澈无比；它们会呼呼地撞到你的脸上，会钻进你的衣领、袖子和鞋子里，大团大团地把你围起来，会让你感觉头晕眼花，会让你因为密集恐惧症而感到恶心、狂怒和绝望。这些大队伍里的个体根本不算什么，拍死一只不起任何作用。在大部队完全飞过农场，像一缕长长的薄雾消失在地平线之后，你还会因为脸上和手上有蝗虫爬过而感到恶心，这种感觉还会持续很长一段时间。

蝗虫群后面往往会跟着一大群飞鸟，它们在蝗虫上空盘旋，一旦发现蝗虫落在田地里，就会飞下来，走到田里吃掉它们。它

---

1. 大约2.8克。

们在很大程度上要依赖这些蝗虫生存，包括鹳鸟和鹤，都是如此。它们得意洋洋，完全就是投机主义者。

有时，蝗虫会落在我的农场上，但它们顶多是压倒一些咖啡树，对咖啡园倒没有造成多大的破坏，因为咖啡树的叶子很像桂花树的叶子，十分坚硬，很难嚼动。

但玉米田就不一样了。一旦它们落在这些玉米上，在它们离开后，整块玉米田就干干净净的，只剩下几缕干叶子挂在断掉的玉米茎上。我在河边有一个花园。我们一直在浇灌它，所以它常年绿油油的。蝗虫群经过后，它变成了一堆废墟，所有的花儿、蔬菜和药草都不见了。非法棚民的香巴田也变成了一块块干净的田地，看起来像是被烧焦了，还被爬行动物碾压了一遍。田里唯一的收成就是偶尔在土里出现的蝗虫尸体。他们站在地上，看着这些蝗虫群。刚刚犁完香巴田，把庄稼种下的老妇们情绪非常激动，一直朝天空中消失的那团暗淡的黑影挥舞拳头。

地上到处都是被大部队抛弃的蝗虫尸体。蝗虫群飞过公路，有一些会被马车和手推车碾压过。在它们飞走之后，如果你仔细看，就能看到一条蝗虫车辙，看起来就像是火车的铁轨。

这些蝗虫还会把自己的卵留在土壤里。第二年，长雨季过后，蝗虫生命体的第一阶段——小小的黑褐色幼虫就出来了。它们不会飞，但是会爬行，它们爬过的地方也是寸草不留。

到最后，我没钱了，农场也没有任何收益，迫不得已，必须卖掉农场。内罗毕的一个大公司把这片地买了下来。他们觉得这片土地的海拔对于种植咖啡而言太高了，要把所有咖啡树拔了。但他们也不打算在这片土地上种其他东西，而是计划把这片地分区，修成道路，等内罗毕向西扩张的时候把这片地卖出去盖房子。这已经是当年年末的事情了。

即使已经把地卖出去了，仍然有一件事让我觉得不应放弃这块农场。那就是咖啡树上还没有成熟的果子，它们要么属于这块农场的老主人我，要么会被当作第一期按揭抵押款送给银行。它们要到第二年的五月份或更晚的时候，才能采摘，送进工厂处理，然后再卖出去。在此之前，我仍然可以留在农场，管理农场。所有一切似乎保持原样，没有任何变化。我想，或许会有什么事情发生，那我就可以保住我的农场了，毕竟这是一个瞬息万变的世界，没有什么事情是可以预料的。

就这样，我在农场的生活进入一个新阶段，一个很不正常的阶段。农场上的所有一切都掩藏着这个事实：这个农场已经不属于我了！但它毕竟曾经属于我，所以，农场上的人们也就忽视了这个事实，仍然像往常一样一天天地生活着。从那时开始，这块农场每分每秒都在教会我"活在当下"的艺术，或者可以这么说，在永恒的时间长河里，某个具体发生的事件，或者某个时刻，根本不会对生活造成任何影响。

很奇怪，即使是我自己，从来没有觉得要马上放弃这片农场，或者马上要离开非洲了。身边所有理智的人都在提醒我，我必须要离开农场。从丹麦飞来的每封信件，生活中的所有事实也都这么告诉我。即使如此，我的想法似乎也没有任何变化，我坚信自己要死在非洲这片土地上。我是没有能力去思考其他东西了，虽然这一点很奇怪，但它确实是支撑我这份信念的唯一理由。

在那几个月里，我的大脑为自己建立了一套新的思维程序，或者说是一套新的思维策略。我用它来对抗命运和身边那些它的同盟军。那就是，为了省却一切不必要的麻烦，我会在一切琐事上让步，让我的对手按照他们的方式处理一切事情，让他们自说自话，自己处理一切相关的文件。这样，到了最后，我仍然会是一个胜利者，我会保住我的农场和我的工人。失去他们？那不可能！真是太难想象了，那样的事情怎么会发生？

就这样，我成了农场上最后一个意识到自己必须要离开的人。后来，当我回顾起在非洲的日子，我才感觉到，就连那些没有生命的东西，好像都要比我更早意识到这个事实。山峦、森林、草原和河流，还有空中的风，都意识到我们马上要离别了。当我第一次和命运做交易，当出售的谈判刚开始，这片大地就开始对我转变态度。在此之前，我还是它的一部分，每次大旱对我来说就像是一次高烧，草原上盛开的花朵就是我的新装。但现在，它从我身体里抽离，面对着我后退了几步，让我完完整整地把它给看清楚了。

雨季之前的山峦也是如此。某天晚上，你看着它们，会觉得它们突然走了几步，把自己完全暴露在你面前。它们的形状、它们的颜色在你面前一览无余，就好像它们要故意把所有的一切都献给你似的。你只需要几步，就能从坐着的地方，走到它绿油油的脊背上。你会这样想：如果一只羚羊走到空地上，它转头的时候，我都可以看到它的眼睛在转，它的耳朵在动；如果有一只小鸟停在了某根树枝上，我也能听到它在歌唱。在山间的三月，大山的这种纵情意味着雨季马上就要到来，但现在，这代表着分别。

在此之前，我也在将要离开其他国家时，见过同样方式的"故意贡献"，但我早已经忘记了那代表着什么。我只是在想，从来没感觉到这个国家如此可爱，就好像这一辈子不管任何时候默默想起它，都会觉得很开心。光影在大地上变幻，天空挂着彩虹。当我和内罗毕的白人律师、商人，以及为我的旅途提供各种建议的朋友们相处时，很奇怪，我总会感觉到一种疏离感，甚至有时身体还会真切地感觉到一种窒息。我一直觉得我是他们中间最理智的人。但有那么一两次，我突然感觉，如果我是他们中间唯一的一个疯子，而他们才是理智的人，我应该也会这么想。

  农场上的土著们都是很现实的人，他们完全意识到了农场的现状和我的心态，就好像我已经清清楚楚地告诉了他们，或者是在一本书里写给了他们。尽管如此，他们仍然期待我的帮助和支持。不论在任何时候或做任何事情时，他们都丝毫不想着规划一下自己的未来。他们用尽一切办法想让我留在农场，为我提供了很多可以留下的方案。出售农场的交易彻底结束之后，他们一起坐在我的房子周围，整整坐了一整夜，从头到尾都没有跟我说过一句话，只是坐在那儿关注着我的一举一动。在领袖和追随者之间大概总会出现这样矛盾的时刻：追随者们很清楚地看到领袖的缺点和失败，也可以很公正地评判它，但却不可避免地要追随他，就像在生活中，除了围绕在他的周围，就没有别的路可走了。一群羊可能对牧童有着同样的感受，它们可能比牧童更清楚这个国家和周围的天气，但始终还是要跟随在他身后，如果有必要，甚至会和他一起跌入深渊。这些基库尤人心中对上帝和魔鬼的了解要比我深刻得多，而且也要比我更清楚当时农场的情形，但他们就那样坐在我的房子周围，等待着我的指示。他们很可能在这一夜里一直都在互相抱怨我的无知、我的独一无二的无能。

  我很清楚自己帮不到他们，也很清楚他们的命运很大程度上取决于我的想法，但他们还一直这么围在我的房子周围。你或许会觉得，在这种情况下，我可能会受不了，但事实并不是这样。事实是，在他们的陪伴下，一直到最后一刻，我都感受到了一种奇特的舒适和安慰。我和他们之间的理解是无法用理智来衡量的。在这几个月里，我常常会想起从莫斯科撤退的拿破仑。人们都觉得，当他眼睁睁地看着自己的部队受苦受难，看着自己的士兵死在自己周围时，他会很痛苦。但是，如果不是这些士兵们，他很可能早就倒在莫斯科的地上死去了。晚上的时候，我常常一个小时一个小时地数着，等着第二天一早这些基库尤人在我的房子周围出现。

基纳恩朱的死

就在我把农场卖掉的那一年，基纳恩朱酋长去世了。一天，夜已深了，基纳恩朱酋长的一个儿子跑到农场说他父亲快要死了，请我和他一起去酋长居住的村落。这位年轻的土著说："纳塔卡库法（Nataka kufa）。"意思是，他父亲自己想要死了。

基纳恩朱年事已高。最近，他的生活中发生了一件大事，政府废除了马赛保留区的隔离措施。听到消息后，这位老酋长第一时间带着随从赶到南部的保留区，和那里的马赛人清算以前的账目，带回自己的母牛和它们在"流亡"期间生下的小牛犊。但他到了那儿之后就病倒了。我所了解到的是，有一头母牛撞了他的大腿，然后伤口溃烂了。这应该是他后来逝世的主要原因。基纳恩朱回家之前，在马赛保留区住了很长时间，或许是因为病得太厉害，无法走太远的路，或许是因为他心里一直惦记着他的母牛，想把它们找齐了再回去，又或许是因为有一位已婚的女儿在照顾他，但到了后来，他开始怀疑，不管她多么精心地照顾他，他都不可能好，所以他最后还是启程回去了。他的随从尽心尽力，费尽周折地抬着担架，走了很远的路程，把这位病重的老人抬了回去。他奄奄一息地躺在自己的棚屋里之后，就派他的儿子来找我了。

他的儿子是在晚饭之后来到我家的。当时，天已经完全黑下来，我和法拉开着车，载着他儿子一起朝他的村子飞驰而去。在路上，法拉谈起了酋长继承人的问题。老酋长有很多儿子，基库尤世界有很多因素会影响继承人的选择问题。法拉告诉我，老酋长有两个儿子是基督徒，其中一个信仰的是罗马天主教，另外一个则是苏格兰教会的信徒。这两个教会团一定会竭尽全力帮助自己的教民成为酋长。但基库尤人好像更倾向于另外一个更小的儿子，他没有任何信仰。

最后一英里路程简直就是草地上的一条小牛道。草地一片灰白，草叶上挂着露水。进入村子之前，我们要驶过一条河床，河床中央是一条蜿蜒的银色溪流，周围已经起了白色的浓雾。老酋长的村子安静地坐落在月光下，村里错落地散布着棚屋、尖顶仓库和牛棚。车子驶入村子之后，在车灯的照耀下，我看到老酋长从美国领事馆买下的那辆车就停在他的屋檐下。在处理万扬格里的案子时，他就是开着这辆车去农场的。它现在已经浑身生锈，破破烂烂的，看来已经完全被抛弃了。此时的老酋长肯定没有心思理会它，而是像他的父辈一样，要求他的牲口和女人围在身边。

村子一片漆黑，但人们还都没有睡着。听到汽车的声音后，他们都起床来到了酋长的家里，围在我们周围。村子已经和原来的样子不一样了。以前，村子里总是很热闹，显得生机勃勃，就像从地上冒出来的一股井水，流向四面八方。从各处汇集而来的各种计划、各个项目都会经老酋长这位浮夸但仁慈的中心人物过目。现在，死神的翅膀覆盖了这个村落，它就像一块磁力极强的磁铁一样，改变了这片村落的存在模式，好像形成了新的星系和星群。部落里的每个家族，家族里的每个成员的幸福和安宁都似乎命悬一线。皇室里经常上演的类似场景和阴谋诡计，在浓重的牲畜味道中，在朦胧的月光下，真实地展示在我的面前。我们走出汽车，一个提灯的仆人走过来，带着我们朝老酋长的棚屋走去。我们身后跟着一群人，他们站在酋长的棚屋外面。

我从来没有进过基纳恩朱的房间。这座"宫殿"要比普通的基库尤棚屋大一些，但里面并没有什么奢华的家具或装饰，只有一张用木棍和绳子搭起来的床和几个木凳。地板是踩得实实的黏土地，上面有两三个火堆在燃烧，棚屋里很热，让人感觉窒息。还有很浓的烟，虽然地上放着一盏防风灯，但刚进入屋子时，我还是看不清楚屋子里面有哪些人在。逐渐适应了屋里的环境之后，我终于看到里面的人。除了我之外，屋里还有三个秃顶老男人，是老酋长的叔伯或顾问。还有一位老妇人，她身体靠在一根拐杖上，站在老酋长的床边。一个漂亮的年轻女孩和一个十三岁的小男孩也站在屋里。在酋长的这间死亡之屋内，在那块磁铁的作用下，这是怎样的一种"星象组合"？

基纳恩朱躺在床上，奄奄一息，一只脚已经踏入了死亡的世界，身上散发着一股恶臭，刚开始我都不敢开口说话，怕自己会恶心呕吐。他全身一丝不挂，躺在我送给他的一条格子呢地毯上。那条腐烂的腿看起来相当可怕，肿得厉害，看不清楚膝盖在哪里，应该已经承受不了任何重量了。在灯光下，我看到，他从臀部到脚都布满了黑色或黄色的条纹。腿下面的地毯黑乎乎的，还湿了一大片，就好像水从那里流了出来似的。

他那个到农场去接我的儿子拿来一把欧式椅子，椅子的一条腿比别的要短，然后把它放在床边，让我坐。

基纳恩朱的头和身体非常瘦小，身体里的每根大骨头根根分明，让他看起来就像是一个用小刀刻出来的一块黑色大木雕，而且雕刻得非常粗糙。他的面容黝黑，眼睛黯淡无光、模糊不清，牙齿和舌头在嘴唇中间隐约可见。但他还是能看见东西的。当我走到床边时，他就把眼睛转向我，在我离开棚屋前一直紧紧地盯着我的脸。

他非常慢地拖动右手，越过身体，碰了碰我的手。他虽然浑身赤裸，虽然身上疼痛无比，但却一直保持着往日尊贵的仪态。从他的表情可以看出，他好像刚刚凯旋，因为他在女婿们的百般阻挠下带回了所有的牲口。我坐在椅子上看着他，想到他的一个弱点。他很害怕打雷。有一次，他在我家住着，天上突然响起了炸雷，他吓得像只老鼠，到处找藏身的地方。此时此刻，他不再害怕闪电，也不再害怕任何吓人的雷声。在我心里，他已经完全完成了自己在世俗人世间的任务，可以带着从某种意义上所说的"收入"回家了。如果他现在脑子清醒，那么在回首自己的一生时，他就会发现，他这一辈子几乎在所有事情上都打败了命运。一个鲜活的生命体，一种愉悦和满足的力量，一个个体的各种各样的活动，都在这里结束了，在基纳恩朱躺着的地方结束了。"基纳恩朱，您安眠吧。"我心里想着。

站在屋子里的老人们都沉默着，好像变成了哑巴。我刚进来时看到的那个男孩——基纳恩朱的小儿子走到父亲床边，开始和我说话。所说的内容应该是他们提前商量好的。男孩告诉我，教会里的医生知道父亲生病之后，就来给老人看病。医生告诉村里的基库尤人，他会再回来把这位奄奄一息的酋长送到教会医院去。村里人正在等教会的卡车来把酋长拉走。但酋长本人不想去医院，所以才派儿子去找我。他希望我把他带到我家，而且为了赶在教会的人之前，他要立刻跟我走。男孩告诉我这一切的时候，基纳恩朱定定地看着我。

我坐在椅子上听着，心里非常沉重。

如果是以前，比如一年前，甚至三个月前，基纳恩朱奄奄一息时提出这个要求，我一定会带着他回去。但现在不一样了。最近，我身边所有的一切都变得很糟糕，我还一直在担心，事情还会继续变糟。我天天在内罗毕的各种办公室里往来，和农场的债权人开会，听各种商人和律师讲话。

而基纳恩朱马上就要死了，我们是救不活他的。他很可能会死在我们回去的路上，或是刚刚到我家，他就死去了。这样一来，教会的人肯定会把他死的责任归咎于我，他们会跑过来责备我，所有知道这件事的人也会如此。

坐在棚屋里的这张破椅子上，我觉得所有的这一切太沉重了，我实在是无法负担起来。但我已经失去了对抗全世界权威的勇气，我无法勇敢地对抗他们中的任何人，更别提所有的人了。

我挣扎着，有那么两三次都已经决定了要带酋长回去。但每次，勇气都背叛了我。我想，必须要丢下他了。

男孩跟我说话的时候，法拉就站在门前，他听到了一切。看到我一直坐在凳子上沉默，他走过来，热心地低声计划着如何把老酋长抬进车里。我站起身，和他一起走到房间里稍微隐蔽的地方，避开了所有人，也避开了老人的臭味。我告诉法拉，我不准备带老酋长和我一起回去。对于这种转变，法拉完全没有心理准备。他的眼睛和整张脸，都因为吃惊变黑了。

我其实还想在老酋长身边多坐一会儿，但又不愿意看到教会的人来把他拉走，所以决定直接离开。

我走到老酋长的床前，直接告诉他，我不想把他带回到我的农场。我没有告诉他理由,就这么直接说了。房间里的老人们在听懂我的拒绝之后,都围在了我的身边,很震惊很不安。男孩往后退了退,然后就站定了,他也是无能为力了。基纳恩朱倒是没有显出任何震惊的表情,身体也没有什么变化,只是像之前一样定定地看着我。脸上的表情好像在说,他遇到过这样的事情,这种事确实是会发生的。

"卡瓦赫里,基纳恩朱。"我说。意思是,再见。

他滚烫的手指在我的手掌里微微动了动。我起身离开,快走到门口时,我回头看了一眼。房间里暗淡无光,烟雾缭绕,基库尤酋长那高大伟岸的身影完全被它吞没了。走出房间的时候,外面非常冷。月亮低低地悬在地平线上,那时应该是刚过午夜。村子里的一只公鸡叫了两声。

就在那晚,基纳恩朱死在了教会医院里。第二天下午,他的两个儿子跑过来告诉了我这个消息,并邀请我参加他第二天的葬礼。葬礼预备在他们的邻村达戈雷蒂举行。

如果没有外族人的干涉,基库尤人通常不会选择土葬,他们习惯把死人的尸体留在地上,让土狼和秃鹰吃掉。我很喜欢这种葬礼形式。尸体暴露在太阳和星辰下,被迅速、熟练、公开地处理掉,然后和大自然融为一体,变成大自然的一分子。我从心里觉得这样做是一件很愉快的事情。农场上有西班牙流感蔓延的那段日子里,我整夜整夜地能听到土狼在香巴地里的声音。流感过去后,我总是能在森林的长草里找到棕色的光滑头骨,看起来像是从树上掉到草地上的,或是草原上的坚果一样。但这种习俗与文明世界是冲突的,所以政府煞费工夫地劝说他们改掉这种习俗,教他们把死者埋进土里,他们始终是不喜欢这个建议的。

但现在，他们却告诉我，要把自己的酋长土葬。我以为，基纳恩朱毕竟是部落的酋长，基库尤人或许会破例借这个机会举办一场大规模的土著表演和集会。第二天下午，我开车去了达戈雷蒂，希望能看到这个国家所有的老酋长们，也期待这一场规模盛大的基库尤庆典。

但基纳恩朱的葬礼却完全是一场欧洲式的教会葬礼。到场的人有政府的代表，有地区委员，还有两个从内罗毕来的官员。这一天和这个地方毕竟还是属于神职人员的，所以，在午后的日光里，大草原就变成了一片黑。法国教会、英格兰教会和苏格兰教会的神职人员都来了。如果他们希望在这里告诉基库尤人，他们已经掌控了酋长的遗体，它现在是属于他们的，那么他们做到了。很明显，他们现在已经掌控了一切，人人都感觉到，基纳恩朱是不可能再从他们的手掌心逃脱了。这是教会常用的伎俩。在这里，我第一次见到了大批"教会男孩"。他们都是皈依基督教的土著男孩，穿着半僧半侣的衣服，不知道在教会做什么工作。他们胖胖的，戴着眼镜，双手交叠地站着，看起来像是一群阴阳怪气的太监。基纳恩朱的两个儿子很可能暂时放下了二者的宗教分歧，站在了他们中间，但我辨认不出他们。也有几个老酋长参加了葬礼，但他们完全成了葬礼的背景人群。基奥伊酋长也来了，我和他还聊了一会儿基纳恩朱。

墓穴选在两棵高大的桉树下，四周围了一圈绳子。我来得比较早，因此就站在绳子边上，看着人群越来越多，就像苍蝇一样，围在了墓穴周围。

他们用卡车把基纳恩朱从教会医院运过来，然后把他搬下来，放到墓穴附近。看到他躺着的棺材后，我吓了一跳，感到非常惊骇，我想这辈子我都没有如此震惊过。老酋长个子很高，我还记得当年他带着随从来到农场时的样子，甚至两天前他躺在床上的时候，看起来也还是很高大的。但现在，他躺着的棺材几乎就是个正方形的盒子，肯定不到五英尺长。刚看到它，我都没有感觉到这是口棺材，还一直在想，这应该是用来放葬礼工具的盒子。但它竟然是基纳恩朱的棺材。我一直不明白他们为什么选了这样一副棺材，或许苏格兰教会的棺材就是这样。但现在的逝者是基纳恩朱呀，他们究竟是怎么把他放进去，让他躺在里面的？他们把棺材放在离我不远的地方。

棺材上面有一个很大的银色金属牌，上面刻着铭文。葬礼过后我才听说，这是教会为老酋长制作的，上面刻的是《圣经》经文。葬礼仪式持续了很久。教会的神职人员一个一个地走上前讲话，我猜他们讲的应该都是一些宗教誓言和箴言。但我都没有听，只是紧紧抓着围绕着墓穴的绳子。也有一些土著基督徒走上前去，像驴子一样朝着大草原嘶叫。

最后，基纳恩朱沉入了他自己国家的地下，被它的土地所覆盖。

来参加葬礼的时候，我带了几个仆人一起，想让他们观看这场葬礼。他们一直和朋友亲戚聊天，会自己走回农场。所以，最后只有我和法拉开车回了农场。一路上，法拉像老酋长的墓穴一样沉默。他很难接受那晚我拒绝把酋长带回农场的事实，所以两天来一直失魂落魄，陷在一堆疑问和失望的情绪中。

直到我们开车到门口的时候，他才开口说："我没事儿了，夫人。"

山中坟墓

丹尼斯·芬奇-哈顿每次长途旅行之后，都会来农场住上一段时间。在我解散仆人，要打包走人的时候，他就没法再在这里住下去了，于是就住在了内罗毕的休·马丁家。他每天都从那儿开车来农场和我一起吃饭。我把所有家具都卖掉之后，我们就坐在打好包的箱子上一起吃饭。我们会坐在那儿，一直坐到深夜。

有好几次，我们聊天的时候都表现得像是我真的马上就要离开了。他把非洲看作是自己的家，但也很理解我，和我一起伤心难过，不过他还是嘲笑了我和仆人们分别时的离愁别绪。

他问我："你真觉得离开西朗加就活不下去了？"

"是啊。"我回答说。

大多数时间，我们就像平常一样聊天，做各种事情，好像未来并不存在似的。担心未来不是他的做事风格。他自己很清楚，如果他愿意，随时都可以利用未知的力量。因此，他很自然地支持我过一天日子撞一天钟的生活方式。别人爱怎么想，爱怎么说，都随他们去吧。坐在一间空房子的包装箱上吃饭聊天，这种行为对我们来说很正常，也很符合我们的生活品味。他曾经引用一首小诗送给我：

> 你要用愉快的方式，
> 吟唱悲伤的歌曲，
> 我永远不会为怜悯而来，
> 而是为快乐而至。

在离开前的那几个星期，我们常常会在恩贡山或保护区上空飞短途路线。一天早晨,太阳刚刚升起,丹尼斯就来到农场接我。然后我们就在恩贡山的南边看到了一头狮子。

他曾经提过要把放在我家里的书打包带走,但一直都没有动手。

他说:"你留着吧,我现在没地方放这些书。"

我马上要处理房子了,他还没有决定好要搬到哪里去。一个朋友坚持让他去内罗毕看看。耐不住这位朋友的劝说,他开车去了内罗毕,那里有一栋小别墅要出租。从内罗毕回到农场后,他心情一直不太好,就是因为在内罗毕经历的一切,他甚至都不愿意跟我提。吃饭的时候,他本来正在跟我描述那些房子和家具,却突然停下来不说话了,脸上浮现出了不常见的厌恶和悲伤。显然,他接触到了一个他无法忍受的世界。

但我知道,他这次无非就是遭人刁难,而这种刁难也是很客观的,并没有掺杂什么个人的感情。他忘记了,他本来是应该参与这个世界的。我就把这些想法告诉他,他打断了我的话说:"哦,至于我,就算住在马赛保留区的帐篷,我也会很开心。或者,我会在索马里的村子里找一座房子住。"

这次,他终于谈起了我在欧洲的未来。他说,我在欧洲会比在农场上开心,不会经历到我们将在非洲经历的文明世界。他说:"你也知道,在这片非洲大陆上,我们常常会感受到一种强烈的讽刺感。"

丹尼斯在南方沿海有一片土地,位于蒙巴萨岛北部三十英里的塔卡普纳大溪湾。那里是一片阿拉伯殖民地的遗迹,还保留着一座很庄严的尖塔和一口井。这是一片盐碱地,有被岁月风化的灰色石头,还有几棵古老的杜果树。丹尼斯在这里有座房子,我还在里面住过。房子前面是蓝色的印度洋,海面清澈,海景宏大而神圣，同时也沉闷无趣，视线所及只有又长又陡峭的浅灰色海岸线和黄色的珊瑚石。

退潮之后，可以走到离房子好几英里的海边。此时的海边，看起来很像是一座宽阔但又不平整的露天广场。还可以捡到很多又长又尖、奇形怪状的贝壳和海星。腰里裹着布、头上戴着红色或蓝色头巾的斯瓦希里渔夫在周围晃悠，看起来好像是水手辛巴达来到了人间。他们会卖各种颜色的尖刺鱼，有些还相当好吃。在房子下面，有一排凹进去的深洞和岩穴，里面非常凉爽，你可以坐在里面眺望远方亮晶晶的蓝色海水。涨潮时，海水就会淹没这些洞穴，然后漫到地面。大海在充满洞孔的珊瑚石里唱歌、叹息，声音听起来很奇怪，好像你脚下的地面有了生命似的。长长的海浪奔跑着，像大批军队一样，涌进塔卡普纳溪水里。

我在塔卡普纳住的时候，刚好遇到满月。满月之夜的塔卡普纳光芒四射，静谧至极，简直是美到极致，你的心不由得就被它征服。睡觉的时候，你可以打开面朝银色大海的大门。温暖的微风嬉闹着，低语着，把细软的沙子带进房间，让它们落在屋里的石头地板上。一天晚上，一排阿拉伯帆船驶近海岸线，在季风的推动下默默地在海上向前漂，于是月下就出现了一条长长的棕色帆影。

丹尼斯偶尔会说，要把这里变成他在非洲的家，以后出去游猎的时候可以从这里出发。当我刚开始计划离开农场的时候，他就把这栋房子贡献出来供我居住，就像我把我在非洲高原上的房子给他住一样。但我觉得，如果没有舒适的设施，白人无法在这样的海岸线附近住太久。这里海拔太低，太热了。

我在五月份要离开非洲的时候，丹尼斯计划南下到这里住上一星期。他计划再建一座更大的房子，再种些杧果树。他开着飞机离开，打算先飞到沃伊附近看看有没有可以猎杀的大象，因为当地的土著常常提到有一群大象从西边迁徙过来，在沃伊附近生活。其中有一头非常高大，至少是普通大象的两倍，常常独自在沃伊的林子里出没。

丹尼斯自称是一个很理智的人，但他常常会被某种特殊的情绪或预感左右，然后持续沉默好多天，甚至好几周。只是他自己觉察不到这种状态，我问他怎么了，他反而还表现出一副惊讶的模样。这次出发前他就是如此，一直恍恍惚惚的，好像沉浸在某种思绪中。当我告诉他我的这些感觉时，他还反过来嘲笑我。

我想如果能再次看到大海，我一定会很开心，所以就要求跟他一起去。他答应了，但后来又改变了主意，不同意我去。他说这次的航线很复杂，要绕过沃伊附近，很可能会在林子里降落，还要在里面过夜，所以他最好是带个土著仆人一起跟他去。我提醒他，他以前说过要带着我飞遍非洲的。是的，他说他确实说过。如果沃伊附近真的有大象，他会在选好降落地点和野营的地方后，再回来接我一起去看大象。这是唯一一次在我要求他带上我，却被他拒绝的一次飞行。

他在八号离开，那天是星期五。离开之前他说："下周四到门外等我。到时候和你一起吃午饭。"

他都已经发动汽车，准备去内罗毕的机场了，却又关掉了汽车的引擎，跑回来找一本送给我的诗集，说是要带着它上路。他脚踩着汽车的脚踏板，手指着我们曾经讨论过的一首诗。"听着，这是你的'灰雁'。"他说。

> 我看到，灰雁飞过平原，
> 在高空中，拍动着翅膀，

笔直地，从一个天际飞向另外一个天际。
灵魂蹿至咽喉，坚硬如石，
天空浩瀚，腰间系上了一条灰白的缎带，
太阳的轮辐，碾压过层层褶皱的山峦。

然后，他朝我挥了挥手，永远地离开了。在蒙巴萨岛降落的时候，他把飞机的一只螺旋桨折断了，于是就发电报到内罗毕的东非航空公司，索要备用螺旋桨。航空公司派了一个小伙子把螺旋桨带给他。飞机修好之后，他准备继续起航，还让这个小伙子跟他一起。但这个年轻人却不愿意跟他去。这个男孩以前经常飞行，也跟其他人一起飞过，还坐过丹尼斯的飞机跟他一起飞行。而丹尼斯又是一个很优秀的飞行员，飞行的技术和他的其他能力一样，在土著中间相当有名气。但这次，这个男孩死活不愿意跟他一起飞。

很久之后，他在内罗毕遇到法拉时聊起了这件事情。他是这样跟法拉说的："那次即使给我一百卢比，我也不会跟贝达先生去飞的。"那次飞行之前的几天，丹尼斯可能也觉察到了命运的阴影，但这个土著男孩的感觉要比他强烈得多。

最后，丹尼斯只好带着自己的仆人卡马莫向沃伊飞去。可怜的卡马莫特别害怕飞行，他跟我说过，一旦坐上飞机离开地面后，他就会一直盯着自己的脚，直到再次落到地上。只要抬头瞟一眼飞机外面的天空，或从这么高的地方向下看一看地面，他都会被吓个半死。

周四的时候，我走到屋外等待丹尼斯。我估计他会在日出的时候飞到沃伊，然后两个小时后就飞到恩贡。但他还没到的时候，我突然想起在内罗毕还有事情要办，所以就开车进城去了。

在非洲，一旦我生病，或者特别忧心的时候，就会被一种类似强迫症似的想法所折磨。我会感觉自己的周围非常危险，所有的人都处于不幸之中。在这样的灾难中，我好像站错了地方，大家都不再信任我，甚至还会害怕我。

这实际上是战争带给我的一种白日梦魇。当时，有好多年，殖民地的人们都怀疑我是个亲德派，一直都不怎么信任我，他们一直怀疑我在战争爆发前不久，曾在奈瓦沙为德属东非的冯·莱特托将军买过马匹，其实我是无辜的。事情是这样的。在战争爆发前的六个月，我和他乘坐同一艘船来非洲，他请求我帮他买十匹阿比西尼亚母马。那时我还是第一次来非洲，心里有很多事情要考虑，所以很快就把他的请求忘记了。后来，他写信提醒我这件事，我才跑到奈瓦沙区去给他买了马。但战争很快爆发了，这些母马也就没有被运出肯尼亚。即使如此，"在战争初期，曾经为德国军队买过马"这个所谓的事实，我再也无法摆脱掉。后来，我哥哥自愿参加英国军队，在法国鲁瓦南部的亚眠战役中被授予了维多利亚十字勋章，人们对我的怀疑这才逐渐消散。那时，战争还没有结束。哥哥获得勋章这件事还上了《东非标准报》，大标题是：一枚东非十字勋章。

那时的我其实把自己被孤立这件事看得并不严重，因为我清楚自己一点儿都不亲德，在必要的时候我会站出来自己澄清这件事。但这件事对我的影响却比我想象中的要大得多，因为在好多年后，每当我异常疲惫，或者发高烧时，那时的感受就会回来。在我离开非洲前的几个月里，所有的事情都不顺利，我就感觉好像有一片黑云突然从头而降。我有些害怕这种感觉，怀疑自己是不是精神错乱了。

周四到内罗毕后，这种噩梦感又袭击了我，但没有任何征兆却又异常猛烈，都快把我给逼疯了。莫名其妙地，我觉得整座城市和遇到的所有人都非常悲伤，而且所有人好像都在故意避开我似的。谁都不愿意停下来和我说话，朋友们看到我之后也立刻开车走了，就连来自苏格兰的杂货商老邓肯在店里看到我后，也立刻离开了铺子，脸上还带着一种惊骇的表情。我可是在他的铺子里买了好多年生活用品，甚至还在政府办公楼的舞会上跟他跳过舞。我开始觉得，这次到了内罗毕，我好像是来到了一座荒岛上，孤单得厉害。

来之前，我让法拉留在农场去接丹尼斯，所以现在连个说话的人都没有。基库尤人不擅长这种事情，因为他们对现实的理解，包括他们所处的现实世界，都与我们不同。我还要去奇罗莫和麦克米伦女士一起吃午餐，所以就想，到那儿之后就可以和一些白人聊聊，也恢复一下理智。

我开车去了位于奇罗莫的那栋可爱的老房子，驶过竹林大道之后，就发现了午餐会。但这里的情景和内罗毕一模一样。所有人看起来都很伤心，我走进去后，他们突然闭口不语。我走到老朋友布尔佩特的身边坐下来，他眼睑低垂，嘟哝了几个字。我感到身上压着一个沉重的黑影，很想把它甩下来，于是就和他提起了他在墨西哥的登山活动，但他好像完全忘记了。

于是我就想，这些人也帮不了我了，我得回农场去，丹尼斯应该已经回来了。我们在一起可以理智地聊聊天，做一点儿事，那样我就正常了，就能继续理解所有事情了。

吃完午餐之后，麦克米伦女士请我和她一起去小客厅坐坐。坐在客厅后，她告诉我沃伊发生了一场事故。丹尼斯的飞机在那儿坠毁了，他当场身亡。

在她说完之前，我刚听到丹尼斯的名字，就知道了真相，立刻就理解了刚刚发生的一切。

之后，沃伊的地区委员给我写了一封信，向我描述了坠机事件的所有细节。飞到沃伊之后，丹尼斯和地区委员一起过了一夜，早上和仆人一起走到机场，然后开着飞机朝我的农场飞去。但他很快就又飞了回来，而且飞得很低，大概只有两百英尺。突然，飞机开始摇摆，然后开始旋转，最后像一只鸟一样俯冲下来，一头栽到了地上，然后就起火了。人们飞奔过去，但却被热浪阻挡着不能靠近，只能拿起树枝扑火，把沙土扔到火里。火被扑灭之后，大家才发现，飞机早已经撞毁了，机上的两人在落地之前就已经死去了。

丹尼斯坠机后的很多年，殖民地的人们都认为他的死是一个不可弥补的损失。出自对超出自己理解范围的价值观的敬畏，普通的殖民者对他的态度开始好转。提到他时，他们经常把他称为"运动员"，会提到他在做板球手和高尔夫球手时的辉煌成绩。丹尼斯从来没有跟我提到过他的这些经历，所以我也是到了这时才了解到他在这么多的运动中的声誉。人们在称赞他的运动生涯的同时，也会顺便提一句：当然啦，他也是很有才华的。但他们真正记得的，是他身上的那种绝对的大公无私，或者说完全不考虑自己的利益，对任何人都会无条件地真诚。除了白痴和他，我再也没见到过这样的人。在一个殖民地里，这些品质通常不会成为人们模仿的对象，只有在一个人死去之后，它们才会被真心地赞美和欣赏。殖民地的人要比其他地方的人更擅长这样做。

土著比白人们更了解丹尼斯，对他们而言，他的死就像是朋友或亲人的死。

得到丹尼斯的死讯后，我准备去沃伊。航空公司要派汤姆·布莱克到沃伊做一份关于这起坠机事件的报告，我就开车去机场，想请求他带上我。但当我到了机场，他的飞机刚刚飞去了沃伊。

我可以开车去，但当时是长雨季，我得查清路况。我坐着，等着关于路面的报告。突然，我记起来丹尼斯曾经告诉过我，他很希望死去之后把自己埋在恩贡山上。真是奇怪，之前我一点儿都没有想起来这件事，它离我的思绪太远，竟然没有让我意识到我们是一定要把他埋葬的。现在，有一幅画面在我面前徐徐展开。

曾经的我以为自己这一生都要在非洲度过，最后还会死在非洲。我还把自己心目中理想的埋身之所告诉了丹尼斯，就在野生动物保留区内的第一条恩贡山山脊上。那天晚上，我和他一起坐在屋子里眺望远处的山峦。他居然也告诉我说，他也希望自己死后能被埋在那里。自那之后，在我们有时开车进山前，他就会说："去看看我们的墓地吧。"有一次，我们在恩贡山里扎营寻找野牛。到了下午，我和他一起走上斜坡，想要近距离地看看我们的墓地。从那儿向四周看，视野非常好。在落日的余晖中，甚至能看到肯尼亚山和乞力马扎罗山。丹尼斯躺在草地上吃橘子，他说真的很愿意待在这里。我自己的墓地比这里要稍微高点。站在这两个地方向东看，都能看到坐落在远处丛林里我的房子。虽然大家都知道万物都要死去，但我们总觉得，在我们死去的第二天，我们就会回到我的房子里，然后一直在那里住下去。

听到丹尼斯的死讯之后，古斯塔夫·莫尔从他的农场直接过来找我，但没有找到，于是就去了内罗毕。过了不久，休·马丁也来了。我把丹尼斯死前的这个心愿和他选的山间墓地告诉了他们。他们于是就给沃伊的人发电报。我回农场前，沃伊那边的人通知我们，他们会在第二天早上的时候用火车把丹尼斯的遗体运过去，然后葬礼就可以在中午举行。所以，我必须在中午之前把他的墓地准备好。

古斯塔夫·莫尔和我一起回到农场,准备在我这儿住上一夜,然后在第二天上午给我帮忙。本来,我们计划在日出前赶到山里,确定好墓地的位置,在中午之前把墓穴挖好。

雨一直下了一整夜,早上出发的时候,还在淅淅沥沥地下着。路上的车辙里满是雨水。开车上山就像是在云朵里行驶。我们看不到脚下的草原,也看不到右边的山坡和山顶。和我们一起进山的仆人开着卡车,在我们身后约十码的地方远远地跟着,我们也看不到他。越往山上开,雾气就越浓。直到看到路边的指示牌,我们才知道已经进入保护区了。于是,向前开了几百码后,我们停了下来,走到车外。我们让仆人看着卡车,在公路上等着,我们先上山去找墓地的位置。清晨的空气非常冷冽,手指好像都要被冻掉了。

墓地的位置不能离公路太远,也不能太陡,否则卡车进不来。我和古斯塔夫·莫尔一边走,一边谈论这漫天的大雾。过了一会儿,我们就分开了,然后沿着不同的道路去找墓地。刚分开几秒钟,我们就看不见对方了。

山间广阔的原野极不情愿地向我敞开了大门,但很快就又把它关上了。这种天气让我联想到了北欧的雨天。法拉跟在我身边,手中的来福枪湿漉漉的。他说,我们要是再这样走下去,很可能会闯入到一群野牛中。周围的一切蓦然走进我们的视线,看起来超乎寻常的巨大。那些湿漉漉的灰色橄榄树叶,那些比我们都高的长草不断地向下滴水,散发着浓重的味道。尽管穿着橡皮布雨衣和橡胶靴,但没过多久,我就浑身湿透了,好像自己是在一条溪水中走着一样。周围的一切寂静无声,只有在雨下大的时候,周围才会出现飒飒的声音。偶尔,我面前的雾会散去,很远的地方会出现一片靛蓝的土地，看起来像是一块板岩，这一定是远处高耸入云的山峰。但很快，飘扬的灰色雨水和雾气就把它遮住了。我一直往前走，最后站住不动了。天气不变晴，什么都做不了。

古斯塔夫·莫尔喊了我三次后才发现了我。他走了过来，手上和脸上全是雨水。他说我们已经在大雾里转悠了一个小时，如果再找不到一个合适的位置，中午之前是无法挖好墓地的。

我说："但现在我都看不清楚我们在哪儿，不能把他扔到一个被山挡住视野的地方。再等会儿吧。"

于是，我们就安静地站在长草地里，我点了一根香烟。就在我准备把烟蒂扔掉的时候，雾气开始散了，周围慢慢地变得苍白，变得清晰，但空气仍然清冷无比。十分钟后，我们看清了我们的所在地。草原就躺在我们的脚下，来时的路也冒了出来，它在山坡上时隐时现，爬升到我们这里，然后继续向前蜿蜒。在遥远的南边，在变幻莫测的云朵下，散落着暗蓝色的乞力马扎罗山山麓。我们转身看北面，天空也明亮了一些，偶尔还会斜挂上几道暗白色的光线。有一道闪闪发亮的银白光线勾勒出了肯尼亚的山脊。突然，东面山脚下的灰绿色树林里出现了一个小红点，离我们很近，是附近唯一的一个红点。这是我房子的房顶，它坐落在一片林间空地上，房顶用瓦铺成。不用再找了，就是这个地方。过了一会儿，又开始下雨了。

在距离我们上方约有二十码的地方，有一片小小的空地，我们就把这里选为丹尼斯的墓地，用指南针分辨着方向，让它坐东朝西。之后，我们把仆人喊了上来，让他们用非洲大砍刀把周围的长草砍掉，然后在潮湿的地上挖土。莫尔叫了几个仆人，让他们把公路通往墓地的路铺好，方便卡车进入。他们平整着路面，因为路面非常湿滑，又砍了很多灌木树枝铺在路上，一直从公路铺上来。可墓地附近的山坡太陡，最后没有一直铺到墓地。周围一片寂静，仆人们开始工作之后，我听到山间有了回声，像是一只小狗在叫，这是大山对铁铲铁锹击打自己的回应。从内罗毕来了几辆车。周围的旷野太过开阔，我们站在灌木丛中的墓地附近，只有一小拨人，是很难被发现的。于是我们就派了一个仆人去给他们带路。然后，内罗毕的索马里人也来了。他们把驴车停在公路边，三四个人一起慢慢走了上来。他们以索马里人的方式表示哀悼，双手围着头走着，就好像要从生命中退出一样。一些内地的朋友听到他的死讯后，从奈瓦沙、吉尔吉尔和埃尔门泰塔一路长途跋涉来到这里，到了之后，他们的车上蒙上了一层厚厚的泥巴。天空逐渐放晴，恩贡山的四座主峰巍然屹立在蓝天下。

中午过后，他们把丹尼斯运了过来。他们走的那条路道路泥泞，所以开车的速度很慢。以前，丹尼斯去坦噶尼喀游猎时，就是走的这条路。开到最后一段陡坡时，他们把棺材从车里抬了出来。棺材很窄，上面盖着国旗。他们把棺材放进墓穴。此时，周围的一切风景都变成了葬礼的背景，山峦沉重地矗立着，所有的一切都沉默着，好像它们很清楚也很理解我们在它们身上所做的这一切。过了一会儿，它们接管了葬礼，葬礼也就变成了它们与丹尼斯之间的事情。在场的人们，全部变成了旁观者。

丹尼斯生前常常注视着非洲高原的道路，也走过这些路，他比所有白人都要了解这里的土地、这里的季节、这里的蔬菜和野生动物，还有这里的风和味道。他见证了这里四季的变幻，见证了这里的人群，见证了天空的云朵和夜晚的星辰。就在不久前，我还看到他站在山间，不戴帽子，在午后的阳光下眺望远方，然后举起望远镜想看清楚远处的一切。他已经爱上了这个国家，在他的眼里和心里，这里的一切都与别人看到的不同，它带着他个人的印记，是他身体的一部分。现在，非洲接纳了他，改变了他，把他变成了它身体的一部分。

他们告诉我，因为时间紧迫，无法为丹尼斯的墓地封圣[1]，所以内罗毕的大主教不想过来。最后就来了一位牧师为葬礼念悼词，我以前从来没有听过这样的悼词。在这空旷的天地间，他的声音很小，但很清晰，像是山里小鸟的鸣叫。我想，与葬礼过程相比，丹尼斯一定更喜欢葬礼结束。牧师念了一句圣诗：我要向山举目。

葬礼结束后，其他白人都离开了，我和古斯塔夫·莫尔又坐了一会儿。我们都走了之后，伊斯兰教徒才走到墓前，为丹尼斯祈祷。

丹尼斯去世后的几天里，那些曾在游猎过程中经常跟着他的仆人们都来到了农场，聚集在附近。他们没有告诉我为什么要来，也没有问我要什么东西，只是靠墙坐着，把手背放在过道上，大多数时间非常安静，这一点和很多土著的习惯不同。给丹尼斯扛枪和带路的仆人马利姆和萨·西塔也来了。这是两个精明能干、天不怕地不怕的仆人，在丹尼斯出去游猎时一直跟在他身边。他们还曾跟着威尔士亲王一起出行。许多年后，亲王还记得他们的名字，称赞他们说，这两个人合作，那就是天下无敌。现在，两名优秀的带路人没有路可带了，就那么一动不动地坐在地上。摩托车车手卡纳西阿也来了，这个基库尤年轻人开着摩托车，跑了好几千英里的崎岖路程，来到农场。他身体细瘦，眼神像猴子一样警觉。而此刻，靠墙坐着的他很像笼子里的猴子，浑身发颤，一脸悲伤。

---

1. 基督教会在某个人死后，因为其德行好和成就高而追封其为圣徒。如果为某个地方封圣，就是以教会的名义公开宣布此处为神圣之地。

仆人比莱亚·伊萨是一名索马里土著,他从奈瓦沙过来了。丹尼斯在世时,伊萨跟着他去过两次英国,在那儿上了学,会像英国绅士一样说一口流利的英语。几年前,我和丹尼斯一起参加了他在内罗毕的婚礼。婚礼很盛大,一直持续了七天。在那个特殊的场合,这位优秀的旅行家和学者回归到祖先的传统,穿着金色的袍子,向我们弯腰鞠躬,欢迎我们的到来,还为我们跳了一场剑舞。跳舞时,他突然变得狂野无比,身上充满了沙漠里亡命之徒的气质。他要到墓地祭奠自己的主人。到达墓地之后,他在那儿坐了很长时间。回到农场后,他基本上不再说话了。没过多久,他就和其他人一样,靠墙坐下,把手背放在过道上。

法拉走出去和这些土著聊天。他自己也很难过。后来,他跟我说:"如果只是你离开了,贝达先生还在这儿,我们就不会这么伤心了。"

在农场上哀悼了一周后,他们一个个离开了。

我常常开车到丹尼斯的墓地去看他。虽然农场到墓地的直线距离不到五英里,但开车绕上去就要走十五英里。墓地比我的房子要高一千英尺,那儿的天空和农场的完全不一样,清澈得像一面镜子。如果把帽子摘下来,就会有舒服的微风拂过发丝。云朵在山顶向东飘移,在起伏的山峦上投下阴影,最后在大裂谷上方溶解、消散。

我在杜卡买了一码白布,土著把这种布叫作"美国布"。然后,和法拉一起把这些布钉在三根杆子上,把它们插在墓地。这样,从我的房间看去,绿色的山间就多了一个小白点,我就知道哪里是丹尼斯的墓地了。

长雨季来了,雨下得太大,我担心丹尼斯坟墓上的草会长得太快,把坟墓盖住,然后我们就找不到墓地了。于是,我把卡罗门亚曾经费尽力气搬到前门的白石头装上汽车，向山上开去。我们把坟墓周围的草都割了，把石头摆成方形，用作标记。如此一来，墓地就再也不会辨认不出来了。

我常常会带上农场的孩子们去墓地。所以，他们对这里也很熟悉。一旦有人来祭奠，孩子们就会带他们过来。他们还在附近山上的丛林里盖了一座凉亭。夏天的时候，阿里·比·萨利姆就会从蒙巴萨岛来到农场，然后走到墓地里哭泣，以阿拉伯人的方式祭奠他。他和丹尼斯是好朋友。

一天，我在墓地里碰到了休·马丁。于是我们就坐在长草里，聊了很久。对于丹尼斯的死，休·马丁一直无法释怀。这个古怪的人一直过着离群索居的生活，只有丹尼斯在他的心中占有一席之地。"典范"是一种很奇怪的东西，很难相信休的心中会有这样的一个东西存在，也很难相信失去这个东西会对他影响如此之深，就像丢失了一个器官一样。自从丹尼斯去世之后，休的变化很大，他老了很多，脸上总是脏兮兮的，脸颊也深陷了进去。不过，他依然像往常一样平静，笑起来依然还像一尊中国大佛，就好像他知道了什么一般人不知道的开心事情。他告诉我，有一天晚上，他突然想到要为丹尼斯找一句合适的墓志铭。他告诉我的是一句希腊语，为了我能理解，又翻译了一遍，应该是从古希腊的哪位作者那儿引用的。这句话是这样的：死去之时，火焰会吞噬我的骨灰，但我不在乎，因为现在的我，一切都好。

后来，丹尼斯的兄弟温奇尔西勋爵在他的坟上立了一块方尖碑，墓志铭引自丹尼斯很喜欢的一首诗，名字叫《老水手》(*The Ancient Mariner*)。我和丹尼斯一起去比莱亚的婚礼时，他第一次读给我听，而我也是第一次听到这首诗。温奇尔西勋爵是在我离开非洲后才立的这块碑，所以我从来没有见过它。

英国也有丹尼斯的墓碑。他的老同学们为了纪念他，在伊顿的一条小河上建了一座石桥，小河连接着两块运动场。石桥一侧的护栏上刻着他的名字和他在伊顿读书的日期，另外一侧的护栏上刻着这句话：这两块运动场上的名人，亲爱的挚友敬上。

丹尼斯的生命之路从英国这条流淌在柔美景色中的小河开始，延伸到了非洲的山脊。看起来似乎是蜿蜒曲折，突然改变了方向，但这只是视觉上的错误，其实只是环境发生了变化而已。他的生命之弦在伊顿的桥边拉开，生命之箭则沿着它的轨道向前飞，最后击中了恩贡山间的方尖碑。

离开非洲之后，古斯塔夫·莫尔写信告诉了我一件奇怪的事情，是关于丹尼斯的坟墓的。我从来没听过这样的事情。他在信里写道："有马赛人向地区委员报告说，在日出和日落时分，他们好多次都看到丹尼斯的坟墓上有狮子，而且还是一对，它们有时站着，有时躺着，总是在那里待很久。几个印度人开着卡车要去卡贾多，路过墓地的时候，也看到过这一幕。你离开之后，墓地周围的地整平了，变成了一个大平台，这可能对狮子们来说是个好地方，可以俯视整个大平原，还有平原上的牛啊野生动物啊之类的。"

狮子们能来到丹尼斯的坟墓上，把他变成了非洲的一个历史遗迹，这件事本身就很适合丹尼斯，甚至看起来还挺高雅的。我想到一句话："墓草长新，永留记忆。"又想到特拉法尔加广场上的纳尔逊勋爵，他的狮子还是石头刻成的。

我和法拉变卖农场

现在，就剩下我一个人孤零零地在农场上了，而且这个农场也不再属于我。买主允许我继续在房子里住着，想住多久都可以，从法律上算是租给我的，所以我要支付租金，租金是一天一先令。

我打算把所有的家具都卖掉，所以和法拉就有一堆事要做了。我们把屋子里能看到的所有瓷器和玻璃杯都摆在桌子上等着卖掉。桌子后来卖出去了，我们就把它们排成长队摆放在地板上。每过一小时，布谷鸟就会在它们上方的钟表里傲慢地唱歌，但它很快也被卖出去了，它飞走了。有一天，我把玻璃杯都卖了，但到了晚上又觉得它们很好，所以早上又开车去了内罗毕，请求那位买下它们的女士取消这笔交易。虽然没有地方放它们，但毕竟有很多朋友的手指和嘴唇都碰过它们，它们还为我带来了香醇的美酒，身上还回响着往昔的各种话语，所以心里总觉得舍不得它们。又况且，如果我愿意，打碎它们也很简单。

壁炉旁原本摆着一个老式的木质屏风，上面画着中国人、苏丹人、黑人，还有一头带着绳子的狗。每到晚上，炉火熊熊地燃烧着，屏风上的人就会走下来，为我给丹尼斯讲的故事做插画。在决定处理它时，我定定地看着它看了很久，最后还是把它叠了起来，装进了箱子里。屏风上的那些人终于可以好好歇一歇了。

为了纪念丈夫诺斯拉普·麦克米伦爵士，麦克米伦女士在内罗毕建造了一座麦克米伦纪念馆。纪念馆很宏伟，里面还有图书室和阅览室。她开车来到农场，和我聊起了往日的时光，显得很伤心。她最后把我从丹麦带过来的大部分家具都买走了，准备放在她的图书室里。我很开心，这些整日乐呵呵的、又聪明又热情的橱柜仍然能够在一起，能够坐在一个满是书本和学者的环境里。这感觉就像在革命时期，一小群女士找到了一所大学当庇护所一样。

我把自己所有的书都放进了箱子里，平时就坐在上面，也会把它们直接当餐桌用。在殖民地，书本的作用与在欧洲的不完全相同。它们几乎掌控了你整个生活，从这个意义上说，你会因为它们不同的内容，感激它们或憎恨它们，而这种感激或憎恨要比在文明社会中浓烈得多。

书中虚构的人物和马儿们一起，在农场上奔跑，在玉米田里散步。它们就像聪明的士兵一样，能够很快找到适合自己的营地。一天晚上，我读完了《克罗姆·耶娄》(*Crome Yellow*)这本书。第二天早上，当我骑着马走在自然保护区的一条山谷中时，一头小羚羊突然蹿了出来，它立刻就化身成了《克罗姆·耶娄》里的牧鹿，拉着赫尔客里士和他的妻子，以及他们的三十条或黑或浅黄褐色的哈巴狗向前跑。这本书是我在内罗毕的一家书店偶尔发现的，以前从来没有听说过这个作者。读完之后，我好像在茫茫的大海中新发现了一块绿油油的小岛，心情非常好。在这片国土上，沃尔特·司各特塑造的所有人物好像就在英国一样，几乎在所有地方都能见到；你也可能会碰到奥德修斯和他的大军，甚至还能见到拉辛笔下的许多人物，真是让人感到不可思议。彼得·施莱米尔穿着七里格靴，大步迈过非洲的高山；蜜蜂小丑阿格布就住在河畔的花园里。

其他的东西有的卖掉了，有的打包邮走了。在最后几个月里，房子慢慢地变回了它原本的样子，看起来像头盖骨一样高贵。里面凉爽宽敞，带着回音，房前草地上的草长得跟台阶一样高。最后，屋子里终于什么都没有了。我倒觉得这种状态要比之前的更适合人居住。

我对法拉说："我们真应该一直保持这个样子。"

法拉非常理解我的这种心情，因为所有索马里人在一定程度上都是禁欲主义者。在这段时间里，法拉一心一意地帮助我处理一切事物。他看起来越来越像一个索马里人了，也越来越像我刚刚到非洲时，他被派去亚丁接我时的样子。他很担心我脚上的那双旧鞋子，还说会每天向真主安拉祈祷，保佑我能穿着这双鞋顺利抵达巴黎。

在这几个月里，法拉每天都穿着他最好的衣服。他有很多漂亮的衣服，比如有着金色刺绣的阿拉伯小马甲，是我送给他的；带有金色饰带的猩红色制服马甲，穿到身上让他看起来特别高雅，是伯克利送给他的；还有各种颜色的丝质头巾。平常他都把它们收到柜子里，只有在特殊场合的时候才拿出来穿。但现在，他也穿上了它们。不论是跟在我身后走在内罗毕的大街上，还是和我一起站在政府大楼脏兮兮的楼梯上或是律师的办公室里时，他都穿得像盛极一时时的所罗门王一样。一个索马里人能做到这样还真是不容易。

除了家具，我还要考虑我的马和狗。我一直想拿枪直接把它们打死，但很多朋友都给我写信，想要继续养它们。看到他们的来信之后，我骑着马和猎狗们一起出去时，就会感觉直接用枪打死对它们不公平，毕竟它们的体内还流淌着鲜活的生命。我花了很长时间决定这件事情，感觉自己从来没有在哪件事上如此摇摆过。最后，我终于决定把它们送给朋友了。

一天，我骑着最心爱的坐骑鲁热去内罗毕。我们走得很慢很慢，一路上我不停地前后张望，心里在想，鲁热一定会觉得很奇怪，因为我们这是要去内罗毕，但到了之后，我却不让它回来了。我费了很大力气把它弄进了奈瓦沙火车的运马车厢里。站在车厢里，我最后一次抚摸它那如丝般润滑的口鼻，最后一次把自己的脸贴了上去。鲁热，你不给我祝福，我就不让你走。我们曾经一起穿过土著的香巴田和棚屋，去寻找通向小河的车道；你曾经在陡峭湿滑的下坡地上，像骡子一般敏捷地向下冲；在棕色的淙淙溪水中，你的头和我的头曾紧紧地靠在一起。现在，我愿你能身处白云朵朵的山谷，左有树干可以啃，右有康乃馨可以吃。

我还有两只猎鹿犬，一只叫大卫，一只叫戴娜，都是潘尼亚的孩子。我把它们送给了在吉尔吉尔附近开农场的一个朋友。它们在那儿可以尽情地享受追猎的乐趣。两只猎鹿犬强壮活泼，我们很顺利地把它们放到了朋友的车里。朋友开车离开时，它们的头挤得紧紧的，从车的一侧伸出来，舌头也伸在外面，喘着粗气，好像准备好了要去参加一次兴奋刺激的打猎活动。它们那敏锐的眼睛、灵活的四肢，以及怦怦跳动的心脏，就要离开这间房子和这片草原，去一个新的地方呼吸、嗅闻，去欢快地奔跑了。

农场上的工人们一个个地开始离开。没有了咖啡，没有了咖啡工厂，普兰·辛格失业了，他也不想继续在非洲工作，所以最后决定要回印度。

走出工作的地方，能操控金属矿产的普兰·辛格就变成了一个孩子。他一点儿都不觉得农场的末日要来了。虽然他很伤心，大把的眼泪流进了浓密的黑胡子，但他一直在努力尝试着想让我留在农场，还为我想了很多让农场继续运转的计划，这让我很担心他。那段日子里，他像往常一样，为农场的机器感到骄傲，整个人被钉在了蒸汽机和咖啡烘干机上，他那双温柔的黑色眼睛始终紧紧地黏着每一个螺钉。到了最后，他终于意识到所有的一切已经是无法挽回了，于是就放弃了努力。他很伤心，人也变得有点消极。有时碰到我，他会告诉我他的旅行计划。离开农场的时候，他什么行李都没带，只带了一个小工具箱，里面装着各种工具和焊接设备,就好像他早已把自己的心和生命送到了大洋彼岸,现在要过去的,就只剩下他这副瘦小的、丝毫不会装腔作势的棕色躯体,以及一口焊接锅。

他离开前,我想送他一份礼物。我本来是希望他能从我现有的东西里挑一件的,当我告诉他这个想法后,他非常开心地说,他想要一枚戒指。但我根本没有戒指,也没有钱去买。当时,还有几个月我才会离开农场。有一次,丹尼斯来到农场和我一起吃饭,我把这件事告诉了他。丹尼斯曾经送给我一枚阿比西尼亚软黄金戒指,大小可以调整,因此也适合所有的手指。告诉他普兰·辛格的愿望后,丹尼斯就觉得我肯定是在打这枚戒指的主意,想把它送给普兰·辛格。他以前总是跟我抱怨说,不管他送给我什么,我扭头就把这些东西给了农场上的有色人。为了防止我把戒指送出去,他把戒指从我手上摘了下来,戴在自己手指上,说在普兰·辛格走之前不会还给我。但没过几天,他就去了蒙巴萨岛。最后,这枚戒指也就跟着他一起下葬了。

普兰·辛格离开之前,我变卖了农场上的家具,有了足够的钱去买他在内罗毕看中的那枚戒指。这枚戒指是纯金打造,沉甸甸的,镶嵌着一枚亮得像玻璃的红宝石。看到戒指之后,普兰·辛格激动得哭了。我想,这枚戒指应该帮助他渡过了与农场和机器的离别难关。因为在离开之前的最后几个星期里,他天天都戴着它,而且只要走进我的房子,他就会抬起手,给我展示那枚戒指,脸上带着灿烂温柔的笑容。在内罗毕车站,我最后看到关于他的东西,就是这只细瘦的黑手,它曾经以极快的速度在熔炉上工作。列车车厢里炙热拥挤,他坐在工具箱上,把手伸出车厢朝我上下挥舞,和我告别,那颗红宝石像一颗小星星一样闪闪发光。

普兰·辛格终于回到了他位于旁遮普的家。他已经很多年没有回去了，但家里人一直跟他保持着联系，会常常给他寄一些照片。他把这些照片都保存在工厂边上的波纹铁皮屋里，常常会满怀温柔和骄傲地拿给我看。他坐船还没到印度的时候，我就收到了他好几封信，而且每封信都是同样的开头：亲爱的夫人，再见。然后，他会继续往下写，告诉我一些身边刚刚发生的事情，还有他旅途中的一些奇遇。

在丹尼斯去世后的一周，我在一天早上遇到了一件很诡异的事。

当时，我正躺在床上思考这几个月里发生的事情，想要弄清楚到底是怎么一回事。我感觉自己从某种意义上已经脱离了人类生活的正常轨道，陷入了一种自己怎么也不应该有的混乱状态中。不管任何时候，只要我抬脚走路，脚下的地面好像就在下陷，星星也开始从空中坠落。我想到了一首关于世界毁灭的诗，里面就提到了星辰的坠落。还想到了一首关于小矮人们在山洞里叹息的诗，他们最后都死去了，而且是死于恐惧。我想，最后这几个月我所经历的不可能只是巧合，也不可能只是人们所说的坏运气，这其中一定有一个中心原则，如果我能把它找出来，我就得救了。如果我找对方向，事情的逻辑一定就会清晰起来。所以我认为我必须要起床去寻找某个迹象。

很多人觉得，"迹象"这个东西完全是胡扯。但我觉得，这是因为它需要一种特殊的心态，而大多数人通常都不可能拥有这种心态。但凡有了，在寻找某个迹象的时候，就不可能找不到答案，这是大自然对于人的要求的自然回应。在这种心态下，一位天才的牌手随手从桌子上拿起十三张牌，就能凑成一手好牌，它们完全是一个整体。在其他人还没有叫牌[1]之前，他已经看到了一个"大满贯"正在盯着他的脸看。玩桥牌也有大满贯？当然有，但是只留给命中注定的那个牌手。

我走出房子去寻找这个迹象，不知不觉间就走到了仆人们的棚屋区。他们刚刚把自己养的鸡放了出来，这些鸡在棚屋中间到处跑着。我站在地上，定定地看着它们。

法提玛的白色大公鸡昂首阔步地走到我前面，然后突然停下，头向一边歪了歪，又朝另外一边歪了歪，头上的鸡冠就立了起来。原来，在小路的另一侧，一条小小的灰色变色龙从草丛里爬了出来，像公鸡一样，正在做晨间侦察。公鸡径直走过去踩在了它身上，然后咯咯咯叫了几声，表达自己的满意。鸡是吃变色龙的。看到公鸡，变色龙整个就傻掉了。它非常害怕，但却很勇敢。只见它用爪子抓着地面，使劲地张大嘴巴，想要把敌人吓跑，然后突然朝公鸡吐了一下棍子一样的舌头。公鸡好像很吃惊，就站着不动了，过了一秒钟，它迅速果断地低头，嘴巴像锤子一样啄下去，变色龙的舌头被它啄了出来。

两只动物之间的交战只持续了十秒钟。我把公鸡赶走，然后拿起一块大石头，把变色龙砸死了，因为没有舌头，变色龙是活不下去的，它们要依靠舌头捕食虫子。

在如此微小的世界里，竟然会发生如此阴森可怕的事情，这让我感到很害怕，于是我转身离开，在房子边上的石凳上坐了下来，而且坐了很久。法拉把茶水端了出来放在桌子上，我不敢抬头，一直盯着脚下的石头，心里想着，这个世界真是太危险了。

---

1. 桥牌术语。在桥牌游戏的发牌后和发牌前都要叫牌。目的是为了和同伴互通牌情，或干扰对方。

在接下来的几天里，我慢慢地才意识到，很可能这一幕就是我所寻求的答案，而且是最为纯粹的精神层面的答案。在这个过程中，我得到了尊重，变得与普通人不一样，虽然方式有点怪异。我朝着某些力量大声呼喊，这些力量反而比我自己更加重视我的尊严，它们怎么可能给出其他答案呢？毕竟这段时间不应该是宠爱和溺爱我的时候，于是面对我的祈求，它们就选择了集体沉默。它们对着我大笑，笑声在山谷中回荡，通过喇叭、公鸡和变色龙传递给我。哈哈哈！

我很庆幸在这天早上及时拯救了变色龙，否则它很可能会缓慢地死去，那可真是一种痛苦。

就在这段时间，英格里德·林斯特龙从恩乔罗的农场下来，和我一起住了几天。当时，我还没有把所有的马匹卖掉。她完全是因为和我的友情才来的，因为她在农场太忙了，平时根本就无法抽身离开。为了偿还购买农场的债务，她的丈夫在坦噶尼喀的一家大型剑麻公司找了一份工作。她来到农场的时候，他正在海拔两千英尺的公司里挥汗如雨，就好像他的妻子为了农场，把他像奴隶一样租了出去。所以，农场就只能靠她一个人经营了。她把农场的家禽养殖场和菜园扩大，买了很多猪，还养了一些小火鸡，忙得几乎很难脱身，离开几天都不行。但为了我，她把农场的一切都交给了凯莫萨打理，然后跑到了我这里，就好像是朋友的房子着火了，她要跑过来帮忙一样。这次她没有带凯莫萨来，对法拉来说这可能是件好事。因为体内带着一种巨大的力量，一种自然元素所特有的力量，英格里德打心底里能够理解，也能清楚地意识到让一个女人放弃自己的农场，离开自己的农场到底意味着什么。

她和我在一起的时候，我们不聊过去，不聊未来，也从来不提任何一个朋友或熟人，两颗心一起把那些灾难排斥在外。我们就是在农场上散散步，每当经过一个东西，就说出它们的名字。就这样一个一个地说过去，好像是为了在精神上存下我所有的损失，又好像是她要为我向命运申诉，然后专门来收集材料来了。英格里德已经经历过很多事情，虽然她很清楚这世上不会有这样的书，但她还是有这种想法，它是女人们在这个世界上谋生的一部分。

我们走在地势较低的牛棚边，坐在栅栏上，在牛们进棚的时候一头一头地数着。我一句话不说，指着这些牛给她看，意思是"这些公牛们"，她同样也是沉默着回应我："是啊，这些公牛们。"然后把它们记在她的那本书里。我们又走到马厩里，给马儿们喂糖吃，它吃完之后，我把自己黏兮兮的、沾满马儿唾液的手伸到英格里德面前，大声喊道："这些马儿们啊。"英格里德艰难地叹了一口气，说："是啊，这些马儿们啊。"然后就把它们也记了下来。在河边的花园里，她根本无法忍受我马上就要丢下这些从欧洲带来的植物这个事实，绞着双手看着这些薄荷、鼠尾草和薰衣草，好像在思考着什么计划，好帮着我把它们带走。后来，她还向我提起过这些植物。

那天的整个下午，我们的注意力一直放在我的牛群上，它们当时就在我房子前面的草地上吃草。我把每头牛的年龄、性格和产奶量都告诉了她，听着这些数字，她叹气，她尖叫，就好像她身体受伤了一样。她一头一头详细地检查它们，不是想要买下它们，因为我已经把它们都送给了我的仆人，而是在计算我的损失。她把脸紧紧地贴在柔软的牛犊身上，这些小牛犊散发着香甜的气味。她很快地瞥了我一眼，眼神深邃，里面满是愤怒，她这是在谴责我抛弃了它们呢。当然，这不是她的本意，她也没有任何理由来谴责我，只是她农场上的几头小牛犊曾经是她花了很大力气才得到的。

当一个男人走在他某个失去了亲友的朋友身边，脑子里一直在想"谢天谢地，幸亏死的那个人不是我"时，我相信他一定会感觉很内疚，会尝试在心里压制这种想法。但如果是一个女人和自己的同性朋友遇到这样的事情时，就完全是另外一种情形了。这个女人一定会向遭遇不幸的朋友表达自己的同情，而且心里也肯定在想："谢天谢地，幸亏死的那个人不是我。"但两个女人都不会因为这种想法有什么不好的感觉，反而会因此而变得更加亲密，就连寻常的客套话里，也会多一些个人的亲身体会。男人不太容易会嫉妒其他男人，也不会在打败其他男人后淡然处之。但在伴娘面前，新娘很自然就是赢家；来探望刚生完孩子的产妇的女人，也会嫉妒新生儿的母亲。但双方都不会因为这种关系而感到不适。失去孩子的母亲在把孩子的衣服展示给朋友看时，她也知道朋友此时心里一定在重复这句话，"谢天谢地，幸亏失去孩子的那个人不是我。"但双方都觉得这种想法是天经地义的，是很自然的。我和英格里德就是这种状态。我们一起走在农场上时，我很清楚她的心里正在想着自己的农场，正在庆幸自己是幸运的，能够继续拥有自己的农场，继续用尽全力经营它。对于这种想法，我们两人都没觉得什么不适。我们虽然穿着破旧的卡其布外套和裤子，但我们两个实际上是一对女神，一个穿着白衣服，一个穿着黑衣服，我们是一个整体，都是非洲农夫生活中的魔仆。

几天之后，英格里德和我告别，坐着火车回到了恩乔罗。

我不再骑马出去。散步的时候，因为没了猎狗的陪伴，周围也变得一片寂静。但我的汽车还在，幸好它还在，因为这几个月里我有太多事情要做了。

非法棚户们以后的生活一直是我心头的一块大石头。农场的买主要把所有的咖啡树砍掉，把这片土地划片出售，用作建筑用地，他们也就不再需要这些人了。我们的出售交易刚刚达成，买主就限令这些土著在半年后搬出农场。但他们完全没有预料到这一切，心里还很困惑，因为他们一直觉得这片土地是他们的，毕竟很多人就出生在这里，还有一部分是在很小的时候就跟着父辈来到了这里。

他们知道，想要生活在这里，就必须每年为我工作一百八十天，并因此会在每个月有三十先令的收入。他们的账目都保存在农场的办公室里。他们也知道，要向政府缴纳棚屋税，每间棚屋为十二先令。对于那些拥有两到三间棚屋的男人来说，这是一个不小的负担。基库尤男人有多少个妻子，就会有多少间棚屋，因为他们必须为每一位妻子建造一间棚屋。时不时地，这些非法棚民会因为做错事情而被人威胁要赶他们走，他们一定也意识到了自己在农场上的位置并不是那么稳固。他们讨厌所谓的棚屋税，当我为政府去征收这笔税时，他们会故意给我找很多麻烦，还会唠叨很多话让我听。但他们把这些事情都看成是生活中的普通变化，从来都没有失去过希望，总是坚信他们会摆脱这些东西。他们从来不会想到，生活中会有一条适用于他们所有人的原则，会在特定的时候，以一种压倒一切的气势跳出来。因此，他们把农场新主人的决定看成了一个怪物，他们要勇敢地忽视它。

在某些方面，白人在土著心里的位置，颇似上帝在白人心中的位置，当然在某些方面也并非如此。我曾经和一位印度木材商签订过一份合同，里面有这样的表述：上帝的作为[1]。我对这个表述不太熟悉，为我们起草合同的律师给我解释说："不对，夫人，你没有完全理解这个术语的含义。完全不可预见、不合常规、不合逻辑的东西，就是上帝的作为。"

最后，非法棚民终于意识到了自己是必须要离开农场的。于是，我的房间里就聚集了黑压压的人群。他们认为，他们之所以会被迫离开农场，完全是因为我要离开这里，是我的坏运气波及了他们。其实，在此之前，我们早就把这件事谈过了，所以他们并没有责怪我，只是问我，他们应该去哪里。

我觉得不管以什么方式都很难回答这个问题。根据这里的法律，土著自己不能购买土地，我也不知道有哪块农场能大到足够容纳下农场上的所有非法棚民。我告诉他们，我已经问过政府这件事了，他们必须到基库尤保留区找地方居住。他们很严肃地问我，保留区内有没有足够大的地方容纳他们所有的牲口？然后又问我，是不是确定能在那儿找到一大片土地，让农场的所有佃农仍然生活在一起，因为他们不想分开。

他们仍然要生活在一起的决心如此坚定，这让我非常吃惊，因为在农场上，他们相处得并不融洽，对彼此都没有什么好评价。现在却一起来到我的屋子里，以卡塞古、卡尼纽和梅格为代表的家畜饲养者手拉手，神气活现地来了；地位低下、连头羊都没有的田地雇工沃沃尔和乔撒也来了。他们同仇敌忾，想要努力保持团结，就像要努力留住自己的牲畜一样。我觉得他们想要的并不是一片可以生活的土地，而是一种存在感。

对于这些土著而言，如果你夺走他们的土地，那你剥夺的

---

[1]. 字面意思是"上帝的作为"，翻译成中文时，一般引申为"不可抗力"。根据上下文，作者在这里指的是与上帝有关的字面含义。

就不仅仅是土地和故土，而是他们的过去，他们的根和他们的身份。你夺走他们经常看到的东西，或者夺走了在未来要出现的东西，那么在某种意义上讲，你就是挖走了他们的双眼。在这一点上，土著要比身处文明世界的人感受更加强烈。再说，就连动物都会历尽千辛万苦，长距离跋涉，回到自己熟悉的环境，找回自己失落的身份。

马赛人当年被迫从铁路以北的故乡迁移到如今的马赛保留区后，也把故土山峰、平原和河流的名字带了过来，并以它们为新家的山峰、平原和河流命名。来这儿旅行的人不会理解这一点。马赛人把割掉的根像药物一样随身携带着，在外流浪时，还会通过某种方法保留自己的过去。现在，他们因为一种自保的本能而互相依靠对方。如果要离开长期居住的土地，他们必须把周围认识的人一起带走，这样才能证明他们的存在。如此一来，在迁移过去很多年后，他们还能谈起之前居住过的农场的地形和历史。某个人忘记了，其他人就会提醒他。在这件事上，他们其实是感觉到了一种群体灭绝的羞辱。

他们对我说："姆萨布，为了我们，去找塞利卡利[1]吧。去请他们同意我们带上所有的牲口到新地方，而且要允许我们一起过去。"

从此，我漫长的朝圣之旅，或者说是乞讨之路，就开始了。在非洲的最后几个月里，这件事几乎占用了我所有的时间。

在这些基库尤人的差遣下，我从内罗毕和基安布地区委员那儿，跑到了土著事务部和土地局，最后又跑到总督约瑟夫·波恩爵士那儿去请求他。那时，这位总督刚刚从英国被派过来，所以我以前从来没有见过他。到了最后，我都忘记了自己是在干什

---

1. 原文为斯瓦希里语，意思是"政府"。

么了，整个人像是在大浪中浮浮沉沉。有时候，我会在内罗毕待一整天，或者一整天在农场和内罗毕之间奔波无数次。在这段时间里，每当我回到家里，周围总是会站着一些非法棚民，他们从来不来问我事情的进展，而是站在那儿看着我，用一种土著的魔法、毅力和我交流。

政府官员们颇有耐心，而且也乐于帮助我。但这件事情的棘手之处并不是他们靠一己之力就能解决的。在基库尤保留区，确实很难找到一片足够大的、无人占据的土地，来容纳我农场上所有的非法棚民和他们的牲畜。

大多数官员已经在这里生活了很长时间，很了解当地的土著居民，但他们也只是含糊地建议我说服这些基库尤人卖掉一些牲畜。虽然他们很清楚，这些土著不可能这么做，一旦他们把所有的牲畜都带到一片容纳不下他们的地方，在未来的几年里，他们会给保留区的邻居带来无穷无尽的麻烦，到时候还需要其他的地区委员专门解决这件事情。

我提到棚民们的第二条要求时，他们很明确地表示这样做完全没有必要。

我立刻想到了"啊！不要跟我说什么需要不需要；最卑贱的乞丐，也有不值钱的身外之物"之类的话。在我的一生中，我常常会想象人们在面对李尔王时会有什么样的行为，并依据这种想象来给人分类。在最开始时，李尔王确实对每个人的要求太多了，但他毕竟是个国王，你不能跟他去讲道理，同样地，你也不能与一个老资格的基库尤人讲道理。与这位老国王和他的女儿们不同的是，他们并不是心甘情愿地把自己的国家拱手让给白人的，白人们只是接管了这个国家，他们的国家是基库尤的保护国。但我所考虑的是，就在不久前，在我们仍然有记忆的不久前，这个国家的土著还毫无争议地拥有着这片土地。他们那时从来没有听说过白人和白人的法律。虽然目前他们在生活中没有什么安全感，但土地对他们来说仍然是固定的，不动的。贩卖奴隶的人贩子们把他们拉到市场贩卖，但也有一部分留了下来。被卖掉的土著在东方流浪着做奴隶时，会时时刻刻想着回到这片高原，因为这里有他们自己的土地。有着黑色皮肤和清澈眼神的非洲土著老人，与同样拥有黑色皮肤和清澈眼神的大象非常相似。他们站在非洲大地上，一副庄严沉稳的模样，周围的世界在他们昏暗的脑海中慢慢地聚集、堆积。他们是大地的化身。对于周围发生的变化，他们会迷惑不解，或许还会问你他们在哪儿。此时，你一定会用肯特伯爵的话回答他们："在您自己的国土上，陛下。"

到了最后，我觉得这一辈子可能就要在内罗毕和农场之间开车来回奔波，与政府官员不停纠缠了，却在突然间收到了通知，说我的申请被批准了。政府终于同意为我的非法棚民拨出一片土地，就位于达戈雷蒂森林保护区内。他们可以在那里重新建立起自己的居住区，而且那儿也离我的农场不远。在农场消失之后，他们还能保留自己的样子和名字，作为一个群落生活下去。

听到这个消息之后，农场却陷入了一片深沉的寂静之中。从这些基库尤人的脸上，你无法判断出他们是自始至终就对这件事的成功抱着信心，还是早就绝望了。但这件事刚刚确定后，他们就立刻跑到了我的家里，又提出了一系列复杂的要求和请求，我全部拒绝了。他们持之以恒地围着我的家，用一种异常的眼光看着我。土著对运气这件事抱着一种信念，他们觉得，某件事情成功之后，所有一切都会好起来，甚至还相信我会继续停留在农场上。

解决了非法棚民的去留问题后,我感受到了一种从来没有的满足,心也就慢慢平静下来。

过了两三天,我觉得自己在这个国家的所有工作都已经完成了,离开的时间到了。咖啡已经收割完毕;磨坊静静地在农场上矗立;房子空荡荡的;非法棚民也得到了他们的土地;雨季结束了,长长的草铺满了整个平原,铺满了山间。

其实在最初,我就计划着要放弃所有琐碎的事情,好保住对我来说最重要的东西。但到了最后,这个计划失败了。为了赎回自己的人生,我一次次地放弃自己拥有的东西,到了最后变得一无所有,我自己本人倒变成了最微不足道的东西,被命运抛弃。

那些天正好是满月。月光照进空荡荡的房间,在地上留下窗上的图案。我想,看着这间屋子的月亮或许正在好奇,在这样一个空荡荡的房间里,我还要住多久。"啊,不对,"月亮却说,"时间对我来说是没有意义的。"

我本来还想多住一些日子,好看着非法棚民搬进新家。但丈量土地是需要时间的,他们搬过去的时间还确定不下来。

永别

农场周围的老人们决定举办一场恩戈麦鼓舞会为我送行。

老人们的恩戈麦鼓舞在过去有很多功能,但现在基本上没人跳了。我在非洲的那段时间,还没有看到过老人们的恩戈麦鼓舞。基库尤人非常尊重这些跳舞的老人,所以我也想看看。老人们决定就在我的农场举办这场舞会,这对农场来说是一种荣耀。

离舞会的开始还有相当一段时间时，农场上的人就开始谈论这件事了。

法拉一贯看不起这种土著恩戈麦鼓舞，但这次却被老人们的坚定打动了。他说："姆萨布，这些人真是老了，非常非常老了。"

年轻的基库尤"雄狮"们也在谈论这场表演，语气中充满了崇敬和敬畏。看到他们这样，我对这场表演就感觉很好奇了。

但政府是禁止基库尤人跳这种舞的，这一点我当时并不知道。我也不知道政府为什么要禁止他们跳这种舞，但他们自己肯定很清楚这一点，但却故意忽视了。他们可能觉得，在平常不能做的事情，在现在这种动乱日子里就可以做了；或者他们完全陷入了舞会带来的狂热情绪中，压根就忘记了这回事。他们心里根本没有打算把这次活动当作一次秘密活动。

所有的老年舞者最后全部到达农场。这种场景非常罕见，看起来非常庄严肃穆。一共有一百多名，他们一定是提前在离农场很远的地方集合好后才出发的。他们其实很怕冷，平时都从头到脚裹满了毛皮和毯子，但此时他们却全部赤裸，好像要郑重其事地宣布某个可怕的真相似的。身上也有装饰品和战争彩绘，但不怎么明显，只有少数几位老人在光秃秃的头上戴了巨大的、黑色的头饰，是用鹰的羽毛做成的，通常只有年轻的舞者才戴。其实他们本人就已经令人印象深刻了，所以根本不需要什么装饰品。在欧洲的舞会上，老妇人们拼了命地把自己打扮得很年轻。但这些老年舞者不是这样，对于他们和观舞的人来说，舞会的魅力就在于舞者都是老年人。他们变形的四肢上画着很奇怪的白条条，沿着肢体延伸着，展示着老人们赤裸裸的真实身体，尤其是皮肤下面已经僵硬了的脆弱骨头。我从来没有看到过这样的标记。他们慢慢地向前行进，拉开了舞会的序幕，动作看起来很诡异。我不禁好奇起来，马上要开始的表演会是什么样子。

在我站着看他们的表演的时候，一种曾经攫住我的幻觉再次出现在我的脑海里。我开始觉得，不是我要离开这片土地了，我根本没有这种力量决定这种事情，而是这个国家正在慢慢地、庄重地从我身边走开，就像大海在退潮一样。这些正在我面前经过的队伍，其实是昨日和昨日以前的那些身体既强壮又柔软的年轻人，他们正在我的眼前慢慢变老，最终会永远离开这个世界。在舞蹈中，老人们有着独特、温柔的舞姿。周围的人和我在一起，我也和他们在一起，所有的一切都是如此令人满足。因为要为即将到来的舞会保持体力，老者们保持着沉默，彼此之间并不说话。

但就在他们做好了准备，马上要开始跳的时候，一位来自内罗毕的土著民兵却跑到了农场，带来了一封信，命令我们立刻停止舞会。

我根本想不到有这种事情发生，所以根本不理解是怎么回事，我把信读了一遍又一遍。送信的民兵也被这场被他破坏的重要表演震撼到了，就没敢直接对老年舞者或仆人们说，也不像往常的民兵一样，趾高气扬、大摇大摆地在其他土著面前炫耀他的满足感。

可以说，非洲的几年里，此时是我最为痛苦的时刻。我从来不知道，在面对突如其来的风暴时，我竟然会感觉恶心呕吐，同时也没有力气开口说话，心里真正体会到了语言的苍白无力。

基库尤老人们像一群老绵羊一样站在那儿，双眼躲在松弛的眼皮下，一直盯着我的脸。让他们在几秒内放弃一直渴望要做的事情，他们做不到，有些老人的腿已经开始抽搐。他们是来跳舞的，他们必须要跳舞。僵持到最后，我不得不告诉他们，我们的恩戈麦鼓舞必须要取消了。我知道，他们在心里会以另外一种方式来理解这个消息，但究竟是什么方式，我就不清楚了。或许，他们觉得，舞会被取消的原因是因为没有观众了，因为我已经不存在了；又或许，他们觉得其实舞会已经举办过了，而且是一场史无前例的舞会，它的力量足以使其他事情黯然失色。当它结束时，所有的一切也都结束了。

周围一片静寂，一条本地小狗抓住机会开始狂吠。我的心里开始响起了回声：

"这些小狗：脱雷、勃尔趋、史威塔，瞧，它们都在向我狂吠。"卡曼特总是默默地表现出一种智慧。今天他本来是负责舞会后给舞者们发鼻烟的，此时觉得时机不错，应该把鼻烟拿出来。于是，他一声不吭地拿着一个装满鼻烟的大葫芦向前走去。法拉向他招手，示意他回来，但他是一个基库尤人，很了解这些老年舞者，而且他有自己的做事方法。鼻烟，代表的是现实。于是，我们开始为老年舞者分发鼻烟。过了一会儿，他们都离开了。

在农场上，对我的离开感觉最伤心的应该是老妇人们。这些基库尤老年妇女都过着很艰苦的生活，时间久了，她们变得像打火石一样坚硬，像老骡子一样顽固，如果可能，她们甚至会咬上你一口。在我行医那段时间里，我觉得她们比男人更能抵抗疾病，同时也更野蛮，更加不懂羡慕或赞美别人。她们生了很多孩子，也眼睁睁看着很多孩子死去，她们天不怕地不怕，甚至能背动三百磅重的柴禾。她们额头上绕着缰绳，绳子固定着背上的柴禾，双脚在柴禾堆下蹒跚着向前走。即使如此，她们从来不会向谁低头。她们弯腰低头，在自家硬邦邦的香巴田里劳作，头几乎挨着地面，一直从早晨忙到深夜。"她从那里窥看食物，眼睛远远观望。她的心结实如石头，如下磨石那样结实。她嗤笑可怕的事。她几时挺身展开翅膀，就嗤笑马和骑马的人。她岂向你连连恳求、说柔和的话吗？"这些女人们体内储存着巨大的能量，一直都散发着灿烂、蓬勃的生命力。老妇人对发生在农场上的一切事情都非常感兴趣，她们会走上十英里来到这里看一场年轻人的恩戈麦鼓舞。一个笑话，一杯滕布酒，就能让她们那没有牙齿的、满是皱纹的脸上绽放出灿烂的笑容。她们身上的这种力量，这种对生活的热爱，对我来说不仅仅是值得崇敬的，更是伟大的，令人着迷的。

我和农场上的老妇人们一直都是好朋友，就是她们把我叫作"杰里"的。除了她们和特别小的孩子外，男人们和小孩子们，从来不用这个名字叫我。这是一个带着特殊含义的基库尤女性名字。在基库尤家庭里，如果一个女孩是最小的，而且年龄要比兄弟姐妹们小很多，大家就会叫她杰里。因此，我想这个名字里应该带有那么一丝怜爱的味道。

我就要离开了，这些老妇人们觉得非常难过。在离开农场前的最后一段时间里，我的脑子里一直浮现出一个基库尤女人的画像，她没有名字，我也不认识她。她生活在卡塞古的村子里，是他的某个妻子，或是他某个死去的儿子的妻子。她沿着大平原上的一条路朝我走来，背上背着很多细长的杆子。这些杆子是用来搭建房屋屋顶的，在基库尤村子里，这种活儿都是女人们做的。这些杆子大概有十五英尺长，女人把杆子的两头绑在一起背在身上，在非洲大地上行走。我看着她，看着她背上呈现圆锥形的高高的杆子，觉得压在下面的她很像某个史前动物，或者一个长颈鹿的剪影。这些杆子被烧焦了，通体黑色，显然是经过棚屋烟雾的常年熏烤。也就是说，她刚刚拆掉了自己的房子，要把旧日的建材背到新的地方去。我们相遇，她站住不动，挡住了我的去路。她紧紧地盯着我看，就像我在旷野中遇到的长颈鹿群中的某只长颈鹿，它就这样盯着我看。而我根本不清楚它们的生活方式，也不知道它们此时是什么感受，心里会有什么想法。过了一会儿，她大哭起来，眼泪顺着脸颊流下来，像是旷野中的一头母牛在你面前流泪。但我们谁都没有说话。过了几分钟，她给我让路。然后，我们分开，朝着不同的方向往前走去。我想，她好歹还有材料可以建造新房子。于是心里就开始想象她怎么开始工作，如何把所有的棍子都捆绑在一起，如何为她自己搭起屋顶。

农场上的小牧童还没有感受过我不在农场生活的日子，所以因为我要离开这件事整日非常兴奋和紧张。他们很难想象，或者说不敢想象一个没有我的世界，对于他们而言，我的离开就是上帝的退位。每当我经过他们身边，他们就会从长长的草地里站起身，大喊着问我："姆萨布，你什么时候离开呀？姆萨布，还有几天你就走了？"

终于，我要离开的日子到了。直到此时，我才明白了一个看似很怪异的道理：事情的发生总是会超乎我们的想象，不管是事情发生前，事情发生的过程中，还是事后我们回忆起来，都是如此。总有一种原动力，可以不依赖人类的想象力或理解力，而触发某个事件，并使之发生。在这种情况下，人要时时刻刻、全神贯注地跟随着事件的发展，就像被领着向前走的盲人，虽然什么都看不见，却始终小心翼翼地一步一步向前走。事情终于发生的时候，你也只能感觉到它的发生，除此之外，你与它没有任何联系，也根本不会知道它发生的原因或意义。我想，在马戏团里表演的野生动物应该就活在这种状态中。在某种意义上讲，有过类似经历的人已经算是死过一次了。死亡，从来不会在想象的世界内延伸，而只会在人的经验和体验的世界中存在。

古斯塔夫·莫尔一大早就开车来到农场，送我去火车站。那天早上非常寒冷，天空和大地没有任何颜色。他从车里钻出来，脸色苍白，看着我不断地眨眼睛。那一刻，我想到了在非洲南部的德班遇到过的一位捕鲸船老船长。老船长是挪威人，他曾对我说过，面对着暴风雨，挪威人从来不会气馁，但如果面对绝对的寂静，他们的神经系统就会受不了。我们坐在磨石桌边喝茶。以前他来过农场很多次，我们都是这样坐着喝茶的。群山就在我们面前，山间河流的上空飘浮着一层灰蒙蒙的薄雾。群山庄严肃穆。此时不过是它们矗立在大地上千万年岁月的一个瞬间。我浑身冰冷，就像坐在山顶上。

仆人们站在空荡荡的屋子里。他们的生活已经移到了别的地方。他们的家庭和行李已经搬了过去；法拉的女人们和儿子索费前一天已经坐着卡车去了内罗毕的索马里村。法拉自己要把我送到蒙巴萨岛，朱马的小儿子通博也要跟着一起去。这个孩子在世上最想做的事情就是去蒙巴萨岛。我送他的离别礼物是一头牛，或者去蒙巴萨岛旅行，他选择了后者。

我向每个仆人道别，并嘱咐他们把门关好。但当我走出房子后，他们仍然把门敞开着，就好像在说我还会回来，或者因为屋子已经空了，没有必要再关门了，就让它们开着，任由四面八方的风儿吹进来。这是典型的土著的做事方式。法拉开着车，车速很慢，感觉我们是在骑着骆驼向前走。最后，车绕过车道，消失在房子的视线里。

经过池塘的时候，我问莫尔能不能下车待一会儿。我们一起下车，站在池塘边抽了一支烟。池塘里有几尾鱼，马上就要被人捉住吃掉，这些人不会知道老克努森的存在，也不会明白这些鱼儿的重要。西朗加突然在这里冒出来跟我说再见,在我离开的最后几天里,他不停地在房子周围出现,跟我道别。他是非法棚户卡尼纽的小孙子,患有癫痫病。我们坐上车继续向前开,他却跟在车后面死命地追,他是那么的微小,像是我燃起的火堆里的最后一颗小火星,被风裹在车后的尘土中不断地旋转。他就这么一直跑呀跑,一直跑到了农场的道路和高速公路交汇处,我担心他会跟着我们跑上高速公路,那种感觉就像是整个农场已经完全破碎,筛糠般到处乱飞了。还好,他在路的转角停了下来,他毕竟还是属于农场的。他站在那儿,目不转睛地在后面看着我们,直到我看不到农场道路和高速路的交汇处。

在开车去内罗毕的途中,草丛和路上出现了一些蝗虫,有几只还呼呼地飞进了车里。看来,它们要再次回到农场了。

很多朋友来到车站为我送行。休·马丁也来了。他拖着胖胖的身体,一副漫不经心的样子。就在他走过来和我说再见的时候,我看到了农场上的潘格洛斯医生,这个孤零零的人,这个英雄,用他所有的一切换来了遗世的独立,在某种意义上说,已经成了非洲的象征。他和我友好地道别。我们曾经度过了许多美好的时光,也聊过很多充满智慧的话题。德拉米尔勋爵看起来比以前苍老了一些,皮肤也白了一些,头发要比我上次见到他时短一些。上次见他还是战争刚开始时的事。当时,我带着牛车经过马赛保留区,和他一起喝过茶。但他还像那时一样风度翩翩,非常礼貌。内罗毕的大多数索马里土著都站在站台上。牛贩子老阿卜杜拉走过来,递给我一枚银色的戒指,上面镶嵌着一颗绿松石,说是会带给我好运气。丹尼斯的仆人比莱亚走过来,很庄重地请求我向主人在英国的兄弟问好,他曾经在他们家住过一段时间。上了火车之后,法拉才告诉我,索马里女人们也坐着人力车来到了车站，但看到车站有那么多索马里男人后，她们丧失了勇气，又坐着车回去了。

上火车后，古斯塔夫·莫尔和我握手告别。火车开了，已经向前动了，他才终于恢复了平静。他是那么地渴望把自己的勇气分给我一些，以至于脸涨得通红，脸颊上好像有火焰在燃烧，盯着我的眼睛也亮晶晶地闪耀着光芒。

火车行驶到桑布鲁站时，停下来加水。我和法拉一起走到站台上散步。站在站台上向西南方向望去，我们能看到恩贡群山。连绵、高贵的山峰耸立在平坦的大地上，因为距离太远，四座主峰看起来非常小，几乎很难分辨，与我在农场上看到的样子完全不同。这是因为"距离"之手正在缓缓地抚平群山的轮廓。

全文完

凯伦·布里克森
1885.4.17–1962.9.7

丹麦作家,她在三十余年的写作生涯中,先后用英文、丹麦文发表《七篇哥特式的故事》《走出非洲》《冬日的故事》等作品。
《走出非洲》为她赢得巨大声誉,她获得过两次诺贝尔文学奖提名,与安徒生并称为丹麦的"文学国宝"。《走出非洲》同名电影斩获七项奥斯卡大奖。

王旭

1983年生,河南南阳人。毕业于四川大学外国语学院,获文学硕士学位。
已出版《与自己对话》《与爱因斯坦月球漫步》《哈佛最受欢迎的营销课》等多部译著。

走出非洲

作者_[丹麦]凯伦·布里克森　译者_王旭

产品经理_聂文　　装帧设计_沈璜斌　　技术编辑_丁占旭
责任印制_梁拥军　　出品人_曹俊然

果麦
www.guomai.cn

以 微 小 的 力 量 推 动 文 明

图书在版编目（CIP）数据

走出非洲 /（丹）凯伦·布里克森著；王旭译. ——天津：天津人民出版社，2017.6（2025.4重印）
ISBN 978-7-201-11814-7

Ⅰ.①走… Ⅱ.①凯… ②王… Ⅲ.①自传体小说—丹麦—现代 Ⅳ.①I534.45

中国版本图书馆CIP数据核字（2017）第119655号

走出非洲
ZOU CHU FEIZHOU

出　　版	天津人民出版社
出 版 人	刘锦泉
地　　址	天津市和平区西康路35号康岳大厦
邮政编码	300051
邮购电话	022-23332469
电子信箱	reader@tjrmcbs.com
责任编辑	张　璐
特约编辑	秦晓华
产品经理	聂　文
装帧设计	沈璜斌
制版印刷	河北鹏润印刷有限公司
经　　销	新华书店
发　　行	果麦文化传媒股份有限公司
开　　本	800毫米×1230毫米　1/32
印　　张	11.25
印　　数	84,001-89,000
字　　数	261千字
版次印次	2017年6月第1版　2025年4月第17次印刷
定　　价	36.00元

版权所有 侵权必究
图书如出现印装质量问题，请致电联系调换（021-64386496）